Editora Charme

Apaixonando-se por GAGE

AUTORA BEST-SELLER DO *NEW YORK TIMES*

MIA SHERIDAN

1ª Impressão 2025

Design da Capa - Eileen Carey/No Fuss Design
Imagem da capa - Shutterstock/Adobestock
Adaptação da capa e Produção Gráfica - Verônica Góes
Tradução - Monique D'Orazio
Preparação e Revisão - Equipe Charme

Esta obra foi negociada por Brower Literary & Management, Inc.

CIP-BRASIL. CATALOGAÇÃO NA PUBLICAÇÃO
SINDICATO NACIONAL DOS EDITORES DE LIVROS, RJ

S554a

Sheridan, Mia
Apaixonando-se por Gage / Mia Sheridan ; tradução Monique D'Orazio. - 1. ed. - Campinas [SP] : Charme, 2025.
384 p. ; 22 cm.

Tradução de: Falling for Gage
ISBN 978-65-5933-196-3

1. Romance americano. I. D'Orazio, Monique. II. Título.

CDD: 813
25-96347 CDU: 82-31(73)

Meri Gleice Rodrigues de Souza - Bibliotecária - CRB-7/6439

Editora Charme

www.editoracharme.com.br

Editora Charme

Apaixonando-se por GAGE

TRADUÇÃO: MONIQUE D'ORAZIO

AUTORA BEST-SELLER DO *NEW YORK TIMES*
MIA SHERIDAN

Para aqueles que sentem um chamado incessante.

Siga-o. Coisas maravilhosas esperam por você.

CAPÍTULO UM

GAGE

— Gage? Terra chamando Gage.

Saí do semitranse em que me encontrava, olhando, quase sem enxergar, os baristas atrás do balcão, que estavam agilmente preparando bebidas espumantes para os clientes na fila. Quando virei, vi Haven Hale me observando com curiosidade, uma mancha de terra na bochecha e uma folha pendurada na trança caída sobre o ombro.

— Haven — falei, balançando a cabeça de leve. — Desculpa. Não vi você aí.

Ela sorriu, inclinando a cabeça para o lado.

— Você deve estar com a mente ocupada com algo importante.

— Hum. — A verdade é que eu não estava pensando em nada. Estava completamente desligado. — Trabalho — eu disse, por fim, antes de pigarrear e continuar: — Dia cheio no trabalho. — Inclinei a cabeça em direção a ela, notando as calças jeans largas com manchas de grama nos joelhos e a camiseta amarelo-viva com o logotipo *Portal da Haven* no bolso. — Você deve ter começado cedo hoje.

O sorriso dela se alargou do jeito de sempre, quando começava a falar sobre plantas anuais, perenes, tubérculos, mudas ou o que quer que fosse. Eu não sabia muito sobre jardinagem, mas sempre me parecia que Haven estava fazendo exatamente o que deveria. *Seu verdadeiro propósito*. A frase que surgiu na minha mente causou uma sensação estranha no centro do meu peito, algo para o qual eu não tinha explicação, porque Haven era um pouco excêntrica, mas uma garota legal que merecia toda a felicidade que tinha alcançado desde que havia se mudado para Pelion. Eu não conhecia todos os detalhes de seu passado, mas sabia que a vida não tinha sido fácil para ela ou para seu irmão, Easton, antes de se mudarem para cá.

— Estamos instalando uma fonte ornamental em Fillmore Estate. Eles têm uma colina enorme atrás da casa que sempre foi um desafio em termos de design paisagístico. Sugeri um riachinho artificial que começa no topo e desce até a base com grandes pedras e plantas ao longo do caminho e eles aceitaram! Vai ser o primeiro que vamos projetar e instalar, então tem que ficar certo. Tem que ser perfeito. E aí, quem sabe, talvez a gente contrate uma equipe maior e expanda o negócio. — Ela inspirou, ofegante depois da longa sequência de palavras que haviam saído em um fluxo empolgado. — Então eu acordei cedo para medir, planejar e bem... — Ela acenou com a mão e soltou uma risadinha como se tivesse acabado de perceber que havia se empolgado um pouco.

— Vai ser espetacular. Não tenho dúvidas — eu disse, sorrindo.

— Obrigada, Gage. É muita gentileza da sua parte. — Ela se afastou quando a mulher ao seu lado deu um passo à frente para pegar sua bebida.

— Como está o Travis? — perguntei. — Não o vejo há um tempo.

O rosto dela ficou meio inexpressivo e relaxado do jeito que eu imaginava que aconteceria logo antes de alguém desmaiar. Mas ela permaneceu ereta e consciente enquanto dizia:

— Ele está bem.

E, por qualquer motivo, a palavra *bem* soou meio lasciva e me fez querer olhar em volta para garantir que ninguém nos visse falando obscenidades.

— Ele está de folga hoje, mas está à procura de um gato.

Ela revirou os olhos, mas até isso conseguiu parecer adorável.

— Como é. À procura de um *gato*?

— Humm. — Alguém mais passou por ela e pegou dois suportes de copos, virando-se cuidadosamente enquanto equilibrava oito cafés, todos cobertos com chantilly e calda de caramelo. Mas então o cliente se virou de volta para o balcão.

— Oi, por favor, dois desses cafés deveriam ter granulados de chocolate. — Meu Deus. Não era à toa que havia uma espera. Quando olhei de volta para Haven, os lábios dela se apertaram enquanto ela observava o homem entregar suas bebidas para uma dose adicional de açúcar matinal, certamente algum tipo de pecado capital para uma mulher tão consciente da saúde quanto Haven.

— A Garrida acabou de ter gatinhos — contou ela, enquanto seu olhar se voltava para mim. — Achamos que ela fosse castrada, mas obviamente não era. Bem, você pode imaginar a indignação do Travis quando ficou claro que sua amada gata estava grávida.

Eu absolutamente não conseguia imaginar tal indignação.

— Enfim — ela continuou —, os gatinhos nasceram ontem e são todos laranja. Todinhos!

Fiquei olhando para ela. Eu não fazia ideia do que ela estava falando ou como eu deveria responder.

Ela olhou de volta.

— A Garrida é *cinza* — ela finalmente explicou.

— Ah. Entendi. Então, o culpado claramente passou seus inconfundíveis genes laranja. Travis está procurando um gato alaranjado porque engravidou a gata dele sem pedir.

Ela acenou com a cabeça enquanto eu tentava não rir.

Ah, Travis Hale. Antes o solteiro mais cobiçado de Pelion e o galanteador por excelência.

Até os poderosos caem...

A última vez que vi Travis, ele estava ajudando a cavar buracos para as novas árvores que a empresa da Haven estava plantando na entrada revitalizada do parque.

Eu estava só passando, mas pela expressão radiante em seu rosto suado, parecia que ele acreditava estar trabalhando para Jesus.

A risada que ameaçava antes agora havia desaparecido completamente, deixando um vazio desconfortável no lugar.

Se Travis havia caído, por que eu sentia que ele havia me superado? Pigarreei, forçando meus pensamentos de volta aos hábitos de acasalamento dos gatos.

— O que ele vai fazer quando encontrar o safado? — perguntei.

As sobrancelhas de Haven se arquearam de forma diferente, como se ela não tivesse considerado essa parte.

— Bem, ele só quer falar com ele.

— Ele quer falar com o gato?

Haven riu.

— Com o dono dele.

— Se ele tiver um.

— Sim, se ele tiver um.

Alguém esbarrou em Haven, e ela deu um pequeno passo na minha direção — captei seu cheiro limpo: lavanda, lírios e grama. Era agradável e tão típico *dela*.

Saí com Haven uma vez, há alguns anos, antes de descobrir que ela estava apaixonada por Travis Hale e vice-versa. Eu alegremente — e facilmente, diga-se de passagem — me afastei e fiquei feliz que eles tivessem acabado juntos. Nada permanente teria vindo de um namoro com Haven, sem mencionar que era evidente que ela e Travis estavam perdidamente apaixonados, tinham formado uma pequena família e pareciam ter encontrado tudo o que nem sabiam que queriam da vida.

Bom para eles.

Enquanto isso, embora eu tivesse decidido há anos que era hora de me estabelecer, ainda não havia encontrado a mulher certa.

Talvez ela não existisse.

Só que eu não queria considerar essa possibilidade. Não só por mim, mas porque meus pais esperavam que eu passasse o nome Buchanan adiante. Se eu não o fizesse, nosso legado familiar terminaria. Essa responsabilidade recaía sobre mim e somente sobre mim.

— Ei — disse Haven, me trazendo de volta ao presente —, você quer um gatinho daqui a umas oito semanas?

— Meu condomínio não permite animais de estimação.

Os ombros dela se curvaram.

— Ah. Bom, então ajuda a gente a espalhar a notícia. Senão, vamos ter uma gangue de gatos, eu acho.

— Além disso, vou me mudar para Londres daqui a alguns meses.

Os olhos dela se arregalaram.

— Londres! A trabalho?

Confirmei.

— Vamos abrir um hotel em Westminster.

Ela franziu a testa.

— Ah. Entendi. Bom, sei que você já viaja bastante, mas Calliope não vai ser a mesma sem você. No entanto... — Ela estendeu a mão e deu um tapinha no meu ombro. — Entendo a necessidade de uma mudança de cenário. — Ela inclinou a cabeça, me estudando, sua expressão ligeiramente preocupada, como se soubesse algo sobre mim que eu não sabia. Mas então sorriu. — Desejo toda a sorte para você encontrar exatamente o que está buscando. — Ela fez uma pausa, mordiscando o lado do lábio por um breve momento. — Às vezes, está mais perto do que você pensa.

— Gabe — chamou o barista, um jovem loiro que obviamente era um funcionário temporário.

— Gage — corrigiu a dona, Peggy, por cima do ombro, com uma piscadela e um sorriso na minha direção.

Essa era a coisa que tornava minha cidade natal, Calliope, diferente de Pelion, que ficava do outro lado do Lago Pelion. Enquanto eles eram quase exclusivamente uma cidadezinha, nós éramos uma mistura de cidade pequena e destino turístico — pelo menos durante as férias de primavera e ao longo da temporada de verão. E havia, sem dúvida, áreas mais sofisticadas em Calliope, incluindo o condomínio fechado onde meus pais moravam, onde eu tinha crescido. Eu achava Pelion encantadora e apreciava que eles tivessem escolhido preservar a natureza pitoresca da cidade, mas sempre preferi a variedade do tradicional e moderno oferecida em Calliope e o fato de haver um pouco de tudo.

Peguei a bebida enquanto o garoto murmurava:

— Foi mal.

— Não se preocupe com isso.

Virei de volta para Haven.

— Foi ótimo ver você. Diga ao Trav que mandei um oi e boa sorte na caçada. Se ele estiver querendo formar uma equipe, talvez eu possa me voluntariar na segunda-feira, depois que voltar da viagem de golfe que vou fazer com alguns amigos da faculdade no fim de semana.

Haven riu.

— É muito gentil da sua parte, Gage. Divirta-se no fim de semana.

Levantei meu copo em um brinde e passei por ela em direção à porta, saí da cafeteria lotada e segui para o meu carro.

Liguei a ignição, aumentei o ar-condicionado e fiquei ali bebendo meu café por um minuto, olhando pelo para-brisa novamente e balançando o joelho. Quando percebi que estava fazendo isso, parei a perna, dando uma pequena sacudida na cabeça enquanto tentava direcionar meus pensamentos para o trabalho que eu tinha na agenda daquele dia. Deus, por que me sentia tão inquieto? Achei que dar o próximo passo na minha carreira e me mudar para Londres ajudaria a dissipar a sensação de agitação geral que eu vinha enfrentando no último ano ou algo assim, mas só tinha aumentado a sensação. Tinha que imaginar que era devido a um leve caso de nervosismo que eu sentia diante de uma mudança tão grandiosa que se aproximava; mas, ainda assim, me distraía demais e a única coisa que ajudava era fazer um esforço consciente para ignorar. Com certeza melhoraria assim que eu estivesse instalado na minha nova casa.

No retrovisor, vi Haven sair da cafeteria com sua bebida na mão e se virar na outra direção, para sua velha picape azul-turquesa com o logotipo do *Portal da Haven* estampado na lateral. Não dava para não notar aquele troço, isso era certo. Pressionei levemente o acelerador apenas para ouvir o ronronar do meu Audi, mas em vez de me trazer a satisfação de sempre, um vazio se instalou dentro de mim.

Eu havia construído minha vida em torno de carros de luxo, ternos sob medida, clubes e associações exclusivos e coisas do tipo. Essas coisas falavam sobre quem eu era e a vida que eu queria. Estava prestes a deixar para trás essa pequena cidade à beira do lago em troca da sofisticação de Londres. Nos últimos anos, só tinha me estabelecido cada vez mais na minha carreira, e estava prestes a fazer um movimento que aumentaria meu sucesso e minha riqueza. Eu estava à beira de tudo pelo que havia trabalhado e de tudo o que meu pai havia sonhado para mim, e só me sentia... preso. Não fazia sentido.

A caminhonete da Haven passou por mim, e ela sorriu e acenou pela janela. Inclinei o queixo, observando a caçamba se afastar, cheia de bandejas alegres de flores. Levei os dedos ao lábio inferior, percebendo que, em vez de sorrir de volta para Haven, minha boca havia se curvado para baixo.

Suspirei e, mais uma vez, esvaziei minha mente o melhor possível, afastando-me do meio-fio e indo para o escritório, onde eu tinha uma reunião atrás da outra.

Fiquei feliz por ter uma agenda lotada hoje e amanhã, mas uma pequena pausa na rotina me ajudaria a colocar a cabeça no lugar. O fim de semana com os amigos seria bom. Não, o fim de semana com os amigos seria ótimo.

CAPÍTULO DOIS

RORY

O grupo de mulheres deslumbradas soltou um gritinho coletivo quando meu tio jogou o gelo do copo de sua mão direita e o pegou com o copo vazio da mão esquerda, dando aquele sorriso lento e unilateral que fazia sua covinha aparecer. Os gritinhos se derreteram em suspiros de deleite. Apertei os lábios, tentando manter a expressão neutra. Eu tinha muita prática em resistir ao revirar de olhos que ainda ameaçava surgir de novo diante de tal reverência descarada. *Um truque de bartender tão simples e ainda assim elas quase desmaiam como cadelinhas apaixonadas.*

Limpei a mesa que acabava de ser desocupada e peguei a bandeja de copos vazios enquanto outro coro de "ohhs" vinha do bar. Balancei um pouco a cabeça. Truques fáceis à parte, eu percebia por que meu tio recebia tanta atenção e adoração femininas. Ele realmente se parecia muito com Elvis Presley em seus melhores dias.

— Aquele homem é um verdadeiro presente de Deus para Mud Gulch — disse Karla, uma das duas outras garçonetes além de mim que trabalhavam no salão, com os olhos colados no meu tio enquanto esperava que uma comanda fosse impressa.

— Não é um feito difícil, considerando a concorrência — comentei, casualmente, enquanto passava. O homem não precisava da bajulação de mais ninguém, menos ainda de sua sobrinha. E ainda por cima ele se chamava Romeo. Minha avó devia ter tido alguma premonição quanto a ele, porque esse seria um nome difícil de administrar se ele fosse qualquer outra pessoa. Mas a vovó tinha uma afinidade por Shakespeare e, aparentemente, acreditava que seu segundo filho carregaria bem o nome de um famoso cara apaixonante fictício.

Outro gritinho de excitação foi ouvido, confirmando esse pensamento.

Passei entre as mesas lotadas equilibrando a bandeja cheia em uma das mãos, empurrei a porta da cozinha com o ombro e depositei os copos sujos perto da máquina de lavar louça.

— Pedido pronto, Rory — chamou nosso cozinheiro, que estava perto da grelha.

— Obrigada, Eli — agradeci, ao pegar os dois pratos de comida sob o aquecedor. Eli assentiu, mas não olhou para mim, com sua espátula na mão e o olhar focado na TV pendurada na parede no canto da cozinha.

— Você ganha pra isso! Acerta a droga da bola, seu idiota! — ele gritou enquanto eu empurrava as portas de vaivém.

O som de um taco batendo em uma bola chegou aos meus ouvidos enquanto eu voltava para o bar. Aparentemente, o idiota tinha conseguido fazer o seu trabalho.

— Um hambúrguer, ao ponto, sem cebola, sem tomate, com acompanhamento de anéis de cebola, Larry — recitei, colocando a comida na frente de um dos nossos clientes habituais.

— Obrigado, Rory.

Acenei com a cabeça.

— E para Kip, peixe com batatas e salada extra — continuei, estendendo o prato cheio para o outro homem.

Passei rapidamente pelas outras mesas e então fui até o computador para imprimir as comandas.

— Você deve estar de brincadeira — disse Sherry, a terceira garçonete, com o olhar fixo em algum lugar atrás de mim. Virei, boquiaberta. — Não, não olhe — alertou, agarrando meu braço e me virando de volta para o computador. Mas era tarde demais. Eu já tinha visto.

Meu ex-namorado e sua nova namorada estavam sentados à mesa

seis. O ex que tinha terminado comigo para começar a namorar a nova garota com quem ele estava sentado agora. No bar da minha família. Onde eu trabalhava.

— Que *cretino* — Sherry sibilou enquanto começava a pegar as garrafas de cerveja no final do bar e colocá-las na bandeja. — Como ele ousa vir aqui? — Ela virou a cabeça e olhou para mim. — Quer que eu o despache?

O jeito que ela disse "despache" me fez pensar que queria dizer do planeta, não apenas do estabelecimento. Quase respondi que sim, mas decidi que não estava com raiva o suficiente para arriscar a liberdade de Sherry.

— Eu cuido disso — ela ameaçou enquanto se virava para entregar as bebidas em sua bandeja.

Soltei uma risada forçada.

— Que fofo, Sher — eu disse para suas costas, que se afastavam. — Mas ele não vale a pena. E um macacão laranja fornecido pelo Estado não vai combinar com o seu cabelo.

Ela fez um som no fundo da garganta que tanto poderia significar que concordava como que não precisava da minha permissão para *despachar* meu ex-namorado e arriscar uma vida inteira vestindo laranja dos pés à cabeça.

O ex — Thaddeus Willoughby III — se inclinou ao redor de Karla, que estava anotando o pedido deles, e encontrou meus olhos. Desviei rapidamente o olhar, mas não antes de ver que ele pelo menos tinha tido a decência de parecer desconfortável.

Que porra ele estava fazendo ali, afinal? Ele morava em Claremont Landing, a cidade vizinha, um local sofisticado com um conhecido clube e campo de golfe e uma riqueza per capita no extremo oposto do espectro em relação a Mud Gulch. Eu o havia conhecido quando ele fez uma viagem ao cais com seus amigos para uma despedida de solteiro e lançou seu charme na minha direção. Involuntariamente, estremeci ao me lembrar do passado. Deus, acho que ele nem tinha feito muito esforço antes de eu praticamente cair aos seus pés. Namorar idiotas ricos de colarinho engomado só havia terminado em desastre para mim, e renovei meu voto de nunca mais ser vítima de um sorriso brilhante pago por um tratamento dentário caro.

Entreguei as comandas, me esforçando para não olhar de novo na direção da mesa seis. Enquanto pegava algumas bebidas no bar, Romeo fez um movimento com os lábios:

— Está tudo bem? — Claramente ele também tinha visto Thaddeus e a mulher deslumbrante com quem estava sentado.

Assenti, exibindo um sorriso como se não me importasse nem um pouco que o homem com quem eu estava saindo fazia menos de três semanas tivesse a absoluta audácia de trazer uma acompanhante ao meu local de trabalho. Os olhos de Romeo se estreitaram ligeiramente, mas ele inclinou o queixo, voltando a atenção ao seu fã-clube.

Pelo canto do olho, vi que Thaddeus não estava mais sentado à mesa e, quando virei a cabeça um pouco mais, notei que sua acompanhante estava com o rosto apoiado na mão, olhando sonhadoramente para Romeo do outro lado do salão. Senti uma breve satisfação, que foi imediatamente engolida pelo alarme quando alguém puxou meu braço de algum lugar na curva do corredor que levava aos banheiros e me arrastou para o corredor escuro.

— Rory.

— *Thaddeus.* — Soltei meu braço e dei um passo para trás. — O que você está fazendo aqui?

— Desculpa. Sei que vir aqui é golpe baixo. Ela queria vir para o cais. Tentei sugerir outros lugares além do seu bar, mas ela foi insistente. Praticamente me arrastou para cá. Ela disse que sempre quis...

— Descer ao nível dos pobres?

— Não foi assim que ela colocou.

— Tenho certeza de que não. — Mas esse era o espírito. E pela cor que começava a subir pelo pescoço dele, eu podia ver que ele sabia. A garota do Country Club queria se aproximar da galera da pesada do cais. E então voltaria correndo para pastos mais verdes, muito mais experiente depois disso.

— Este é o verão das *experiências* dela — ele continuou.

Resisti ao impulso iminente de me encolher.

— Não somos experiências, Thaddeus. Somos pessoas. — Coloquei as mãos nos quadris. — Foi isso que fui para você também? — perguntei. *Uma experiência*. Levantei a mão. *Lembre-se do seu juramento, Rory.* — Não, não responda. Eu não me importo.

— Ah, Rory, não faz assim. — Ele se inclinou levemente para trás, virando a cabeça e arriscando uma rápida olhada no bar. Quando virou-se para mim de novo, estendeu a mão, colocando uma mecha de cabelo atrás da minha orelha. Eu me afastei, lançando um olhar mortal para sua mão suspensa. — Escuta... Rory. Não tem motivo pra gente não continuar se vendo.

— Às escondidas? Devo usar um disfarce?

— Caramba, Rory. Não faz drama. Não precisa de nenhum tipo de disfarce. Podemos só ficar dentro de casa.

— Com portas trancadas e persianas fechadas?

— Claro...

— Não estou interessada. E se fosse você, inventaria logo uma dor de estômago, porque Sherry está *se coçando* para te socar e não vou fazer nada para impedir.

Seus olhos se arregalaram, e ele abriu a boca para dizer algo, mas me virei e corri de volta para o salão do bar.

Um momento depois, vi Thaddeus e sua acompanhante indo em direção à porta, enquanto ele segurava dramaticamente a barriga, seu rosto torcido em uma falsa agonia enquanto ela trotava ao lado dele, de olhos arregalados e adequadamente preocupada. Mas não deixei de notar o olhar que ela lançou para Romeo por cima do ombro, obviamente querendo uma última secada no Dionísio de cabelos pretos e olhos azuis que servia bebidas atrás do bar. E não deixei de notar o fato de que Romeo piscou para ela e deu seu famoso meio-sorriso, fazendo com que ela tropeçasse e caísse contra Thaddeus e que ambos cambaleassem para fora.

A porta se fechou atrás deles no momento em que Romeo girou uma garrafa atrás das costas, pegou-a com a outra mão e foi recompensado com uma rodada animada de aplausos que alimentaria o ego da mais desiludida estrela de Hollywood.

Verifiquei rapidamente minhas mesas e então caminhei em direção à porta da frente.

— Vou pegar um ar — avisei a Romeo, de longe. Ele inclinou o queixo para mim enquanto enchia uma fileira de copos de *shots* à sua frente. Uma vez do lado de fora, fiquei alguns instantes olhando de um lado para o outro pelo cais, mas quando não vi sinal de Thaddeus e da mulher, soltei um suspiro de alívio e caminhei para o outro lado da rua, onde havia um parapeito que dava para o mar.

Apoiei os cotovelos na madeira desbotada pelo sol, unindo as mãos e olhando para a água iluminada pela lua, sentindo aquele mesmo puxão que sempre sentia quando estava ali, exatamente assim. O que era aquele vazio que surgia sempre que eu olhava para o horizonte, para lugares além? Gerações dos meus ancestrais haviam se sentido atraídos pela água em si, com suas pernas de marinheiro fortes e firmes. O mar lhes proporcionara paz e propósito, e também uma forma de alimentar suas famílias. Por muito tempo, me perguntei se era o mesmo chamado que eu sentia, e continuei esperando que o desejo de estar na água mais frequentemente do que em terra firme surgisse. Ao contrário de Romeo, meu tio Cassius havia sentido o chamado do oceano e agora comandava um barco pesqueiro. Eu gostava de estar na água, mas sempre me sentia ansiosa para colocar os pés de volta na boa e velha terra firme. Preferia olhar para o mar a enfrentar suas águas agitadas regularmente.

Então, não, não era isso. E, no entanto, a atração sem nome

permanecia. Essa sensação me deixava confusa e frustrada e eu não tinha como responder, não sabia que tipo de atitude tomar, porque não sabia o que ela especificamente me pedia.

Um empurrão na minha coxa dispersou meus pensamentos e olhei para baixo para encontrar olhos profundos fixos em mim.

— Loki — cumprimentei o vira-lata preto e marrom, agachando-me para ficar no nível dele. — O que você está fazendo aqui tão cedo à noite? — Ele deu um passo na minha direção e eu segurei sua cabeça entre as mãos, inclinando-me e encostando meu nariz no dele antes de recuar para olhá-lo nos olhos e garantir que não houvesse nada de errado. — Ainda não é hora do jantar. Venha até a porta dos fundos mais tarde e vou te dar o de sempre. — Ele soltou um gemido suave e esfregou o focinho úmido no meu nariz. Sorri. — Ah, entendi, você só quer um pouco de carinho. Bem, todos precisamos de um pouco de vez em quando, até mesmo um cara durão como você. — Ele me olhou, seu olhar tão terno que me fez pensar se era eu quem precisava de carinho e se essa alma gentil sabia.

Cocei atrás das orelhas dele, passei as unhas por sua cabeça e depois desci pelas costas.

— Obrigada pelo amor. Eu estava precisando. Costumo procurar nos lugares errados.

Loki soltou outro gemido suave, inclinando a cabeça para que eu pudesse coçar seu queixo.

— Você poderia vir para casa comigo, sabe. A oferta está sempre de pé... refeições regulares... banhos regulares. — Loki soltou um rosnado curto, recuando. Ri. — Tudo bem, então. Você não está pronto para viver seguindo regras, então continua sendo um agente livre.

Ouvi a porta do bar abrir e fechar e, momentos depois, passos soaram atrás de mim. Quando virei, vi Romeo se aproximando e me levantei enquanto Loki troteava para longe, fugindo da ameaça de um banho.

— Deixe-me adivinhar, a mesa oito quer mais uma rodada.

Ele se virou e colocou os cotovelos no parapeito, inclinando-se para a frente.

— Sim. Mandei a Sherry cuidar deles. — Ele apertou os olhos ao olhar para mim. — Achei que você precisasse de mais um minuto ou dois aqui fora.

Suspirei, descansando as mãos no parapeito enquanto olhava novamente para a água, ondulando e se movendo sob o brilho da lua.

— Obrigada.

Senti o olhar atento de Romeo sobre mim, mas não olhei em sua direção.

— O que você está procurando, Rory?

O que você está procurando? Lancei um olhar para ele. Eu sabia que estava dizendo aquilo em geral. Ele perguntava por que eu estava sempre procurando, mas nunca encontrava. Queria saber de onde poderia vir esse tal chamado que eu sentia. Romeo sugeria que eu nunca estava satisfeita porque buscava cegamente algo que eu não conseguia definir. E estava certo.

— Não sei — admiti. *Talvez a mim mesma.*

Romeo se virou e ergueu o queixo enquanto olhava para o céu, as estrelas desbotadas em meio aos postes de luz. Ele soltou um suspiro.

— Bem, podemos concordar, pelo menos, que provavelmente não está em Claremont Landing?

Soltei uma risadinha baixa.

— Parece que não, né?

Ele me deu aquele sorriso estonteante.

— Não, parece que não.

— Vamos — falei, afastando-me do parapeito de madeira e dando um pequeno puxão em sua camisa. — Suas fãs provavelmente estão sofrendo de abstinência enquanto falamos. Da última vez que me atacaram neste cais, acabei com uma farpa na bunda.

Ele riu.

— História de pescador — disse ele, virando-se e caminhando comigo pela rua.

— Isso é uma forma educada de me chamar de mentirosa?

Ele piscou, e sorri antes de encher meus pulmões com uma profunda inalação do ar salgado que eu tinha respirado a vida toda e então abrir a porta do bar. Meus clientes logo estariam batendo nas mesas por mais uma rodada, e pelo menos esse era um chamado que eu sabia como responder.

CAPÍTULO TRÊS

GAGE

O fim de semana com os caras já era um desastre completo. Nós quatro, completamente encharcados, estávamos na frente de uma placa que dizia: *Mud Gulch, População: 3.700 habitantes.*

Tínhamos levado vinte miseráveis minutos para chegar ali depois de furar o pneu do carro do Trent na estrada escura em que nos encontrávamos, após pegarmos a saída errada.

Sem estepe.

Sem sinal de celular.

Nenhum carro tinha passado desde que havíamos parado.

Viramos a cabeça ao mesmo tempo na direção da seta que apontava para a praia.

— Já ouvi falar de Mud Gulch — comentei. — É uma cidadezinha de pescadores.

— Só espero que alguém lá tenha um telefone — disse Trent.

— Que cidadezinha de pescadores não tem um telefone? — perguntou Grant. — Claro que eles têm. Eles estão situados *na beira* da água, não debaixo dela.

Deus, apesar do seu QI de gênio, Trent podia ser um idiota. Um idiota que havia usado seu estepe semanas atrás e não o substituído antes de uma viagem.

Respirei fundo e me virei para a estrada, que desaparecia entre as árvores. Pelo menos a chuva tinha diminuído um pouco. Não que importasse — nós quatro estávamos encharcados até os ossos.

Levamos cerca de quarenta e cinco minutos para descer pela estrada que serpenteava entre as árvores, finalmente emergindo em um penhasco que dava para a praia. Havia um farol em uma pequena ilha à nossa direita, cujo topo desaparecia na névoa, sua luz pálida rompendo a bruma e guiando os barcos de pesca para seu destino. Havia residências espalhadas aqui e ali, mas de onde estávamos, as únicas luzes de estabelecimentos que eu conseguia ver ficavam bem lá embaixo, no cais.

— Vai ser uma bela caminhada — observou Aidan, obviamente olhando na mesma direção que eu.

Alonguei meu pescoço rígido de um lado para o outro. Não estava exatamente a fim de mais uma caminhada na chuva, mesmo que as luzes lá embaixo provavelmente indicassem comida. Estava morrendo de fome.

— Vamos poupar essa caminhada. Tem umas casas ali. — Apontei para uma rua à esquerda onde as luzes das varandas brilhavam. — Podemos pedir para usar o telefone e ligar para um...

Meus pés foram sugados para baixo e o chão desapareceu debaixo de mim.

Me agarrei ao ar vazio, voando para baixo em uma torrente de lama escorregadia, agarrando raízes que escorregavam por entre meus dedos, completamente à mercê da natureza.

— Caraaaaalho! — alguém gritou atrás de mim. Estávamos todos sendo lançados morro abaixo em um grande deslizamento de lama.

Íamos todos morrer. *Fim.*

Fui virado de lado e para trás, batendo em pedras, plantas e quem sabe o que mais, enquanto grunhia e xingava, até finalmente cair em uma poça que me engoliu até os ombros.

— Puta que pariu!

Mal tive tempo de registrar o fato de que três homens adultos estavam voando na minha direção, mas me movi no último segundo para não ser enterrado por eles antes de baterem na água em três *splashs* altos.

Sentamos lá, perplexos, ofegando ruidosamente, olhando ao redor, em choque com o que tinha acabado de acontecer e o fato de que ainda estávamos vivos.

— Todo mundo bem? — perguntei, testando meus próprios membros para ter certeza de que não havia nada quebrado. Todos murmuraram afirmativamente e nos levantamos e saímos da poça funda para a estrada. Diretamente diante de nós havia uma placa que apontava para o cais das luzes que tínhamos visto de cima.

— Esse era um dos jeitos possíveis de chegar até aqui — disse Grant, limpando uma gotona de lama de sua bochecha.

— A pior viagem com os caras de todos os tempos — murmurou Aidan.

Soltei uma risada áspera, e eles fizeram o mesmo, todos nós nos dobrando de tanto rir, nossos uivos parecendo ser tanto da histeria quanto da hilaridade.

— Que porra foi essa? — perguntou Grant.

— E como é que não morremos? — acrescentou Trent.

Depois de alguns minutos, recuperamos o fôlego, sacudindo-nos o melhor que pudemos e seguindo na direção daquelas luzes.

Nos dirigimos pelas ruas encharcadas de chuva do distrito comercial, tal como era. O cais era velho, rangia um pouco e gemia sob nossos pés quando pisávamos nele. Mas essa área da cidade parecia ter a vida noturna mais movimentada. As luzes eram mais brilhantes, e eu podia ouvir o murmúrio baixo de vozes vindo de algum lugar um pouco à frente.

Uma taverna pitoresca materializou-se da névoa, e quase corri em direção a ela com alívio alegre. Embora não pudéssemos ver tudo através da chuva e da névoa, a parte visível brilhava com luz e nos convidava com o som fraco de risos e conversas.

— Parece promissora — opinou Aidan.

Caramba, e como parecia.

Abri a porta e todos nós entramos. O cheiro de cerveja, comida saborosa, vários produtos de limpeza e o leve aroma de mofo atingiram meu nariz.

À nossa esquerda, havia um bar de mogno esculpido à mão com prateleiras iluminadas de bebidas na parede de trás e uma fileira de lanternas penduradas acima. Os clientes ocupavam todos os seis bancos do bar e viraram a cabeça ao mesmo tempo, nos observando enquanto a mulher atrás do balcão, de cabelos alaranjados, parava o que estava fazendo, uma coqueteleira de prata imóvel no ar.

Ficamos ali, pingando no chão enquanto todas as cabeças do lugar se levantavam, olhares apontados na nossa direção.

— Oi — disse Trent com um aceno e um sorriso.

Ninguém o cumprimentou de volta.

— Não tenho certeza se este lugar é tão promissor quanto parecia — murmurou Aidan.

— O que você espera? É um boteco sujo no cais — falei, justo quando a música na jukebox mudou para outra, de modo que a minha declaração ressoou no silêncio temporário. Os rostos ainda virados na nossa direção simultaneamente se transformaram em caras fechadas. *Merda*. Essa frase não tinha saído exatamente como eu pretendia, e eu certamente não queria que fosse ouvida.

— O banheiro é por ali — avisou uma voz feminina, contrita. — Se vocês quiserem se limpar e parar de pingar no meu chão.

Virei a cabeça para ver quem tinha dito isso, assim que um clarão de relâmpago fez as luzes tremularem ligeiramente. A garçonete que tinha falado estava parada com as mãos nos quadris, lábios pressionados enquanto olhava para nossos pés. Segui o olhar dela para onde a poça debaixo de nós estava se espalhando. Meus amigos começaram a se mover ao meu lado, o farfalhar das roupas me avisando que estavam tirando os corta-ventos de nylon todos iguais que Trent tinha trazido para nós e que todos havíamos vestido quando o pneu furou, numa tentativa de ficarmos parcialmente secos. Mas, por alguma razão, eu me senti colado ao lugar enquanto levantava a cabeça para olhar de volta para a moça.

Cabelos pretos como a noite presos num rabo de cavalo com mechas caindo ao redor do rosto. Olhos azul-claros enquadrados por cílios escuros e sobrancelhas perfeitamente arqueadas. Seios fartos pressionados contra a blusa de algodão branca de manga comprida que ela vestia, com um decote aparecendo entre dois botões superiores abertos.

Meu Deus. Ela era deslumbrante.

Senti-me momentaneamente tonto, como se tivesse acabado de entrar em algum sonho estranho em vez de um bar sujo em uma pequena cidade portuária na costa norte do Maine. Aidan esbarrou em mim, e pelo canto do olho vi que o corta-vento estava preso sobre sua cabeça, os braços levantados enquanto ele pulava ao redor, lutando para tirá-lo. A mulher encontrou meu olhar, sem dúvida esperando que eu, o único que atualmente não estava perdendo a batalha contra uma peça de roupa molhada, dissesse algo.

— Comida — consegui articular, a palavra saindo em um coaxar. Será que eu estava sofrendo de hipotermia? Todos os meus sistemas pareciam estar falhando ao mesmo tempo.

Ela inclinou a cabeça, me medindo, aqueles olhos claros descendo pelo meu corpo e depois subindo devagar. Seus lábios estavam pressionados firmemente juntos, como se tivesse observado algo em mim que a desagradasse profundamente. Eu não estava acostumado com essa reação. Havia me acostumado a esperar que quando o olhar de uma mulher percorresse meu corpo, a resposta fosse ao menos apreciação.

Não... desdém.

Olhei para baixo, como se talvez algo houvesse mudado desde a última vez que eu tinha olhado. Não. Ainda era eu, mas em calças caqui encharcadas e sujas de lama, camisa polo e corta-vento com o logo de Harvard.

— Comida? — ela repetiu. — Se servimos comida? É isso que está perguntando, *Ivy League*?

Ivy League. Ok, eu merecia isso depois do meu desabafo insultante que não tinha a intenção de ser nem insultante nem um desabafo. Ao meu lado, Trent conseguiu tirar o corta-vento e então balançou a cabeça como um cachorro, água voando ao redor dele e me tirando do espaço estranho e onírico que eu ocupava desde que havíamos entrado pela porta. Provavelmente a mudança repentina no clima fez meu corpo ter que recalibrar de alguma forma que eu não sabia descrever. Dei um sorriso agradável para a mulher.

— Sim. Vocês ainda estão servindo comida?

Ela suspirou.

— A cozinha fica aberta até às dez. — Ela acenou com a mão na direção das mesas onde as pessoas haviam retornado às suas conversas, e o burburinho e as risadas iam preenchendo o espaço.

— Ótimo... — movimentei os olhos para o crachá que ela tinha preso na camisa — ... Bolos.

Ela pareceu confusa por um momento, mas então olhou para baixo no crachá.

— O nome do *bar* é Bolos e Cerveja, não o meu — ela esclareceu.

Olhei de volta para o crachá, notando que a linha acima — provavelmente o nome dela — tinha sido apagada e, ao que parecia, as palavras "e Cerveja" também haviam sido desgastadas.

— As pessoas aqui me conhecem — disse ela, presumivelmente explicando por que seu crachá sem nome era irrelevante. Ela virou e se afastou.

— Ei, pessoal, vamos nos limpar no banheiro e depois pedir comida. Podemos ligar para um guincho e comer enquanto esperamos. — Voltei-me para a mulher que tinha pegado um rolo de toalhas de papel de algum lugar, obviamente para limpar a pequena inundação que tínhamos causado na entrada do estabelecimento, enquanto os outros caras caminhavam para os fundos em busca dos banheiros. — Podemos escolher qualquer mesa? — perguntei.

Ela deu um aceno sucinto de confirmação.

— Jim Moseley talvez se levante da cama para guinchar o carro — falou a mulher, enquanto se curvava para enxugar a água. Meu olhar fixou-se no seu decote, agora ainda mais visível dessa perspectiva. Os topos dos seus seios pareciam lisos e macios e eu podia até ver a borda de renda do sutiã. Meu corpo se agitou, as calças encharcadas tornando a reação menos confortável. Pigarreei, forçando-me a desviar o olhar enquanto ela continuava. — Mas a oficina só abre de manhã.

— Ah. Bem, nós não precisamos de uma oficina local. Precisaríamos de um guincho para Claremont Landing.

— Imaginei. — A mulher se levantou e jogou as toalhas de papel molhadas em uma lixeira ao lado do bar e colocou o rolo embaixo do braço. Ela balançou a cabeça. — Jim não guincha até lá.

— Tá. Então acho que poderíamos conseguir um guincho de uma empresa em Claremont Landing.

Ela deu de ombros.

— Boa sorte em encontrar uma que ainda esteja aberta. Já estou indo aí, Ted. — E com isso ela foi caminhando até uma mesa onde três homens estavam sentados.

Chapinhei até o banheiro e juntei-me aos caras, que estavam usando guardanapos para limpar a lama que ainda restava e para se secarem o suficiente para pararem de pingar. Os corta-ventos até tinham feito um trabalho decente em manter nossas camisas secas, apesar de termos escorregado por uma colina e depois sido submersos em uma poça gigante, então isso pelo menos era alguma coisa.

— Caramba, eu não sabia que máquinas de camisinhas realmente existiam — disse Grant, tirando algumas notas molhadas da carteira e inserindo na máquina. Algumas camisinhas embaladas individualmente caíram na bandeja e ele as pegou, jogando uma para cada um de nós em sequência. — Nunca se sabe — sugeriu, com um piscar de olhos.

Revirei os olhos e coloquei a camisinha vermelha no bolso,

continuando a secar meus sapatos da melhor forma possível enquanto os outros caras faziam o mesmo. Felizmente estávamos em um bar quente, onde poderíamos pedir um *shot* de algo que também aquecesse nosso interior. Não é que estivesse frio. Na verdade, estávamos todos meio... fervendo.

Maravilha...

— Ei, pessoal, isso já está engraçado. Vai ser uma ótima história, certo? — disse Trent, claramente tentando se redimir da situação em que estávamos. Quando nós três apenas o encaramos, ele soltou um riso fraco. — Muito cedo, eu acho — murmurou.

Saímos do banheiro e caminhamos até uma mesa situada no fundo, em frente a uma mesa de sinuca, e nos sentamos.

— Ah, droga — falou Grant, limpando seu celular na camisa. — Meu telefone nem liga.

Tirei o meu do bolso e tentei ligá-lo.

— Merda. — Eu havia tentado proteger meu celular da chuva, mas o deslizamento de lama e a subsequente submersão obviamente o haviam estragado. Trent tinha deixado o dele cair na lama antes mesmo de sermos arremessados sobre o penhasco amolecido pela chuva, então já sabíamos que o dele era um caso perdido.

Ao meu lado, Aidan segurava seu celular com uma expressão igualmente sombria.

— Meteu as botas — respondeu ele, deixando-o cair na mesa. — Talvez tenham uma tigela de arroz aqui.

Revirei os olhos. Esses celulares estavam muito além de uma tigela de arroz. Duvidava de que voltassem a funcionar.

— O que posso trazer para vocês? — perguntou a mulher de cabelos escuros e incríveis olhos azuis enquanto se aproximava de nossa mesa. Uma onda leve de tontura me atingiu mais uma vez. Ela era bonita, e aqueles olhos... Nunca tinha visto olhos daquele tom de azul. Mas eu já tinha visto *muitas* mulheres bonitas na vida. Saído com muitas delas. E ainda assim, nunca tinha ficado tonto na presença delas.

— Gage? Gage, volte para nós.

Despertei, percebendo que os outros caras tinham pedido e todos estavam esperando que eu falasse. O que estávamos fazendo mesmo? Certo. Pedindo...

— Comida.

Aquela sobrancelha escura arqueou novamente.

— Você gostaria de algum tipo específico de comida, ou devo apenas adivinhar?

Soltei um riso fraco.

— Foi mal. Foi uma noite longa. Ah. Um hambúrguer seria ótimo. Malpassado. E um *shot* do seu melhor Bourbon.

Ela guardou o bloco de notas no avental amarrado em sua cintura e olhou para Aidan.

— Aliás, é bateu as botas.

— Hã? — disse Aidan.

— Você disse que seu celular meteu as botas. Mas o ditado é bateu as botas. Nunca tive a chance de corrigir uma pessoa formada em Harvard antes e isso meio que caiu no meu colo, então tive que aproveitar a oportunidade.

Aidan balançou a cabeça e levantou o celular, como se fosse pesquisar no Google, e depois o largou na mesa quando se lembrou. Ela deu meia-volta e se afastou. Observei seus quadris balançarem enquanto ela se afastava. *Meu Deus.*

— Ela está mal-informada, claro — retrucou Aidan. — Mas tem uns belos...

— Purê de maçã. — Com essas palavras soltei um rosnado, sentindo três pares de olhos se virarem na minha direção.

Aidan riu.

— Ah, droga, Gage está a fim da garçonete gostosa. — Ele ergueu as mãos como se estivesse se rendendo e depois mostrou sua aliança de casamento. — Bem, sorte sua que já estou comprometido, e esses dois perdedores não poderiam competir com você nem no melhor dia deles.

Garçonete gostosa. Por que a falta de respeito me fez querer socar a cara de Aidan? Grant e Trent resmungaram levemente em resposta ao comentário, mas nenhum deles o desafiou. Respirei fundo. Eu nem mesmo tinha intenção de dizer "purê de maçã", o código que tínhamos concordado em usar na faculdade se estivéssemos interessados em uma mulher. O que eu nunca tinha usado sequer uma vez... até agora. Ele tinha meio que... subido pela minha garganta por conta própria. O que era completamente idiota por várias razões, uma delas sendo que a garçonete não parecia ter o menor interesse em mim.

— Escutem, vamos comer e ir embora — avisei. — Ninguém aqui está competindo por nada. — Falando nisso... Cruzei o olhar com a mulher quando ela se afastou do balcão com uma bandeja cheia de bebidas. Fiz um aceno breve.

Se ela achou que seu revirar de olhos tinha sido discreto, não era muito boa em ser discreta.

— Sim? — perguntou com doçura forçada quando voltou à nossa mesa e começou a colocar os coquetéis na frente de cada um de nós em sequência.

— Parece que nenhum dos nossos celulares está funcionando — eu disse. — Você tem algum que a gente possa usar para ligar para esse tal Jim que você mencionou, que tem uma empresa de guincho?

— Ah, Jim não tem uma empresa de guincho, apenas uma caminhonete normal com um engate atrás.

Fiquei olhando para ela.

— Beleza, então, posso usar seu telefone para ligar para o Jim que tem a caminhonete?

Ela balançou a cabeça.

— Jim está dormindo a essa hora. — Ela colocou a bandeja na mesa e pousou as palmas das mãos em cima, inclinando-se na minha direção. Senti o aroma dela e, sem querer, inspirei mais do seu cheiro, baixando o olhar enquanto os perfumes se separavam e se fundiam novamente. Orquídea. Jasmim. Água salgada. E abaixo de tudo isso, um almíscar delicado e discreto que eu não conseguia identificar, mas que me deixava zonzo. Me inclinei para a frente, tentando aspirar mais enquanto mantinha alguma forma de decoro público.

— Mas vou te dizer uma coisa, sr. Ivy League — ela falou, tirando-me do transe do perfume —, se você pagar uma rodada pro pessoal do bar, eu ligo para a esposa dele, Patrice, que deve estar acordada agora assistindo a alguma coisa na Netflix, e ela acorda o Jim pra mim.

Patrice? Quem é Patrice? Meu cérebro se embaralhou, rapidamente ligando os pontos do que ela tinha dito. Jim. Caminhonete. Patrice. *Certo.* Ela estava fazendo um joguinho comigo. Uma emoção estranha percorreu meu sangue. Me inclinei mais perto até que nossos rostos estivessem a apenas centímetros de distância. Estreitei os olhos e, em resposta, ela estreitou os dela. Travamos um curto duelo de olhares, faíscas invisíveis incendiando meu sangue, aquele cheiro delicioso me envolvendo, penetrando em mim.

— Você está me chantageando, Bolinhos?

Ela ergueu os olhos e passou a língua nos dentes superiores, como se considerasse minha escolha de palavras. Quase gemi com a visão da ponta cor-de-rosa de sua língua tão perto de mim, mas engoli a sensação.

Ela se endireitou e cruzou os braços.

— É uma palavra forte, Ivy League. Eu não exijo nada. A escolha é sua. — Ela suspirou enquanto levantava as mãos para dar uma olhada nas unhas. — Só espero que Patrice não tenha decidido ir dormir cedo. Especialmente. Hoje.

Eu ri. Que atuação.

— Tudo bem. Eu pago uma rodada pro pessoal. — Mantive o contato visual enquanto tirava o cartão de crédito da carteira úmida e entregava a ela. — Se você puder fazer a gentileza de pedir para Patrice acordar o Jim da caminhonete, nós agradeceríamos muito.

Ela me lançou um sorriso, pegando o cartão da minha mão e se virando. *Tratantezinha.*

— Acho que ela não gosta de você — Trent observou antes de tomar um longo gole de sua cerveja.

— Todo mundo gosta de mim — murmurei. Era verdade. Eu nunca tinha dado motivos para que alguém não gostasse de mim. Claro, ao longo dos anos, algumas pessoas haviam interpretado mal minha determinação, achando que era desprezo, mas essas pessoas eram poucas e distantes entre si. Eu buscava paz em vez de conflito e não gostava de magoar os sentimentos das pessoas.

E não tinha sido sem educação com a bela garçonete. Me certifiquei de só deixar meu olhar focar no seu decote quando ela estava olhando para o outro lado, e ela não conseguiu me ver olhando para sua bunda, a menos que tivesse olhos nas costas.

Então, o único motivo possível para sua reação desprezível era que ela havia me julgado mal devido a algum preconceito pessoal.

Ivy League.

O apelido me fez suspeitar de que ela achava que eu era um cara rico esnobe que se considerava melhor do que as pessoas da classe trabalhadora naquele bar. Chamar aquele lugar de boteco sujo ao entrar provavelmente não tinha ajudado.

— E que tal uma partida de sinuca? — Aidan perguntou.

— Claro. Por que não? — Grant respondeu. Suspirei e depois tomei o *shot* de Bourbon. Eu esperava que queimasse, mas era suave e deslizou pela minha garganta, e o sabor de nozes e baunilha foi uma surpresa bem-vinda. Minhas falsas suposições levaram outro golpe e fiquei feliz por ser considerado um idiota. Aquele bar sabia o que era bebida de qualidade.

— Eu jogo com quem ganhar — disse Trent.

Virei um pouco na cadeira e observei Aidan arrumar as bolas de sinuca na mesa. Trinta minutos depois, a mulher saiu de um corredor do outro lado do salão e veio na nossa direção. *Demorou, hein?*

— Você tem sorte — anunciou ela. — Patrice estava acordada e acordou o Jim.

Quem diria?

— Obrigado — agradeci o mais educadamente possível. — A gente agradece muito a sua ajuda.

Ela me lançou um pequeno sorriso irônico.

— Onde está o carro?

— No quilômetro 14 — Grant respondeu ao lado da mesa de sinuca. Ele levantou a mão e fez um gesto com o dedo por cima das costas. — Naquela estrada escura que entra na cidade.

O olhar dela se moveu para ele.

— Marca e modelo?

— Lexus LS.

Ela soltou um grunhido curto.

— Chaves?

— Podemos entregar as chaves para o Jim quando ele passar por aqui — eu disse.

Ela ergueu os olhos.

— Oh, hum... bem, Jim não vai passar por aqui. Porque veja só... a caminhonete dele é muito larga para as ruas estreitas aqui embaixo. Mas — ela sorriu — outra rodada de bebidas compra o serviço de entrega das chaves lá na casa do Jim e da Patrice.

— Quem vai entregar as chaves?

— Quem?

— Sim, quem faz esse serviço de entrega de chaves?

— Humm, bem, o Ernest... Aqui do lado. Ele já vai fechar a loja e mora na mesma estrada deles.

— Ernest?

— Uh-hum.

— Qual o sobrenome dele?

Ela pausou por um instante, seus olhos deslizando para o lado.

— Ernest... Buffalobeam.

— Ernest Buffalobeam? — Olhei para trás de mim, em direção aos tampos dos barris de Bourbon que decoravam as paredes e exibiam logotipos como Buffalo Trace e Jim Beam.

— E esse Ernest Buffalobeam aqui do lado tem uma loja de quê, mesmo?

— Ele vende... — Seus olhos deslizaram novamente atrás de nós, espreitando o teto e depois voltando para mim. — Lâmpadas.

— Lâmpadas. Sério? Ernest Buffalobeam vende lâmpadas aqui do lado?

— Todo mundo precisa de lâmpadas — disse ela, pressionando os lábios. — Elas nos ajudam a ver no escuro.

— Brilhante. — Mantivemos contato visual por um momento, depois dois, ambos estreitando os olhos ligeiramente enquanto tentávamos não sorrir. Eu apostaria qualquer coisa que a caminhonete do Jim cabia perfeitamente naquelas ruas e ela só estava tentando me tirar mais uma rodada de bebidas. — Trent, entregue as chaves para a moça — falei.

— E se esse Ernest Buffalobeam nunca mais voltar? — Trent perguntou, cético.

— Para onde ele vai com um carro com apenas três pneus funcionando? — acrescentou Aidan.

— Ele pode roubar nossas coisas — sugeriu Trent. Ele se inclinou para Aidan e "sussurrou": — Deixamos todas as nossas bolsas lá dentro.

— Escute, Ernest está lotado de camisas Polo e cuecas Calvin Klein. Ele não é um ladrão.

Soltei um assobio baixo.

— Você está julgando muito, Bolinhos — eu disse.

— Como ela sabe o que eu trouxe? — Trent "sussurrou" novamente, o que rendeu um empurrão de Aidan no braço. — Ai — Trent murmurou antes de pegar suas chaves do bolso e entregá-las para a garçonete.

Ela se virou e gritou para o bar inteiro,

— Quem quer outra rodada? — Ao que se seguiu uma comemoraçãozinha coletiva de concordância.

Jogamos uma partida de sinuca e bebemos as bebidas que nos foram entregues como parte da rodada que paguei e então ela voltou com nossa comida.

— Jim acabou de ligar e disse que pegou seu carro e está levando para a oficina. Tenho certeza de que eles vão conseguir arrumar um encaixe para te atender de manhã. Outra rodada?

— Por que não? — disse Aidan. — A gente não vai dirigir!

A garçonete se virou com um sorriso e um piscar de olhos, e de repente me ocorreu que nosso carro estava ali, o que significava que mesmo que tivéssemos um celular funcionando — o que não tínhamos —, pegar um Uber para Claremont Landing significaria ter que pegar outro de volta pela manhã. Quer um dos nossos telefones funcionasse ou não, um bate e volta de uma hora parecia impraticável, especialmente considerando que nossa bagagem não estaria disponível até o dia seguinte. Talvez eu devesse ter perguntado se essa pessoa chamada Jim da caminhonete com um engate poderia pegar nossas malas e trazer, mas a oportunidade já havia passado. Vi a mulher sair da cozinha e coloquei meu taco de sinuca na mesa enquanto me dirigia para onde ela estava agora, pulverizando produto em uma mesa e limpando-a.

— Eu tenho quase medo de perguntar — falei quando ela olhou para cima, erguendo as sobrancelhas —, mas já que nosso carro está aqui na sua cidade, vamos precisar de um lugar para ficar.

Ela jogou o pano sobre o ombro, enfiou o frasco de spray no grande bolso do lado do seu avental e abriu um sorriso bonito.

— Mimi Jenkins aluga um quarto em cima da garagem para os forasteiros. Posso verificar se está disponível.

Um quarto em cima de uma garagem? Quase bufei, mas me recusei a corroborar sua óbvia suposição de que éramos mauricinhos esnobes da Ivy League. Além disso, era apenas por uma noite de infortúnio. Eu era capaz de lidar com isso.

— Quantas rodadas vai me custar?

— Não mais do que duas.

Eu ri.

— Você é uma espertinha.

Ela riu também, me dando outro piscar de olhos por cima do ombro enquanto se afastava. Voltei para a mesa, vendo meu reflexo no vidro de uma foto emoldurada na parede e percebendo que ainda estava sorrindo. Aparentemente, eu gostava de ser enganado.

Por ela. Você gosta daquele sorrisinho atrevido e daqueles olhos azuis cristalinos. E você gosta quando ela os vira na sua direção, mesmo que isso signifique outra passada do seu cartão de crédito.

Patético. E eu raramente era patético. Sempre equilibrado, sempre ponderado. E ainda assim...

— Por que você está sorrindo como um bobo? — Aidan perguntou.

— Estou feliz porque estou prestes a te dar uma surra na sinuca — eu disse, pegando o taco e passando o giz. — Sai da frente.

Outras duas rodadas de *shots* apareceram e eu decidi evitar as duas para que um de nós permanecesse sóbrio. Limpei a mesa com Grant, tanto porque eu era melhor do que ele quanto porque ele começou a enrolar as palavras, e quando encaçapei a bola oito, olhei para cima para ver a pequena trapaceira em pessoa entregando mais uma rodada.

— Mimi vai deixar a chave embaixo do tapete — ela avisou, enquanto colocava o último copo na mesa. — Tem uma secadora na garagem e o quarto de vocês fica depois de subir as escadas à esquerda.

Joguem suas roupas na secadora antes de irem para a cama. Não liguem para o cachorro. Ele... na maioria das vezes é amigável. Dei minha palavra por vocês, então não me façam ficar mal na fita.

— Por que você deu sua palavra por nós? — Apesar de não ter problema em me mandar pagar rodadas para os moradores locais, ela não parecia gostar tanto assim da gente.

Ela bateu a bandeja na coxa.

— Você não parece ser do tipo que daria calote numa velhinha, Ivy League.

Me inclinei mais para perto.

— Suposições podem ser perigosas, Bolinhos. — Seu sorriso foi lento, de quem entendia bem das coisas, e me fez sentir como se ela tivesse dado uma marretada no meu peito e tirado o ar dos meus pulmões.

— Sei bem disso — ela respondeu suavemente.

Sorri de volta, mesmo que o meu sorriso parecesse meio tremido e um pouco atordoado. Algo voou perto da minha bochecha, arrancando-me da névoa em que estava, quando se alojou na parede ao meu lado. *Que porra...?*

Virei a cabeça rapidamente para ver Grant franzindo o cenho para o alvo de dardos, outro dardo pronto na mão para lançar. O alvo de dardos não estava perto da minha cabeça, mas isso não o impediu de quase me perfurar.

— Uau, que mira, hein, cara. Guarde a arma.

Deus, meus amigos estavam bêbados. Grant abaixou o dardo, apoiando-se na parede ao seu lado para se sustentar.

— Vou fechar a conta — eu disse para a mulher.

Ela arqueou o lábio enquanto observava Trent afundar em uma cadeira.

— Achei mesmo. Espere um momento e vou imprimir sua conta.

Quando ela voltou, eu assinei a via, fazendo careta quando vi o total.

Deveria ter passado a conta para o Trent qual-a-probabilidade-de-furar-dois-pneus-na-mesma-semana Howell, mas não o faria. Eu é que tinha permitido voluntariamente que a pequena golpista brincasse comigo. E, verdade fosse dita, nem estava chateado com isso.

— Estes são por minha conta — ela falou, entregando-me um saco de papel branco.

Olhei para ele com desconfiança.

— Bolos — ela disse.

Peguei o saco de papel.

— Ah, Bolos e Cerveja.

Ela arqueou o lábio para mim.

— Bolos e Cerveja: *Cakes and Ale*. É uma coisa de Shakespeare. De qualquer forma, a gente faz aqui na casa. Aproveite.

Grant apoiou-se em mim um pouco demais e quase fez nós dois cairmos.

— Caramba, cara — falei enquanto me esforçava para administrar seu peso.

— O que queu fixx, c-cara? — Grant resmungou. Mas se endireitou e permitiu que eu o levasse até a porta. Atrás de mim, Trent e Aidan estavam com os braços em volta um do outro e cantavam alguma música completamente irreconhecível para mim.

Todos nós cambaleamos até a porta e eu os empurrei para fora, os três tropeçando na noite encharcada de chuva. Pelo menos a tempestade tinha passado.

— Aquela lua! — Aidan exclamou, levantando as mãos para o céu. — É linda, parece um peito. — Os outros caras riram, ecoando "Peito, peito", como crianças de doze anos, dobrando-se enquanto a porta se fechava atrás deles. Eu me virei, querendo captar mais um vislumbre da garota cujo conhecimento, por algum motivo que eu não conseguia explicar, parecia predestinado, mesmo que nossos caminhos estivessem destinados a se cruzar apenas brevemente.

Ou talvez fosse o álcool. Eu tinha tomado apenas dois *shots*, mas talvez fossem extrafortes.

— Dá pra pedir o dinheiro de volta em Harvard? — ela perguntou, arqueando o lábio.

Eu ri e passei a mão pelo cabelo.

— Apesar de algumas evidências em contrário, eles são bem inteligentes. — Olhei para trás. — Talvez nem sempre na arena do bom senso. Mas, fora isso, pode confiar em mim, QIs de outro mundo.

— Hum. Bem. — Ela suspirou. — Existem de todos os tipos.

Sorri e nossos olhares se chocaram, algo que eu nunca havia experimentado nos meus trinta e três anos. Isso me confundiu e intrigou.

Ela pigarreou.

— Então, ãh, vire à esquerda no final deste quarteirão, suba a colina por quatro quarteirões, e a casa da Mimi é a segunda à direita. Não tem como errar: tem uma porta bem vermelha.

— Obrigado — falei, e por alguma razão, não consegui fazer minha maldita mão empurrar a porta e a fazer se abrir de novo. Era como se os músculos do meu braço tivessem parado de seguir as ordens do cérebro. Nossos olhares persistiram e parecia que ela queria dizer algo, sua boca abrindo-se muito levemente antes de se fechar de novo.

— Obrigada — disse ela, agitando o braço na direção dos últimos clientes remanescentes. Mesmo assim, nossos olhares não se desviaram. — Por cuidar tão bem dos meus clientes.

Eu não queria dizer boa-noite. O que era ridículo. Eu nem a conhecia. Estava ali apenas para passar a noite... na verdade, se acordássemos cedo, eu ficaria naquela cidade por mais algumas horas.

Mas, ah, as coisas que poderiam acontecer em algumas horas...

Eu não tinha uma noite de aventura há anos. Não estava mais interessado nisso.

Ainda assim, abri a boca para falar... para dizer o quê? Para perguntar o quê? As palavras não haviam exatamente se formado quando ouvi um som alto lá fora que significava que alguém estava experimentando lesão corporal ou que estava vomitando violentamente.

— É melhor você colocá-los na cama antes que alguém caia sobre o parapeito e se afogue.

Expirei uma risada.

— Sim. Bem, boa noite, Bolinhos. E... foi um prazer ser chantageado. — Sabe qual foi a coisa mais louca? Eu estava falando sério.

Ela riu.

— Foi bom te conhecer, Ivy League. Se cuida. — Então ela abriu a porta para mim, e eu saí para a noite, e os cheiros de mar, sal e madeira antiga encheram meu nariz. Olhei para trás, para o bar e, por apenas um momento, nossos olhos se encontraram mais uma vez, antes de ela virar as costas.

CAPÍTULO QUATRO

RORY

— Tem certeza de que não quer que eu fique para ajudar com o restante da limpeza? — Sherry perguntou, abafando um bocejo.

— A limpeza está praticamente feita, Sher — respondi. — E você já fez hora extra. Vá para casa ver Bud.

— Bud está apagado na poltrona há horas. — Mas o carinho em sua voz me disse que ela ainda estava ansiosa para vê-lo, roncando ou não.

— Vá pra casa e o ajude a deitar na cama. Você sabe como as costas dele ficam se ele permanece na poltrona por muito tempo.

Ela me deu um sorriso cansado, mas não discutiu.

— Espero que você não esteja planejando ficar muito mais tempo — ela disse, enquanto tirava o elástico do cabelo loiro-alaranjado e balançava os fios.

— Não muito mais. Só preciso fechar o caixa e assar uma fornada rápida de bolinhos. Estamos sem.

As sobrancelhas escuras de Sherry se ergueram, e sua expressão se transformou em preocupação.

— Você não deveria deixar a cozinha para o Eli? Da última vez que você usou o forno...

— O corpo de bombeiros nos ajudou rapidinho. Além disso, eu só me distraí. Não vai acontecer de novo.

— Bem, está bem, então — falou Sherry, na dúvida, enquanto soltava o avental amarrado em volta da cintura. — Só... tenha o extintor de incêndio por perto.

Soltei uma risada enquanto a empurrava de leve.

— Vejo você amanhã. Tranque a porta quando sair.

— Pode deixar. Até amanhã — ela disse enquanto se virava para a porta da frente.

Limpei mais um pouco e depois passei o aspirador, me sentindo incomumente triste para o final de um turno. Nosso lavador de louça contratado para trabalhar meio período havia ligado a máquina depois que a cozinha havia fechado, então reuni os últimos copos e os enfileirei em bandejas no balcão da cozinha para serem colocados na máquina de manhã, trabalhando devagar, distraída.

Caminhei até a mesa de sinuca, enfileirei as bolas e pendurei os tacos de volta na parede. Inclinei a cabeça enquanto lembrava o jeito que os olhos de Ivy League tinham acompanhado meus movimentos, observando minha expressão de perto a cada interação. Ele obviamente era um homem acostumado a controlar todos os aspectos de sua vida e, portanto, tinha sido particularmente satisfatório desconcertá-lo algumas vezes. Ao pensar no homem que havia chegado à porta do bar naquela noite, encharcado e zangado, minhas costelas se apertaram e senti uma versão menor da atração que sentia quando olhava para o mar.

Por quê?

Por que aquele homem havia inspirado aquela mesma pontada desconcertante? Talvez, assim como o horizonte, ele também representasse o conceito de *longe*.

Bufei, jogando os dardos na cestinha pendurada na parede ao lado do quadro. Não havia necessidade de ficar pensando no Ivy League, porque eu nunca mais o veria e, conhecendo meu histórico com homens da alta sociedade — da qual ele definitivamente fazia parte —, isso era algo bom.

Voltei para a cozinha, misturei uma porção rápida de massa e depois deslizei a bandeja de forminhas de bolo para dentro do forno.

O escritório no fundo do bar, em frente aos banheiros, era pequeno e apertado, mas atendia às nossas necessidades. Romeo passava a maior parte do tempo ali, pois costumava fazer os livros de contabilidade, mas ele já tinha ido embora, então cabia a mim.

Passei vinte minutos contando o dinheiro do caixa e separando-o em troco e depósito bancário do dia seguinte. Havia uma pilha de contas que Romeo tinha deixado de lado e eu as repassei rapidamente. Uma delas chamou minha atenção. Peguei e li o orçamento para um novo telhado. *Merda*. Coloquei de volta no envelope. Toda vez que o vento soprava forte e sacudia as telhas, eu me preocupava que precisássemos fazer algumas reformas no bar. Romeo obviamente pensava a mesma coisa e havia entrado em contato com uma empresa. Deus, quando estávamos com um pouco de folga, algo assim surgia. Deixei o orçamento na mesa e coloquei a pilha de contas de volta no lugar.

O Bolos e Cerveja era um bar lucrativo e pagava nossos salários, mas depois de pagarmos as contas, os impostos e os consertos constantes que o clima nas docas exigia, sobrava pouco. Enquanto os peixes continuassem pulando e os pescadores de Mud Gulch continuassem pescando, continuaríamos servindo cerveja e sopa de mariscos, mas nunca haveria dinheiro para coisas chiques. O que... para mim, estava bom. Eu me viraria sem coisas chiques. Até agora, tudo o que as coisas *chiques* tinham feito para mim era dar errado. Mas... para Romeo...

Meu olhar deslizou para a gaveta inferior direita da mesa e eu me abaixei e usei o dedo indicador para abri-la. Lá estavam eles, bem no fundo. Me estiquei e peguei a pilha de folhetos e os coloquei na mesa na minha frente, minha frequência cardíaca aumentando como se eu estivesse lidando com bens roubados. Não eram documentos escusos, no entanto. Eram os planos e sonhos não realizados de Romeo.

Eu os espalhei pela mesa, e meu olhar foi se movendo das luzes brilhantes da cidade de Nova York para os canais de Veneza e os penhascos da Irlanda. Esse era o chamado de Romeo. Ele havia identificado o seu. O *mundo* o chamava, como sempre.

Antes.

Antes que seu mundo virasse de cabeça para baixo.

Antes de mim.

Meu olhar se fixou em um folheto que eu não tinha visto antes e o peguei, desdobrando o anúncio colorido. Era novo. Romeo o tinha adicionado à coleção nas últimas duas semanas. *Toscana*. Meus olhos se moveram sobre as fileiras exuberantes de plantações de uvas e então para uma pousada de pedra e um pátio ensolarado com uma cerca baixa coberta de flores brancas como rendas. Eu podia praticamente sentir o cheiro delas dali, o cheiro de terra e mel que tomava conta da umidade daquela sala dos fundos que já tinha sofrido os danos causados pela água e nunca tinha sido arejada.

O odor persistente de mofo continuava presente.

Uma batida repentina à porta da frente me fez levar um susto. Meu braço se moveu para o lado e fez vários folhetos voarem para fora da mesa. Eu pulei, me ajoelhei e rapidamente peguei os que tinham caído, colocando o da Toscana no topo da pilha onde estava. A batida soou novamente.

Que porra é essa? Já passava das duas da manhã e os moradores de Mud Gulch sabiam muito bem que o Bolos e Cerveja estava fechado.

Me levantei e enfiei os folhetos no fundo da gaveta, chutei-a para fechá-la e fui para a porta da frente. Inclinei-me de lado e movi a cortininha bem de leve para poder ver quem estava lá fora. Meu coração deu um salto quando vi que era... Afastei a cortina para ter certeza de que meus olhos não estavam me enganando. Não. Era definitivamente o Ivy League. E ele tinha me visto. Ele me deu um pequeno aceno e apontou para a porta dianteira, obviamente pedindo permissão para entrar.

Deixei a cortina voltar ao lugar e fiquei ali, meu coração batendo forte. Respirei fundo. Dei um passo ao virar até a porta e a destranquei.

— As acomodações da Mimi não são adequadas? — perguntei.

Ele sorriu e meu coração deu um salto. Droga, algo naquele sorriso fazia meu estômago se revirar. *Pare de se deixar levar por caras ricos e bonitos que estão procurando uma* experiência nova. É tudo o que você sempre será para eles.

— As acomodações da Mimi são mais do que adequadas. A gente se instalou e eu percebi que esqueci meu cartão de crédito na pastinha da conta.

— Ah. — Abri a porta um pouco mais e ele entrou, seguindo-me até o balcão, onde peguei as pastas de couro das contas de cima da pilha baixa e abri a primeira. Essa estava vazia, mas quando abri a segunda, seu cartão estava lá. Peguei-o e entreguei para ele. — Um descuido.

Ele pegou o cartão e o colocou no bolso. Notei que suas roupas estavam secas, embora bastante amassadas. Não me lembro se estavam quase secas quando ele saiu ou se ele as havia colocado na secadora da Mimi por alguns minutos antes de voltar aqui.

— Ou talvez você estivesse planejando comprar rodadas infinitas para todos aqui no meu nome. — Ele ergueu uma sobrancelha escura, mas seu tom era claramente provocativo.

Eu ri.

— Sou uma negociadora, não uma ladra, Ivy League.

Ele sorriu e eu também. Nossos olhos se encontraram. Apoiei casualmente um cotovelo no balcão, de repente me sentindo um pouco instável e precisando do apoio.

— Meu nome é Gage — disse ele.

— Eu sei. Li no cartão.

— Ah. Certo. E o seu?

— Rory.

— Rory — ele repetiu como se estivesse experimentando o sabor novo e delicioso em sua língua. Meus músculos internos se contraíram como se ele acabasse de usar essa língua em mim de uma maneira extremamente agradável.

Ri para liberar a tensão repentina.

— Sim. É isso aí.

Seu sorriso de repente se transformou em confusão, seguido rapidamente por alarme.

— Rory, tem alguma coisa queimando?

— Ai, merda! — gritei, ao me virar e correr para a cozinha. Gritei novamente ao abrir a porta e mergulhei no cheiro horrível de fumaça e açúcar queimado. — Pegue o extintor de incêndio! — pedi para Gage, que ouvi atrás de mim, apontando com o braço para a parede à nossa esquerda.

Desliguei o forno e abri a porta, tossindo e virando o rosto quando uma nuvem de fumaça irrompeu. Usei um pano para pegar a bandeja e puxá-la para fora, jogando-a no balcão à minha direita em uma fração de segundos.

— Afaste-se — disse Gage, e eu fiz isso antes que ele usasse o extintor de incêndio para apagar os bolos em chamas.

Ficamos ali, ambos respirando pesado, agitando as mãos para dispersar a fumaça restante enquanto olhávamos para os restos carbonizados da fornada arruinada de bolinhos que eu havia esquecido. Coloquei as mãos no rosto e gemi.

— Ei, está tudo bem — garantiu Gage ao meu lado. — Você pode fazer outra fornada.

Deixei os braços caírem ao lado do corpo.

— Odeio fazer coisas no forno — murmurei.

Graças a Deus — ou melhor, a Gage — eu havia pegado aquilo a tempo para não precisar chamar os bombeiros. De novo.

Gage colocou o extintor de incêndio no chão, cruzando os braços enquanto me estudava.

— Escute, eu sei que tem a ver com o nome do seu bar — ele piscou um olho para mim e não pude evitar o espasmo do meu lábio —, mas você já considerou... encerrar totalmente com essa história de bolinhos?

— Para um estabelecimento chamado Bolos e Cerveja? Isso é inaceitável — insisti. — Espera. — Minha boca se abriu em ofensa, e eu me virei para ele, cruzando meus próprios braços. — Você experimentou meus bolos e os achou... decepcionantes, Ivy League?

Gage riu, os olhos dançando, e aquele maldito tremor tomou conta de mim mais uma vez.

— Não tem nada de decepcionante nos seus bolinhos, Bolinhos. — Ele piscou um olho para mim como se de repente estivesse pensativo. — Mas, sabe — ele apontou para a pilha ainda fumegante de cinzas pretas no balcão —, essa escolha pode ser excessivamente literal. Talvez precise ser expandida.

— Não tenho certeza se entendi.

— Já pensou em fazer bolinhos de caranguejo em vez de bolos doces?

— Bolinhos de caranguejo?

— Isso mesmo. Você poderia fazer todos os tipos. Bolinhos de caranguejo com parmesão. Chipotle, raspas de limão. Você também poderia usar diferentes tipos de caranguejo... caranguejo-real, caranguejo-azul. Talvez considere também Bolinhos de salmão. Existem umas mil receitas diferentes e todas podem ser praticamente iguais, exceto por um pequeno toque que mudaria a combinação de sabores de terra e mar. Seria fácil para a cozinha. Ou você poderia diferenciar com tipos de aioli...

— "Combinação de sabores de terra e mar"? Isso é bem poético, Ivy League.

Ele sorriu.

— Talvez seja apropriado para uma taverna que presta homenagem a Shakespeare? — Ele se apoiou no balcão. — Um cardápio define todo um clima. Comida é uma necessidade, mas também um grande prazer. As pessoas se conectam através dela, negócios são fechados, ela oferece conforto e pode ser remédio tanto para o corpo quanto para o espírito.

Fiquei olhando para ele por um momento.

— Uau. O que você é, algum tipo de chef renomado?

Ele riu, mas parecia um pouco envergonhado, como se não tivesse pretendido ficar tão entusiasmado com o assunto dos aperitivos. Gostei de ver seus olhos se enchendo com o brilho que tinham enquanto ele falava, como se Gage ganhasse vida de alguma forma, embora eu não conseguisse entender exatamente, já que tinha acabado de conhecer o cara.

— Desculpe. Não. Mas sempre amei cozinhar, desde jovem. Passo a maior parte do dia lidando com planilhas, mas aprendi sozinho algumas coisas na cozinha. O verdadeiro ponto aqui é que todo mundo adora Bolinhos de caranguejo e eles combinam muito melhor com bebida do que... bolo de cenoura.

Ri, apesar de tudo.

— Aquele bolo que eu te dei era red velvet.

Seus olhos se arregalaram, e sua boca fez um pequeno movimento torcido.

— Aquilo não era bolo red velvet.

— Era!

Ele pareceu profundamente aflito.

— Tinha passas.

— Isso os torna especiais.

— Com certeza.

Bufei.

— Cuidado, Ivy League.

Ele sorriu.

— Que tal eu te mostrar uma receita rápida? Aposto que vão vender melhor, e você vai se livrar da obrigação de assar.

Eu o avaliei.

— Essa é sua maneira de se redimir pelo comentário sobre o boteco sujo? Não precisamos da sua receita de pena aqui.

— Não seria uma receita de pena. E eu não quis dizer aquilo do boteco sujo como uma ofensa. — Ele pareceu pensativo por um momento. — Quis dizer que seu estabelecimento é um lugar onde as pessoas se sentem confortáveis sendo elas mesmas. As pessoas em um bar como este são genuínas e prestativas e não fingem ser o que não são. Acredite em mim quando digo que já tive minha dose de *empáfia*, e entrar aqui foi como respirar fundo. Esse sentimento só aumentou à medida que passei mais tempo aqui.

— Ok, essa foi uma boa resposta — admiti. — Ainda assim, você deve estar cansado. Tem uma cama lá na rua de cima esperando por você.

Ele deu de ombros com uma expressão enigmática. Eu queria que ele ficasse e me ensinasse a fazer bolinhos de caranguejo. Queria vê-lo rir e ficar surpreso quando eu dissesse algo que ele obviamente não esperava. Eu sabia que tomava decisões ruins quando se tratava de homens. Sabia que seria apenas uma aventura de uma noite para um homem como ele. Mas ele estava na cidade apenas por uma noite. Sem expectativas. Sem promessas.

— Sim, tenho uma cama lá na rua de cima — respondeu ele. — Com três homens bêbados roncando. — Ele sorriu, mas logo desfez o sorriso. — Gostaria de te ensinar a fazer bolinhos de caranguejo, se você me permitir. Sem compromisso. Apenas um agradecimento por nos ajudar a sair de uma enrascada.

— Eu poderia ter facilitado as coisas. Meio que fui te enrolando. Só que sem o "meio".

— Eu sei.

Ri, me sentindo um pouco tímida de repente. Quando olhei para ele, por baixo dos meus cílios, ele estava me observando com aquele olhar intenso que me dizia que, se eu me levantasse na ponta dos pés e o beijasse, ele me beijaria de volta.

Bolinhos de caranguejo, Rory. Apenas bolinhos de caranguejo.

— Tudo bem então, me ensine seus truques com bolinhos de caranguejo. — Ergui um dedo. — Mas só se me deixar te convidar para uma bebida desta vez.

Ele sorriu.

— Com certeza.

Ele me seguiu de volta para o bar, onde abri uma garrafa de vinho tinto, servi duas taças e lhe entreguei uma. Fizemos um brinde.

— A Ernest Buffalobeam — falou ele.

Eu ri.

— O melhor vendedor de lâmpadas de Mud Gulch.

Ao entrarmos na cozinha, um som de arranhão soou de repente na porta dos fundos. Gage olhou para mim com uma expressão de dúvida. Deixei minha taça de vinho de lado e corri para a geladeira, onde retirei uma pilha de recipientes para viagem que tinha preparado no final do meu turno.

— Espere um momento — pedi. — Isso vai ser rápido.

Saí da cozinha e fui até a porta dos fundos, onde os sons de arranhão estavam ficando mais altos.

— Calma, calma — eu disse enquanto girava a fechadura e abria a porta pesada. Meu sorriso foi instantâneo quando me ajoelhei para cumprimentar os visitantes famintos, colocando os recipientes no chão.

Os quatro cachorros vieram correndo na minha direção com um misto de focinhos molhados e lambidas enquanto eu ria.

— Ok, recuem um pouco, e eu ponho o jantar pra vocês — instruí enquanto alcançava os recipientes. Eles dançaram ao redor e gemeram, mas deram espaço para que eu abrisse cada recipiente e os colocasse no chão um por um.

Levantei enquanto eles começavam a comer vorazmente. Olhei para Gage, que estava um pouco atrás de mim do outro lado da porta, com os lábios curvados em um pequeno sorriso.

— Gage, conheça Loki, Alamo, Katniss e Tahoe — apresentei, apontando para cada um deles.

Os cachorros terminaram a comida, e Gage deu um passo à frente, agachando-se para deixar cada cachorro cheirar sua mão antes de acariciá-los de forma um tanto hesitante. Eles se aproximaram dele, claramente encantados, e meu coração deu uma batida forte.

— Oi, pessoal — disse ele. — Isso deve acontecer com frequência. — Ele olhou para mim. — Eles precisam de um lar?

Balancei a cabeça.

— Não. Tentei levá-los para casa várias vezes para se juntarem ao resto dos doguinhos, mas eles preferem a vida no cais.

— O resto dos doguinhos? — ele perguntou ao se levantar.

— Eu já adotei quatro cachorros de rua.

— E você quer mais?

— Eu queria se eles mostrassem interesse, mesmo que os doguinhos e eu já moremos em um lugar pequeno. Fiquei com a casa da minha mãe quando ela morreu. Tem um quintal pequeno. Gostaria de ter mais espaço, mas damos um jeito. E eu... bem, gosto de animais, então... — Dei de ombros. Não era apenas porque eu gostava. Sempre os tinha... entendido de uma forma que os outros pareciam não entender. Era difícil de explicar, se bem que eu sempre soube instintivamente como lidar com diferentes personalidades e, por causa disso, eles pareciam confiar em mim de imediato.

Seus olhos se moveram pelo meu rosto, sua expressão algo que eu não conhecia bem o suficiente para entender.

— Minha família e eu também trabalhamos com várias instituições de caridade que ajudam animais.

— Quem diria? Temos algo em comum, afinal.

— Quem diria? — Ele sorriu, e um dos cachorros bateu o bumbum em sua perna, e ele riu, agachando-se novamente. Depois de alguns minutos, as orelhas de Alamo se levantaram e ele se virou na outra direção, a caminho de algo que tinha chamado sua atenção. Os outros cachorros começaram a vagar também, e juntei os recipientes e tranquei a porta.

Virei para Gage, e nossos olhos se encontraram na luz fraca do corredor dos fundos. Meu coração acelerou, e senti aquele chamado novamente, só que desta vez era o puxão ampliado por algo que eu não conseguia colocar em palavras. Aquilo me deixou confusa e um tanto carente. Insegura.

— Você está bem, Bolinhos? — ele perguntou, baixinho.

Soltei o ar, desviando os olhos dos dele.

— Sim, sim, estou bem. Vamos fazer bolinhos de caranguejo, tá bom?

CAPÍTULO CINCO

GAGE

— Aqui, coloque isso na sua boca — eu disse.

Ela ergueu uma sobrancelha antes de abrir os lábios para que eu pudesse colocar na sua língua o pedaço de bolinho de caranguejo que tinha acabado de cortar. Nossos olhos se encontraram enquanto eu deslizava o garfo entre seus lábios, e eu engoli em seco, o momento lento, íntimo e carregado de possibilidades deliciosas que nada tinham a ver com comida.

Observei enquanto ela mastigava por um momento, seus olhos se abrindo e depois rolando para cima enquanto ela gemia e segurava a lateral da mesa de metal. *Jesus*. Estava quente na cozinha, mas de repente me senti quente, com as roupas apertadas demais.

— Meu Deus, que delícia. Espera, você fez mesmo isso com ingredientes desta cozinha? — Ela olhou ao redor. — Ou colocou umas fadinhas mágicas de bolinhos de caranguejo enquanto eu não estava olhando?

Eu ri.

— Não, só usei seis ingredientes que você já tinha por aqui.

— Mas como? — Ela passou o dedo pelo lábio inferior e segui o movimento. Eu estava ao mesmo tempo excitado e profundamente satisfeito com sua reação à comida que eu tinha preparado.

— É tudo o que você precisa — eu disse. — Você anotou o que eu fiz. E também é capaz de fazer. É só trocar aquele sexto ingrediente para fazê-los todos diferentes. Mas é basicamente a mesma receita. O truque é conseguir que a casquinha externa fique perfeitamente dourada e servi-los bem quentes.

Ela assentiu, mas ainda parecia cética.

— Vou tentar recriar essa mágica com certeza. — Ela deu um gole no vinho, e eu peguei minha taça e a esvaziei. — Obrigada, Gage. Foi muito gentil da sua parte dedicar esse tempo para me dar uma aula de culinária.

Uma espécie de pânico percorreu minhas veias, um relógio interno que eu sabia ser a contagem regressiva para a nossa despedida. Eu não queria que acabasse, mas sabia que tinha que ser assim. Estava apenas de passagem. Tinha uma vida em Calliope e, muito em breve, em Londres. E essa garota estava aqui, em uma cidade portuária, onde ajudava a administrar o bar da família e voltava para casa todas as noites para um grupo variado de animais resgatados das ruas.

E, Deus, eu não conseguia acreditar que minha mente tinha ido para um lugar em que havia alguma chance de nos vermos outra vez, quando a verdade era que, para todos os efeitos, eu nem a conhecia. Apenas me sentia *atraído* por ela, era isso. Porque eu não havia me sentido tão atraído assim por nenhuma outra mulher... talvez nunca. Mas isso era físico e, no fim das contas, um vínculo meramente físico não era o que eu queria. Na verdade, havia jurado. Eu queria mais. Eu queria tudo. E queria com uma mulher que estivesse procurando o mesmo que eu.

Então... seria uma aula de culinária. Uma breve incursão fora do caminho conhecido para um bar à beira-mar no cais onde uma mulher bonita me fazia rir, me fazia sentir vivo e me lembrava do que eu estava procurando e do que eu não queria.

— De nada.

Nossos olhos se encontraram. Ela abriu a boca, depois fechou, e tive a sensação de que também não estava exatamente pronta para dizer boa-noite.

— Bem... — Ela suspirou, quebrando o contato visual e desviando o olhar enquanto mexia com a toalha de mão sobre o balcão ao lado dela.

— Eu deveria… deixar você terminar de fechar o bar para que possa ir para casa cuidar dos seus doguinhos. — Inclinei a cabeça. — Aliás, quem cuida deles enquanto você trabalha?

— Uma adolescente que mora ao lado vai lá e os alimenta, os leva para passear e os coloca para dormir. Eles geralmente nem se movem quando chego em casa. — Sua voz era um murmúrio. Seu olhar passou dos meus olhos para minha boca e de volta, de maneira meio sonhadora, como se sua mente estivesse em outro lugar além de suas palavras.

— Não são os maiores cães de guarda, então.

Seu riso foi quase uma respiração.

— Não, eles lamberiam você até a morte antes de qualquer outra coisa.

Outro calor se espalhou sob a minha pele com a frase *lamber até a morte*, algo que eu não estava pensando em relação aos cães, mas a ela, e, *caramba*, eu estava com tesão. Parte de mim se preocupava que decidir não ter encontros de uma noite só tivesse secado minha libido. No último ano ou mais, eu havia aceitado bem a situação. Mas agora? Só de olhar para essa mulher, só de respirar seu perfume inebriante e vê-la dar uma mordida na comida, eu estava pronto para explodir.

— Vou me mudar para Londres — eu disse.

Ela me fitou com o olhar vazio.

— Ah. Ok. Bem, isso é… muito longe.

Senti meu rosto se contorcer.

— Sim. Eu só… sabe, não tenho certeza de por que eu disse isso. Acho que estou cansado.

— Aposto que está. — Ela batucou o dedo distraído sobre o balcão enquanto virava a cabeça para o lado. — Você deveria ir dormir…

— Certo…

— Certo…

Nossos olhos se encontraram novamente e ambos soltamos

risadinhas. Um rubor subiu por suas bochechas. Eu não estava nada cansado. *Não faça isso, Buchanan. Você tem um plano de vida. Magnata de negócios internacional e herdeiro da Corporação Buchanan. Casamento com uma mulher que vai complementá-lo e apoiá-lo dentro desse mundo. Alguns Buchanan para dar continuidade ao nome, e depois aos negócios da família.*

Sexo casual em um boteco sujo com uma garçonete que você nunca mais vai ver não está no roteiro.

Mas, fosse qual fosse a voz interior que estava falando, ela não me convencia nem um pouco. Na verdade, no momento, eu não gostava nem um pouco desse cara, nem dos seus "planos de vida". Se ele se materializasse de alguma forma, eu poderia empurrá-lo para fora do cais e vê-lo afundar na água.

Rory inspirou fundo, estendeu a mão e deu um pequeno aceno como se estivesse tendo uma conversa interna também, e algo havia sido decidido definitivamente.

— Boa noite, Gage.

Ah, bom, então ela tinha facilitado as coisas. *Ótimo.*

Ambos tiramos nossos aventais e os colocamos no balcão. Nossas mãos se tocaram, fazendo com que ela se assustasse e retirasse rapidamente a sua como se tivesse sido queimada.

Ela soltou outra risadinha que logo desapareceu e virou-se em direção à porta. Eu a segui até o bar, notando que do lado de fora da janela o céu começava a clarear de preto para um cinza-esterlino. Logo o sol estaria despontando no horizonte e esse dia seria apenas uma memória.

— Você manda bem em dardos? — perguntei, e ela virou-se tão rapidamente que quase colidimos.

— Você está brincando? Sou a campeã local reinante — disse ela, com a voz sussurrante.

— É mesmo? — Levantei uma sobrancelha.

Ela colocou as mãos nos quadris.

— Você está me desafiando para um jogo, Ivy League?

Me aproximei até que nossos sapatos se tocassem.

— Talvez esteja, Bolinhos.

Seu sorriso foi lento, e ela fez aquele mesmo movimento de inclinar o quadril e levantar o ombro, e, Deus, seja lá qual combinação de pequenos movimentos ela usasse junto com aquele sorriso largo, me derrubou completamente pela décima vez naquela noite. Aquele sorriso era uma arma mortal.

— Desafio aceito — ela disse.

Fomos até o quadro de dardos na parede ao lado da mesa de sinuca, e Rory me entregou vários dardos.

— Quais jogos você conhece? — ela perguntou.

— Só o críquete.

— Serve para mim. — Ela me piscou um olho e então arremessou seu dardo, acertando facilmente um triplo.

Assobiei.

— Sinto que estou prestes a ser enganado de novo.

Ela riu, retirando seu dardo do alvo.

— Você recebeu um aviso justo desta vez.

— Nada em você é um aviso justo, Bolinhos.

Ela sorriu, e esse era um sorriso meio doce e meio secreto que não fez nada para acalmar meu sangue.

Avançamos pelos números, fechando um por um e, embora ela fosse claramente melhor do que eu, me mantive firme até que, quando chegou a hora de acertar o alvo central, qualquer um poderia ganhar.

O céu havia mudado de escuro para cinza-claro, um toque de lavanda espreitando de baixo da janela. Me apoiei na borda da mesa de sinuca e aproveitei a oportunidade para deixar meu olhar vagar lentamente por Rory enquanto ela retirava os últimos dardos do quadro.

Então ela assumiu sua posição e olhou para mim, encontrando meus olhos e me dando uma piscada enquanto lançava o dardo, acertando o alvo com precisão perfeita.

— Caramba! — Eu ri. — Como você fez isso?

Ela riu também, fazendo uma reverência profunda antes de se endireitar e dar alguns passos na minha direção.

— Vou te contar o segredo, mas só porque sei que é seguro, já que vai levar isso com você quando for embora.

Meu coração acelerou, depois desacelerou, aquele pânico arranhando sob a minha pele. Engoli em seco.

— Me conta.

Ela inclinou a cabeça atrás de mim, e olhei por cima do ombro para um anúncio lustroso anunciando alguma *pale ale*.

— Você consegue ver o reflexo de onde está segurando o dardo naquela placa de anúncio. Se alinhar com a seta na arte e arremessar com a força exata, acerta o alvo central toda vez.

Sorri.

— Um truque.

Ela deu de ombros, um sorriso brincando em seus lábios.

— Um truque que ainda requer habilidade. E muita prática.

Ela olhou para o lado, pela janela, onde os primeiros raios dourados do sol faziam a faixa de água visível brilhar. Engoli em seco, o contador interno aumentando o volume, meu sangue pulsando ao ritmo dele. Eu não conseguiria me mover mesmo se quisesse.

— Que outros truques você conhece? — perguntei, minha voz arrastada com o desejo que vinha aumentando constantemente desde o momento em que a tinha visto. Ela estava tão perto. Eu podia sentir o calor do seu corpo, cheirar seu aroma terroso e delicado, sentir o magnetismo que criávamos simplesmente estando perto um do outro.

Seu sorriso desapareceu; seu olhar deslizou para minha boca.

Endureci completamente, inspirando fundo, sentindo-me tonto com a mistura de prazer e dor. Eu tinha decidido que um encontro de uma noite não era o que eu queria e não servia para nada além de uma felicidade momentânea. Não fazia meu plano avançar. Era uma *distração* dele. Mas parecia que eu havia sido sobrepujado por alguma parte do meu cérebro que nunca havia superado a minha massa cinzenta mais racional, e eu não sabia como desligá-la.

— Não tantos quanto finjo saber — murmurou ela, a cor tingindo sua pele, seus mamilos endurecendo sob o tecido esticado da blusa. Ela piscou, parecendo brevemente confusa, como se aquelas palavras tivessem escapado sem sua permissão. Lutei para lembrar a que ela estava respondendo. Truques.

Que outros truques você conhece?

Não tantos quanto finjo saber, ela havia confessado.

Era tarde. Nenhum de nós tinha dormido, e estávamos claramente excitados, o sangue correndo em todo lugar, exceto em nossos cérebros, sinapses latentes controladas por nosso instinto animal, aproveitando-se e nublando o julgamento.

— E você, sr. Perfeito? Deve conhecer muitos truques, né? — devolveu ela.

Sr. Perfeito. Ivy League. Eu já tinha ouvido variações de ambos durante toda a minha vida, principalmente apresentados como elogios. Mas, verdade fosse dita? Cada vez que um comentário assim era proferido, parecia um peso sobre mim. Parecia um *lembrete*, principalmente da minha família, para não me desviar da linha que eu tinha sido destinado a seguir. E às vezes, tudo o que eu queria era sair dessas linhas rígidas, mesmo que raramente o fizesse.

— Não sou tão perfeito quanto pareço — disse, deixando escapar minha própria confissão.

Seus olhos suavizaram. Ela se inclinou ainda mais para perto e nossas respirações se misturaram.

— Não? — sussurrou.

— Não. E também... tenho outra confissão. Deixei meu cartão de crédito aqui de propósito, Bolinhos.

Ela soltou uma pequena risada surpresa que se transformou em um suspiro quando envolvi um braço em volta da sua cintura, puxando-a para o meu corpo e nos apoiando com a outra mão ainda atrás de mim na mesa de sinuca.

Ela levou uma mão ao meu rosto.

— Também tenho uma confissão, Ivy League. Eu sabia que você tinha deixado.

Ri com surpresa.

— Ah, então você *ia* agradar seus clientes com rodadas pagas por mim para sempre.

Ela sorriu, mas balançou a cabeça.

— Não. Eu só estava esperando que você voltasse para buscá-lo.

Ai, Jesus. Meu coração se expandiu com algo que eu não sabia nomear. Tudo o que eu sabia era que a queria e estava cansado de lutar contra isso, não importavam quais fossem as razões para fazê-lo. Gemi e levei meus lábios aos dela, e nossas bocas se encontraram enquanto ela pressionava seus seios no meu peito. Deslizei a língua em sua boca doce e encontrei a sua, brincando devagar.

— Caramba, você é deliciosa — eu disse, quando nosso beijo se separou. Inclinei a cabeça, trazendo meus lábios para o pescoço dela enquanto ela o arqueava e eu lambia sua pele.

Ela gemeu e subiu na mesa de sinuca, sentando-se sobre mim e fazendo o lugar girar quando pressionou seu núcleo firmemente contra minha ereção dolorida.

— Se você não é perfeito — sussurrou ela no meu ouvido, mordendo o lóbulo e fazendo um raio de luxúria disparar daquela pequena cartilagem diretamente para o local entre minhas pernas —, então o que você é?

— Não sei — respondi, encontrando seus olhos.

E, de repente, eu soube que isso era verdade. Eu não sabia se pensaria nisso mais tarde — talvez não houvesse sentido —, mas, naquele momento, havia me rendido e, dentro dessa rendição, só havia honestidade.

Ela se sentou um pouco mais reta e puxou a blusa sobre a cabeça, e soltei um som que era uma mistura de gemido e rosnado, e meu olhar bebeu a renda cor-de-rosa que cobria seios cheios e redondos. Ergui as mãos, o que me fez cair de volta na mesa, e Rory riu, vindo comigo. Nós nos beijamos por mais alguns minutos, lambendo a boca um do outro com urgência crescente e, quando eu a virei, ela riu de novo. Olhei para ela, uma corrente distante de luz dourada caindo sobre sua pele e fazendo-a brilhar.

— Você é tão linda.

Ela falou, a voz suave e rouca:

— Você também é, Ivy League. Agora tire a roupa.

Sorri, peguei minha camisa e a tirei num movimento rápido, antes de jogá-la de lado. Em seguida, abri o fecho do seu sutiã com as mãos apressadas, de modo que seus seios se derramaram do tecido e me deixaram momentaneamente sem palavras.

Passei o dedo em torno do mamilo, e ela prendeu a respiração quando o bico avermelhado endureceu. Fitei-o, hipnotizado, e minha boca ficou seca. Por um segundo, esqueci o que eu deveria fazer em seguida. Me veio um lampejo repentino do tempo em que havia me perdido nas florestas em uma pescaria no Lago Pelion. Eu tinha estado lá uma centena de vezes antes; mas, ainda assim, de alguma forma, havia me perdido. Meu mapa interno parecia ter dado um apagão e me deixado desorientado e confuso. Meu instinto na época tinha sido correr e atravessar as florestas enquanto gritava por ajuda, mas eu não tinha feito isso. Respirei fundo, me centrei e encontrei o caminho de volta para casa. Mas agora? Eu não tinha certeza de qual direção seguir. Meu único instinto era colocar a boca nela. Não importava a ordem ou a técnica. Eu só queria provar cada parte dela. Sentir sua pele, saborear seus aromas mais íntimos. Ri dos meus pensamentos desconexos e da sensação estranha de estar perdido em território familiar, e a risada abafada soou tão perplexa quanto eu me sentia. E mais uma vez, só havia honestidade.

— Você me faz esquecer o que fazer. — *Você me faz esquecer quem eu sou*. Senti medo; mas, de alguma forma, também algo bom. Era como estar perdido... e então ser encontrado.

Ela entrelaçou os dedos no meu cabelo enquanto eu beijava o espaço entre seus seios, lambendo a pele ali e achando-a doce e ligeiramente salgada.

— Existe um manual? — perguntou ela.

Existia? Sempre havia existido. Não era um manual bom? Um manual significava habilidade. E habilidade garantia que ambas as partes ficassem absolutamente satisfeitas. *Certo?*

Não. Não, de repente parecia chato. Muito coreografado. Minha mente estava meio distante enquanto eu repassava as ações.

Diante da minha hesitação, Rory virou meu rosto para o dela, seu olhar ardente encontrando o meu.

— Sem manual. Sem perfeição. Eu não quero nada disso. Apenas você e eu. Apenas agora. Só quero que você me toque e quero te tocar. Se isso aqui for algum sinal — disse ela, colocando a mão entre nossos corpos e segurando minha ereção latejante —, acho que você também quer. Muito.

Gemi, pressionando em direção à mão dela.

— Sim — sussurrei.

— Deixe acontecer, Gage.

Deixar acontecer. Eu não sabia como fazer isso. Mas, aparentemente, meu corpo tinha alguma ideia, porque quando meu fôlego contido saiu pela minha boca e eu me inclinei, traçando meus lábios sobre e ao redor do seio dela, aproximando-me cada vez mais do mamilo, aquele sentimento de estar perdido descendo novamente sobre mim. Eu era apenas sensação, instinto e desejo. Ouvi a cabeça dela cair para trás sobre a mesa de sinuca e senti seu núcleo se esfregar no meu. Ambos fizemos sons de prazer frustrado, os dela se transformando em suspiros conforme eu sugava um mamilo, provando e saboreando enquanto seus suspiros se transformavam em gemidos e suas pernas subiam, envolvendo meus quadris.

— Gage, eu te quero muito. Por favor — ela gemeu. Mas eu não tinha terminado de prová-la. Eu sofria com a necessidade de liberação, mas ainda não queria que acabasse. *Porque é só isso que você vai ter dela.*

Não. Eu não pensaria nisso. Não agora que seu mamilo estava na minha boca, seu aroma estava ao meu redor e pequenos gemidos de prazer iam ficando mais altos e persistentes.

Eu grunhi, e ela soltou uma risada dolorida com o que presumi ser a vibração sob seu seio. E então fiz de novo, com o mesmo resultado. Sem manual. Apenas necessidade e resposta. Me senti livre de uma maneira que nunca tinha sentido antes. Livre e mais excitado do que eu sabia ser possível.

Nos contorcemos juntos, pressionando, tocando e ofegando, bocas e membros enredados até que mal consegui respirar.

— Eu... Deus...

— Sim, sim...

— Agora...

— Siiiim.

Então eu estava de pé, meus pés firmes no chão enquanto ela levantava a bunda e eu tirava sua calça e calcinha com mãos trêmulas e depois as jogava de lado.

— Camisinha — ela disse e, por um segundo, a palavra não fez sentido.

Mas então clareou, e eu a peguei no meu bolso, tirando o envelope com o preservativo vermelho dentro. Pisquei para ele, gratidão me inundando enquanto o segurava para Rory como se fosse um bilhete de loteria premiado.

Naquele momento, era isso que era.

— Obrigada, Deus — ela sussurrou.

Obrigado, Aidan.

Abaixei a calça e a chutei para o lado enquanto Rory se sentava.

— Deixa que eu faço — falou.

Encontrei seus olhos enquanto entregava o preservativo e dava um passo à frente. Logo, ambos assistimos enquanto ela o esticava sobre o meu pau. Um arrepio percorreu meu corpo, o desejo bombeando tão febrilmente que me perguntei se poderia gozar na mão dela. Quase ri, mas não tinha fôlego para isso. Eu não perdia o controle assim desde a adolescência.

Precisava me enfiar dentro dela, sentir seu calor apertado me envolvendo; mas, primeiro, precisava sentir seu gosto. Empurrei-a suavemente para trás na mesa e ela soltou um gritinho de surpresa enquanto eu me inclinava para a frente e abria suas pernas de maneira desajeitada, tão desesperado que praticamente mergulhei entre suas coxas. Inalei profundamente enquanto ela enredava os dedos no meu cabelo e então coloquei os lábios em seu clitóris, sugando-o por um longo instante. Ela se arqueou contra minha boca e eu rosnei em resposta. Ela foi percorrida pelo orgasmo, ofegando e gemendo meu nome.

Eu não podia esperar nem mais um segundo. Levantei, usei um braço para agarrá-la e puxá-la de volta antes de montar nela. O sol estava entrando agora, e alinhei o corpo à sua entrada, nossos olhos se encontrando enquanto eu empurrava para dentro dela. Seu olhar saciado se alargou e ela levou os braços na minha direção, puxando-me para um beijo.

Nossos lábios se encontraram enquanto eu me movia dentro dela, rendendo-me à troca e ao vai-e-vem dos poucos momentos finais da alegria inesperada que eu havia encontrado de alguma forma naquele lugar não planejado. O tempo desacelerava, o sangue corria, algo desmoronava, se despedaçava.

Eu engolia seus suspiros trêmulos e pequenos gemidos de prazer, o tom febril do meu próprio prazer crescendo cada vez mais enquanto eu voava loucamente em direção ao clímax.

— Deus, Rory, Rory, não vou conseg...

Eu bombeava mais rápido, tendo perdido todo controle enquanto voava em direção à borda de algum penhasco interno, como se o chão se abrisse debaixo de mim, da mesma maneira — mas de forma muito diferente — de como havia acontecido antes para me levar a acabar ali, com ela. Cada músculo do meu corpo de repente se liberou e eu não pude fazer nada além de jogar a cabeça para trás e me deixar levar, como se o chão se erguesse para me encontrar. E quando me atingiu, o orgasmo me percorreu tão intensamente que parecia que eu, de fato, tivesse voado para longe, que meu próprio ser houvesse se espalhado por toda parte, para nunca mais ser reconstruído.

Voltei à realidade pouco a pouco, e os dedos de Rory foram passando pelo meu cabelo. Ela estava murmurando, mas as palavras que eu pensei ter ouvido foram:

— Estou aqui com você.

Estou aqui com você.

Ficamos assim por meros instantes e uma vida inteira, nossos pulmões se enchendo de ar, meus átomos recompondo-se em uma aparência de quem eu era.

Gage Buchanan. Aquele que muito provavelmente seria bem-sucedido. Ivy League. O sr. Perfeito.

Então por que, de repente, nenhum desses títulos parecia se encaixar?

Deus. Tinha sido apenas sexo maravilhoso, mas... uau. Tinha me virado do avesso.

Ela esfregou a bochecha lentamente contra a minha.

— Eu gosto de você com barba — sussurrou, virando-se um pouco para que seus lábios roçassem no meu queixo. *Barba, ela gostou da minha barba*. Eu tinha passado tanto tempo com ela que precisava fazer a barba. E, Jesus, o jeito que ela estava dando pequenos beijos ao longo do meu maxilar estava me excitando de novo. — O que você colocou naqueles bolinhos de caranguejo, afinal? — ela perguntou.

Eu ri, levantando-me, percebendo que, no meu entusiasmo, tínhamos nos movido pela mesa, de modo que a cabeça dela estava praticamente em uma das caçapas.

— O que *você* colocou no...

O som alto de batidas à porta da frente nos fez pular, e saí de cima dela enquanto quase tombava da mesa, aterrissando de pé, mas com dificuldade. Uma voz profunda chamou o nome de Rory do outro lado da porta.

— Ai, merda! — ela exclamou, pulando da mesa também. — É meu tio! Ele vai me matar! E matar você!

Por alguns segundos, nós apenas ficamos assim, completamente nus, exceto pelo meu preservativo — obviamente usado —, nos encarando com alarme antes de ambos nos movermos ao mesmo tempo, nos abaixando para pegar uma peça de roupa e batermos cabeça com cabeça.

— Ai! — dissemos juntos, tropeçando para trás enquanto ambos esfregávamos onde tínhamos batido.

— Ele tem chave — ela sussurrou, e começamos a vestir as roupas o mais rápido possível.

Os sons de uma chave sendo inserida na fechadura fizeram Rory soltar um pequeno grito e ambos nos abaixamos para calçar meias e sapatos enquanto a porta se abria com um estrondo.

— Rory! — a voz profunda e rouca chamou.

— Hum, aqui em cima — ela respondeu, ofegante, me lançando um olhar arregalado enquanto eu olhava para ela de onde estava, amarrando o tênis. Não havia realmente onde se esconder e, se ela não tivesse respondido, ele nos veria em mais alguns passos. Ela fez um gesto com a cabeça e eu me levantei, quando um homem muito grande apareceu virando de um corredor, com uma barba preta bem aparada e um tapa-olho.

Um pirata. O tio dela era um pirata. Ele parou bruscamente, o olhar voando dela para mim e de volta para ela. Meu Deus, o homem era enorme, não apenas em altura, mas em largura. Seus braços eram do tamanho das minhas coxas e ele provavelmente poderia me esmagar se quisesse. Ou me fazer esfregar um convés. Ou andar na prancha. E pelo jeito que me olhava, um olho azul gelado estreito e desconfiado, ele definitivamente estava considerando fazer todas essas coisas, e muito pior.

— O que é isso? — ele rosnou.

— Por que você está usando um tapa-olho? — perguntou Rory.

Ele levantou a mão e removeu o tapa-olho, semicerrando o olho que estava coberto.

— Bati a corda no olho ontem à noite. Vou perguntar de novo — ele rugiu. — Quem é esse cara?

— Ele? — ela indagou, movendo o braço na minha direção como se seu tio estivesse perguntando sobre algum fantasma ou outra pessoa invisível no lugar. — Ele é uh... ele estava... arrumando a... uh...

— A mesa de sinuca — interrompi, forçando-me a não fazer careta. *Bela saída, Buchanan*. Aparentemente, minhas células cerebrais ainda estavam embaralhadas pelo sexo.

Os olhos do tio dela se estreitaram ainda mais, sua mão se fechando em um punho.

— Que tipo de reparo uma mesa de sinuca precisa? — ele questionou, sua voz baixa e comedida de uma maneira que era mais assustadora do que quando ele tinha gritado inicialmente.

Olhei por cima do ombro para a mesa, meus olhos se alargando ao ver a clara marca de bunda no feltro. Mexi meu corpo, esperando esconder as evidências.

— Ah, as caçapas precisam ser… calibradas — eu disse.

Os olhos do gigante pirata se estreitaram ainda mais. O recinto se iluminou mais um grau, à medida que a manhã se impunha sobre a aurora.

— E as bolas — completou Rory. — Ele estava verificando as bolas. — Ela inclinou a cabeça. — As bolas devem ter uma certa sensação na palma da mão. — Ela levantou a mão e massageou o ar. — Não era isso que você estava prestes a me mostrar? — Ela me lançou um olhar inocente e piscou os cílios.

O pirata rosnou.

— Ãh… — Meus olhos se encontraram com os de Rory. O canto da sua boca tremia, embora seus olhos parecessem um pouco tristes. Percebi o que ela estava fazendo. Estava dizendo adeus. Estava prestes a encerrar aquilo como tinha começado. Com risos mal contidos e brincadeiras bem-humoradas. E, quanto a finais, não era um final ruim. Então, por que eu me sentia igualmente alarmado pelo gigante e pesaroso por estar prestes a me afastar dessa mulher?

Ouvi gritos da porta da frente e o som de palmas batendo no vidro. *Meus amigos*. Eles estavam me chamando. Será que realmente já fazia algumas horas que eu os tinha deixado dormindo? Parecia apenas instantes. Seus chamados ficaram mais altos.

E ainda assim eu não conseguia desviar o olhar de Rory. Nós dois sabíamos que era temporário. Apenas um encontro casual. A realidade que em breve pareceria nada mais que um sonho. Um devaneio febril.

— Aqueles são, ãh, meus especialistas em calibração e… mas, acho que terminamos por aqui — eu disse para o grandalhão que parecia estar a segundos de me pendurar no cabideiro. Virei para Rory e estendi a mão para ela. Nossas palmas se encontraram, meus dedos envolvendo os dela. — Bolinhos…

— Ivy League. — Ela inclinou a cabeça em direção à porta. — É melhor você ir antes que eles arrombem. — Eu hesitei, de alguma forma incapaz de soltar.

Estou aqui com você.

Mas então foi ela quem puxou a mão da minha e eu soltei um suspiro e me virei para longe dela antes de descobrir uma maneira de ficar, passando cuidadosamente pelo tio dela e então correndo para a porta. Eu a abri com tudo e meus amigos quase caíram, todos tagarelando ao mesmo tempo.

— Você passou a noite aqui? — Aidan enfiou a cabeça para dentro e eu o empurrei para fora, deixando a porta bater atrás de nós. — Detalhes mais tarde — sussurrou ele, colocando a mão ao lado da boca, e então olhando por cima do ombro.

— A oficina está aberta e eles estão colocando um pneu novo neste exato momento — avisou Grant.

— Meu celular está funcionando — falou Trent, segurando-o para cima. — Os de Grant e Aidan foram destruídos permanentemente. Dê uma olhada no seu.

Dar uma olhada no meu? Dar uma olhada no meu o quê?

— É um dia glorioso para jogar golfe! — declarou Aidan enquanto caminhávamos pelo cais.

Golfe?

Algo sobre sair para um dia de golfe parecia hilário, mas eu não conseguia entender por quê. E eu adorava jogar golfe.

— Vamos fazer o check-in no hotel, tomar banho, trocar de roupa e estar no campo em algumas horas. Mud Gulch será nada mais que uma memória ruim ao meio-dia.

A conversa deles foi se dissipando. Acelerei o passo para acompanhar os outros caras, o cais rangendo sob nossos pés.

Olhei por cima do ombro, apenas uma vez, mas a única coisa que me encarava de volta era um pirata enorme de barba preta.

Mud Gulch será nada mais que uma memória ruim ao meio-dia.

Aqueles olhos azuis piscaram na minha mente, a forma como eles tinham se tornado turvos de luxúria.

Mud Gulch nunca seria uma memória ruim para mim. Olhei para a ondulação leve do mar, observando as ondas crescerem e recuarem. Por uma noite, eu tinha tido a oportunidade de deixar de lado todas as responsabilidades que carregava nos ombros. Todos os limites e expectativas. E embora isso não pudesse e não devesse durar, a chance de temporariamente baixar minha guarda tinha sido um alívio abençoado. Talvez fosse exatamente do que eu precisava para avançar para esse novo capítulo da minha vida.

Franzi os olhos enquanto virava a cabeça, olhando para frente mais uma vez, encarando o que estava adiante, não o que ficava para trás.

CAPÍTULO SEIS

RORY

A porta do banheiro se fechou com força atrás de mim, e meu tio Cassius se virou de onde estava na janela, observando Gage e seus amigos se afastarem.

Fui ao banheiro não apenas para me limpar e me recompor, mas porque não suportava vê-lo partir. A interrupção do meu tio — ou quase interrupção, de qualquer maneira — significava que nossa despedida tinha sido tão breve e descomplicada quanto poderia. Sem hesitações, sem palavras para procurar, sem promessas que não seriam cumpridas. Apenas o riso velado de uma piada particular e o entendimento mútuo de que tínhamos tido um interlúdio muito agradável que nunca seria mais do que isso. E se Gage pensasse em mim como uma "experiência", eu esperava que fosse positiva, moldada pelo destino de um pneu furado e uma tempestade. Assim como a umidade e o frio seriam difíceis de evocar algum dia, também seria a textura da minha pele sob sua mão e o gosto do meu mamilo...

Afastei esses pensamentos, estremecendo com a lembrança do que tínhamos feito na mesa de sinuca, que eu nunca mais veria da mesma maneira. Ok, então levaria algum tempo — pelo menos para mim — para que os detalhes dessa memória desbotassem. E mesmo que meu coração se apertasse de melancolia pelo fato de não o ver novamente, eu sabia desde o início que éramos muito temporários e que eu tinha escolhido ser íntima com ele mesmo assim. Eu não tinha o hábito de fazer sexo casual com estranhos de passagem pela cidade, e provavelmente haveria consequências emocionais, porque, droga, eu tinha gostado dele. Mas também não era estranha a decepções quando se tratava de homens. Pelo menos dessa vez, eu tinha entendido os termos. Suspirei ao tirar meu celular do bolso para ligar para Ashley e pedir a ela para soltar os doguinhos e depois lhes dar café da manhã. Eu diria a ela que tinha ficado presa no bar. O que era verdade, de certa forma.

— Quem era o cara? — perguntou Cassius enquanto eu contornava o bar alguns minutos depois e ia em direção à cafeteira. A cafeína ajudaria a aliviar o anseio.

— Que cara?

Ele me lançou um olhar zangado.

— O inspetor de mesa de sinuca com a camisa ao contrário.

Levantei a cabeça e olhei para ele enquanto enchia a jarra de água.

— Ele não era um inspetor de mesa de sinuca de verdade.

Cassius resmungou.

— Sério, você jura? Você realmente me enganou, Rory.

— O sarcasmo não te favorece — respondi enquanto despejava a água na cafeteira.

— Você tem sorte que eu não tenha quebrado a cara dele, porque eu queria muito.

Peguei o pote de café e removi a colher medidora.

— Ah, deixa pra lá — eu disse. — Eu o provoquei, praticamente o forcei a fazer aquela coisa com o p...

— Rory.

Eu ri.

— Já sou grandinha, tio Cash. — Inclinei o corpo sobre o balcão e dei-lhe um beijo na bochecha áspera.

— Você ainda é uma criança para mim — ele murmurou.

Cassius e Romeo basicamente tinham me criado depois que minha mãe morreu, quando eu tinha onze anos. Eles eram meus tios, mas também figuras paternas, e melhores amigos, uma mistura às vezes estranha de papéis que oscilara fortemente para um lado ou outro ao longo dos anos.

Cassius, sendo o mais velho dos irmãos da minha mãe, inclinava-se mais para a figura paterna, enquanto Romeo, o caçula da família, era mais como um irmão protetor. E meu confidente. Eu contava quase tudo para Romeo — dentro do razoável, é claro.

Também havia a pequena questão de Cassius ser naturalmente um cara rabugento e, portanto, mais do que depressa assumir a responsabilidade de apavorar qualquer homem que olhasse para mim da maneira errada — ou, segundo eu, da maneira certa — ao longo dos anos. E Romeo. Bem, Romeo tendia a ficar fora da minha vida amorosa, provavelmente em parte porque a sua própria já tomava tempo demais. Eles eram muito diferentes, mesmo que todos fôssemos semelhantes no fato de termos o mesmo cabelo preto e olhos azuis do clã Casteel.

O ponto principal era que eu os amava e, por causa deles, tinha sobrevivido aos destroços da morte inesperada da minha mãe. Por causa deles, eu tinha família, estabilidade e amor.

O ranger da porta soou, e olhei para cima quando Romeo entrou, como se meus pensamentos o tivessem convocado. Cassius se virou para ele, e Romeo nos encarou sobre uma caixa em seus braços, com uma expressão de surpresa.

— O que vocês dois estão fazendo aqui?

Minha mente estava confusa, tentando encontrar uma desculpa decente para explicar por que eu estava no bar tão cedo, mas antes que eu pudesse inventar uma história plausível, Cassius disse:

— Meu barco foi pego por uma tempestade ontem à noite. Está completamente destruído.

Pisquei, respirando fundo.

— O quê? — Quase derrubei a caneca que tinha acabado de pegar, e levei um susto com o barulho, mesmo tendo sido provocado por mim. — Por que não me contou? Estou aqui tagarelando e *fazendo café* enquanto seu barco está destruído? Você está bem?

Romeo colocou a caixa, que eu agora via que era de uísque, no bar e sentou-se no banco ao lado de Cassius.

— Que merda, cara, qual é o tamanho do prejuízo?

— Estou bem — disse ele, esfregando o olho. Gentilmente, afastei sua mão para que não piorasse a situação, pois agora que eu estava mais perto, parecia que ele tinha arranhado bastante a córnea, embora isso fosse obviamente o menor dos seus problemas. Quanto a mim? Eu me sentia péssima. Estava ali transando com um cliente enquanto meu tio enfrentava uma tempestade no mar que poderia tê-lo matado. Não é de se admirar que ele parecesse exausto. Achei que ele tinha apenas passado uma noite em claro, mas não, ele estava lutando contra a Mãe Natureza. — Mas meu barco não está nada bem. O dano é bem grave.

— Dá pra consertar? — Romeo perguntou.

Cassius resmungou.

— Dá. Mas vai levar umas oito semanas. Pelo menos voltaremos a tempo de colocar as armadilhas.

Assenti. A temporada de lagostas no outono era a que trazia mais dinheiro, então isso era bom.

Romeo colocou a mão no ombro de Cassius.

— Eu ia sugerir que você trabalhasse como garçom aqui, mas acho que assustaria os clientes — falou, com um leve sorriso.

— Engraçadinho — murmurou Cassius.

Soltei uma risada ao imaginar Cassius andando entre as mesas, equilibrando bandejas de bebidas. Não, Cassius tinha sido feito para plantar os pés firmemente no convés de um navio e gritar ordens para sua tripulação de pescadores. Eu sabia que podia falar por Romeo quando dizia que nenhum de nós o colocaria para trabalhar atendendo clientes no Bolos e Cerveja.

Peguei a caneca que ainda estava no bar, servi café e a coloquei na frente de Cassius, que envolveu suas mãos enormes ao redor dela, fazendo parecer uma xícara de chá infantil. Depois, servi uma segunda caneca para mim e olhei para Romeo, inclinando a cabeça em indagação.

— Não, obrigado — disse ele.

Romeo pegou a caixa de bebidas, levou-a para trás do bar e começou a desempacotá-la enquanto Cassius e eu tomávamos nosso café. Meu olhar se fixou na foto da minha mãe pendurada na parede atrás do bar. Ela estava de pé na beira do cais, o mar brilhando atrás dela, o sorriso tão radiante quanto o sol. Dei mais um gole no café, meus olhos passando pelo ombro dela, onde o céu beijava a água. Além do cais onde minha mãe estava, além da água atrás dela, em algum lugar sob aquele céu vasto, havia algo que me *chamava*. Mesmo agora, olhando para uma fotografia, senti uma pequena insistência daquela atração que me atormentava desde que eu me lembrava.

Olhei para cima e vi Romeo me observando enquanto tirava as garrafas e as colocava na prateleira.

— Conheço esse olhar — falou ele.

— Que olhar?

— Esse que faz parecer que você está a milhões de quilômetros de distância, mesmo estando bem ao meu lado. — Ele colocou outra garrafa na prateleira. — Aquele chamado? — perguntou.

Não neguei; apenas assenti sem falar nada. Eu havia contado a Romeo sobre a sensação que eu não conseguia descrever. Perguntei se ele se lembrava da minha mãe falando sobre algo semelhante, já que ela havia passado um tempo fora, em uma pequena cidade a algumas horas dali, antes de eu nascer. Ela também tinha sentido um chamado? Em direção a algo desconhecido que ela não conseguia dizer o que era? Suspirei. Se ela havia encontrado uma forma disso ou não, eu não sabia dizer. Tudo o que sabia era que ela havia ficado grávida e voltado para Mud Gulch para viver o resto dos seus dias, embora tivessem sido bem curtos.

Meu olhar se voltou para a fotografia do belo rosto da minha mãe. *Se puder, me mande um sinal?*, pedi a ela em pensamento. Porque, de repente, tive a sensação de que o tempo estava escapando por uma ampulheta do destino. Ou talvez fosse apenas a tristeza de ver Ivy League indo embora, mesmo sabendo muito bem que tínhamos sido feitos para vivenciar apenas algumas breves horas.

Levei a caneca aos lábios e tomei um gole, desviando os olhos da fotografia da minha mãe para olhar pela janela, imaginando Gage enquanto ele desaparecia pelo cais, sentindo estranhamente que ele havia levado mais com ele do que eu sabia explicar.

CAPÍTULO SETE

GAGE

Me mexi na espreguiçadeira com inquietação e depois levantei o braço, colocando-o atrás da cabeça enquanto olhava para a piscina cintilante à minha frente. A água ondulava sob as luzes do pátio, e meu olhar se movia do turquesa da parte funda para a água clara que cobria os degraus da piscina. Os diferentes tons de azul estavam todos… errados.

Nada se comparava aos olhos dela.

Deixei a cabeça cair de volta na espreguiçadeira enquanto olhava para o céu estrelado. *Droga, pare de pensar nela e nos olhos dela. O que há de errado com você?* Eu já estava inquieto, e pensar em uma mulher com quem tinha tido um caso de uma noite e que morava em uma cidade a horas de distância era totalmente improdutivo.

E completamente desconcertante.

Sim, eu tinha gostado dela. Sim, eu havia sentido uma conexão. E, sim, eu havia me sentido… mais *eu mesmo* naquela noite do que há muito tempo. Só eu, sem as pressões de todos os meus vários papéis. Me permitira aproveitar tudo em Mud Gulch, mas nunca esteve destinado a durar além de memórias agradáveis e temporárias. Nós dois sabíamos disso. Eu havia saído naquela manhã me sentindo revigorado e esperançoso. Pronto para receber meu futuro de braços abertos. E, ainda assim… aqueles olhos continuavam surgindo na minha mente toda vez que eu tentava me concentrar em outra coisa. *Por quê?*

Já tinha me envolvido em casos breves antes e nunca tinha me arrependido. Mas também rapidamente havia deixado essas memórias de lado e voltado à minha vida normal.

Não era típico de mim. Durante toda a minha vida, eu havia sido sensato, calmo e controlado. Se algo era esperado de mim, eu fazia o necessário com foco determinado e sereno. Nunca vacilava ou me distraía. E porque eu tinha as ferramentas — pela natureza e pela sorte de quem eram meus pais — havia passado a esperar sucesso em todas as áreas.

Mas agora? Eu estava me sentindo ansioso e preocupado. Em vez de melhorar, aquela pontada aleatória que às vezes dificultava a respiração e que eu atribuía ao nervosismo, havia piorado desde que eu havia deixado Mud Gulch. Mais forte, mais insistente de alguma forma.

O som de risadas à minha esquerda interrompeu meus pensamentos e eu me virei para ver minha irmã, Lexi, tropeçando pelo portão com sua melhor amiga, Blakely, logo atrás dela.

— Veja só quem está aqui! — Lexi sorriu enquanto cambaleava na minha direção. — Meu irmão favorito. — Ela se inclinou e me deu um abraço rápido, e seu perfume me envolveu, uma mistura sutil de pêssego branco e baunilha, misturado com os vestígios de vinho em sua respiração. Ela se sentou na espreguiçadeira, deitando-se com um suspiro.

— Parece que vocês duas se divertiram. — Sorri enquanto Blakely me lançava um sorriso e um aceno e depois se sentava na beirada da espreguiçadeira do meu outro lado. — Oi, Blakely. Bom te ver.

— Bom te ver também. O que você está fazendo aqui? — ela perguntou, inclinando-se para a frente e dando um tapinha na minha coxa antes de prender o cabelo em um coque no topo da cabeça.

Blakely era a melhor amiga de Lexi desde que estavam no ensino fundamental e eu as acobertara de várias maneiras, inúmeras vezes. Também fizemos muitas festas juntos na adolescência e até uns vinte e poucos anos, quando Lexi se mudou para Nova York para seguir seu sonho de ser cantora e Blakely ficou noiva de um cara com quem crescemos e que agora trabalhava com o pai na empresa de seguros da família. Baixei o braço que estava atrás da minha cabeça e o substituí pelo outro.

— Apenas relaxando — eu disse.

Lexi soltou um pequeno som de deboche.

— Até parece. Desde quando você relaxa, sr. Vai e Faz? — Ela bocejou, seus ombros subindo e descendo. — Se você estava livre, deveria ter vindo com a gente esta noite.

— Saí do trabalho faz uma hora. Noite longa. Eu estava aqui entregando alguns arquivos para o papai, porque ele precisa de manhã. Como foi a festa?

— Aff. Chata pra caramba — respondeu Lexi. — Fiquei mimada pela vida noturna de Nova York. Nada se compara.

Blakely riu.

— Não foi tão ruim.

Lexi fez um som de descontentamento.

— A música era uma droga. Bebi muito vinho para tornar a experiência suportável e agora estou praticamente desmaiando — disse ela, ao se levantar. — Tenho que ir para a cama.

Blakely se levantou e as duas se abraçaram.

— Te vejo amanhã.

Lexi assentiu e mandou um beijo por cima do ombro para Blakely enquanto se dirigia para a casa.

— Boa noite — cantarolou ao se afastar cambaleando. Blakely afundou novamente na espreguiçadeira enquanto a porta do pátio se abria e depois se fechava atrás de nós.

— Ela está em Manhattan há alguns anos e de repente somos caipiras de cidade pequena — comentou Blakely.

Eu ri e virei a cabeça para ela.

— Como você está? Já marcou a data do casamento?

Houve uma breve pausa.

— Eu terminei o noivado.

— Ah, que droga. Sinto muito, Blakely. — Não a via com muita frequência desde que Lexi havia se mudado, mas quando a via, ela sempre parecia feliz, e Lexi não havia mencionado nada sobre o término. — Você está bem?

Ela suspirou.

— Sim. Estou bem. Na verdade, aconteceu há alguns meses. — Ela brincava com uma mecha de cabelo que havia escapado do coque que, de alguma forma, tinha prendido no topo da cabeça. — Estivemos noivos por seis anos, Gage. Seis *anos*! No começo, fazia sentido porque éramos jovens e ele estava muito focado em começar a carreira. Estava trabalhando horas absurdas na empresa e eu achava que seria difícil se concentrar em um trabalho desafiador e em um casamento ao mesmo tempo, sabe? — Ela fez uma pausa. — Mas então, parecia que a intensidade do trabalho dele nunca diminuía, não por ele não se acomodar, mas porque gostava assim. Isso alimentava algo nele. E eu estava envelhecendo e ele ainda me pedia para esperar mais um ano. Sempre mais um ano. Por fim, tive que encarar que ele simplesmente não estava interessado em se casar comigo, não de verdade, e eu já tinha desperdiçado anos suficientes ficando em segundo plano.

Soltei um longo suspiro.

— Parece que vocês estavam em páginas diferentes e era hora de você se colocar em primeiro lugar. — Fiquei feliz por ela ter terminado. Se eu sabia algo sobre homens, era que, se o cara estivesse realmente apaixonado por uma mulher, moveria montanhas para ficar com ela.

Blakely assentiu, mas não se virou para mim. Estudei seu perfil no brilho suave das luzes externas. Ela era tão familiar para mim, mesmo que eu não a visse regularmente há muitos anos. Ela era como família, suponho. Eu a conheci em todas as fases da vida. Vi-a crescer: passar de uma criança a uma pré-adolescente desajeitada a uma mulher bonita.

Ela se levantou de repente e estendeu a mão.

— Quer andar comigo?

Agarrei sua mão e me levantei também. Não estava exatamente com vontade de caminhar, mas também não estava com vontade de ficar reclinado. Aquela inquietação voltou a me acometer. Talvez o movimento ajudasse.

Saímos pelo portão da piscina e caminhamos pela grama verde impecável por alguns minutos, andando devagar enquanto as luzes da casa ficavam mais fracas e a lua assumia esse papel. Quando o gazebo apareceu à vista, Blakely riu suavemente.

— Lembra quando nos casamos aqui?

Eu ri.

— Eu tinha dez anos e você, oito. Você sequestrou meu boneco de ação favorito até eu concordar em brincar de casamento.

— Pelo visto, estou sempre tentando fazer os homens se casarem comigo contra a vontade deles. — Ela me deu um sorriso irônico, mas vi a dor em seus olhos.

Meu coração deu um aperto. Bati meu ombro no dela.

— Eu sabia onde você tinha escondido o Homem de Ferro. Eu poderia tê-lo resgatado a qualquer momento e frustrado seu plano maligno.

Ela soltou uma risada surpresa enquanto subíamos no gazebo e ela se sentava no banco. Inclinei-me contra a moldura aberta da porta e movi um cacho de madressilva para fora do caminho. Seu doce perfume enchia o ar, trazendo consigo uma cascata de memórias. Eu havia brincado ali e, mais tarde, posado para fotos de bailes da escola com acompanhantes de que mal me lembrava agora. Havia beijado algumas garotas nesse banco e chegado aos finalmentes com outra.

— Por que não o resgatou, então? — Blakely perguntou. — Por que não resgatou o Homem de Ferro e frustrou meu plano maligno?

Pisquei, afastando minha mente da memória daquela primeira sensação de um seio macio sob minha palma e voltando para os constantes pedidos de Blakely e Lexi para que eu participasse de suas brincadeiras.

— Porque eu gostava de ser o herói — afirmei com um sorriso.

Outro sorriso brincou nos lábios de Blakely enquanto ela me olhava por baixo dos cílios. Fiquei imóvel, sentindo-me de repente confuso. Estávamos... flertando? De onde isso tinha vindo? Claro que eu gostava da Blakely. E ela era doce e bonita. Mas... eu sempre a havia considerado como outra irmãzinha.

Ela passou o dedo pela borda do banco.

— Alguma vez você pensa... no que prometemos no casamento de Kate e Tanner?

Fiz um esforço para lembrar. Isso tinha sido... o quê? Sete anos atrás, quando eu tinha vinte e seis? E eu já tinha tomado alguns coquetéis. Mas voltou à minha mente. Na ocasião, Blakely também tinha acabado de terminar com alguém. Foi pouco antes de ela começar a namorar seu agora ex-noivo. Eu estava solteiro, mas feliz assim. E, apesar de não estar exatamente pronto para me casar, estava ciente de que outros — principalmente meus pais — tinham esperanças de que meus planos seguissem nessa direção mais cedo ou mais tarde.

Blakely e eu tínhamos nos sentado sob as luzes de jardim no pátio do salão de baile do hotel e feito uma promessa brincalhona de nos casarmos se ambos estivéssemos solteiros quando completássemos trinta anos. Soltei uma risada curta, mas a expressão de Blakely não mudou.

Minha risada diminuiu.

— Você não pode estar falando sério — eu disse.

Ela encontrou meu olhar e deu de ombros.

— Quero dizer, já passamos dos trinta e não estamos ficando mais jovens. — Seus cílios se abaixaram antes que ela olhasse para mim novamente. — E não pode me dizer que não sabia que eu tinha uma queda por você quando era mais nova. — Ela umedeceu os lábios. — Não é a pior ideia do mundo, é?

Olhei boquiaberto para ela.

— Você está sugerindo nos casarmos? Um... com o outro?

— Não amanhã. Estou apenas... — Ela brincava com um anel na

mão direita. — Bem, quero dizer, poderíamos considerar essa ideia. E... ver como as coisas... progrediriam.

Parei, esperando que ela dissesse: *brincadeira!* Mas ela apenas me olhou enquanto inclinava a cabeça, mantendo o contato visual.

— Ai, Deus, você está falando sério. — Dei alguns passos em direção ao banco e sentei ao lado dela. Sim, tínhamos feito um "pacto" de brincadeira, e claro, eu sabia que ela tinha uma queda por mim quando éramos mais jovens. Mas sempre achei que isso era coisa de adolescente e que tinha ficado para trás à medida que amadurecíamos. Nos viramos um para o outro.

— Blakely, sempre fomos como irmãos.

— Crescemos juntos, Gage. Não somos parentes.

— Sim, eu sei. Mas... por quê? Por que nos casaríamos?

— Porque estamos *prontos* para casar. Para começar uma família. Porque, apesar de nossos melhores esforços, estamos longe de ter o que queremos. Porque ambos estamos disponíveis. E não faz mal que nossos pais fossem ficar radiantes.

Abri a boca para argumentar, mas sabe qual era a verdade? Ela não estava errada. Eu mencionei para Lexi que queria me casar algum dia, e ela, suponho, havia contado a Blakely em algum momento. Não era um grande segredo. Na verdade, eu havia deixado claro para Travis Hale quando nós dois estávamos saindo com Haven, anos atrás. *Anos* atrás. Eles haviam se casado e tido um bebê, e aqui estava eu, tão disponível quanto sempre — disponível e tendo encontros casuais com mulheres com as quais não havia absolutamente nenhum futuro, sentindo-me confuso e distraído por isso. Não só eu não tinha o que queria, como estava realmente regredindo no departamento de *sossegar na vida*.

E, sim, nossos pais *ficariam* radiantes. Na verdade, eles haviam insinuado isso em mais de uma ocasião, o que tinha inspirado aquela promessa de anos atrás no casamento de nossos amigos em comum. Quem seria mais perfeito para assumir o papel de metade de um casal poderoso do que Blakely Wingate, que fazia parte da "alta sociedade" desde que nascera?

Soltei um suspiro enquanto me recostava.

— Isso é loucura — murmurei. Só que, será que era? Talvez fizesse muito sentido. Talvez me desse o empurrão necessário para voltar mentalmente aos trilhos.

Blakely se aproximou.

— Não precisamos fazer nenhuma promessa agora, Gage. Apenas... viva com a ideia por um tempo. Lexi vai voltar para Nova York, então não precisamos nos preocupar com ela questionando nada até tomarmos uma decisão. E se decidirmos que é uma ideia horrível... sem problemas. Vai ser apenas a coisa boba que falamos uma vez e descartamos como ridícula.

Virei a cabeça e olhei para ela. Realmente olhei. Meu olhar moveu-se sobre seus grandes olhos castanhos, seu nariz afilado, até sua boca, com o lábio superior mais cheio que o inferior. Sim, ela era uma mulher bonita. Eu pensava nisso de forma distante, como qualquer um pensaria sobre alguém que considerava família. Talvez eu nunca a tivesse visto sob uma luz diferente porque nunca havia tentado. Mas, talvez, se eu tentasse, isso mudasse tudo.

Desejo toda a sorte para você encontrar exatamente o que está buscando. Às vezes, está mais perto do que você pensa. As palavras de Haven, ditas tão recentemente, voltaram à minha mente. Talvez ela estivesse certa.

Talvez a pessoa que eu estava procurando — aquela que ajudaria a sufocar essa sensação inquieta *e* garantiria que eu cumprisse a expectativa de dar continuidade ao nome da família — estivesse na minha frente o tempo todo. Isso me ajudaria a focar em algo — *alguém* — tangível, e agradaria imensamente aos meus pais. Já podia imaginar a alegria e o entusiasmo em seus rostos se desse esse tipo de notícia.

Exceto...

— Há um problema, Blakely. Eu vou para Londres. Em pouco mais de dois meses. Vou me mudar para supervisionar a abertura do nosso primeiro hotel internacional. Meu pai me colocou no comando.

— Sim. Lexi me contou sobre isso e mencionou o fim de semana em que sua mãe está considerando dar uma festa de despedida. O fato de você estar abrindo um hotel em Londres é incrível. Você deve estar muito empolgado.

— Estou. Mas, Blakely, não é temporário. Esperamos abrir vários outros na Europa e, depois, em outras localidades internacionais também.

Ela piscou e ficou em silêncio por alguns instantes antes de seu rosto se iluminar com um sorriso.

— Estou dentro! — disse ela.

— Você iria?

Ela estendeu a mão e segurou a minha, apertando-a.

— Num piscar de olhos — confirmou. — E pense nisso, Gage. Seria perfeito. Poderíamos... — Ela soltou minha mão e entrelaçou as suas no colo enquanto olhava para baixo, parecendo de repente tímida. — Bem, poderíamos nos conhecer como um casal longe dos olhares curiosos de Calliope e Pelion.

— E o seu trabalho?

— Eu sou estilista on-line, Gage. Posso fazer isso de qualquer lugar. Na verdade, meus clientes provavelmente adorariam se eu estivesse montando seus looks diretamente de Londres.

Uma estilista on-line. Eu não tinha ideia do que isso era ou se ela realmente levava isso a sério. Acho que havia algumas coisas que eu ainda não sabia sobre Blakely. Talvez houvesse mais nela do que eu já tinha imaginado.

Passei um dedo sob o lábio, considerando. Tiraria a pressão de explorar um relacionamento longe dos fofoqueiros da cidade pequena que nos conheciam pela vida toda. E, talvez, começar algo em um lugar novo e diferente nos ajudasse a nos ver como pessoas novas e diferentes — nos ajudasse a nos livrar daquela conexão familiar que sempre tínhamos tido.

E então, quando — ou se — voltássemos para Calliope para as festas de fim de ano, nossa base como casal estaria bem estabelecida.

Deus, esses termos — mesmo que apenas nos meus próprios pensamentos — soavam tão... comerciais.

Mas talvez fosse só porque eu tinha começado a tentar mudar minha perspectiva sobre Blakely há cerca de dez minutos.

A maior parte da minha vida não havia sido planejada e estrategizada? Claro que eu queria amar minha esposa, mas por que não poderia direcionar minhas intenções para alguém que se encaixasse perfeitamente na vida que se estendia à minha frente?

— Você me deu muito em que pensar — eu disse a ela.

— Vou viajar com meus pais para os Hamptons e passar algumas semanas. — O sorriso dela era esperançoso e, novamente, ela estendeu a mão e segurou a minha. — Vamos nos encontrar quando eu voltar. E então talvez a gente possa planejar esperar até a sua festa para tomar nossa decisão final?

Isso parecia meio em cima da hora, mas também nos dava o máximo de tempo possível para pensar sobre a proposta. Meu olhar captou a fileira de hortênsias azuis atrás do gazebo e rapidamente voltei a me fixar em Blakely, não querendo deixar minha mente começar a se fixar nos tons de cada pétala minúscula.

— Combinado — respondi, estendendo a mão e segurando a dela, apertando-a.

Blakely riu, se aproximando e jogando os braços ao meu redor.

— Combinado — ela sussurrou.

CAPÍTULO OITO

RORY

A caixa na prateleira superior do meu closet tinha uma camada de poeira. Eu a levantei cuidadosamente e a levei para a minha cama, onde me sentei, tirando um minuto para fazer carinho nos cachorros deitados aos meus pés. Recostei-me contra os travesseiros antes de levantar a tampa do que para mim era um baú do tesouro cheio dos itens mais pessoais da minha mãe.

Estou perdida, mãe. Preciso da sua orientação.

Eu *precisava* dela agora e isso era tudo o que eu tinha. Mesmo tendo passado muito tempo desde que eu o havia segurado, o diário no topo com a capa de couro macio ainda parecia familiar nas minhas mãos. Meu coração apertou com as reverberações do luto enquanto eu o abria. Eu sentia falta dela desesperadamente. As páginas estavam cheias da caligrafia arredondada da minha mãe, reflexões que eu tinha lido tantas vezes e que ainda podia praticamente recitá-las de memória. Esse diário específico começava quando eu tinha duas semanas de vida, e os outros diários empilhados na caixa relatavam a vida da minha mãe desde a adolescência até alguns dias antes de morrer de um aneurisma — uma perda trágica e inesperada que nos deixou abalados. Ela estava aqui num momento e, no seguinte, havia partido.

Um suspiro nostálgico escapou enquanto eu recolocava o diário no lugar. Havia apenas um período de tempo ausente nos escritos da minha mãe sobre sua vida: os dois meses e meio que ela havia passado em uma cidade turística próxima ao lago, onde havia conseguido um emprego sazonal.

A primavera em que ela havia engravidado de mim.

Esse diário estava presente, mas faltava a seção do meio. Peguei-o, facilmente reconhecível não apenas pela capa cor-de-rosa, mas também pelo fato de estar fino e frágil. Parecia que a encadernação interna havia se soltado — as únicas páginas ainda intactas eram a primeira e a última.

Eu o abri e comecei a ler suas palavras esperançosas, sentindo falta dela desesperadamente, mas encontrando um pequeno conforto em poder "ouvir" sua voz outra vez.

Quando cheguei há três dias, Calliope me recebeu com o pôr do sol mais deslumbrante que já vi. E isso é dizer algo, porque vivi algumas maravilhas em Mud Gulch nos meus dezenove anos. Não foram apenas as cores do céu, mas a forma como brilhava na água límpida e como os azuis e verdes do lago e das árvores ao redor reluziam juntos sob o sol dourado. Pitoresco, mas também... mágico de alguma forma.

Em Calliope, há algo bonito para ver em cada canto. Praias perfeitas de areia com veleiros pontilhando o horizonte. Pátios de restaurantes com guarda-sóis pretos nítidos e vasos transbordando de flores coloridas em cada esquina.

Mas também há condomínios elegantes com varandas envidraçadas e propriedades extensas com fontes, quadras de tênis e quem sabe o que mais, que podem ser vistas no terreno mais alto atrás da cidade. Eles chamam de "Calliope Hills" – e é obviamente onde vivem os ricaços.

Ah, e falando em terrenos altos, consegui um emprego ontem! Vou trabalhar como garçonete no clube mais chique em que já pisei. Como eles mantêm toda aquela seda e aquele veludo tão impecáveis, não consigo imaginar. Fadas que aparecem na calada da noite, talvez? Tive medo de me sentar na cadeira quando me encontrei com a entrevistadora! (Que, a propósito, não tinha absolutamente nenhuma personalidade.) O clube é escuro e silencioso, todos falam sussurrando e, sinceramente, é um pouco assustador, mas as gorjetas devem ser boas em um lugar assim, então quase gritei de alegria quando a mulher ligou para dizer que eu tinha sido contratada. Não gritei até desligar, no entanto. Tenho a sensação de que pessoas como ela não apreciam reações desse tipo. Me pergunto se ela aprecia alguma reação. Eu a imagino indo para casa no final do dia, entrando em uma caixa e acionando um interruptor para que ela simplesmente desligue até a hora de voltar ao trabalho e andar rigidamente por aqueles corredores silenciosos.

Enfim, o treinamento começa amanhã, então é melhor eu ir para a cama. Estou sentada na velha cadeira de balanço da varanda da mulher com quem Lys me colocou em contato e que tinha um quarto para alugar. A casa fica bem nos limites da cidade, entre Calliope e Pelion, onde o aluguel é mais acessível. Pelion também é uma cidade bonita, embora eu não tenha visto muito dela.
Posso ver a costa de onde estou sentada, e parece mais tranquilo lá, mais pacífico talvez, mesmo que eu prefira o movimento de Calliope. De qualquer forma, gosto daqui, deste lago que tem as duas cidades. E a casa onde estou hospedada é confortável, limpa e ninguém precisa sussurrar ou andar na ponta dos pés pelos corredores ou ter medo de se sentar nos móveis. É o tipo de casa onde eu gostaria de criar uma família um dia. Pensar em família me deixa meio nostálgica de Mud Gulch. Mas estou determinada a ter umas boas férias de primavera aqui e ganhar o dinheiro que não consigo lá. A lama não fez nenhum tipo de barulho quando saí, então imagino que recebi sua permissão para partir. E, Senhor, é bom ter uma pausa daquele bar e daquele cais que range.

Tenho um bom pressentimento sobre este lugar também. Entendo por que Lys ama tanto Pelion, mesmo que as coisas tenham sido difíceis para ela aqui.

Quanto a mim? Sinto que algo maravilhoso está ao virar da esquina.

Fechei o diário, querendo terminar com esse pensamento esperançoso, em vez da última página, no dia em que ela deixava Calliope — que tinha uma sensação decididamente diferente. Rufus se levantou e caminhou até onde eu estava, deitando-se ao meu lado e colocando a cabeça na minha coxa. Cocei seu queixo, inclinando a cabeça enquanto olhava em seus olhos. Não, as coisas em Calliope não haviam terminado tão maravilhosamente bem para minha mãe quanto ela pensava, embora insistisse que eu era a melhor coisa que já havia acontecido a ela. Mas isso porque ela era minha mãe e, apesar da âncora em Mud Gulch que eu poderia ser para sua vida, ela me amava, e senti esse amor até o dia em que ela morreu.

Estendi a mão para o topo, quando avistei a borda do meu livro de bebê no fundo da caixa. Fazia anos — mais de uma década, na verdade — desde que eu o havia folheado. Havia uma foto minha, ainda recém-nascida, presa no suporte plástico da capa, e eu sabia que o interior estava cheio de registros de cada um dos meus marcos — primeiro sorriso, primeiro dente, primeiros passos. Minha mãe havia preenchido meu gráfico de crescimento, anotado os alimentos que eu mais gostava e escrito sobre os pontos que precisei levar no joelho depois de cair de um balanço quando tinha quatro anos. Havia amor nessas páginas, e segurei a capa contra meu peito por um momento, precisando daquela dose extra de carinho materno da única maneira que podia obter. Triste. Não era nem de perto o suficiente, mas também não poderia ser desprezado.

Coloquei o livro na cama ao meu lado, passando a mão sobre a cabeça de Rufus enquanto folheava as páginas, cada anotação um testemunho de quanto ela me amava.

— Eu queria que você estivesse aqui — murmurei. Usei meu dedo indicador para folhear as páginas restantes antes de guardá-lo, quando notei algo que me fez parar. Voltei para a página em branco que deveria descrever meu pai, desde a cor do cabelo até a profissão. O vazio daquela página sempre me deixava com um aperto desconfortável no estômago. Ainda não havia informações ali, mas o que vi foi um guardanapo que havia sido pressionado ali dentro. Confusa, peguei-o, olhando para o logotipo desconhecido no verso e depois virando-o. Soltei um suspiro repentino que fez Rufus se assustar.

— Desculpe, garoto — disse, distraidamente, meu olhar percorrendo as linhas do desenho. Era um esboço da minha mãe, e a data abaixo correspondia ao mês e ano em que ela havia deixado Mud Gulch. Fiquei olhando para a arte, de olhos arregalados, devorando-a com o olhar da maneira que uma pessoa faminta poderia ingerir uma refeição há muito esperada.

Fechei a capa e coloquei o guardanapo delicadamente por cima, com a mão trêmula.

— Meu Deus — sussurrei. Eu nunca tinha visto isso antes. Minha mãe tinha que ter colocado isso dentro do meu livro de bebê em algum momento antes de morrer.

E eu sabia por que ela havia colocado exatamente nesse lugar, mesmo que não tivesse me entregado diretamente na época. Talvez ela achasse que eu era muito jovem. Talvez pretendesse compartilhar mais comigo depois, um "depois" que nunca havia chegado, e esse local parecia o lugar perfeito para preservar um item tão precioso.

Uma onda de emoção tomou conta de mim, a sensação de que eu havia pedido orientação à minha mãe, e ela me trouxera até ali, a esse guardanapo prensado entre as páginas da minha história. E, se esse fosse o caso, então ela queria que eu fosse além.

Meu olhar ficou fixo no esboço do belo rosto da minha mãe, tantas perguntas passando pela minha mente que eu não tinha como responder. Mas talvez... isso fosse porque as respostas não estavam aqui em Mud Gulch. Talvez as respostas estivessem naquela cidade que minha mãe visitara havia tanto tempo, a cidade onde o esboço havia sido criado, a cidade onde ela havia conhecido um homem e me concebido.

Minha mãe nunca tinha me contado, nem aos meus tios, se meu pai sabia sobre mim ou não, mas mesmo que ele soubesse e tivesse escolhido não ter um relacionamento comigo na época, talvez se arrependesse disso agora. E mesmo que esse não fosse o caso, eu tinha o direito de saber quem eu era, não tinha? Por que não deveria pelo menos tentar preencher as lacunas da minha história agora que eu tinha uma pista? Uma pista que minha mãe havia deixado para mim. Virei a cabeça, olhando pela janela quase sem enxergar, permitindo que uma ideia que talvez sempre estivesse flutuando na periferia da minha mente tomasse forma: e se... e se ele fosse o chamado? Meu pai. Sua existência me chamando ao longo do tempo e da distância.

Rufus bocejou e eu acariciei sua orelha, à medida que um plano ia tomando forma. Minha mente girava, os detalhes foram se clarificando rapidamente e uma pessoa que poderia ajudar imediatamente me veio à mente. Eu tinha um ponto de partida agora, nesse esboço casual, nesse único desenho.

Minha noite com Gage havia mexido com algo dentro de mim. Eu havia aproveitado a oportunidade algumas noites antes porque quis — eu o desejara — e não me arrependia. E agora outra oportunidade estava bem na minha frente. Não seria tolice se eu não aproveitasse essa também enquanto ainda podia?

— O que você acha, garoto? — perguntei a Rufus, acariciando sua orelha. — Será que há algo maravilhoso esperando por mim em algum lugar?

Mais uma vez, o rosto de Gage passou pela minha mente. Mas o afastei depressa. Gage tinha sido uma distração temporária — embora extremamente agradável. Eu estava em busca de algo muito mais permanente.

Peguei meu celular e fiz uma chamada de vídeo para Cash. Um momento depois, seu rosto robusto e barbudo preencheu a tela. Eu podia ver que ele estava sentado no bar e avistei Romeo trabalhando atrás dele. Meu tio claramente já estava procurando algo para fazer se estava no Bolos e Cerveja às quatro horas de uma tarde de semana. Sorri.

— Oi.

Em resposta, Cassius levantou uma sobrancelha escura.

— Conheço esse sorriso. O que você está prestes a me pedir?

— Cash... — comecei, enquanto Romeo se inclinava para o lado. As sobrancelhas de Cassius se franziram.

— Lá vamos nós.

— Já que você vai ficar em casa pelos próximos dois meses de qualquer maneira, acha que poderia cuidar dos doguinhos?

Por um momento, ambos os meus tios pareceram completamente perplexos.

— Eu? — Cassius finalmente disse.

— Caralho, do que se trata isso? — Romeo perguntou, empurrando ligeiramente Cassius para o lado, recebendo um olhar fulminante do irmão mais velho.

— Não sou a pessoa certa para cuidar dos seus doguinhos. Conheço criaturas marinhas, não cachorros — Cash respondeu, seu olhar retornando para mim enquanto usava o ombro para afirmar seu lugar no centro da tela.

— É fácil cuidar de cachorro — eu disse. — É só dar comida, levar para passear e coçar a barriga deles e eles vão te dar a devoção eterna. São animais de matilha. Vão ficar felizes só por ter você por perto.

— Romeo, fala pra esta garota que seja lá o que ela estiver pensando, não é uma boa ideia — disse Cassius.

Quantas vezes eu ouvi essa frase ao longo dos anos, lançada de um tio para o outro? Eu tinha sido uma criança travessa e uma adolescente teimosa. Mas isso não era alguma ideia caprichosa que tinha brotado na minha cabeça há cinco minutos. Eu havia carregado perguntas dentro de mim sobre quem eu realmente era minha vida inteira. As respostas que eu talvez encontrasse poderiam mudar minha vida. E acabava de ser apresentada a uma pista tangível.

— Só umas férias curtas — continuei.

Romeo estava me olhando através da tela, com um olhar que era ao mesmo tempo triste e um tanto esperançoso.

— Acho que você deveria ir — ele opinou suavemente.

Minha boca se abriu e Cassius virou a cabeça para fuzilar Romeo com o olhar.

— Você acha? — Deus, é claro que ele achava. Porque ele nunca tivera sua própria oportunidade de ir, e queria garantir que eu tivesse a minha, mesmo que fosse uma breve viagem, e depois eu retornasse. Vou compensar isso para você, Romeo Casteel. — Você sabe que eu te amo, né?

— Sei — ele disse, seu sorriso suave antes de dar uma cotovelada em Cassius. — Vou ajudar este grandalhão com os doguinhos porque, sinceramente? Certeza que eles vão enfiar o rabo entre as pernas e correr quando o virem avançando sobre eles. Pode ir.

Cash fez alguns sons resmungados, mas não resistiu mais do que isso, finalmente me dando um leve aceno de cabeça que eu sabia ser sua forma de concessão. Mandei um beijo para os dois. Romeo pegou o celular de Cassius.

— Eu vou cuidar das coisas aqui — prometeu ele. — Vai atrás desse chamado. Aonde quer que possa te levar.

CAPÍTULO NOVE

GAGE

— Ah, oi, querido. Não sabia que você estava aqui — disse minha mãe, enquanto tirava as luvas de jardinagem e as jogava na mesa da varanda sombreada pelo guarda-sol.

Olhei para minha mãe de onde estava sentado na espreguiçadeira da piscina, batendo as pontas dos dedos umas nas outras.

— Só estou dando umas voltas na piscina. — Pausei por um momento enquanto observava a água cor azulada ondular. — Você sabe algo sobre a cor azul?

Ela soltou uma risada pequena e confusa.

— Não me chamaria de especialista no assunto, mas...

— Aquela faixa de céu logo acima das árvores — falei, protegendo os olhos do sol e apontando para cima. — Como você chamaria aquilo?

Minha mãe me deu um olhar semipreocupado e então também protegeu os olhos e olhou para cima.

— Azul-bebê?

— Não — murmurei. — Não é bem isso.

Ela colocou as mãos na cintura.

— Hum, azul-celeste?

— Bem, é uma cor de céu. Mas... não.

— Azul-centáurea?

— Ãh-ãh.

Ela soltou uma risada curta.

— Desculpe, Gage. Estou sem palpites. Mas do que você está falando? E por que não fez a barba?

Passei os dedos pelo queixo.

— É só uma barba por fazer, mãe. É um estilo. — Olhei para ela e dei uma sacudida de cabeça como se me desculpasse. — Desculpa. É... ah, uma campanha publicitária em que estou trabalhando. Está dando trabalho para a equipe. — Peguei o copo ao meu lado e dei um gole no uísque que havia servido do estoque do meu pai na casa da piscina. Eu não bebia com frequência e definitivamente não antes do jantar, mas, droga, aquela sensação inquieta que eu enfrentava só tinha aumentado na última semana e eu sentia como se fosse capaz de explodir.

Minha mãe olhou para a bebida.

— Bem, você vai descobrir. Você sempre descobre. Mas se quiser perguntar a alguém que saiba mais sobre tons de azul do que eu, vou me encontrar com a pessoa perfeita na estufa daqui a uns dez minutos. Conhece Faith Lorenz, dona da galeria de arte no centro da cidade?

— Já a vi algumas vezes. Por que ela virá aqui? — perguntei, erguendo o olhar para aquela pequena porção de céu. O azul estava quase certo, mas também meio errado. Soltei um som de frustração, coloquei a bebida de volta na mesa lateral e me levantei. Droga. *Por que você está obcecado em encontrar o nome do azul dos olhos de uma mulher que nunca mais vai ver? Qual é o sentido, além de ganhar uma enxaqueca?*

— Ela vai trazer uma avaliadora de arte que começou na galeria na semana passada. Faith enviou uma carta para os clientes dela que possam ter alguma peça de arte que poderia passar por uma avaliação. Eu retirei algumas peças do sótão. Não tenho ideia da origem delas, mas... — O som distante da campainha da porta da frente interrompeu minha mãe, e ela olhou para a casa. — Devem ser elas. Dê uma passada para falar "oi".

— Talvez — murmurei para as costas da minha mãe enquanto ela se dirigia para a casa. Eu não tinha a intenção de passar pela estufa.

Não conhecia bem Faith e não estava no clima para conversa fiada sobre pinturas empoeiradas encontradas no nosso sótão. O exercício não funcionou, nem o uísque. Eu tomaria um rápido banho e então iria ao clube dar umas raquetadas nas bolas de tênis para liberar um pouco de raiva. Talvez isso ajudasse.

Com o que eu *poderia* estar ocupando minha mente era o que Blakely e eu havíamos discutido. Mas, apesar de ter dito a ela que pensaria sobre sua proposta, minha mente simplesmente não tinha se movido nessa direção desde alguns dias atrás. Talvez eu precisasse ser intencional ao considerar a ideia. Porque fazia sentido em vários aspectos. E eu sabia quantas pessoas isso agradaria, mesmo que basicamente tivesse vindo do nada.

Azul...

Gemendo, levei as mãos às têmporas e massageei. Sim, eu *pensaria* na proposta de Blakely, só não naquele momento específico. Não havia pressa. O cronograma que tínhamos discutido ainda deixava bastante tempo, e eu achava melhor permitir que as coisas amadurecessem naturalmente, mesmo que eu estivesse desesperado para desviar meus pensamentos de encontrar o nome de um tom enigmático de azul totalmente de memória.

Entrei na casa da piscina e tirei o calção. Os sons de vozes abafadas que passavam pelas portas francesas abertas para o pátio mal alcançavam onde eu estava. Peguei uma toalha e a envolvi na cintura quando ouvi uma risada soar e depois desaparecer. Levantei a cabeça e deixei a toalha cair enquanto me voltava rapidamente para o som familiar.

Isso era...

Mas não.

Não podia ser.

Não havia como.

Você está ouvindo coisas, Buchanan. Foi assim que aquela maldita mulher entrou na sua cabeça.

E, ainda assim, mesmo assim, eu rapidamente peguei a toalha e a envolvi novamente na cintura, meus pés se movendo em direção ao lugar de onde viera aquela risada alegre, antes mesmo de eu tomar uma decisão consciente de fazê-lo. Atravessei o pátio e entrei na casa, parando no corredor e ouvindo. Lá estava novamente, aquela risada. E aquela *fragrância*. Eu a reconheci... ela pairava no ar. Meu estômago se contraiu e eu virei a esquina, o murmúrio cada vez mais alto, e então entrei na estufa iluminada pelo sol.

Olhos azuis singulares atrás de um par de óculos encontraram meu olhar chocado. Meu coração deu um salto e minha boca caiu aberta enquanto ela começava a piscar rapidamente. Eu a encarei, quase sem conseguir acreditar nos meus próprios olhos. Seu cabelo estava preso em um tipo de coque elegante e ela usava uma saia lápis azul-marinho — com uma perna delgada cruzada de forma modesta sobre a outra — e uma blusa de seda branca, abotoada até a base da garganta, com um colar de pérolas cor de creme contornando o colarinho. Se eu não tivesse visto o brilho de reconhecimento em seu olhar coberto pelas lentes, teria pensado que essa mulher era a irmã conservadora da *garçonete gostosa* de jeans que conheci.

Aquela com quem tive uma noite de sexo incrível em uma mesa de bilhar.

Aquela com quem eu sonhava quase todas as noites desde então.

Aquela que eu estava tentando — basicamente sem sucesso — tirar da minha cabeça há uma semana e dois dias.

Meu instinto era correr em direção a ela, mas a maneira como estava me olhando — com um pânico que mal conseguia controlar — manteve meus pés no pedaço de chão em que eu estava atualmente parado.

Meus pés descalços.

Olhei para baixo.

Na minha pressa de seguir aquela risada, eu tinha esquecido que estava usando apenas uma toalha.

— Oh, Gage, querido — disse minha mãe, virando-se na cadeira e obviamente seguindo os olhares das outras duas mulheres à sua frente. Ela levou a mão ao peito, os olhos se arregalando ao me observar. — Meu Deus, você não está vestido. — Ela rapidamente se recompôs. — Bem. Estou, ãh, feliz que você tenha decidido aparecer. Você se lembra de Faith Lorenz, não é? E esta é Aurora Castle. Ela é a avaliadora de arte que mencionei, que trabalha para a galeria de Faith. Ela vai dar uma olhada em algumas peças que encontrei guardadas. — Ela fez um gesto em direção às três ou quatro pinturas encostadas em uma mesa lateral perto da porta. — Aurora, este é meu filho, Gage. Ele estava nadando, por isso a, ãh, falta de roupa.

Uma avaliadora de *arte*? Quase soltei uma risada, mas me contive enquanto ela se levantava de repente, percorrendo a curta distância de onde estava sentada e estendendo a mão para mim.

— Gage *Buchanan*? — Seus olhos brilharam novamente e vi sua garganta se mover enquanto ela engolia em seco.

— Isso mesmo — respondi, observando-a de perto. Ela parecia ter empalidecido alguns tons. Ela sabia que havia sido pega com as mãos na massa. *Que bom.*

— Sr. Buchanan. Prazer em conhecê-lo — ela falou após um momento de hesitação em que a vi se recompor. As palavras saíram em um fluxo rápido e estreitei os olhos para ela enquanto ela empurrava os óculos para cima do nariz. Peguei sua mão, envolvendo-a na minha. Estava gelada.

— *Aurora*, não é? — perguntei, com um sorriso irônico. — Castle, você disse? Uma escolha majestosa para um pseudônimo. O que a traz à cidade, srta. *Castle*?

— Gage! — Minha mãe soltou uma risada curta e constrangida. — O que deu em você?

Ignorei minha mãe, e Rory pigarreou enquanto tentava retirar a mão, mas eu a segurei com mais firmeza. O que ela estava planejando aqui? Era algum tipo de golpista? Tinha se infiltrado em um trabalho que lhe dava acesso aos sótãos de proprietários ricos? E como e por que o golpe dela a havia trazido até *ali*?

— Sem pseudônimo. E, por favor, me chame de Aurora. — Ela puxou a mão e eu a soltei, fazendo com que ela tivesse que dar um passo para trás para não perder o equilíbrio.

Ergui uma sobrancelha enquanto ela lançava um olhar ligeiramente assustado para Faith, que estava observando com confusão.

— Oi, Faith — eu disse. — Prazer em te ver.

— Gage — cumprimentou Faith, com a pequena expressão de desagrado se transformando em um sorriso. Seu olhar desceu pelo meu corpo seminu. — Você parece... muito bem.

— Ah, estou sim — respondi, olhando de volta para Rory. — Muito bem. E acho que já nos conhecemos antes.

Rory soltou uma risada leve que logo se apagou enquanto ela balançava a cabeça.

— Não, tenho certeza absoluta de que...

— Sim, quanto mais olho para você, mais certeza eu tenho. — Prendi o lábio inferior entre os dentes momentaneamente, olhando para cima como se estivesse me lembrando. — Você por acaso... — Coloquei as mãos nas costas e a circulei lentamente. — Tem alguma relação com os Buffalobeam?

Ela soltou um pequeno resmungo e então cobriu a boca com dois dedos. Voltei a encará-la, estreitando os olhos. *Pequena mentirosa. Pequena mentirosa linda.* Eu queria sacudi-la e beijá-la, e estava tão feliz por vê-la e irritado ao mesmo tempo. Decepcionado. Zangado. Confuso. Ela abaixou as mãos e balançou a cabeça.

— Não. Nenhuma relação com os... Buffalobeam.

— Ela também me parecia familiar — disse minha mãe. — Aurora é de Nova York, então talvez a tenhamos visto em algum evento quando estávamos lá visitando Lexi. De qualquer forma, é uma pena que Lexi acabou de ir embora, ou eu teria te apresentado a ela, Aurora. Nunca se pode ter amigos demais, não é mesmo?

Rory acenou com a cabeça de forma entusiástica como se minha mãe tivesse acabado de fazer a declaração mais inspiradora já dita.

Faith se levantou.

— Bem, Aurora. Precisamos ir. Temos aquele outro... compromisso às... — Ela olhou para o pulso e pareceu quase surpresa ao ver que estava completamente desprovido de qualquer dispositivo de medir o tempo. — Bem, logo.

— Vasculhando mais sótãos? — praticamente rosnei. Aurora soltou outra risada fraca, desprovida de humor.

— Nunca se sabe quais tesouros podem estar acumulando poeira bem debaixo do próprio teto.

— Hum. E você está aqui para desvendar esses tesouros para uma pessoa como essa? Gostaria de saber exatamente o que você ganha com isso. Talvez esteja buscando se apoderar de tantas *joias de família* quanto possível? — falei, com a mandíbula tensionada.

— Gage! — minha mãe me repreendeu mais uma vez. — Quanto você bebeu? Não está agindo normalmente.

Ela se levantou e veio até mim, inclinando-se como se fosse investigar a força do álcool no meu hálito.

Faith e Rory aproveitaram a oportunidade para passar por mim e minha mãe, e Faith pegou a pequena pilha de pinturas perto da porta.

— Obrigada novamente, sra. Buchanan — disse Faith, de longe. — Eu entro em contato.

Rory me lançou um último olhar um pouco constrangido — mas também um tanto desafiador — antes de praticamente correr porta afora atrás de Faith.

Ah, não vai sair assim.

Minha mãe me segurou ao colocar a palma na minha testa. Seu

segundo pensamento após a possibilidade de eu estar bêbado foi, obviamente, que eu estava febril. Ela soltou um suspiro de alívio.

— Sim, você está quente — minha mãe dizia. — E seu pescoço está todo ruborizado!

Eu me virei, tentando seguir as duas trapaceiras para fora da porta. Faith estava obviamente envolvida nisso também. A conexão delas ainda não estava clara. E, de novo, por que aqui? Era simplesmente a riqueza dessa comunidade que a atraíra? O azar dela era que eu conhecia sua verdadeira identidade. Será que conhecia? Isso tinha sido algum tipo de disfarce também? Ela se mudava de cidade em cidade, trabalhando quando precisava e roubando quando podia? A mão da minha mãe se fechou no meu braço.

— Vou ligar para o seu pai e dizer que você não está bem. Seus bons modos são sempre perfeitos. Eu sabia que algo estava errado. Tire um dia de folga amanhã. Nada de trabalho para você, mocinho.

— Mãe, estou bem. Tenho que ir. — *Tenho que pegar uma ladrazinha mentirosa.*

O fundo da decepção tinha alçapão. Ela era uma falsária. Uma impostora. Uma fraude. E ainda assim, naquela noite em Mud Gulch parecia a coisa mais real que eu havia experimentado em anos. Talvez desde sempre. Que tolo cego eu tinha sido.

— De jeito nenhum. Vou fazer Florence preparar uma sopa para você e...

Puxei meu braço o mais gentilmente possível, fazendo sua mão cair.

— Mãe, estou bem. Sério. Eu te ligo mais tarde. — Dei um sorriso que parecia estranhamente forçado e o jeito como ela recuou a cabeça me disse que eu tinha errado o ponto do sorriso reconfortante e, em vez disso, aterrissado em algum território semelhante ao Palhaço Pennywise. — Tchau, mãe. Eu te amo!

— Eu também te amo, querido. Não vai se vestir? — ela chamou, com uma clara nota de confusão na voz, enquanto eu corria pelo hall o mais rápido que podia com uma toalha apertada em volta da cintura. Abri a porta da frente e desci os degraus, mas o carro de Faith já estava na metade do longo caminho e se afastando rapidamente. Pensei em correr atrás. Eu tinha sido um atleta de corrida no colégio e na faculdade e ainda estava em ótima forma. Forma incrível, na verdade. Eu definitivamente conseguiria alcançar, em especial onde a estrada estreitava perto de...

O que há de errado com você, Buchanan?

Parei, soltando o ar que eu tinha inalado em preparação para o início da corrida. *Você está pensando seriamente em perseguir uma mulher em um carro como um cão de caça? Quem é você e o que fez com Gage Buchanan?*

Balancei a cabeça, me endireitando lentamente e passando as mãos pelos meus quadris cobertos pelo tecido aveludado. *Respira fundo.* Eu estava apenas agindo irracionalmente porque tinha ficado chocado e ainda estava lutando para entender a situação em questão.

Mas, sério? Não havia necessidade de correr atrás de Aurora Castle, ou qualquer que fosse seu nome verdadeiro, porque eu sabia exatamente onde encontrá-la.

CAPÍTULO DEZ

RORY

— Espera. *Gage Buchanan* é o cara da mesa de bilhar? — Faith perguntou, boquiaberta depois que eu havia contado a ela como conhecia o homem de cuja propriedade acabávamos de sair, aquele que havia deixado claro que me conhecia.

Gemi e praticamente me joguei no sofá de veludo preto na parte de trás da galeria de Faith. Ouvi um estalo e tirei os óculos falsos que eu havia usado para parecer nerd. Outro elemento de "Aurora Castle, avaliadora de arte" se partiu em dois. Joguei-os de lado.

— O universo está fazendo uma piada de mau gosto comigo!

Faith acenou com a cabeça, sentando-se em uma das duas cadeiras à frente de onde eu estava jogada.

— É realmente a única explicação — concordou. — Você deve ter sido uma verdadeira vilã em uma vida passada. Dr. Evil ou o Coringa.

— Ou Genghis Khan.

Ela riu.

Soltei mais um gemido e cobri o rosto. Ninguém deveria me olhar. Eu era a reencarnação de uma verdadeira criminosa. Não havia outra explicação. O karma finalmente havia me encontrado.

— Você nunca perguntou onde o cara da mesa de bilhar morava? — ela me questionou.

Sacudi a cabeça, arrasada.

— Não. E quando olhei o cartão de crédito dele, só vi o primeiro nome. O amigo dele me deu as informações sobre o carro que quebrou, e era uma placa de Connecticut. Imaginei que eram todos de lá. Sinceramente, não pensei muito sobre isso e tentei evitar detalhes. — Me puxei para cima de modo que fiquei sentada. — Eu não queria realmente saber.

Faith soltou um suspiro.

— Certo, bem, isso definitivamente complica o plano.

O plano. Dei um sorriso fraco para ela. Ela havia sido gentil ao aceitar meu pedido de ajuda. Faith era filha de uma mulher que minha mãe conhecera durante o breve período em que viveu em Calliope. Elas se tornaram amigas e permaneceram assim durante toda a vida da minha mãe. A mãe de Faith, Donna, havia trazido Faith para Mud Gulch para o funeral da minha mãe e, embora fosse um momento obviamente difícil para mim, eu e Faith tínhamos nos dado bem e mantido contato ao longo dos anos, principalmente por e-mail e redes sociais.

Donna acabou se casando de novo e se mudando para a Flórida, mas sua filha ficou e abriu uma galeria de arte alguns anos antes. Quando propus fingir ser uma avaliadora de arte que trabalhava para a galeria dela, a fim de ganhar acesso a pinturas que poderiam estar empoeiradas em sótãos específicos, ela topou. Na verdade, eu percebia que Faith estava animada com a perspectiva de uma espécie de caça ao tesouro, talvez por causa dos tesouros artísticos que poderiam estar à espreita, ou talvez porque a vida de proprietária de galeria não oferecesse a aventura que ela desejava.

Ela me garantiu que, embora o pessoal da velha guarda a conhecesse bem dos eventos beneficentes que ela frequentava, voltados para a arte, eles preferiam a Sotheby's às artistas atuais que ela mostrava, e que sua galeria não dependia de seu patrocínio, ou da falta dele.

Então, aqui estava eu, fingindo ser uma avaliadora de arte na cidade onde morava o homem com quem eu recentemente tinha tido relações sexuais em uma mesa de bilhar no bar da minha família. O homem que sabia muito bem que eu *não* era uma avaliadora de arte de Nova York ou de qualquer outro lugar. O homem que naturalmente desejaria saber qual esquema eu estava armando.

O plano não apenas havia se tornado mais complicado. Ele havia sido completamente comprometido.

— Acabou — eu disse, desanimada.

— Não acabou — retrucou Faith. — Só precisamos visitar mais quatro casas, e temos horas marcadas em duas delas. Vamos agir discretamente até conseguirmos acesso às outras.

Sacudi a cabeça.

— Não vamos conseguir agir discretamente. Ele vai me expor.

E por que ele não deveria? Eu estava contando mentiras óbvias para essas pessoas que gentilmente haviam me recebido em suas casas para que eu pudesse vasculhar seus pertences pessoais. Não estava fazendo isso para prejudicar ninguém ou danificar suas propriedades de nenhuma maneira; só queria dar uma olhada no que poderia estar trancado em algum lugar, apenas esperando para ser descoberto. Não nas próprias peças de arte, mas no nome rabiscado em um canto — um pequeno canto escondido que pudesse fornecer uma pista. *A pista*. Uma identificação.

Mas Gage não veria necessariamente isso como uma investigação inocente.

E talvez não fosse.

Porque a verdade era que eu estava ganhando a confiança das pessoas por meio da enganação.

E, no entanto, a razão pela qual meu coração se apertou com choque e profunda decepção não era por eu ter sido descoberta por Gage, mas por descobrir quem ele era. Quem ele *poderia* ser.

Gemi mais uma vez. *Ai, Deus.*

— Não acho que ele vá expor você — disse Faith. — Ele poderia ter feito isso hoje e não fez. Falando em ser exposta, porém — continuou ela —, você viu o *corpo* dele naquela toalha? Santo Deus.

Ela fez uma pausa.

— Espera, é claro que você viu o corpo dele. Você transou com ele em uma mesa de bilhar!

— Sim — confirmei. — Sim, eu fiz isso. — Olhei para ela, esperando o momento em que a realidade fosse chegar para ela.

A testa de Faith estava franzida, os olhos semicerrados enquanto ela considerava a situação.

— Ai, Deus — ela disse depois de um minuto, arregalando os olhos. — Gage pode ser...

— Sim! — gemi em desespero.

Ela cobriu a boca com a mão e manteve-a ali por vários momentos antes de abaixá-la e olhar para mim com pena.

— Definitivamente Genghis Khan — sussurrou ela.

— Desculpe por ter que remarcar, queridas — pediu a sra. Bellamy. — Mas surgiu um conflito inevitável com a Liga Feminina ontem. — Ela fez um gesto com a mão sobre o serviço de chá de prata na mesinha entre nós. — Chá?

— Sim, obrigada — respondeu Faith, e a sra. Bellamy acenou para a empregada, que deu um passo à frente para servir chá do bule de prata esterlina. — Agradeço por ter encontrado tempo para nós, sra. Bellamy. Sei que sua agenda está bem cheia.

Houve um silêncio constrangedor enquanto a empregada terminava de servir o chá e o entregava a cada uma de nós, antes de dar um leve sorriso para a sra. Bellamy e se retirar. Por que alguém gostaria que outra pessoa servisse o chá que estava bem na sua frente, eu não tinha ideia. Isso fazia essas pessoas se sentirem atendidas? E ser atendido em todos os aspectos fazia alguém se sentir importante, eu imaginei.

Você está julgando, Rory. Quando essas podem ser as suas pessoas. Meu olhar deslizou para a pintura sobre a lareira retratando o homem distinto mais velho ao lado da mulher que eu imaginava ser a sra. Bellamy. Afinal, pessoas muito ricas usavam sua própria versão de filtros do Instagram, mesmo que pagassem bem mais por eles. O sr. Bellamy era alto e esguio, com a cabeça longa e as feições aquilinas. Ele parecia sábio e poderoso; mas, se fosse gentil, não transmitia isso em sua expressão nem em seus olhos. Inclinei a cabeça, procurando *qualquer coisa* nele que pudesse ser familiar, mas não vi nem uma narina com formato semelhante.

Mas eu era a cara da minha mãe, desde suas feições até sua cor e o formato do corpo. Eu estava feliz por isso, porque para mim, ela era linda; mas, neste caso, pouco ajudava.

Quando olhei de volta para a sra. Bellamy, vi que ela estava me observando enquanto eu encarava o retrato de seu marido. Ela desviou o olhar e levantou o dedo mindinho, tomando um pequeno gole da delicada xícara floral antes de a pousar de volta.

Ofereci um sorriso apático e levantei minha própria xícara, o dedo mindinho dobrado de maneira estranha enquanto tentava imitar da melhor forma possível os maneirismos da mulher mais velha. O líquido escaldante me fez fazer barulho e engasgar, e a xícara bateu de volta no pires enquanto eu sugava meu lábio queimado para dentro da boca. *Ai.*

A coxa de Faith esbarrou na minha enquanto a sra. Bellamy olhava para baixo, como se me avaliasse.

— Você parece familiar, srta. Castle. Já nos encontramos?

Sacudi a cabeça.

— Não consigo imaginar onde teríamos nos encontrado, sra. Bellamy. Cheguei à cidade há apenas dois dias.

Ela estalou a língua, distraída.

— Bem, de qualquer forma, fiquei encantada ao saber que temos uma avaliadora de arte na cidade. Nosso sótão está cheio de móveis e arte de décadas passadas. Os primeiros Bellamy chegaram no *Mayflower*, você sabe.

Faith fez um som que eu esperava que fosse os ruídos apropriados de interesse, e eu fiz o que esperava serem os sons apropriados de uma pessoa extremamente interessada e profundamente impressionada.

— Estou empolgada por expandir meus negócios, sra. Bellamy — disse Faith. — E muito satisfeita por poder oferecer ainda mais serviços para a excelente clientela de Calliope. Minha missão, claro, é destacar os artistas emergentes da Nova Inglaterra. Mas quando Aurora entrou em contato comigo buscando se mudar para cá, adorei a ideia de oferecer avaliações, então estou esperançosa de que as coisas vão dar certo.

— Sim, excelente. Expansão e diversificação de negócios é uma prática sólida. Imagino que você terá uma boa quantidade de trabalho, considerando a história das famílias nesta cidade. — A mulher mais velha tomou outro gole delicado de chá. Eu me perguntei como ela não estava queimando a boca. Devia haver alguma técnica especial ensinada em escolas particulares.

Bati o pé, já entediada com essa conversa fútil. Meu olhar deslizou para a bolsa de lona ao lado da porta, na qual a sra. Bellamy havia colocado várias peças de arte para que "avaliássemos". Eu realmente me sentia um pouco mal por saber que minhas "avaliações" seriam limitadas, no melhor dos casos. Eu faria alguma pesquisa na internet e veria o que podia encontrar sobre cada peça; mas, por tudo o que eu sabia, poderia muito bem nem me ligar caso alguma dessas pinturas fosse uma obra-prima inestimável.

Não que essas pessoas precisassem do dinheiro.

Deixe a culpa de lado, Rory. Você merece saber de onde veio. E se um desses homens escolheu te abandonar... bem, ele te deve pelo menos uma explicação.

Ouvi o som distante da sineta da porta da frente quando uma pequena bolinha de pelo preta com um suéter xadrez entrou trotando na sala e eu respirei fundo, me inclinando e estendendo a mão enquanto chamava o pequeno. Ele correu diretamente para mim e eu o peguei nos braços, colocando-o no meu colo.

— Oi para você. Você não é uma fofura? Qual é o seu nome?

— Bartholomew! — a sra. Bellamy ralhou. — Seu cachorro mau. Saia agora. Onde está Marta? — Ela olhou sobre o ombro. — Marta!

A sineta da porta da frente tocou novamente.

— Ah, está tudo bem — eu disse, coçando Bartholomew sob o queixo enquanto ele me olhava. Eu pude ver nos pelos brancos no queixo dele que era um cachorro idoso. — Você é um lorde, não é?

Ele latiu uma vez em resposta.

— Ai, Deus. Ele está de *mau humor* desde que a babá dele entrou em licença maternidade — contou a sra. Bellamy antes de chamar Marta novamente. — Onde ela está? — a sra. Bellamy murmurou. — Bartholomew! — ela gritou para ele e depois apontou para o chão ao lado dela. O cachorro olhou por cima do ombro para ela e então pulou do meu colo, com a cabeça erguida enquanto caminhava até ela e deitava-se no tapete, cruzando as patas de maneira régia. — Marta simplesmente não tem tempo para atendê-lo. Acho que ele sente falta de suas caminhadas.

Bartholomew tem uma *babá*?

— Se precisar de alguém para passear com ele, eu ficaria feliz em ajudar — sugeri.

— Oh, não. Eu não poderia pedir isso a você, querida — respondeu a sra. Bellamy. — Você está aqui para trabalhar na galeria.

— Sim, mas eu amo animais. Deixei meus cachorros com um parente e já sinto falta deles. Tenho caminhado de manhã com a cadela de Faith, Coco, para fazer um pouco de exercício. Ficaria feliz em incluir Bartholomew. Eu poderia vir amanhã de manhã às sete?

— Se você quiser, é claro que será mais do que bem-vinda — falou a sra. Bellamy. — Marta também tem uma cachorrinha, se você quiser levá-la junto.

— Oh, eu adoraria.

— Muito bem. Vou pedir para Marta preparar as coleiras deles.

— Obrigada — eu disse, meu rosto se iluminando com um sorriso. Dei uma piscadela para Bartholomew e jurei que aquele cachorrinho revirou os olhos.

— Peço desculpas, sra. Bellamy. Houve uma situação na cozinha — relatou a mulher, que entrou correndo na sala, com o cabelo um pouco desgrenhado.

— Está tudo bem, Marta. Por favor, atenda à porta e depois venha buscar Bartholomew.

— Eu já atendi à porta, mas não havia ninguém lá — informou Marta, enquanto alisava rapidamente o cabelo. — Devem ter ido embora.

— Falando nisso — começou Faith, levantando-se —, devemos ir também e deixá-la com seus planos para a tarde.

Comecei a me levantar quando um movimento na janela me fez prender a respiração. Coloquei a mão sobre a boca ao ver um rosto familiar olhando pelo vidro, os olhos estreitando-se ao me avistar.

A sra. Bellamy deu um suspiro de surpresa.

— É Gage Buchanan? — ela perguntou, levando uma mão ao peito. — Meu Deus, ele me assustou.

Gage bateu no vidro e apontou para mim, sinalizando alguma mensagem com a boca.

— Bem, vamos embora agora — resolveu Faith, ofegante, puxando-me para que eu saísse tropeçando atrás dela. Mas minha cabeça permaneceu virada, os olhos arregalados e grudados em Gage. O que ele ia fazer? Me desmascarar aqui e agora na frente da sra. Bellamy? Desmascarar *Faith*? Deus, essa reviravolta no nosso plano complicava muito as coisas.

Mas eu não podia deixar isso afetar Faith.

— Sra. Bellamy, você tem uma porta dos fundos que a gente possa usar?

— Uma porta dos fundos? Por que...?

Gage bateu na janela outra vez, e o que ele falava agora estava claro. *Fique aí.* Ele desapareceu, provavelmente voltando para a porta da frente, onde Marta o deixaria entrar.

— Aquele homem na janela acha que sou alguém que não sou — relatei, às pressas.

— Estou preocupada que Gage tenha um problema com bebida — disse Faith enquanto pegava a bolsa com as obras de arte. — Da última vez que o vimos, ele estava correndo meio nu.

— Problema com bebida? Gage Buchanan? Absolutamente não. Ele é um dos homens mais respeitáveis de Calliope...

— Sra. Bellamy, ele está no seu jardim batendo na sua janela.

Ela franziu a testa.

— Ele parecia bastante agitado. — A campainha começou a tocar. — E a pessoa tem que escalar um muro de pedra para entrar nesse jardim. — Fez uma pausa breve. — Vou ligar para a mãe dele. Essas coisas devem ser tratadas depressa e com discrição. Vire à direita pelo corredor e há uma porta dos fundos saindo da cozinha que dá acesso à garagem.

— Obrigada, sra. Bellamy — disse Faith, já de longe, enquanto saíamos rapidamente da sala, começando a apressar o passo assim que entramos no corredor e segurando risadinhas nervosas. Graças a Deus alguém estava assando algo doce na cozinha, porque o aroma celestial de açúcar e canela nos guiou exatamente para onde deveríamos virar. — Só estamos passando — avisou Faith, de longe, para o homem surpreso que estava tirando um bolo Bundt do forno. Notei que seu cabelo parecia ter sido bagunçado por dedos recentemente. Ao que parecia, havia alguma confusão acontecendo na cozinha dos Bellamy. Acenei para o homem e então abrimos a porta dos fundos e saímos para o sol de verão, correndo pela lateral da casa e espiando o caminho até a garagem, onde o carro de Faith estava estacionado.

— Vai! — disse Faith e nós duas corremos para o carro, ouvindo o som de vozes vindo de trás de nós enquanto Gage conversava com a sra. Bellamy. Olhei para trás. Ele estava dizendo a ela que eu era uma mentirosa? A polícia apareceria na galeria de Faith naquela noite? Tudo o que eu tinha era minha palavra contra a dele e absolutamente zero provas das minhas credenciais, porque elas não existiam.

Gemi, minha cabeça batendo no apoio do banco enquanto Faith ligava o carro e começava a dirigir. Olhei por cima do ombro para ver Gage, que havia se virado da porta ao ouvir o carro. Ele estava lá, sua expressão indecifrável no brilho do sol, as linhas de seu corpo ainda familiares, de algum modo, mesmo que eu só o conhecesse por algumas poucas horas. Senti um aperto no peito. Que bagunça eu já tinha causado.

CAPÍTULO ONZE

GAGE

Ela era boa, isso eu podia dizer. Havia conseguido me evitar com sucesso por três dias. Fui à galeria de Faith em quatro ocasiões diferentes; na noite anterior, as luzes haviam se apagado logo antes de eu tocar a campainha.

Depois que minha mãe sugeriu que eu poderia ter um problema com bebida — como se ela não me conhecesse bem —, aparentemente, Faith havia repetido isso depois que pulei o muro do jardim da sra. Bellamy e apareci na janela como um maníaco. E... tudo bem, eu não poderia culpá-las por procurar uma explicação para um comportamento tão fora do meu normal. Eu tinha agido como um idiota. E nunca agia como um idiota. Rangi meus dentes de trás. Mesmo assim, não ia acusar Faith publicamente e sem provas de auxiliar e abrigar Rory. Talvez ela também tivesse mentido para Faith sobre quem era. Talvez Faith realmente achasse que eu tinha um problema com bebida.

Talvez eu apenas esperasse que houvesse alguma outra explicação. E essa esperança estava me fazendo agir como um lunático que nem eu mesmo reconhecia mais.

Parei no meio-fio em frente a um restaurante popular de Calliope e saí do carro, entregando as chaves para o manobrista. Havia uma pequena multidão perto da frente, clientes que claramente haviam acabado de sair e estavam conversando e tirando algumas fotos enquanto esperavam pelo carro. Reconheci Archer e Bree Hale, donos da cidade vizinha de Pelion, e estavam posando com seus filhos gêmeos e a filha mais nova enquanto Haven Hale, com um bebê adormecido em um canguru no peito, levantava o celular e fazia caretas engraçadas que estavam fazendo os meninos, pelo menos, rirem para as fotos. Travis Hale estava parado de lado, observando Haven com a mesma expressão que ela mostrara na cafeteria algumas semanas antes — a que sugeria uma emergência médica iminente que exigiria ressuscitação. Talvez fosse do interesse deles carregar sais aromáticos como precaução.

— Gage — cumprimentou Travis. — E aí, cara?

Parei e apertei sua mão estendida. Considerava Travis um amigo, embora, apesar de eu ter um ano a menos que ele, sempre tivéssemos tido uma relação competitiva desde que éramos adolescentes frequentando os mesmos círculos. Ele sempre parecia polido, mas na verdade tinha arestas afiadas que escondia bem até você esbarrar nelas e se machucar. Muita coisa havia acontecido desde aqueles dias — então Haven havia chegado à cidade e inspirado Travis a assumir a responsabilidade pela maneira dolorosa como havia tratado os outros, especialmente seu meio-irmão com a cicatriz na garganta, que no momento estava posando com a esposa sorridente, os meninos risonhos e a filha séria.

— Estou bem. Comemorando alguma coisa? — perguntei.

A família Hale morava e trabalhava em Pelion, embora às vezes viessem a Calliope para alguma ocasião ou outra, já que esse lado do lago oferecia mais variedade de restaurantes que acomodariam grupos de pessoas.

— Sim. É o aniversário da Bree.

— Ah. — Eu o observei com curiosidade. — E como está a caça ao gato?

Sua boca se achatou e ele olhou para sua esposa, agora fazendo uma dancinha engraçada enquanto a pequena menina nos braços de Bree continuava parecendo desapontada, bocejando e encostando a cabeça no ombro da mãe.

— Haven te contou sobre isso, não foi?

— Contou. — Não consegui evitar o sorriso de satisfação.

— Não se preocupe, Buchanan, um dia você também estará correndo atrás de gatos.

— Não sei por que você sente a necessidade de me ameaçar, Hale.

— Rá!

— Gage! — chamou Haven, guardando o telefone. — Que bom te ver.

— Oi, Haven. — Olhei para trás e sorri para Bree e Archer, acenando. — Feliz aniversário, Bree.

— Obrigada, Gage — respondeu ela, enquanto Archer acenava de volta, ambos se virando imediatamente para os dois meninos ao perceberem que eles tinham aproveitado a atenção dos pais voltada para outro lugar e começado a escalar a treliça de ferro forjado na parede da frente do restaurante. Archer agarrou cada um deles pela cintura, e os meninos explodiram em risadinhas quando o pai lhes fez cócegas até se soltarem e se deixarem cair para trás contra seu peito.

— Como foi a viagem com os rapazes? — perguntou Haven, o bebê em seu peito começando a se inquietar.

— Inesperada.

Ela deu uma risadinha confusa, balançando o bebê, cujo choro se tornou mais insistente.

— Bem, espero que tenha sido inesperado do jeito bom. Ah, aqui está nosso carro. Precisamos colocar essas crianças na cama. Já passou muito da hora de dormirem e a birra está começando. Deseje-nos sorte.

— Boa sorte. Foi bom ver todos vocês — eu disse, enquanto o grupo se dirigia para o carro, com os meninos risonhos ainda agarrados aos braços do pai. Suas risadas foram se misturando com os choros do filho de Travis e Haven, e com todos os adultos falando uns sobre os outros, e a pequena menina sentada regiamente no quadril da mãe, observando tudo.

Voltei para o restaurante, e um porteiro abriu a porta com um gesto, acenando com a cabeça enquanto eu passava.

— Vou me encontrar com meus pais — avisei a hostess quando ela me cumprimentou.

— Sim, sr. Buchanan. Eles já estão sentados em um nicho no fundo do salão, à esquerda.

— Obrigado. — Segui em direção ao local onde eles estavam, afrouxando um pouco a gravata enquanto andava. Tinha sido um longo dia, ainda mais longo porque eu queria sair e tentar encurralar "Aurora" e não tive oportunidade. Mas um jantar com meus pais seria bom. Eu os convenceria de que estava bem, que meu comportamento nos últimos dias era apenas devido à minha agenda lotada e falta de sono, e os tranquilizaria.

Quando virei a esquina, vi que três pessoas estavam em pé ao lado da cabine dos meus pais, ambos os rostos virados para cima enquanto sorriam para mim. *Droga.*

— Gage! — cumprimentou Blakely, afastando-se dos próprios pais e me dando um rápido abraço.

— Blakely, oi. Você voltou.

— Voltei desde ontem, bobinho. Tenho tentado te ligar.

Droga. Eu tinha percebido. Tinha a intenção de retornar. Estava só... vigiando alguém.

— Desculpa. O trabalho tem sido... insano. — Virei-me para os pais dela. — Sr. Wingate. Sra. Wingate. Prazer em vê-los.

O sr. Wingate apertou minha mão e a sra. Wingate me puxou para um abraço.

— Gage — disse ela, após me soltar. — Estávamos prestes a sair, mas é muito bom te ver. — Ela me lançou um olhar conspiratório. — Esperamos poder te ver muito mais em breve.

— Mãe — Blakely reagiu, com as bochechas coradas enquanto olhava para mim. — Desculpe, talvez eu tenha mencionado...

— Oh, Blakely — interrompeu a mãe dela. — Gage não se importa que a gente saiba. — Ela sorriu para minha mãe, que colocou os dedos sobre os lábios como se segurasse um sorriso. — Achamos tudo maravilhoso.

Maravilhoso? O que era maravilhoso? Meus olhos se fixaram em Blakely enquanto ia entendendo. Ai, Deus, eles estavam se referindo à nossa conversa sobre casamento. Senti uma pontada de aborrecimento. Havíamos concordado em discutir isso quando voltássemos de viagem, não em compartilhar com mais ninguém, ainda mais com nossas famílias.

Minha mãe riu e me deu um aperto no braço.

— Maravilhoso, de fato, mas vamos esperar que vocês, jovens, nos digam se devemos abrir o champanhe.

Dei uma risadinha desconfortável e Blakely me lançou um olhar apologético, então murmurou:

— Desculpe.

Segurei qualquer resposta que pudesse piorar a situação. A pressão de os nossos pais saberem sobre um possível relacionamento entre mim e Blakely não havia sido um fator quando concordei em pensar sobre isso. Agora... agora não era apenas uma decisão que afetaria a nós dois — nossas famílias também reagiriam à escolha que fizéssemos.

E se os olhares esperançosos dos nossos pais fossem uma indicação, eles ficariam muito desapontados se decidíssemos não ter um romance.

Mas engoli a irritação e dei a Blakely um pequeno sorriso que deveria ser reconfortante. Agora que eu estava vendo a aprovação clara brilhando nos rostos da minha mãe e do meu pai, eu era novamente confrontado com a ideia de que fazia algum sentido. Eu, obviamente, tinha um péssimo gosto para mulheres. Já fazia anos que havia decidido que queria sossegar e *ainda não tinha encontrado a pessoa certa*. Então, a primeira mulher que realmente me chamava a atenção em uma eternidade era uma mentirosa. E ainda assim, eu estava obcecado por ela havia semanas.

Eu estava prestes a tomar uma decisão que mudaria minha vida, uma equipe de pessoas do outro lado do oceano dependia de mim, meu pai havia colocado toda a sua fé em mim, meus pais, muito claramente, queriam netos, e aqui estava eu, distraído por uma pequena golpista. Obviamente, *eu* era o problema.

O som das risadas dos gêmeos Hale ressoava nos meus ouvidos, e a visão das duas famílias que estavam celebrando um marco em sua vida aparecia em destaque na minha mente. De repente, o previsível parecia algo bom. Calmo. Até entediante. A profunda satisfação de orgulhar meus pais e cumprir o dever que eles haviam amorosamente colocado diante de mim. A tradição de unir duas famílias que tinham o dinheiro e a influência para tornar a comunidade um lugar melhor. Era pelo menos algo a se considerar e, no entanto, tudo o que eu estava fazendo era perseguir uma mulher que claramente havia me enganado.

— Eu te ligo — falei para ela, inclinando-me para a frente e tocando a bochecha dela com meus lábios. Permaneci por um momento enquanto respirava seu perfume. Floral e familiar. *Blakely*. Era exatamente do que eu precisava. Talvez ela também.

Os Wingate se despediram. A sra. Wingate disse à minha mãe que a veria no clube no dia seguinte e o sr. Wingate lembrou meu pai de enviar a dica de ações que ele havia mencionado. Blakely me deu mais um pequeno abraço, seu perfume pairando no ar mesmo depois que os três se afastaram e viraram a esquina, fora de vista.

Afundei no nicho ao lado da minha mãe, peguei o copo de água à minha frente na mesa e bebi tudo de uma vez, então coloquei-o de volta.

— Preciso de uma bebida — murmurei. — Algo forte.

— Bom, Gage, não acho que seja uma boa ideia — disse minha mãe.

— Mãe, não tenho problema com bebidas, tá bom? Apesar... do meu comportamento recente, está tudo bem comigo. — Senti minha mandíbula se retesar enquanto olhava para ela. — Eu não provei para você que sou estável? — *Toda a minha vida. Foi só isso que eu fiz. Nunca falhei, nunca escorreguei, sequer uma vez.*

Meu pai franziu a testa.

— Claro que sim, filho. Nós dois sabemos como você é estável e competente. Mas... o trabalho tem sido intenso ultimamente, e a mudança para Londres, incluindo tudo o que precisa ser feito antes disso, deve estar te deixando pelo menos um pouco ansioso.

Soltei um suspiro, massageando o pequeno aperto no peito. Por um momento, apenas um, pareceu que aquele aperto estava de alguma forma se elevando de onde quer que existisse, tornando-se som, formando palavras. Por um momento, eu queria dizer: *Sim, pai, sim, estou ansioso e confuso e, embora nunca tenha escorregado, sinto que estou escorregando agora*. Mas eu nunca disse. Não sabia como. Em vez disso, respondi:

— Estou no controle.

Meu pai acenou com a cabeça, e minha mãe me deu um tapinha na mão.

— Estou orgulhoso de você — disse meu pai. — Eu não poderia pedir um melhor braço direito.

Braço direito.

O termo fez o orgulho irradiar dentro de mim, aliviando o aperto, e me sentei um pouco mais reto. Toda a minha vida, eu tinha me esforçado para dar orgulho aos meus pais, especialmente meu pai. Entrei nos clubes que ele sugeriu que eu entrasse, dominei os esportes que ele queria que eu jogasse, alcancei notas perfeitas e fui admitido nas melhores faculdades.

Eu tinha sido o filho perfeito.

E então, entrei na empresa que ele construiu do zero, trabalhando com afinco e superando as expectativas. Provando que poderia ser seu braço direito.

Aquele que carregaria seu legado algum dia, não apenas aqui nos EUA, mas no exterior, em Londres e, depois, em outros locais internacionais. Por minha causa, a empresa do meu pai não apenas prosperaria, mas cresceria e se expandiria, sendo passada de pai para filho, e logo eu faria o mesmo com o meu.

Fechei os olhos brevemente e tentei trazer de volta o aroma do perfume de Blakely, mas a recordação sensorial estava estranhamente tingida com uma salinidade terrosa que pertencia a outra mulher. *Jesus*. Peguei o cardápio e tentei limpar minha mente por completo, enquanto olhava sem ver a lista de opções de pratos principais.

— A propósito — disse minha mãe —, falando sobre a sua mudança, deveríamos discutir sua festa de despedida. Você considerou as duas datas que eu te enviei por mensagem? Precisamos mandar os convites o quanto antes se quisermos dar às pessoas mais de um mês de aviso.

Fiz um esforço para lembrar as datas que ela havia me passado pouco antes de eu sair naquela maldita viagem dos caras, que resultou em uma reviravolta na minha vida. Ou pelo menos no meu foco. E agora na minha paz. *Então volte ao caminho certo, Buchanan. Você nunca deixou ninguém destruir sua paz*. Nunca. Eu não queria uma festa de despedida, mas quanto mais distrações agora, melhor.

— Me lembre das datas — pedi.

— Bom, minha primeira escolha seria o dia doze. Mas...

— O dia doze está ótimo. Pode marcar.

Minha mãe sorriu e pegou o celular.

— Maravilhoso — respondeu ela, enquanto digitava no calendário, eu presumi, e acrescentou, dando-me mais um tapinha na mão enquanto guardava o telefone de volta: — Que empolgante que você e Blakely estejam considerando um relacionamento. Se der certo entre vocês, talvez sejam um casal até a festa. Teremos muitas coisas para celebrar.

Uma infinidade de emoções girava em mim. A agradável antecipação que sempre vinha com a possibilidade de agradar minha família, o aperto de confusão e ansiedade que eu vinha sentindo ultimamente, e um pânico vago que eu não conseguia identificar.

— Não vamos tomar nenhuma decisão antes da festa — eu disse à minha mãe.

— Ah, bem, isso faz sentido. Eu sei que nada está definido — falou minha mãe, rapidamente — e não queremos te pressionar. Mas... às vezes a paixão cresce com o tempo, querido. — Ela lançou um olhar para o meu pai e lhe deu um sorriso afetuoso. — Eu não percebi que poderia amar mais seu pai do que no nosso dia de casamento, mas as coisas só melhoraram.

Resisti a fazer uma careta de *nojo*. Não queria pensar nos meus pais e em *paixão* na mesma frase. Mas, na verdade, a única imagem que a palavra evocava era a de uma marca de bunda em feltro verde. E embora *essa* imagem trouxesse um leve frisson de excitação, uma espiral de decepção também percorria minhas veias.

Talvez a *paixão não fosse tudo o que se dizia. Talvez eu optasse por viver sem paixão.*

Porque veja só onde a paixão tinha me trazido até o momento.

Eu havia decidido esperar pelo fim de semana, quando Faith teria uma exibição pública em sua galeria, para falar com ela o mais discretamente possível e exigir respostas sobre por que ela estava recolhendo arte dos cidadãos de Calliope sob falsos pretextos. Mas o destino interveio no dia seguinte, quando eu estava dirigindo para o trabalho e avistei uma mulher caminhando algumas quadras à frente, cabelo de ébano brilhando ao sol, com o braço estendido enquanto segurava guias, presas a um trio de cachorros que trotavam à frente dela.

Que porra você está fazendo agora, mulher? E de quem são esses cachorros?

Meu coração disparou e, sem pensar, fiz uma curva repentina, o que derramou o café do copo que eu estava segurando e espirrou no meu colo enquanto buzinas soavam.

— Droga — murmurei, tirando a mão do volante momentaneamente enquanto limpava com a mão o café que eu havia derramado na minha calça cinza, apenas piorando a situação. *Porra*. Eu tinha uma apresentação em trinta minutos.

À frente, Rory devia ter ouvido as buzinas, porque parou e virou, nossos olhares se encontrando através do para-brisa enquanto eu parava em uma placa de "pare" a menos de trinta metros dela. Eu observei seus olhos se arregalarem e ela respirou fundo, lançando um olhar rápido para os cães e depois levantando a cabeça para olhar ao redor, obviamente avaliando suas opções de fuga.

Uma emoção não identificada tomou conta de mim e tentei o máximo possível abafá-la. Mas não consegui evitar o sorriso que se estendeu pelo meu rosto bem antes de ela se virar e correr.

Ah, não, não vai ser assim.

Pisei no acelerador, furando o "pare" mesmo que a preferencial não fosse minha e fazendo com que o carro à minha direita freasse.

— Está louco, Gage? — um homem gritou pela janela.

À frente, Rory virou à direita no parque, os cães todos latindo, animados com a corrida inesperada que ela estava lhes proporcionando. Os cães se separaram quando chegaram a um arbusto baixo e ela pulou facilmente, lançando um olhar sobre o ombro.

Jurei que vi euforia em sua expressão.

— Isso é um desafio, Bolinho? — Avistei meu rosto no espelho retrovisor e notei que estava sorrindo. — Ok, então, está na hora.

Acelerei, fazendo uma curva acentuada enquanto contornava a entrada do parque e corria pela esquina para interceptá-la do outro lado. Observei pela janela lateral enquanto ela se desviava e pulava, saltando sobre sebes, os cães agora latindo e se enredando, tentando correr em três direções diferentes. O pequeno cachorro preto com o suéter da Burberry parecia estar absolutamente radiante.

Os pedestres matinais se afastavam do caminho, virando-se enquanto ela passava voando por eles, completamente fora de controle.

Eu virei de novo, e um pedestre que estava prestes a descer da calçada pulou para o lado. Levantei a mão e acenei, dando ao velho sr. Dornbusch um sorriso de desculpas. Ele ergueu a bengala e a acenou no ar com raiva enquanto eu passava em velocidade.

Rory fez uma meia-volta, girando ao redor de uma mãe empurrando um carrinho de bebê, e levantou o braço para que as coleiras não ficassem presas no carrinho. *Boa jogada*. Soltei uma risada, meu coração pulsando com a adrenalina da perseguição. E, caramba, eu estava me divertindo mesmo enquanto minha irritação saltava três níveis a mais. Ela estava *literalmente* fugindo de mim agora. Ninguém fugia de mim. Mulheres corriam na *minha* direção. Algumas delas tinham literalmente se lançado na minha direção uma ou duas vezes.

E essa pequena enganadora estava saltando sobre bancos de parque para se afastar de mim. Pisei no acelerador, fazendo outra curva, bem a caminho de interceptá-la na única saída que não estava cercada. Eu iria estacionar no final do caminho por onde ela estava atualmente correndo com sua turma barulhenta de cachorrinhos e...

— Caralho!

Meu corpo se sacudiu como se algo tivesse me acertado no rosto, e o som de metal amassando rasgou meus ouvidos, seguido pelo som de água jorrando. Pisquei, tentando entender o que havia acabado de acontecer enquanto tentava afastar o balão que obscurecia minha visão.

Não, não era um balão. Era o meu *airbag*. Droga, tinha colidido com alguma coisa. Eu havia batido. Empurrei o airbag novamente, que estava esvaziando e facilitando a visão, então abri a porta do carro, saí e fui quase instantaneamente atingido por um jato forte de água.

— Que porra? — Engasguei, usando as mãos para tentar me proteger do jato que eu agora via proceder do hidrante de incêndio no qual havia colidido.

Eu me debati para sair do jato, indo parar ao lado do meu carro fumegante ainda preso no hidrante vermelho, ofegante e ensopado até os ossos.

— Gage? Você está bem? — perguntou Heath McGonigal, proprietário de um restaurante local à beira do lago, boquiaberto. Um grupo de corredores e madrugadores havia parado para ver o que estava acontecendo e, atrás da pequena multidão, eu vi Rory, com os olhos grudados em mim enquanto tentava controlar os cachorros hiperativos.

Sua boca estava aberta, enquanto ela me observava com... preocupação. Ela se assustou quando encontrei seu olhar arregalado e começou a se virar.

Ah, não, não vai ser assim.

Atrás de mim, ouvi uma porta de carro bater e me virei para ver Travis Hale saindo de seu veículo policial. Soltei um suspiro, voltando a olhar para Rory, que estava se afastando às pressas, lançando olhares de volta por cima do ombro como se esperasse que eu a seguisse. O que eu absolutamente teria feito, se o chefe de polícia de Pelion não tivesse aparecido.

— Gage? Que porra aconteceu? — ele perguntou ao se aproximar de mim.

Passei a mão pelo meu cabelo molhado.

— Eu bati no hidrante.

— Sim. Estou vendo. — Ele olhou ao nosso lado, onde o arco de água atingia o chão e criava uma poça crescente. — Não pensei que uma reunião matinal com o chefe de polícia de Calliope resultaria em algo interessante, mas aqui estamos — disse ele, me examinando. — O corpo de bombeiros está a caminho para desligar isso. Você andou bebendo?

Eu me voltei para ele.

— São sete e meia da manhã.

Ele soltou um grunhido curto, seus olhos percorrendo meu rosto enquanto linhas surgiam entre suas sobrancelhas.

— Só estou tentando entender como você colidiu com um hidrante de incêndio que está *dentro* do parque.

Olhei para trás, percebendo que eu havia saído da rua e dirigido para dentro do parque enquanto perseguia Rory e seu grupo de cães descontrolados.

Merda. Eu tive sorte de ter colidido com um hidrante e não com uma pessoa. Soltei um longo suspiro e passei a mão sobre o pouco de barba que havia no meu maxilar. O que estava *acontecendo* comigo?

— Eu me distraí. Vou pagar pelo hidrante e por quaisquer serviços necessários para consertá-lo, é claro.

Travis se inclinou para a frente e me observou, como se houvesse algo escrito no meu rosto que ele estivesse tentando ler. Desviei o olhar justo quando o rugido de um caminhão grande soou atrás de nós.

O corpo de bombeiros chegou, junto com um oficial de polícia de Calliope. Olhei para o lugar de onde Rory havia acabado de se afastar com os cães, mas eles já haviam desaparecido de vista.

CAPÍTULO DOZE

RORY

O som distante de música de violino filtrava-se pela biblioteca onde Faith e eu esperávamos, não muito pacientemente, pela sra. Edna Ramsbottom.

Rory Ramsbottom, repeti mentalmente.

Humm. Isso seria... uma pena.

Mas, de qualquer forma, se minha busca terminasse aqui, na Mansão Ramsbottom, eu ficaria grata por ter resolvido o mistério da minha história de origem.

— Sinto muito por fazê-las esperar — pediu a sra. Ramsbottom enquanto entrava graciosamente na sala. Eu ouvi em algum lugar que mulheres de um certo escalão superior aprendem a andar equilibrando livros na cabeça para manter a postura e estava começando a acreditar que era verdade. Cada mulher que conhecemos até agora tinha uma postura impecável. Esse tipo de coisa tinha que ser praticada. Certamente a coluna não fazia isso naturalmente, ou fazia? Falando nisso... Endireitei as costas e trouxe os ombros para trás, e então cruzei as pernas na altura dos tornozelos enquanto sorria educadamente para a sra. Ramsbottom.
— A aula de violino do meu neto é hoje, como vocês podem ouvir, e ele queria que eu escutasse a peça que está ensaiando. — Ela se sentou à nossa frente em uma cadeira vermelha de veludo com encosto alto e alisou a saia plissada.

— Não há necessidade de desculpas — disse Faith. — Estamos apreciando muito esta sala maravilhosa. É um encanto.

Acenei em concordância enquanto olhava ao redor das estantes ordenadas de livros que iam até o teto. Realmente era um sonho. Enquanto esperávamos, aproveitei a oportunidade para olhar mais de perto alguns dos títulos e vi que havia uma seção inteira dedicada a Shakespeare. Os Casteel de gerações anteriores estariam em um paraíso. Eu mesma não tinha muito tempo para leitura atualmente, mas se fosse rica e não precisasse trabalhar turnos duplos, horas extras e finais de semana e feriados, tirando o clube de tênis ou o bridge com as senhoras, eu passaria todo o meu tempo lendo e brincando com meus cães. Soltei um suave suspiro de anseio, retornando à realidade, onde eu não era uma dama que almoçava, mas sim... bem, uma dama que servia o almoço dos outros em uma chapa de décadas em uma taverna no cais.

Por enquanto.

Mas eu poderia me encaixar entre essas pessoas, não poderia? Se meu pai fosse um deles, então eu também teria o sangue azul correndo nas minhas veias. Claro, a turma do Country Club praticamente havia me rejeitado até agora. Uma memória de Thaddeus naquele corredor escuro sugerindo que nos encontrássemos atrás de portas fechadas surgiu na minha mente. Mas isso não precisava significar nada. Eu já estava me saindo bem com as famílias que conhecia até agora.

Bem, com exceção de um membro, mas eu só precisava continuar evitando-o.

— ... não acha, Rory? Rory? — A voz de Faith me trouxe de volta e pisquei para ela e assenti.

— Ah... sim. Sim, de todo coração.

Faith sorriu, voltando-se para a sra. Ramsbottom. Soltei um suspiro lento, claramente tendo respondido à pergunta desconhecida corretamente.

— Eu nem consigo imaginar o quanto de peças de arte fica escondido por décadas porque alguém não sabia seu valor e deixou guardado em um sótão — disse Faith. — Obras de beleza e maestria devem ser apreciadas. Eu estremeço só de pensar nas joias escondidas pela cidade, apenas esperando para serem descobertas.

Cruzei as pernas, minha calça esfregando o arranhão que eu havia ganhado ao pular sobre um espinheiro áspero na manhã anterior. Mordi o lábio para não fazer uma careta enquanto a sra. Ramsbottom começava a falar sobre um parente em particular que teve a absoluta audácia de instalar janelas de vinil no solário. Contra minha vontade, minha mente se voltou para Gage, encharcado em um par de calças sociais e uma camisa com gravata, parado ao lado de seu carro destruído e fumegante, um gêiser de água disparando para o céu enquanto nos encarávamos através de uma multidão reunida.

No começo, ser perseguida por ele havia sido emocionante, sinceramente. Mas também idiota. Alguém poderia ter se machucado. Quando ouvi a colisão, meu coração quase parou de bater. Peguei os cães e corri para onde o carro dele havia destruído um hidrante.

Havia sido pelo menos parcialmente minha culpa, já que eu era a que havia fugido dele. Eu precisava sair da cidade, e rápido. Seria do interesse de todos se eu conduzisse minha pesquisa de forma rápida e eficiente e tentasse ao máximo não me deparar com Gage Buchanan de novo.

— Você está bem? — Faith balançou meu braço de leve.

— O quê?

— Você gemeu.

— O quê? Ah. Sim. Sim. Estou bem. Só... janelas de vinil. — Levantei os ombros e estremeci.

— É um pecado absoluto — disse a sra. Ramsbottom. — Meu ponto é que eu concordo com você, Faith. Nem toda geração dos Ramsbottom teve o mesmo bom senso. Se há itens valiosos escondidos em nosso sótão, eu tenho uma boa ideia de quem os colocou lá. — Ela se inclinou para a frente, de forma conspiratória. — Ele não tinha o visual dos Ramsbottom. Muitas vezes me perguntei se a mãe... — Ela levantou as sobrancelhas como se alguns males simplesmente não devessem ser ditos. — De qualquer forma, meu mordomo vai trazer o que ele conseguiu encontrar.

Deve ser ele agora — continuou, quando passos soaram do lado de fora da sala e a porta começava a se abrir. — Obrigada, Rupert...

Congelei quando Gage Buchanan entrou na sala, com um sorriso de hiena, ao fixar seu olhar em mim.

— Gage? Bem, isso é uma surpresa — falou a sra. Ramsbottom, levantando-se.

— Edna. Como vai? Sinto muito por invadir assim, mas eu queria avisá-la...

— Me avisar? O quê?

Ao meu lado, ouvi Faith prender a respiração, como se estivesse se preparando para um confronto. Gage olhou para mim novamente e estreitou os olhos, um canto da boca se curvando levemente antes de olhar outra vez para a sra. Ramsbottom e dizer:

— Praga. Há uma terrível praga afetando as sebes de buxinhos em Calliope.

A sra. Ramsbottom piscou rapidamente por um momento.

— Praga?

— Uh-hum — ele murmurou.

Ela pigarreou, inclinando-se mais para perto, como se quisesse verificar se suas pupilas estavam dilatadas.

— Direi ao meu jardineiro agora mesmo. Claro. Mas, Gage, não havia necessidade de você vir pessoalmente. Não que não seja adorável vê-lo. Mas você poderia ter ligado para falar sobre a... praga.

— Vejo que estou interrompendo algo — disse ele, caminhando mais para dentro da sala. — Peço desculpas. Oi, Faith. — Ele lançou um olhar estreito para ela. — E você é... Aurora, certo? *Castle*, você disse? Não, não se levante. Acredito que nos conhecemos há alguns dias. — Ele se aproximou, estendendo a mão.

Eu me sentei de volta na cadeira. Presa. Quando peguei sua mão, seu rosto se iluminou com um sorriso de lobo, e embora ele estivesse claramente se vangloriando por ter me encurralado, isso ainda fez meu coração dar uma pequena reviravolta no peito. Puxei a mão para fora de seus dedos excessivamente apertados.

— Nós nos conhecemos? Sinto muito, mas não me lembro.

Ele soltou uma risada suave e se afastou justo quando o mordomo entrou na sala segurando a alça de um *case* de arte. O homem acenou para a sra. Ramsbottom.

— Obrigada, Rupert. Pode deixar isso na mesa — disse ela.

Rupert percorreu a curta distância até a mesa da biblioteca, entre onde estávamos sentadas e a porta, e colocou a caixa cuidadosamente sobre a mesa, para então sair depressa do cômodo.

— Posso? — perguntou Gage, enquanto se aproximava da mesa e deslizava o zíper da caixa.

— Ah, eu... claro. Fique à vontade — falou a sra. Ramsbottom, lançando-lhe outro olhar ligeiramente confuso, como se ele estivesse agindo de forma bastante fora do comum.

Ele abriu a caixa e olhou para a pintura superior, levantando-a um pouco para ver a que estava embaixo.

— Bonita. — Ele se virou para mim, fazendo com que eu e Faith nos assustássemos. — Você é uma avaliadora, não é, srta. Castle?

— Isso mesmo — respondi, com um sorriso tenso. Eu quase queria rir. Agora sabia que ele não ia me expor. Pelo menos não publicamente. Se ele fosse, já teria feito de imediato. *Praga? Sério?* Mas eu entendia seu jogo. Ele estava tentando me colocar na berlinda, como eu havia feito com ele na frente do meu tio Cash.

— Excelente — disse ele. — Sempre fui um amante da arte. Adoraria saber mais sobre o que você estudou. Não tive tempo suficiente para conversar com você na casa da minha mãe.

Toquei meu lábio inferior.

— Espera, acho que eu me lembro de você agora. Não era você que estava nu na última vez em que nos encontramos?

A sra. Ramsbottom deu um suspiro de choque.

— Seminu — ele corrigiu.

— Qual metade mesmo? Me lembre.

— De qualquer forma, voltando a você e ao seu considerável talento. Com quem estudou? Teve que ser um mestre se conseguiu adquirir tanto conhecimento e é obviamente tão jovem.

Dei um sorriso tenso enquanto meu coração acelerava. Gage entrelaçou as mãos atrás das costas ao me observar, e senti os olhares da sra. Ramsbottom e Faith sobre mim também. Minha mente ficou meio em branco, como sempre acontecia quando eu tentava mentir. Meus olhos deslizaram para trás dele, onde vi a estante de livros.

— Eu estudei com... — Minha visão passou pelos títulos. — Professor... Hugo... Caio... Pinto.

Gage fez um som de engasgo no fundo da garganta e cobriu com uma tosse, e ouvi Faith soltar um soluço ao meu lado. Gage se virou e andou em um círculo devagar, seu olhar pousando na estante atrás de mim, provavelmente notando um livro de Victor Hugo e outras lombadas com os nomes Caio em uma e Pinto na outra.

— Professor Hugo Caio Pinto? — perguntou ele quando se voltou para mim outra vez, sua voz estranhamente alta.

Confesso que foi uma combinação infeliz que inventei na hora.

— Hum — murmurei. — Sim. Ele é uma lenda.

— Aposto que é.

— Olhe a hora! — disse Faith. — Se quisermos chegar à nossa próxima reunião, precisamos ir. — Ela se levantou e agarrou minha mão, me puxando com força. Levantei-me e a segui enquanto ela se dirigia para as pinturas na caixa sobre a mesa. — Sra. Ramsbottom, devolveremos essas peças assim que Aurora tiver tempo para examiná-las com cuidado.

— Sim, obrigada — respondeu a sra. Ramsbottom, com a testa franzida como se não estivesse certa do que acabava de acontecer. — Srta. Castle...

— Aurora, por favor.

— Aurora, foi um prazer conhecê-la.

— Igualmente — eu disse, enquanto Faith fechava a caixa e a pegava pela alça. — Obrigada por confiar em mim com suas peças. Vou tratá-las com o máximo cuidado.

Faith me deu outro puxão e ambas passamos por Gage, cujo olhar estava fixo em mim, com um pequeno sorriso no seu rosto excessivamente bonito.

— Tenha um bom dia, Gage — desejou Faith, e virei a cabeça para ele enquanto passávamos, dando-lhe um pequeno aceno e cruzando o olhar antes de me virar e praticamente correr para fora da sala.

— Gage, tem algo de...

Ouvi a sra. Ramsbottom dizer, mas então passos soaram atrás de nós e começamos a andar mais rápido enquanto a voz de Gage dizia de longe:

— Preciso avisar aos outros sobre a praga! Foi bom ver você, Edna!

Não consegui conter o riso que explodiu da minha boca enquanto andávamos rapidamente para a enorme porta no saguão de mármore. Um mordomo saiu das sombras e fez Faith soltar um gritinho quando o homem sem expressão abriu a porta e se despediu de nós com um aceno.

— Ah, não, nem pensar — falou Gage atrás de mim enquanto corríamos em direção ao carro de Faith. Ouvi os passos de Gage na calçada enquanto ele corria atrás de nós e me virei justo quando cheguei ao carro, sem tempo para abrir a porta e entrar.

Ele parou abruptamente quando eu pressionei as costas na porta, nosso fôlego se misturando enquanto quase colidíamos.

— Te peguei — disse ele, e o sorriso malicioso que tinha no rosto enquanto me perseguia diminuiu.

Por alguns momentos, ficamos ali, nosso peito arfando no mesmo compasso, subindo e descendo, os olhares travados, as expressões suavizando. Ele se inclinou ligeiramente, como se estivesse inalando meu perfume, e meu coração fez aquela estranha espiral de novo, descendo e subindo, o que me deixou um pouco zonza. Senti seu calor e seu cheiro. Seu perfume evocava lençóis de seda e o interior de um carro de luxo que eu não sabia dizer que nome tinha, porque não entendia nada sobre automóveis caros. Aquilo me fez imaginar um bar mal iluminado em Paris, onde um pianista tocava música clássica em um elegante piano de cauda. Era sofisticado e divino. Falava de masculinidade bem-educada e das coisas boas da vida.

Era perfeitamente Gage Buchanan.

E eu era... uma fraude. Uma ninguém.

E mais do que ambas as coisas, havia uma razão extremamente legítima pela qual eu não podia e não *iria* me envolver com essa forma estranha de flerte, preliminares ou seja lá o que estivéssemos fazendo. Fugir dele começou como uma atitude de pânico, mas havia algo sem dúvida eletrizante em — literalmente — ser perseguida por Gage, e eu havia cedido ao impulso. Eu via a raiva fervendo em sua expressão tensa, mas também via o jeito como seu pulso batia rapidamente no pescoço, e percebi o brilho de excitação em seus olhos enquanto ele me perseguia. Tínhamos feito joguinhos um com o outro desde o começo, mas, mesmo assim, tudo isso precisava parar. E não apenas porque, se não parasse, os pedestres de Calliope estariam em grave perigo.

Virei a cabeça, interrompendo o contato visual.

— Sr. Buchanan. Esqueci algo?

A janela rolou para baixo atrás de mim, e Faith chamou do banco do motorista:

— Rory, você...

— Só um minuto, Faith — pedi, e o que quer que ela tivesse ouvido na minha voz a fez levantar o vidro.

— Seu nome é realmente Aurora Castle? — perguntou ele quando a janela se fechou.

Me virei para ele mais uma vez e lhe dei um leve empurrão para que ele desse um passo para trás. Eu não conseguia pensar com clareza com o cheiro delicioso dele pairando ao meu redor. Engoli em seco e desviei o olhar para o lado.

— Não minta — ele rosnou. — Eu vou saber se você mentir. Você é péssima nisso.

Eu não podia negar. E, de qualquer forma, ele poderia fazer uma pesquisa sobre mim. Ele sabia o suficiente a meu respeito para fazer algumas conexões. Soltei um suspiro profundo.

— Sim, meu nome é realmente Aurora. Mas, hum, meu sobrenome é Casteel. — Levantei a mão, impedindo-o de dizer algo. — E eu realmente sou de Mud Gulch, onde vivi toda a minha vida, e minha família realmente é dona do Bolos e Cerveja.

— Então, você não é uma avaliadora de arte que estudou com a lenda conhecida como professor Hugo Caio Pinto?

Soltei uma risada esganiçada.

— Não exatamente.

Ele inclinou a cabeça para o lado e colocou as mãos nos bolsos da calça social, me estudando por um momento de um jeito que me deu vontade de me encolher e me contorcer. Deus, ele era bonito. Tudo a respeito dele. Seu rosto. Seu corpo. Até mesmo sua linha do queixo, pescoço e os pelos finos nos antebraços que brilhavam ao sol.

— E qual é o golpe, exatamente? — ele perguntou. — Descobrir pinturas caras e depois trocá-las por reproduções? — Ele olhou para o carro atrás de mim. — Estou surpreso que Faith tenha concordado com isso. A menos que você a esteja enganando também.

Ele definitivamente parecia irritado, mas também parecia desapontado. Eu respirei de novo e, mais uma vez, deixei o ar sair devagar.

— Faith é uma amiga que está apenas me fazendo um favor. Não estou aplicando um golpe, Gage. — Meus olhos se desviaram para o lado. — Quer dizer, não exatamente. Posso explicar — eu disse quando o olhei de volta. Ele merecia uma explicação. E por que não? Talvez até tivesse alguma informação útil. Ele era outra pessoa que havia vivido aqui a vida toda, só que, ao contrário de Faith, ele era um membro da aristocracia de Calliope. Conhecia as famílias que eu estava tentando acessar.

— Então, que porra está acontecendo? — ele perguntou. — Admito que me diverti correndo atrás de você pela cidade, apesar do impacto na minha reputação e franquia de seguro, mas já chega. Quero respostas.

Um movimento atrás de Gage, em uma das janelas da enorme casa de pedra, chamou minha atenção, e olhei para cima, preocupada que a sra. Ramsbottom estivesse nos observando por trás de uma cortina.

— Vou responder às suas perguntas. Eu... bem, posso te encontrar mais tarde se você quiser. E explicar, então. Só, por favor, não fale nada pra ninguém até que eu tenha a chance de te dizer por que estou aqui.

Ele soltou um suspiro e passou a mão pelo cabelo enquanto considerava meu pedido.

— Ok, hoje à noite. Me encontre na minha casa hoje à noite.

Meu coração pulou uma batida. *Hoje à noite*. Parecia imprudente estar sozinha com Gage Buchanan em qualquer lugar onde houvesse uma cama. Ou uma mesa de bilhar. Talvez eu estivesse me achando e houvesse me tornado totalmente não atraente para ele desde que havia descoberto que eu era uma vigarista — pelo menos na visão dele —, mas eu não achava que fosse isso. Nossa química ainda zumbia pelo espaço vazio entre nós, e eu podia ver que ele também a sentia.

Logo ele entenderia por que isso era tão infeliz.

— Ok. Mas não na sua casa. Faith tem uma área de jardim atrás da galeria. Vou estar lá às oito esta noite.

Por um momento, pareceu que ele ia argumentar, mas então aparentemente decidiu em contrário, dando um aceno sucinto e, em seguida, se afastando.

— Até logo. E, *Aurora*, é melhor que sua explicação seja boa.

CAPÍTULO TREZE

GAGE

A noite estava quente, mas havia uma brisa fresca vinda do Lago Pelion mexendo com o aroma das petúnias que transbordavam dos vasos em frente à galeria de Faith. Endireitei os ombros, olhando para cima enquanto tocava a campainha pela quinta vez em menos de uma semana. Desta vez, no entanto, Faith atendeu, abrindo a porta e acenando para que eu entrasse.

— Gage — cumprimentou ela. — A porta para o jardim é por ali. — E apontou com o polegar por cima do ombro.

Lancei-lhe um olhar de soslaio, murmurando um rápido "obrigado" enquanto passava por ela. Eu lhe daria o benefício da dúvida por enquanto, em especial considerando que descobriria em breve se isso era justificado ou não. Tive que admitir o alívio que relaxou meus músculos enquanto caminhava pelo curto corredor até a porta dos fundos. Estava preocupado que Rory tentasse alguma outra tática de evasão em vez de falar comigo, e o fato de ela não ter feito isso me fez sentir muito menos tenso do que eu estava dez minutos antes. Queria respostas. Eu *precisava* de respostas para conseguir uma noite de sono completa novamente.

A porta para o lado de fora rangeu ao abrir, e saí para um pequeno pátio. Além dele, havia uma grande área aberta com uma cerca ao redor de todo o perímetro. Vi um bar à minha esquerda com vários bancos à frente, e à direita, mais assentos, sombreados por um pergolado coberto de tecido. Havia canteiros de plantas ao longo da cerca e grandes vasos de flores e folhagens colocados aqui e ali, e o espaço era iluminado por luzes penduradas cruzando por toda a área. Era confortável e charmoso, e me perguntei se Faith usava esse espaço para exposições de arte. Imaginei garçons oferecendo bandejas de champanhe dourado e aperitivos com nomes de artistas famosos para um toque de diversão... rolinhos Rembrandt de cranberry e brie...

Passei ao redor de uma coluna na beira do pátio e inspirei com força. Rory estava em pé perto de uma mesa à direita, um copo colocado no lugar onde ela devia estar sentada antes de se levantar ao ouvir minha chegada.

Ela me observava enquanto eu me aproximava, com algo no rosto que eu não conseguia decifrar. Uma espécie de tristeza talvez, ou arrependimento.

— Você veio — disse ela.

Fui um pouco mais perto.

— Achou que eu não viria? — Eu queria estar ali. Há dias que vinha correndo atrás dela pela cidade. Então por que, de repente, me sentia nervoso e inquieto?

— Eu... esperava que você viesse. Sinto muito por ter te evitado. Juro que não fazia ideia de que você morava aqui em Calliope, Gage. Quando você entrou naquela sala da casa dos seus pais, achei que eu fosse desmaiar de choque. — Havia uma segunda área de estar não coberta, e Rory acenou com a mão para lá, então caminhou até uma das grandes cadeiras almofadadas e sentou-se. Eu a segui e me sentei em frente a ela. — Estava tentando descobrir por onde começar — prosseguiu ela.

— Bem, o começo geralmente é um bom lugar.

Ela sorriu enquanto puxava os pés para debaixo de si, hesitando enquanto eu esperava que ela organizasse seus pensamentos.

— Desde que me lembro, sempre quis saber sobre o meu pai. — Ela soltou um suspiro profundo. — Minha mãe morreu antes que eu tivesse a chance de conseguir dela mais informações do que as poucas que ela me deu. Mas o que sei é que ela passou um tempo aqui nove meses antes de eu nascer.

Inclinei a cabeça.

— Seu pai é de Calliope?

Os olhos dela encontraram os meus.

— Sim.

Mesmo que eu não pudesse enxergar a imagem inteira, uma peça do quebra-cabeça se encaixou.

— Então você está aqui tentando descobrir quem pode ser o seu pai.

— Sim — ela respondeu novamente.

Isso eu não esperava. A garota que conheci em Mud Gulch por pura coincidência poderia ter um pai que morava em Calliope, dentre todos os lugares? Achei que era meio que o destino termos nos conhecido, considerando a maneira improvável como eu havia acabado lá. E por causa disso, havíamos passado uma noite incrível juntos que eu não conseguia parar de relembrar. Mas isso elevava o destino a outro nível. O que era agora? Destino dobrado? Destino ao quadrado?

Inclinei o corpo para a frente, apoiando os cotovelos nos joelhos e apertando as mãos.

— Onde entra a arte nisso?

— Meu pai era um artista. Ou, pelo menos, ele era muito bom em desenhar. — Ela abaixou-se e puxou uma bolsa de lona em sua direção, tirando o que parecia ser um diário ou caderno e o abriu cuidadosamente. Ela pegou o que pensei ser um guardanapo preservado entre as páginas. — Encontrei isso recentemente entre as coisas da minha mãe. Acredito que foi meu pai quem desenhou.

Ela o estendeu para mim e eu o peguei com cuidado, segurando-o pelas bordas enquanto o estudava. Havia um esboço de uma mulher, sentada em uma rocha, com os joelhos dobrados, olhando para um lago. E mesmo que a mulher estivesse apenas de perfil, era óbvio que havia um sorriso secreto em seus lábios. Eu não sabia muito sobre arte, mas estava claro que quem havia feito aquele desenho era muito bom. Não havia assinatura, apenas uma data rabiscada sob o desenho — abril, vinte e sete anos atrás.

— É a sua mãe? — perguntei.

Rory assentiu.

— Sim, é a minha mãe. E me parece... bem, me parece que há amor nesse desenho. Que o homem que o esboçou a conhecia e gostava dela profundamente. Ele capturou sua essência de alguma forma, e como é possível fazer isso sem amar essa pessoa?

Eu o estudei por mais alguns momentos, percebendo que concordava com ela. Não tinha certeza de *como* a emoção que eu sentia ao olhar para ele havia sido transmitida — talvez alguém com um olhar mais profissional pudesse descrever a maneira como o sentimento havia sido infundido em um esboço tão simples; mas, fosse como fosse, era inegável. Olhei para cima e vi uma expressão no rosto de Rory que ela rapidamente desviou. *Anseio*, pensei. *Pela mãe que não está mais aqui? Ou por esse artista desconhecido?*

— Você tem razão, é bom — eu disse. — E não posso imaginar que alguém com esse nível de talento não tenha criado outras obras de arte também.

Passei um dedo sob meu lábio enquanto conectava os pontos.

— Certo. Então você está procurando peças de arte semelhantes a esta na tentativa de localizar o artista: seu pai. Mas por que no sótão dos meus pais? Por que na casa dos Bellamy e dos Ramsbottom?

— Vire o guardanapo.

Eu o virei, franzindo a testa ao ver o logotipo familiar.

— Esse guardanapo é do Metropolitan Club aqui em Calliope. — Olhei para ela. — É um dos clubes sociais mais prestigiados do Maine. Meu pai é um membro fundador.

— Eu sei. Assim como o sr. Bellamy e o sr. Ramsbottom.

Lentamente abaixei o guardanapo.

— Você vai ter que me dar mais algumas pistas, Rory.

Ela soltou um suspiro, pegando o guardanapo que eu lhe entreguei e o colocando cuidadosamente de volta no diário.

— Minha mãe raramente falava sobre o meu pai. Quando falava, era apenas porque eu implorava por informações. Apesar disso, ao longo dos anos, ela apenas revelou quatro coisas que poderiam me ajudar a identificá-lo — disse ela. — Um: minha mãe o conheceu no trabalho dela em Calliope, quando morou aqui durante a temporada de férias de primavera. Dois: ele e a família eram muito importantes na cidade, e três, ele era um artista. Se por lazer ou profissão, eu não sei. Encontrei esse esboço há algumas semanas, datado exatamente da época em que minha mãe estava em Calliope, quando ela ficou grávida de mim.

— Certo... — Senti um pânico distante enquanto minha mente começava a seguir em uma direção decididamente traumática. Retesei a mandíbula, mantendo a ideia vaga, não permitindo que se materializasse.

Ela abaixou o queixo enquanto me observava por um momento.

— E quatro, minha mãe trabalhava no Metropolitan Club, servindo o grupo de membros fundadores que se reuniam lá regularmente. Fiz algumas pesquisas on-line sobre os cinco membros fundadores do clube. Junto com seu pai, o sr. Bellamy e o sr. Ramsbottom, havia outros dois. Eles ainda vivem aqui em Calliope também.

O chão desapareceu sob meus pés. *Não. Deus, não.* Senti um gemido de protesto subindo pela minha garganta e tentei engoli-lo; mas, infelizmente, ficou preso no meio do caminho, fazendo-me começar a tossir violentamente. Levantei, erguendo a mão em um gesto de parada quando Rory começou a se levantar, obviamente com a intenção de oferecer assistência na forma de um tapinha nas costas ou a manobra de Heimlich. Ela afundou de volta na cadeira enquanto eu me controlava e depois andava de um lado para o outro por alguns minutos, ainda tossindo aqui e ali na tentativa de desobstruir o nó de horror, mas pelo menos conseguindo respirar. Quando finalmente consegui inspirar sem obstrução, eu a encarei.

— Está me dizendo que meu pai pode ser seu pai? Está sugerindo que podemos ser meios-irmãos?

Ela fez uma careta ao assentir, juntando as mãos e colocando-as entre os joelhos dobrados.

— Infelizmente, sim.

— Infelizmente? *Infelizmente?* — Andei de um lado para o outro mais uma vez, alguns passos para um lado e depois de volta. Soltei um suspiro, passando as mãos pelo cabelo e depois agarrando meu couro cabeludo enquanto balançava a cabeça firmemente.

Ela suspirou.

— Sim, bem, não tenho uma palavra melhor do que essa.

— Pesadelo? Aterrorizante? Profano?

— Essas também funcionam.

Ela deu de ombros e soltou uma risada leve. Isso a fez parecer adoravelmente sexy e eu realmente queria beijá-la. Desmoronei na cadeira, afundando o corpo, completamente derrotado enquanto considerava a totalidade da situação. Isso não podia ser verdade. Encontrei os olhos de Rory.

— Eu... eu não sei o que dizer. Deixando de lado a questão de sermos irmãos... — Parei de falar por um momento. Senti seriamente que poderia vomitar. Respirei fundo enquanto continha a náusea. — Deixando de lado a possibilidade de sermos irmãos — repeti —, agora tenho que cogitar a ideia de que meu pai traiu minha mãe quando eu era só uma criança. — Eles sempre pareceram tão apaixonados. Nunca considerei que qualquer um deles fosse infiel ao outro. Senti que toda a minha infância balançava diante de mim, prestes a desmoronar em algum abismo nebuloso.

Ela fez outra careta.

— Desculpe. Há várias razões pelas quais espero que esse não seja o caso.

Soltei uma risada estrangulada, sentindo mais uma queda no peito.

— Sim. Idem.

Ela colocou a mão dentro da bolsa e tirou um diário que parecia ser apenas uma capa de couro vazia, sem páginas.

— Minha mãe manteve um diário durante a maior parte da vida. Este é dos meses que ela viveu aqui. As páginas internas sumiram por algum motivo, mas a primeira e a última entrada ainda estão aqui. — Ela o estendeu para mim, e eu o peguei, abrindo-o e lendo rapidamente a primeira entrada de uma jovem obviamente cheia de aventura e esperança. Depois de terminar de ler, passei os olhos mais uma vez, lendo com o olhar de um morador local em busca de qualquer coisa que pudesse oferecer mais uma pista. Infelizmente, nada me chamou a atenção além do que ela já sabia.

— Você sabe quem é Lys?

— Não. Minha mãe não manteve contato com ninguém com esse nome.

— Humm. — Virei para a única outra página intacta, essa entrada mais curta que a primeira, e também a li.

O ônibus partiu de Calliope esta manhã e eu observei pela janela até o lago desaparecer. Meu coração dói e estou cheia de um luto tão profundo que não sei como suportá-lo. Meu único alento está aninhado com segurança dentro de mim, a preciosa criança do homem que amo, mas que nunca poderei ter. Sua família precisa dele, e ficar apenas lhe traria dor.

Devolvi o diário quase vazio a ela, franzindo a testa enquanto ela o pegava. O que quer que tivesse acontecido entre o começo e o fim obviamente havia mudado tudo.

— Alguma ideia de onde foram parar essas páginas?

— Nenhuma. Procurei em todos os cantos da casa dela, mas nunca as encontrei. Ou ela mesma as arrancou e descartou, ou caíram em algum momento e se espalharam ao vento. Uma pena, porque certamente teria tornado o mistério mais fácil de resolver.

Suspirei. Ficamos em silêncio por alguns minutos enquanto eu digeria a informação que ela acabava de me dar e que a mãe dela incluíra no diário. Depois que me recuperei um pouco, ela perguntou, hesitante:

— Seu pai... é bom de desenho?

Pareceu que seus músculos se tensionaram enquanto ela esperava minha resposta.

— É — respondi, e a palavra era uma mistura de suspiro e desespero. Me endireitei na cadeira, mas não consegui erguer meus ombros caídos. — Ele é muito bom — acrescentei. — Costumava desenhar figurinhas engraçadas e colocá-las nas nossas lancheiras. Elas eram sempre... — Soltei um suspiro profundo. — Muito boas.

— Ah — disse ela, sua boca se curvando para baixo. Ela respirou fundo e então bateu no diário ainda ao seu lado. — O esboço no guardanapo lembrou você dos desenhos dele?

Mais uma vez, ela parecia se preparar.

Dei de ombros. Antes de ela me dizer o que era, sinceramente, eu não havia reconhecido nada nele. Com certeza não pensei no meu pai. Mas não significava necessariamente que não fosse dele.

— É difícil dizer. Faz um tempo que não vejo um dos desenhos dele. Ele só fazia por diversão. E sempre usava uma caneta esferográfica da nossa gaveta da cozinha. — Apontei para o diário. — O que você me mostrou foi feito com lápis de cor. Dá uma sensação diferente. Mas pode ser por causa dos materiais. Ou talvez minha memória não seja ótima nesse assunto. Eu adoraria te dar um não definitivo, mas a verdade é que não sei dizer com certeza.

— Você conseguiria encontrar um dos desenhos antigos dele?

— Eu não guardei nenhum.

Meus olhos encontraram os dela. Eu não queria que aquilo fosse verdade. Eu queria *provar*, sem sombra de dúvida, que não era verdade. E havia uma maneira de fazer isso.

— Aurora... Tem uma maneira segura de descartar meu pai da sua lista.

— Um teste de DNA? — ela adivinhou imediatamente. — Pensei nisso, mas roubar o DNA de alguém parece... antiético, ainda mais considerando que eu esperava que meu pai me aceitasse de imediato. Vasculhar casas para as quais fui convidada e ter acesso às peças de arte que vou devolver nas mesmas condições em que peguei é uma coisa. Roubar fluidos corporais é outra.

— Concordo. Mas não precisamos usar o DNA do meu pai. Podemos usar o meu.

Ela piscou.

— Ai, meu Deus, você está certo. — Ela balançou a cabeça por um momento. — Acho que não pensei nisso porque já tinha descartado completamente a ideia do DNA. E, claro, descobrir que você é... *você* foi um... choque. — Ela pareceu meio esperançosa e também meio nauseada e observei sua garganta se mover enquanto ela engolia em seco. — Se você for meu... irmão... então um teste de DNA mostraria isso. Se não formos irmãos, podemos descartar seu pai imediatamente.

— E se formos... — Engoli em seco também, sem saber como terminar aquele pensamento.

— Se formos — disse ela —, vamos fazer uma lobotomia parcial e pedir ao cirurgião para remover a memória daquela noite em Mud Gulch do nosso cérebro.

Eu a encarei, mas não ri, enquanto as visões *daquela noite* passavam pela minha memória... a sensação do seu calor apertado, o sabor doce e salgado da sua pele, a textura do seu mamilo na minha língua. Queria gritar e rir histericamente. Como eu, dentre todas as pessoas, tinha acabado nessa confusão? Eu nunca fazia xixi fora do penico ou me comportava de maneira que alguém pudesse descrever como imprópria. E agora aqui estava eu desejando uma mulher que poderia ser minha irmã. Gemi e passei a mão pelo rosto.

— Rápido demais? — ela perguntou.

— Sim. — Soltei um suspiro. Apreciei sua tentativa de aliviar o clima, mas me sentia longe de estar pronto para isso.

— Vamos só fazer o teste e ver o que acontece — ela sugeriu.

Suspirei.

— Certo. Vou agendar um teste de DNA no hospital.

Não havia mais nada que pudéssemos fazer. Pelo menos por enquanto.

CAPÍTULO QUATORZE

RORY

Encontrei Gage no hospital no dia seguinte, no final da tarde, e tiramos sangue. O laboratório nos disse que levaria cerca de uma semana para recebermos os resultados que nos diriam se éramos ou não parentes. A possibilidade de ter pelo menos uma resposta deveria me deixar feliz. Um enfoque mais fácil. Um passo à frente. Ou o pai de Gage também era o meu, ou eu poderia riscar um dos homens da minha lista de possibilidades. Então por que meu estômago se revirava durante todo o processo como se eu fosse vomitar?

Por favor, não seja meu irmão.

Não tinha ilusões de que Gage e eu poderíamos ter alguma esperança de um futuro, casual ou qualquer outro. Mas eu realmente, realmente não queria viver com o conhecimento de que havia transado com o meu irmão. *Deus.* Só de pensar nisso em termos tão diretos me dava vontade de vomitar de novo. Nosso DNA compartilhado não agiria como algum tipo de repelente se, de fato, tivéssemos o mesmo pai? Eu não saberia, no fundo, que a biologia não favorecia nossa união?

Porque, advinha se minha libido não disparou quando ele arregaçou a manga para tirar sangue e tive um vislumbre de seu antebraço? Seu *antebraço*! Era incrivelmente sexy.

Bem. Acho que eu logo saberia, se minha biologia não era esperta o suficiente para notar que eu estava admirando o antebraço — e todas as outras partes — de um parente de sangue, ou se Gage e eu não compartilhávamos, de fato, uma árvore genealógica.

Quando saímos pelas portas deslizantes do hospital, o sol estava começando a baixar no céu.

— O que você vai fazer pelo resto da noite? — Gage perguntou enquanto caminhávamos até o seu carro. Ele se ofereceu para me buscar e eu concordei. Felizmente, a companhia de seguros tinha lhe dado um carro alugado enquanto os danos ao seu veículo eram reparados.

— Nada de especial — eu disse ao entrar no banco do passageiro. — Só que ainda não olhei as pinturas que a sra. Ramsbottom me deu, e tenho que fazer algumas pesquisas sobre as peças que ainda estão comigo, para fazer uma avaliação, caso alguma delas realmente valha alguma coisa.

Ele me olhou enquanto ligava o motor, com um toque de diversão na expressão.

— Você está realmente fazendo avaliações para elas? Baseada em quê? Pesquisas na internet?

Dei de ombros.

— Só me resta a internet.

— Por que se preocupar? Elas nunca vão saber.

— Isso parece... muito desonesto. — Virei para ele. — Escute, sei que tudo isso é baseado em uma falcatrua, mas não estou tentando enganar essas pessoas, Gage. Se eu puder dar a elas algumas informações sobre algumas pinturas que mantiveram guardadas e acharem isso minimamente útil, então nenhum dano foi feito.

— Acho que você tem razão. Menos se acabar virando o mundo delas de cabeça para baixo quando contar que o marido e o pai de família delas teve um caso, há muitos anos, que resultou em você.

— Vou lidar com isso quando e se chegar a esse ponto — murmurei. Claro, Gage estava presumindo que, se eu pertencesse a uma dessas famílias, elas ficariam horrorizadas ao saber que havia um membro ilegítimo da família por aí. Mas e se... e se elas encontrassem em seus corações a vontade de me aceitar?

— Aliás, como Faith e a galeria dela vieram parar nisso? — ele perguntou depois de um momento.

— A mãe dela trabalhava em uma cafeteria que minha mãe frequentava e elas se tornaram amigas. Foi assim que se conheceram. Infelizmente, minha mãe manteve segredo sobre o caso com meu pai, então ela não tinha nenhuma informação para dar nesse sentido. Faith foi minha porta de entrada — contei a ele — e, embora ela me garantisse que não está preocupada, me preocupo com o potencial de prejudicar a reputação dela. Ela não veio de uma família rica. Faith usou sua inteligência e afinidade pela arte para pavimentar seu caminho na comunidade. Ela é uma boa amiga que estava disposta a me ajudar a encontrar meu pai. E, pelo que ela me disse, os membros mais ricos de Calliope não são sua principal fonte de renda. Mas não quero correr o risco de colocar o negócio dela em perigo. Inicialmente, esse risco parecia muito baixo, mas depois que encontrei você...

Ele olhou para mim.

— Não vou dizer uma palavra sobre isso a ninguém, Rory.

Me recostei no encosto do banco.

— Obrigada.

Ele ficou em silêncio por alguns minutos enquanto eu observava a paisagem passar, o brilho do lago ao longe e do sol poente tornando tudo onírico. *A hora dourada.*

— Se você encontrar provas de que um desses homens é seu pai, o que vai pedir? — ele perguntou em voz baixa.

Eu me virei e meus olhos percorreram seu perfil forte, descendo até sua mão elegante e firme apoiada no volante. *Falando em dourado...* Tudo sobre Gage Buchanan era delineado e perfeitamente esculpido. Era como se ele tivesse sido criado para viver entre o melhor do melhor, para se misturar com o mais fino de todas as coisas, e para residir naquela casa majestosa cercada de beleza. Talvez, em certo sentido, isso fosse o que me permitira deixar Gage Buchanan ir embora naquele dia no Bolos e Cerveja. Eu sabia que ele não pertencia àquele lugar. Ele era polido e refinado. Ele se encaixava ali em Calliope, enquanto eu, não. E talvez isso tivesse a ver apenas com onde e como fomos criados, mas eu também esperava que fosse algum componente genético que significava que não éramos de forma alguma aparentados.

Voltei minha mente para sua pergunta. *O que você vai pedir?*

— Aceitação, acho. Se você está se perguntando se meu plano é exigir minha parte da herança, não. — Comecei a mexer em uma das minhas unhas enquanto ele virava na rua onde ficava a galeria de Faith. Pensei em Romeo, porém, e em todos aqueles folhetos que ele mantinha escondidos naquela gaveta inferior. Eu não recusaria uma pensão alimentícia retroativa se fosse oferecida, e enviaria meu tio altruísta para onde ele quisesse ir.

Gage manobrou para um espaço de estacionamento e, antes que fizesse mais perguntas para as quais eu não tinha boas respostas, puxei a maçaneta da porta e saí do carro para o ar morno do início da noite. Ouvi os passos de Gage atrás de mim, mas não me virei. Faith tinha me dado o código do sistema de segurança e, depois de destrancar a porta, digitei-o e então me virei para Gage.

Ele estava parado do lado de fora da porta, parecendo um pouco incerto, como se quisesse entrar, mas não tivesse certeza se era bem-vindo. Meu coração amoleceu ao ver Gage Buchanan, que provavelmente havia sido recebido de braços abertos em todos os lugares aonde tinha ido durante toda a sua vida, hesitando e gaguejando por um convite.

— Você gostaria de entrar? — ofereci.

Seus ombros abaixaram e ele soltou um suspiro.

— Eu poderia te ajudar a olhar algumas dessas obras e também fazer algumas avaliações primárias — sugeriu, como se eu precisasse de um suborno para continuar passando tempo com ele. E, sinceramente... um motivo não fazia mal a ninguém, já que não era mesmo uma boa ideia, pelo menos da minha parte. Eu não conseguia parar de imaginá-lo nu, um ato infeliz da minha memória, que parecia sair de controle quando ele estava fisicamente presente.

Não, manter distância de Gage Buchanan seria o melhor.

— Eu gostaria da ajuda — eu disse. *Fraca, Rory. Tão fraca*. Mas eu não deixaria as coisas irem além de algumas avaliações primárias de arte.

— Que tal você trazer as peças para o meu apartamento e me deixar fazer o jantar? Se você tiver um notebook para trazer, eu também tenho um.

Ele parecia estar se contendo, imóvel, como se estivesse se preparando para uma rejeição. Mais uma vez, meu coração amoleceu. Quando se tratava de Gage Buchanan, parecia que meu coração era muito mole e maleável.

Entre outras coisas.

— Bem...

— Um jantar de trabalho.

— Tudo bem. Obrigada. Um jantar de trabalho. Agradeço a ajuda, porque Faith tem estado muito ocupada, e já pedi muito dela. Se você estiver disposto... bem, eu ainda tenho quinze pinturas para fazer avaliações falsas.

Ele sorriu, e muito mais amolecimento aconteceu. *Droga*.

— Fique aí — pedi a ele. — Vou pegar meu notebook e os *cases* e já volto.

O apartamento de Gage Buchanan era perfeito. Imediatamente me lembrou daqueles que minha mãe descreveu em sua página de diário, com varandas de vidro com vista para o lago. O interior apresentava um grande espaço aberto com móveis modernos e elegantes e uma mistura calmante de tons frios. Parecia que tinha saído direto das páginas de um daqueles catálogos da West Elm que eu havia folheado no salão de cabeleireiro, onde tinha me dado ao luxo de um corte que Faith garantiu que me proporcionaria um ar sofisticado de avaliadora de arte.

As portas de vidro deslizantes que se abriam para a varanda

revelavam um pôr do sol glorioso, o céu tingido de vários tons de rosa, a inundação de luz brilhando como joias na superfície da água.

E tinha um cheiro divino, uma mistura do perfume de Gage e um lustra-móveis com cheiro de pinho, uma combinação inebriante que parecia perfeitamente adequada ao lugar onde esse homem descansava a cabeça à noite.

— Que lugar lindo — elogiei, colocando minha bolsa e celular na mesa logo ao cruzar a porta. — Você tem um olho de designer. — Lancei uma piscadela para ele. Na verdade, eu não sabia nada sobre design, mas sabia reconhecer bom gosto quando via. Ou melhor, sabia reconhecer o caro quando via. Era o oposto do velho sofá com capa na minha casa que pertencia à minha mãe. Se bem que eu adorava aquele sofá. Quando você se sentava nele, era como um abraço de um velho amigo.

Gage sorriu enquanto colocava cuidadosamente o *case* na mesa de jantar de madeira escura.

— Não, meu designer tem um olho de designer. Não posso levar crédito por nada, exceto pela cozinha.

Virei para ela.

— Puxa vida — eu disse, caminhando até a grande ilha com uma bancada de pedra preta que separava a cozinha das áreas de estar e jantar. Passei a mão sobre ela, surpresa ao perceber que, em vez de ser lisa, tinha uma sensação de couro. Os eletrodomésticos eram obviamente de última geração, e o fogão ocupava praticamente metade da parede de trás.

Havia um porta-temperos embutido no nicho que abrigava o exaustor, e meus olhos se demoraram neles, notando que a maioria dos frascos estava pela metade, ao contrário dos temperos na minha casa, que eu comprava aqui e ali para fazer uma coisa e depois tinha que inevitavelmente jogar fora quando passavam do prazo de validade, quase sem usar. Me lembrei da lição de culinária de bolinhos de caranguejo que ele me deu, e minha mente se desviou para as atividades que se seguiram e um arrepio resultante percorreu minha espinha.

— Frio? — ele perguntou.

— Não. Deve ser um espírito passando.

Ele riu, mas me deu um olhar perplexo.

— Minha mãe costumava dizer isso. É só uma expressão estranha para justificar um arrepio sem motivo.

— É um jeito bem assustador de explicar um calafrio.

Sorri.

— Minha mãe às vezes tinha um senso de humor sombrio. Mas acho que ela pegou isso da minha avó.

Arrastei um dedo ao longo do balcão enquanto observava seus armários de madeira que iam até o teto, o recipiente de utensílios de cozinha, o bloco de facas, garrafas de óleos e pequenas tigelas de sais em uma bandeja giratória de mármore ao lado da bancada de preparo. Enquanto a sala de estar e a área de jantar pareciam praticamente intocadas, a cozinha parecia diferente — bem utilizada, pessoal.

Quando me virei para ele, vi que estava me observando, um pequeno sorriso no rosto que continha uma nota do que eu pensava ser nervosismo. Ele estava preocupado que eu não fosse gostar da sua casa? Não, certamente não. Primeiro, era perfeita, e ele tinha que saber disso, e segundo, por que ele se importaria com o que uma garçonete de Mud Gulch pensava?

— Acho que não estou surpresa que você goste de cozinhar, sr. Bolinhos de Caranguejo Extraordinário — eu disse. — Seus pais te ensinaram?

Ele balançou a cabeça.

— Não. Na verdade, duvido que meus pais saibam fazer mais do que ferver água. Tivemos um chef em casa que estudou na França. Jean LaCourt. Ele me ensinou alguns dos fundamentos e, quando viu que eu tinha jeito para a cozinha, me mostrou receitas que exigiam mais habilidade. — Gage pareceu pensativo por um momento, talvez um pouco nostálgico. — Ele era incrível. — Gage se virou um pouco. — Meu pai não entendia por que eu queria passar tanto tempo na cozinha. Tive a impressão de que ele estava insatisfeito, então parei de recorrer ao Chef LaCourt e fui fazer aulas de verdade; mas, quando podia, me esgueirava até lá e o assistia trabalhar. Eu tinha um caderno onde fazia anotações e depois escondia na minha gaveta de meias.

Ele me deu outro sorriso, mas este parecia um pouco frágil. *Ah.* Na verdade, pareceu triste. Ele havia encontrado uma paixão, mesmo quando jovem, e a havia deixado de lado quando seu pai preferiu que ele seguisse em uma direção diferente.

— O Chef LaCourt ainda trabalha para sua família?

Algo passou por sua expressão, talvez um luto fugaz.

— Não. Ele se aposentou quando eu estava no ensino médio e voltou para a França. Ele faleceu há alguns anos.

— Sinto muito.

— Ele viveu uma vida longa e boa e morreu perto da família. Aceita uma taça de vinho?

Eu o observei enquanto ele se virava para uma gaveta e pegava um abridor de vinho, relaxando os ombros. Ficou claro que ele queria mudar de assunto.

— Não sei — eu disse. — Da última vez que dividimos uma garrafa de vinho... — Ergui as sobrancelhas, mas minha expressão se transformou em uma careta. Eu havia tentado aliviar o clima, mas nem eu estava pronta para brincar sobre... nós. — Desculpe. Não deveria ter trazido isso à tona.

Mas Gage sorriu, embora parecesse um pouco triste, e caminhou até uma adega de vinhos, de onde retirou uma garrafa de tinto.

— Acho que a gente consegue se controlar. Só um jantar amigável e uma avaliação de arte em dupla.

Amigável.

Eu duvidava de que algum dia pensaria em Gage Buchanan em termos descritos como amigáveis, mas poderia fingir, não poderia? Porque ele poderia me ajudar na minha empreitada atual. Ele poderia lançar alguma luz sobre lugares onde eu não conseguia.

Gage abriu a garrafa e serviu duas taças de vinho enquanto eu me sentava em um dos banquinhos cromados sem encosto que era muito mais confortável do que parecia. Ele me entregou o vinho e então tocou minha taça.

— Ao Ernest...

— Buffalobeam — terminei com uma risada.

Gage sorriu, colocando sua taça no balcão, então pegou um pano de prato e o jogou sobre o ombro.

— Espero que você não seja avessa a carboidratos.

— Nunca conheci um carboidrato que eu não amasse.

— Ok, que bom. — Eu o observei enquanto ele pegava ingredientes na geladeira e os colocava no balcão, e então abria uma grande gaveta na base dos armários e escolhia uma panela. Quando virou as costas de novo, olhei para a porta aberta do outro lado do apartamento, o canto de uma cama mal visível. Aquele arrepio voltou a percorrer minha espinha, causando um endurecimento dos meus mamilos. Deus, como seria ter acesso a Gage Buchanan em uma cama por uma noite inteira?

Pare de pensar nisso, Rory.

Mas, aparentemente, eu não ouvia a mim mesma, porque uma pequena voz na minha cabeça respondeu: *Perfeito, é isso que seria.*

Eu não sou tão perfeito quanto pareço.

Se você não é perfeito, o que você é?

Não sei.

As palavras que Gage me disse no calor da paixão voltaram à minha mente. Hesitei enquanto levava a taça de vinho à boca. O que ele pretendia dizer com aquilo? No momento, eu estava apenas respondendo às suas palavras com as minhas próprias, um fluxo livre de pensamentos desinibidos por paredes ou lógica. A paixão havia queimado tudo isso.

Não sou tão perfeito quanto pareço.

Interessante. Mas sinceramente? Não era da minha conta.

— Então me fale sobre Mud Gulch — ele disse, colocando uma tábua de cortar no balcão e estendendo a mão por cima do ombro para pegar uma faca sem nem olhar.

— Mud Gulch. O que há para dizer sobre Mud Gulch?

Ele sorriu enquanto começava a cortar uma cebola em quatro.

— Não sei. Você me diz.

Gesticulei para onde ele estava habilmente cortando alguma coisa verde que eu nem sabia o nome.

— Posso ajudar?

Ele deslizou o que estava cortando da faca para uma tigela prateada ao lado da tábua.

— Não. Eu cuido disso. Você só me entretém.

— Entreter você? Rá. — Tomei um gole de vinho. — Quer uma história sobre Mud Gulch? Ok, tem uma lenda...

— Ohhh — ele alongou a palavra —, eu adoro uma boa lenda.

— O lugar foi batizado de Mud Gulch, ou ravina de lama, porque, quando os primeiros colonos chegaram à nossa costa, o barro no vale nos arredores da cidade misteriosamente puxava os pés de alguns, mas não de outros. Os indígenas da região explicaram que a terra lá se conecta aos batimentos cardíacos humanos, reivindicando alguns e não outros por razões misteriosas, é claro.

Um sorriso flutuou em seus lábios lindamente moldados, seus olhos fixos em suas mãos trabalhando, agora cortando alho tão rápido que a faca era praticamente um borrão.

— A lama pede para alguns ficarem e diz a outros que estão livres para partir?

— Assim diz a lenda. Só que ninguém mais acredita nisso de verdade hoje em dia. É só uma história divertida que provavelmente tem a ver com os sapatos que você está usando enquanto caminha pelo vale de barro.

— Então, sua família estava usando os sapatos certos, ao que parece? — ele perguntou enquanto jogava macarrão na água que agora fervia no fogão.

— Ou errados, dependendo da sua opinião sobre a vida em Mud Gulch. Mas, sim, de acordo com a lenda, a terra puxou meus ancestrais e pediu para eles ficarem. — Achei mais provável que o mar e a necessidade de alimentar suas famílias os obrigassem a fazer um lar lá, já que venho de uma longa linha de pescadores. Mas, seja qual for o caso, gerações de Casteel criaram filhos naquela pequena cidade pesqueira, o suficiente para que, cento e cinquenta anos depois, ainda estivéssemos lá.

— E você? — ele perguntou. — A lama convocou você? — Algo passou por seu rosto, uma expressão que foi rápida demais para eu tentar nomear.

Tomei um longo gole de vinho e depois balancei a cabeça enquanto engolia.

— Não. Sempre senti um chamado... para outro lugar. — Refleti sobre como estar ali parecia libertar meus pensamentos em torno daquele chamado incessante. Talvez eu estivesse com medo de ligá-lo à minha ascendência paterna, porque fazê-lo pareceria que eu não era grata por todos os sacrifícios que a família da minha mãe tinha feito por mim e pelo fato de que eu era muito amada. — É difícil de explicar, porque nem eu entendo completamente. Talvez o chamado venha de dentro de mim... todas as minhas perguntas sem resposta, meu desejo de saber quem e de onde veio a outra metade de mim... Ou talvez fosse meu pai... — continuei, as palavras saindo em um suspiro, a admissão me fazendo tremer um pouco por dentro. — Me chamando de alguma forma misteriosa.

Ele me observou por um momento, sua expressão agora suave.

— Ah. Você é uma romântica, Aurora Casteel.

Senti meu rosto esquentar. Parecia romântico. *Fantasioso*. E talvez bobo também, embora não fosse essa a sensação. Parecia verdade. E essa verdade simultaneamente trouxe medo e uma onda de alívio.

— Eu? Não. Não tenho nem um pingo de romantismo — falei, acenando com a mão como se quisesse afastar a ideia. — É só o vinho.

Ele me deu um olhar de esguelha, seus lábios esboçando um sorriso, mas não respondeu além disso. Eu o observei enquanto ele regava óleo em uma panela e jogava os ingredientes que acabara de cortar, um aroma delicioso de manjericão e alho subindo no ar. Então ele pegou algo da geladeira e adicionou à panela de ingredientes aromáticos. Camarões, pensei, minha boca começando a salivar com todos os cheiros deliciosos no ar. A última coisa que eu havia comido tinha sido uma barra de granola e bebido café, de manhã. Estava nervosa demais com o exame de sangue para comer qualquer coisa no almoço.

Hipnotizada, observei-o trabalhar por um minuto, seus músculos soltos, a postura relaxada. Ele obviamente tinha uma afinidade pela cozinha. A maneira como se movia enquanto cortava e mexia na panela... quase me parecia uma espécie de dança graciosa. Parecia natural e sem esforço. E algo sobre seus movimentos lânguidos ao preparar comida me lembrava da maneira como ele tinha se movido sobre mim naquela mesa de bilhar.

Com habilidade e paixão.

Afastei depressa esse pensamento com outro gole de vinho.

— Então me fale sobre sua cidade natal — pedi, minha voz um pouquinho ofegante. — Sua família é originalmente de Calliope?

Ele abriu a porta do forno e olhou para dentro, espiando um pão francês que eu nem tinha notado que ele havia colocado lá, provavelmente ocupada demais observando seu traseiro toda vez que ele se virava e sonhando acordada sobre as coisas que ele tinha feito comigo no Bolos e Cerveja. Peguei meu vinho e esvaziei a taça.

— Na verdade, não. A família da minha mãe é daqui, mas meu pai é de Boston. Ele cresceu muito pobre, mas era inteligente e se saiu bem na escola. Comprou algumas propriedades para alugar, usando o dinheiro que economizou trabalhando em três empregos porque tinha um pressentimento sobre essa área. Esse pressentimento deu frutos, e ele acabou vendendo-as por dez vezes o que pagou. Ele usou esse lucro para comprar mais propriedades, continuou ouvindo seu instinto e fez seu primeiro milhão quando tinha trinta anos. Minha mãe era filha de um sócio dele e ele a conheceu quando estava viajando, se apaixonou e se mudou para Calliope. Ele entrou cedo nas propriedades de investimento que surgiram na beira do lago, o que aumentou significativamente seu patrimônio líquido, e então construiu o The Buchanan quando eu estava na faculdade, o primeiro de uma série de hotéis de luxo que levam o nome da família. Nos anos desde que comecei a trabalhar na empresa dele, construímos mais cinco nos EUA. O sonho dele é que um dia o nome Buchanan seja como Marriott ou Hilton.

— Obrigada — eu disse, enquanto Gage enchia minha taça de vinho. — E você está seguindo os passos dele? Para comandar a dinastia dos hotéis um dia?

Gage pegou a panela de macarrão, despejou-o no escorredor na pia, e o vapor subiu no ar. Seus ombros de repente pareceram tensos, mesmo que antes ele estivesse se mostrado tão relaxado até começar a falar sobre trabalhar com o pai. Ele sacudiu o escorredor e depois adicionou o macarrão à panela de camarões, tomates e outros ingredientes deliciosos que estavam lá.

— Sim — respondeu ele depois de um momento. — Estou seguindo os passos dele. Mas, mais importante, estou ajudando a expandir seu império internacionalmente, construindo o primeiro de nossos hotéis europeus em Londres.

Certo, Londres. Ele falava como se devesse ser empolgante. Então por que não parecia muito animado com isso?

— Você está... Você preferiria fazer outra coisa?

Seus olhos encontraram os meus.

— O quê? Não, claro que não. A vida toda eu soube que assumiria a empresa do meu pai. Sempre foi esse o plano, e eu não poderia estar mais honrado por ser confiado a prosseguir com o trabalho que ele levou a vida para construir. Ele sacrificou muito para viver a vida que criou para todos nós. Foi preciso ter perseverança e coragem como eu não poderia ser capaz de entender, tendo nascido no ambiente de privilégio que ele proporcionou. — Gage jogou os ingredientes na panela, parecendo quase... ofegante depois da longa sequência de palavras que acabara de pronunciar.

Ele se virou, alcançando um armário e pegando dois pratos, que colocou no balcão: um na minha frente e outro à minha esquerda. Enquanto ele pegava talheres de uma gaveta ao lado do fogão, eu disse:

— Entendo a honra de receber a missão de manter vivo algo que foi construído com o sangue, suor e lágrimas de gerações antes da gente. — Quando ele se virou para me encarar, continuei: — E também entendo a pressão.

Ele manteve o contato visual por alguns momentos antes de seu olhar deslizar quase com culpa enquanto abria a boca para dizer algo, mas obviamente decidiu contra o que quer que fosse, soltando um longo suspiro.

— Acho que pode ser as duas coisas — ele declarou, por fim.

Assenti. *Por que tenho a sensação de que é mais o segundo do que o primeiro para você, Gage Buchanan?*

Mas antes que eu pudesse dizer mais alguma coisa, ele começou a servir a massa fumegante, e a nuvem de ervas frescas e especiarias misturadas com algo cremoso e exuberante chegou ao meu nariz. Fechei os olhos e inspirei, sentindo todos os pensamentos racionais fugirem de mim.

— Meu Deus, que cheiro delicioso — falei.

Quando abri os olhos, vi que o olhar aquecido de Gage estava fixo em mim. O momento parecia palpável com o potencial para prazer físico, e meu sangue começou a pulsar nas veias. Vi Gage engolir em seco e depois se mover, colocando uma porção generosa de massa no meu prato e quebrando o encanto momentâneo, sua voz rouca ao dizer:

— Vamos comer.

CAPÍTULO QUINZE

GAGE

Observei-a enquanto espetava um camarão grande coberto com um simples molho cremoso de alho e parmesão. Ela o colocou entre seus lábios bonitos, soltando um gemido baixo enquanto seus olhos se fechavam. *Meu Jesus.* Eu estava duro só de ver essa mulher comer macarrão.

Eu realmente esperava que ela não fosse minha irmã.

Não que fôssemos começar a namorar se ela não fosse. Afinal, ela morava a horas de distância de mim e logo seria mais do que isso quando eu me mudasse para Londres. Sem mencionar que eu mal a conhecia, se fosse para ser específico. Mas saber que eu desejava uma parente de sangue era simplesmente perturbador.

— Bom? — perguntei, e minha voz saiu toda engasgada e desesperada. *Porra. Controle-se, Buchanan.* Talvez fosse uma boa ideia para minha pressão arterial fingir ter certeza de que ela *era* minha irmã. Em outras palavras, totalmente proibida.

Não me escapou a ironia de que eu estava tentando ver uma mulher como mais do que uma irmã e desejando poder me sentir fraternal em relação a outra.

Rory gemeu novamente, enrolando o fettuccine no garfo e deslizando-o na boca. Ela assentiu enquanto mastigava e, uma vez que engoliu, disse:

— Isso não é macarrão. É o manjar dos deuses. Meu Deus. O que você fez com esse camarão?

— Você gostaria de saber, não é, Bolinhos? — Balancei a cabeça. — Vai ter que pagar por qualquer outra receita que conseguir de mim.

Ela riu.

— É mesmo? Quanto você cobra?

Me deixa te lamber em algum lugar. Em qualquer lugar.

Jesus Cristo. Afastei essa imagem com violência.

Eu ri e decidi mudar de assunto, desviar de algo que parecia poder se transformar perigosamente em flerte descarado a qualquer momento. Provavelmente da *minha* parte, mas eu não queria cair em tentação.

— Então, o Bolos e Cerveja está na sua família há gerações. Você sempre quis trabalhar lá?

Ela hesitou, levando o guardanapo aos lábios e limpando-os antes de responder à minha pergunta.

— Não. Aconteceu assim, de repente. Minha mãe morreu quando eu tinha onze anos e meus tios me criaram.

Minhas sobrancelhas dispararam para o alto.

— O pirata...

Ela riu e deu outra garfada, uma gota de manteiga permanecendo em seu lábio inferior. Desviei o olhar dessa visão perigosa.

— Sim, o pirata. O nome dele é Cassius. Outra referência a Shakespeare. Ele é, na verdade, um velho resmungão e rústico, sólido como uma rocha em todos os sentidos. — Ela sorriu, e eu vi o amor por ele em sua expressão. Esse amor diminuiu minha amargura em relação ao homem que havia encerrado nossa noite de jogo de sinuca e praticamente me expulsado da presença de sua sobrinha. Ele a estava protegendo, como deveria. — Meu outro tio se chama Romeo, o que dispensa explicações.

— E sua mãe?

— Ophelia.

— Sua família *realmente* tinha uma queda por Shakespeare.

— Verdade.

— E, no entanto, sua mãe não te deu um nome shakespeariano. A menos que Aurora seja uma personagem secundária menos conhecida de quem não me lembro.

Ela ergueu uma sobrancelha.

— Então quer dizer que você está bem familiarizado com as mulheres da literatura shakespeariana, é?

Eu ri. E, Deus, ela era linda.

— Eles não me chamam de Ivy League à toa — eu disse, piscando para ela.

Ela apertou os lábios, obviamente tentando não sorrir.

— *Eles*. Certo. Não, quando eu nasci, a menos que ela quisesse repetir um nome, minha mãe ficou entre Hipólita e Goneril. Ela tomou a decisão, *pela qual sou muito grata*, de que há um momento para romper com a tradição e seguir um caminho diferente.

— Ah. — Sorri. — Goneril. Humm. Sim, seria um nome difícil de carregar.

— A menos que você seja um medicamento farmacêutico.

Eu ri de novo e ela sorriu, mordendo o lábio inferior enquanto nos olhávamos. O sangue correu para o lugar entre minhas pernas e eu me ajeitei, desviando o olhar enquanto ela voltava a comer.

— Então, ãh, Romeo é tão pirata quanto seu tio Cassius?

Rory fez um pequeno som de sucção enquanto sugava um macarrão e levava os dedos à boca.

— Não. Romeo é... o Romeo por excelência. Imagine uma combinação de Elvis Presley e Príncipe Encantado e você vai ter uma boa ideia do meu tio mais novo.

— O Príncipe Encantado não é uma pessoa de verdade.

— Tem gente que diz o mesmo sobre o Romeo.

Sorri enquanto me recostava na cadeira, observando-a, e minha curiosidade sobre essa misteriosa família Casteel foi crescendo a cada minuto.

— E os dois cuidam do Bolos e Cerveja.

Ela tomou um gole de vinho e então balançou a cabeça.

— Não, só Romeo. Cassius é capitão de um barco de pesca. Então, você estava certo em um aspecto, ele não é realmente um pirata, mas vive no mar.

Foi ganhando vida a imagem que ela estava pintando, sobre seu lugar naquela pequena cidade pesqueira onde sua família era dona de um bar no cais. O que, de alguma forma estranha, também a fazia parecer mais real para mim. Desde aquela noite em Mud Gulch, parte de mim havia me convencido de que ela era uma fantasia que se dissipara como névoa quando saí da cidade. Eu realmente não queria imaginá-la como uma mulher de carne e osso que simplesmente estava levando a vida porque... *Por quê, Gage?*

Porque então eu poderia ter considerado voltar.

Soltei um longo suspiro silencioso que ela não pareceu notar porque estava mastigando um pedaço de pão, usando o dedo para limpar a manteiga dos cantos da boca e introduzindo novos níveis de tortura.

— E você ajuda a administrar também? Ou apenas faz aquelas criações questionáveis de red velvet?

— Você está com dificuldade de superar aquilo, não está?

— Tenho que imaginar, Bolinhos, que toda a clientela da sua taverna está com dificuldade de superar aquilo.

Ela riu, mas me empurrou de leve.

— Pare com isso. Não foi... tão ruim.

Fechei um olho e fiz uma careta, fingindo um sofrimento profundo, ao que ela sorriu e me empurrou mais uma vez.

— Para responder à sua pergunta, faço um pouco de tudo, mas

principalmente atendo as mesas e, às vezes, trabalho como bartender nos dias de folga de Romeo.

— Você gosta?

Ela deu de ombros, enrolando o último pedaço de macarrão no garfo e levando-o à boca. Parecia ponderar minha pergunta enquanto mastigava.

— É bom.

— *Bom*. Xiiiii.

Ela deu uma risadinha, mas derreteu-se em um suspiro.

— Sim, é bom. Não é ótimo, não é um sonho realizado; mas, de verdade? Nem sei qual é o meu sonho. Tudo o que sei é que meus tios me apoiaram quando eu não tinha mais ninguém no mundo, e de jeito nenhum eu os abandonaria. A única razão pela qual estou aqui agora é porque encontrei aquele guardanapo, a primeira pista tangível que já tive para encontrar meu pai. E encontrei logo depois que o barco de Cassius foi danificado e está passando por reparos. Então ele está disponível para cuidar dos doguinhos, enquanto fico espiando as casas das pessoas e fuçando nos seus sótãos sob falsos pretextos.

Lancei-lhe um sorriso irônico.

— Eu me perguntei mesmo sobre os doguinhos.

— Eles estão sendo bem cuidados. Ou, pelo menos, bem alimentados. Meu tio Cassius me envia uma prova de vida todas as manhãs. — Ela sorriu. — Enfim, você tinha perguntado primeiro sobre Mud Gulch, e a principal coisa a saber é que quando você é de lá, ou você fica ou vai embora para sempre. A maioria dos meus amigos do ensino médio foi para a faculdade e depois fez suas vidas em outro lugar.

— Sua mãe voltou — observei.

Ela mastigou um pedaço de pão por um instante, pensativa.

— Sim, mas acho que pode ter sido porque ela não teve escolha. Algo aconteceu aqui naquela primavera que a fez voltar para casa. Talvez tenha sido apenas porque ela engravidou de mim, mas tenho a sensação de que tem mais coisa nessa história.

— Daí a arte. — Olhei para onde o *case* fechado estava sobre a mesa da sala de jantar.

— Sim, daí a arte — disse ela.

— Falando nisso, que tal darmos uma olhada? Você disse que ainda não tinha verificado a mercadoria da sra. Ramsbottom?

Ela deu uma risadinha.

— Parece que há uma piada suja aí, mas não acho que sou esperta o suficiente para encontrá-la.

Ri enquanto empurrava o banquinho do bar para fora e começava a limpar nossos pratos.

— Conheço os Ramsbottom a vida toda. Posso te contar todos os trocadilhos que já fizeram com o nome deles.

Ela riu enquanto se levantava.

— Você sabe que eu posso *ser* uma Ramsbottom.

Gemi e passei a mão pela testa.

— Rory Ramsbottom. Se você for... sinto muito.

Ela riu de novo, um risinho bobo que a fez colocar a mão sobre a boca. Sorri em resposta. Nossos olhares se encontraram e ambos desviamos rapidamente.

— Hum, então, acredito que são apenas quatro — disse Rory.

Ela se aproximou da mesa e abriu o zíper que contornava a bolsa de lona, revelando o quadro no topo, uma pintura pastoral em uma moldura dourada ornamentada.

— Aqui, vou colocá-los no tapete e depois vou buscar meu computador para ver o que conseguimos descobrir sobre cada peça. Essa aqui tem uma assinatura no canto, o que é um ótimo ponto de partida.

Levantei a pintura e a coloquei na vasta área de tapete entre a sala de jantar e a sala de estar. Em seguida, me virei enquanto ela retirava o grande pedaço de feltro que protegia a próxima.

Essa era uma pintura a óleo de um velho sentado atrás do leme de um iate, olhando para o mar. Ela a pegou e me entregou, e eu a observei mais de perto enquanto a colocava ao lado da pintura pastoral. Tinha uma qualidade amadora, embora, admito, eu não soubesse muito sobre arte. E quem sabe — talvez fosse um trabalho inicial de alguém que mais tarde se tornaria famoso. Rory estava certa: era a coisa certa a se fazer, ao menos investigar essas peças que as famílias abastadas de Calliope haviam confiado temporariamente a ela, mesmo que suas "avaliações" fossem um tanto limitadas.

Ouvi Rory inspirar enquanto eu me levantava, virando-me para vê-la segurando uma peça menor e emoldurada que ela havia retirado da pilha. Ao me aproximar de Rory, meus olhos se moveram sobre a aquarela, feita principalmente em tons azuis e verdes. Era uma pintura do Lago Pelion. Eu reconheceria em qualquer lugar. Observei-a, tentando determinar pela colocação das montanhas e árvores onde o artista havia estado quando a pintou.

— É ele — sussurrou ela.

Ele. Seu pai. O artista que havia criado o esboço de sua mãe naquele guardanapo do Metropolitan Club. Meus olhos percorreram as linhas, e a sensação da peça me invadiu daquele jeito que a arte às vezes faz com a gente. Provavelmente havia um nome para o motivo pelo qual algumas obras de arte afetavam uma pessoa em particular e outras, não. Ou talvez não houvesse. Talvez as variadas razões para a resposta individual à arte fossem algo incognoscível. Um toque de preferência e um traço de mágica. Em todo caso, a criação em aquarela que Rory estava segurando na minha frente me atingia da mesma forma que a primeira, e eu sabia com certeza que estava olhando para uma pintura feita pelo mesmo artista.

— Sim — concordei. — É inconfundível, na verdade. O estilo é muito distinto.

Rory suspirou, puxando uma das cadeiras estofadas da sala de jantar e se afundando nela enquanto pressionava a pintura emoldurada contra o peito, abraçando-a como se a peça em si fosse seu pai perdido há muito tempo.

— Eu realmente não pensei que encontraria uma — sussurrou. — Parecia um tiro no escuro, muito escuro. Depois de todo esse tempo...

Dei alguns passos até a mesa, puxei outra cadeira e sentei de frente para ela.

— Tem algum nome nela? — perguntei. — Ou iniciais?

Como se ela nem tivesse pensado nisso, em meio ao choque de encontrar a pintura, suas sobrancelhas se ergueram e ela colocou a peça virada para cima no colo. Ela se inclinou para baixo e eu me inclinei para a frente, nossas cabeças quase se tocando enquanto olhávamos para o canto.

— M.S. — Ela levantou a cabeça, nossos rostos a poucos centímetros de distância enquanto me olhava, sua boca formando um pequeno "O".

— M.S. — repeti, e uma cascata de bolhas liberou-se no meu peito. *Não são as iniciais do meu pai.* Não era uma prova definitiva, mas me fez respirar mais aliviado.

— Não são as iniciais do seu pai — falou ela, verbalizando meu pensamento. Balancei a cabeça e os olhos dela mantiveram-se nos meus por um minuto.

Vi a esperança cautelosa em seu olhar antes que ela o desviasse.

— Será que *algum* dos cinco homens que fundaram o clube tem essas iniciais?

Ela mordeu o lábio.

— Sim — disse ela. — Malcolm Sherrybrook e Maynard Siggins. Nenhum deles retornou as ligações de Faith até agora, que pode ser porque nenhum deles tem esposas no momento. O sr. Sherrybrook é divorciado, e eu não consegui descobrir se o sr. Siggins já foi casado alguma vez. De qualquer forma, em todos os outros casos, as esposas retornaram nossas ligações. Então, talvez esses homens não sejam muito bons com correspondências, ou talvez as mulheres se interessem mais em avaliar as obras de arte. Quem sabe?

— Humm. Talvez. — Pensei em ambos os homens. Eu os conhecia a vida toda. O sr. Sherrybrook era um chato seco e pomposo que não parecia ter uma célula artística em seu corpo, muito menos a disposição romântica necessária para enxergar qualquer mulher da maneira que o artista claramente via a mãe de Rory.

Mas... eu supunha que as aparências às vezes podiam enganar. E o sr. Siggins era um homem simpático, mas um pouco misterioso. Eu tinha feito alguns negócios com ele, mas ele tendia a se manter na sua e não participava de muitas das reuniões sociais de Calliope.

— O estranho é que a pintura com essas iniciais veio da propriedade dos Ramsbottom — ressaltei. O que era confuso de várias maneiras. — Embora talvez o artista tivesse usado um pseudônimo ou um... nome artístico, se é que o termo se aplicava à arte. — O que fazia meu pai ainda ser um suspeito possível. Senti algumas dessas bolhas internas estourarem.

Ela fez uma pausa enquanto pensava sobre isso.

— Sim, mas todos eles andavam no mesmo círculo e, pelo que eu posso ver, ainda andam, pelo menos às vezes. Se um desses homens pintou isso — ela apontou para a pintura em seu colo —, então não seria surpreendente que ele tivesse dado um presente para um de seus amigos, certo? Ou eles a compraram em algum momento? De qualquer forma, já demos um passo à frente.

A expressão dela estava cheia de tanta empolgação esperançosa que meu peito se apertou. Parecia de repente imperativo que essa mulher encontrasse as respostas que estava buscando. Mesmo que M.S. *fosse* meu próprio pai.

Qualquer coisa a mais parecia uma injustiça de proporções épicas.

Afinal, todos mereciam saber de onde tinham vindo, não é? Meu direito de nascimento e as responsabilidades que ele carregava, junto com as recompensas que naturalmente permitia, haviam traçado um caminho diante de mim que eu seguira durante minha vida toda. Eu sabia o que era se beneficiar por ter certeza do seu lugar no mundo. Eu sabia a confiança que isso proporcionava.

— Deixe-me ajudar — disse.

O olhar dela se movia pelo meu rosto como se estivesse procurando algo.

— Gage, duvido que você tenha tempo para ajudar em uma busca por...

— Eu vou arranjar tempo, Rory. É... importante para mim. Essas pessoas fazem parte da comunidade na qual cresci. Sinto uma certa responsabilidade se um deles cometeu uma injustiça contra sua mãe. Além disso, eu os conheço e tenho acesso a lugares onde você talvez não consiga entrar. Eles me consideram um deles. Eu *sou* um deles.

Ela soltou um longo suspiro, desviando o olhar momentaneamente como se estivesse considerando minhas palavras. Finalmente, olhou de volta para mim e assentiu.

— Agradeço por isso. Obrigada.

Um alívio me percorreu e eu nem mesmo sabia exatamente por quê. Passar mais tempo com Rory só complicava as coisas, complicações que eu não precisava e que não serviam para nenhum propósito final. Eu não era de diversões sem sentido. Nunca havia sido.

Bem, exceto uma vez com a mesma mulher em uma mesa de sinuca na taverna de sua cidade natal.

E por que eu não conseguia tirar da mente aquela marca perfeita no feltro verde, grande e em cores vivas?

E o que havia em Rory Casteel que me fazia agir de maneiras que eu nunca havia agido antes, me envolvendo em atividades que não faziam meus próprios objetivos avançarem de nenhuma forma? E, ainda assim, parecia que eu não era capaz de parar.

Ela estava olhando para a pintura outra vez, uma pequena ruga entre as sobrancelhas.

— Este é o Lago Pelion, certo?

Assenti. Reconheci a curva da costa e das colinas subindo para o norte.

— Você consegue dizer exatamente de onde isso pode ter sido pintado?

— Quer dizer em que ponto o artista estava sentado?

— Uh-hum.

Peguei a pintura dela e a virei para mim.

— Se eu tivesse que adivinhar, e presumindo que o artista estava pintando o lago enquanto o olhava e não de memória, eu diria que foi feito mais ou menos de onde o Metropolitan Club está situado, no topo de uma colina.

— Era isso que eu estava pensando, especialmente porque é óbvio que o lago foi pintado de um ponto mais alto. — Ela fez uma pausa. — Você acha que é muito tarde para ligar para a sra. Ramsbottom?

Olhei para o relógio iluminado no meu fogão. Já passava um pouco depois das oito.

— Não. Mas o que você vai dizer?

Ela mordeu o lábio por um momento.

— Acho que posso dizer que estou tendo dificuldades para avaliar a pintura e estava me perguntando se ela poderia me dar mais informações.

Assenti, começando a devolver a pintura, quando notei uma ponta de papel branco saindo de debaixo do forro atrás da moldura. Puxei e mais um pouco saiu, indicando que havia um pedaço maior de algo dentro.

— O que é isso? — ela perguntou.

— Não sei. Espere um pouco. — Coloquei a pintura na mesa e me levantei para ir à cozinha pegar uma faca de manteiga e outra com uma lâmina mais afiada. Voltei e usei as ferramentas para desencaixar com cuidado a peça de madeira interna. Parecia que a parte de trás da moldura havia sido construída à mão e estava bem fixada, mas quando fiz um pouco de pressão, a seção do meio se soltou. Peguei-a e a coloquei de lado, e Rory deu um suspiro quando revelou um bilhete dobrado dentro.

Ela o pegou e vi que sua mão estava ligeiramente trêmula.

— É uma página do diário da minha mãe — disse ela. — Reconheço o papel.

— Abra-o.

Ela fez isso, desdobrando-o com cuidado e depois o colocando sobre a parte de trás aberta da pintura. Ambos nos inclinamos para a frente e começamos a ler os dizeres na mesma escrita curvada e reconhecível que eu agora sabia pertencer à mãe de Rory.

Os homens que fundaram o clube onde trabalho se reúnem todas as terças e quintas à noite. Foi dito bem claro para nós, atendentes, que nunca, jamais, deveríamos discutir as coisas que poderíamos ouvir ao desempenhar nossas funções. Eles até nos fizeram assinar um contrato.

Na semana passada, fui chamada para substituir uma das outras garotas que estava doente, e acho que fiz um trabalho decente, porque fui solicitada para servir o grupo de cinco homens outra vez. Não é como se o trabalho fosse tão difícil, então não consigo imaginar que eles tenham especificamente me solicitado só porque fiz um esforço sobre-humano para servir seu vinho do Porto e cortar seus charutos. Não, acho que um deles está interessado em mim. É a palavra certa para quando um homem mais velho e muito mais poderoso te observa e faz questão de usar seu nome constantemente? Não sei, porque ele me faz sentir tanto lisonjeada quanto um pouco assustada. Não que não seja atraente. Ele definitivamente é. E é o retrato da decência. Mas quase sinto que não importa se o acho atraente e respeitoso ou não. Esse homem é alguém acostumado a conseguir o que quer, independentemente de quaisquer outros detalhes.

Ou talvez eu esteja me dando crédito demais e imaginando seu interesse quando, na verdade, ele só está sendo educado. É difícil saber, porque os homens de Mud Gulch não guardam nada para a imaginação. Se eles estão interessados, deixam claro e você pode aceitar ou rejeitar, mas sabe exatamente com o que está lidando. Esses homens, porém, com seus olhares por trás da fumaça e seus leves toques com o dedo mínimo sobre sua mão quando você está pegando o copo da mão deles. Tipo, o que você quer, cara? Ou seu dedo teve apenas um pequeno espasmo muscular? Como essas mulheres ricas conseguem se relacionar é um mistério para mim, porque seus homens são confusos pra cacete.

Eles também são bem entediantes. Considerando o acordo de confidencialidade, eu estava ansiosa para ouvir todos os tipos de segredos chocantes sobre onde os corpos dos seus inimigos estão enterrados, mas nada. Todos os figurões só falam sobre contratos de negócios e leis fiscais. Tipo, que tal evitar toda a papelada e mensalidades de clube absurdamente caras e enviar um e-mail como o resto do mundo?

Enfim, comecei a sair depois do trabalho com algumas das outras atendentes e é bom ter algumas amigas com quem posso desabafar sobre os clientes (dentro dos limites, claro; não estou a fim de ser processada por quebra de contrato). Elas são todas locais e também me contaram algumas fofocas de Pelion e Calliope, e me mostraram os melhores lugares para comer, onde posso encontrar um pedaço de praia com privacidade, e assim por diante.

Amanhã vou jantar na casa de Lys. Deve ser interessante. Enfim, tenho que ir. Já é quase sete e meia e preciso estar no trabalho para servir os Cinco Misteriosos. É melhor eu começar a praticar meu olhar distante e estoico agora.

CAPÍTULO DEZESSEIS

GAGE

— Sra. Ramsbottom, muito obrigada por retornar a ligação — disse Rory, voltando seu olhar para mim enquanto colocava o celular no viva-voz e o segurava em frente a ela.

Eu me aproximei para ouvir o que a mulher estava dizendo, o perfume fresco de banho de Rory invadindo meus sentidos e me fazendo querer me inclinar ainda mais para perto. Resistir foi difícil, apesar de todos os instintos me compelirem a enfiar o nariz na lateral do seu pescoço e respirar um pouco mais do seu aroma.

Nada fraternal, Buchanan. Nem um pouco.

Não, e nem era a sensação de excitação que eu sentia na região da virilha.

Mesmo que as iniciais M.S. tivessem me dado pelo menos um sopro de esperança de que eu não estava de fato profundamente atraído pela minha irmã.

Virei a cabeça para não ser tentado a decifrar seu cheiro, camada por camada, da mesma forma que fazia ao comer algo delicioso, meu cérebro automaticamente separando o alecrim e o vinho branco enquanto eu girava os sabores na língua...

— De nada, sra. Castle — respondeu a sra. Ramsbottom, o tom pomposo da velha me tirando dos pensamentos. — Encontrou algo interessante nas peças?

Rory havia ligado para a propriedade dos Ramsbottom na noite anterior, quando tinha recebido a informação de que a sra. Ramsbottom estava em um evento, e a mulher finalmente estava ligando de volta agora. Era uma boa hora, no entanto, pois eu acabava de chegar à casa de Faith, só poucos minutos antes, já que Rory e eu havíamos planejado sair para tomar café da manhã e elaborar uma estratégia. *Depois* que ela retornasse de suas obrigações de passear com os cães, claro, que aparentemente consistiam tanto em caminhar com seus novos amigos de quatro patas locais quanto conversar por FaceTime com seus doguinhos.

— Bem, não tenho certeza se descobri algo ou não — respondeu Rory. — Gostaria de mais informações sobre uma das peças que a senhora me entregou. Era a menor das quatro, uma pintura que parece ser do Lago Pelion.

— Ah, sim — disse a sra. Ramsbottom com um pequeno suspiro. — Sei qual é. Eu quase não a incluí, pois foi algo que a minha antiga empregada doméstica deixou para trás. Uma insuportável que não conseguia seguir as instruções mais simples, incluindo deixar um endereço de correspondência.

Rory piscou, e seu olhar se encontrou com o meu novamente.

— Ah, entendi. Então não foi feito por alguém da sua família?

— Absolutamente não. Nós, os Ramsbottom, não perdemos nosso tempo colorindo quadros de lagos, gramas e coisas do tipo.

Colorindo.

Coisas do tipo.

— Claro que não — disse Rory, me dando uma pequena piscadela. Meu lábio se contraiu enquanto eu resistia à vontade de rir em voz alta. A sra. Ramsbottom sempre tinha sido uma velha esnobe de quem eu esperava que Rory não fosse parente, pelo bem dela. E embora as iniciais no pé da pintura não se encaixassem com o nome Ramsbottom, assim como eu havia pensado sobre meu próprio pai, não podíamos descartar ninguém ainda, já que era possível que o artista usasse um pseudônimo. — A senhora, por acaso, sabe de onde a sua antiga empregada poderia ter conseguido isso? — perguntou Rory.

— Em um daqueles mercados de pulgas ou lojas de antiguidades de que ela gostava tanto, eu imagino. — Ela fez uma pausa. — Parece ser valioso?

Um tom de interesse tomou sua voz.

— Talvez — disse Rory. — O artista é muito talentoso. Fossem quais fossem os defeitos da sua empregada, ela tinha um bom olho para talento. — Rory piscou para mim e meu coração deu uma espécie de combinação de salto/compressão que me fez querer massagear o peito.

A sra. Ramsbottom fez um som de desgosto.

— Dizem que até um relógio quebrado está certo duas vezes por dia. E também que achado não é roubado. Me avise se descobrir alguma coisa sobre essa peça e as outras.

— Ah, sim, aviso, com certeza. Obrigada mais uma vez.

— De nada. A propósito, ouvi dizer que você tem feito a gentileza de passear com alguns cães da vizinhança.

— Sim, isso mesmo. A senhora tem algum que gostaria que eu incluísse na lista?

— Tenho. O nome dele é Elwood.

Rory sorriu.

— Passo para pegar o Elwood amanhã às onze, tudo bem para a senhora?

— Maravilhoso. Tenha um bom dia, srta. Castle.

Rory desligou e abaixou o celular.

— Então, se a sra. Ramsbottom conhece a família dela tão bem quanto pensa que conhece, não foi um Ramsbottom quem pintou isso.

— O que significa que você não é uma Ramsbottom.

— Agradeço por isso. Faço o meu melhor para não ser.

Lancei-lhe um sorriso irônico.

— Então, a empregada insuportável dela, que provavelmente não é insuportável, comprou a pintura em uma loja de antiguidades ou mercado de pulgas.

— Você conhece algum na área?

— Existem alguns. — Pensei um pouco. Minha mãe gostava de antiguidades, mas normalmente participava de leilões na internet. E explorar mercados de pulgas não era realmente o estilo da maior parte da comunidade de Calliope Hills. Esfreguei o lábio inferior. Poderíamos simplesmente procurar os mais próximos no Google, ou... — Sabe quem poderia nos dizer a quais devemos ir primeiro? Haven Hale.

— Quem é Haven Hale?

— Ela é dona de um viveiro nos arredores da cidade e é casada com o chefe de polícia de Pelion, Travis. E, pelo que sei, ela frequenta todos os mercados de pulgas em um raio de cem quilômetros. Sempre que encontro ela e Travis na cidade, eles estão indo para um outro desses.

Rory assentiu. Ela inclinou a cabeça enquanto me considerava.

— Tem certeza de que está disposto a fazer isso? Quero dizer, é sábado. Você não preferiria um dia de descanso num veleiro ou o que quer que faça no seu tempo livre, em vez de caçar em lojas de antiguidades?

— Você viu as fotos, não viu?

Eu sabia o motivo pelo qual ela havia mencionado velejar. Minha mãe tinha fotos emolduradas de todas as corridas em que eu havia competido quando era membro da equipe de vela da escola. O que minha mãe não sabia — o que ninguém sabia — era que eu odiava as corridas e ficava enjoado no mar. E ainda assim, fazia isso porque todos os filhos das famílias mais ricas de Calliope o faziam, e meus pais adoravam me ver ganhar.

— Meus dias de navegação acabaram — eu disse, com as palavras cortadas, e pelo vislumbre de surpresa no rosto de Rory, pude perceber que ela notou. Respirei fundo e soltei o ar lentamente. — Não tinha planos para hoje e, como eu disse, quero ajudar. Estou empenhado nisso agora.

Ela me observou com uma expressão de avaliação.

— Bem, tudo bem então, se você tem certeza. Obrigada mais uma vez. — Ela pegou a bolsa e se virou para mim. — Pronto?

Enquanto caminhávamos até meu carro depois de trancar a casa térrea de Faith, ela perguntou:

— Por que seus dias de navegação acabaram? Para alguém que vive ao lado de um lago, eu acharia que você estaria na água o tempo todo se realmente amasse a vela.

— Não amo a vela — respondi enquanto abria a porta para ela entrar. Rory entrou e eu fui para o meu lado do carro, onde ela já estava virada para mim.

— Se você não ama, por que velejava?

Dei de ombros.

— Todos os filhos dos amigos do meu pai estavam na equipe de vela. E eu era bom nisso.

— Pelas fotos, parecia que você era mais do que bom nisso.

Eu era. Eu era o melhor.

— Também participei da equipe de remo na faculdade, mas quando me formei, passei meu espírito competitivo para o mundo dos negócios.

O olhar de Rory se moveu pelo meu rosto, uma leve ruga entre as sobrancelhas.

— Eu não sabia que as pessoas podiam se destacar em coisas que não gostam — comentou ela. — Eu acharia que o compromisso em ser excelente exigiria um certo nível de paixão.

Paixão. Lá estava aquela palavra outra vez.

— Sou bom em muitas coisas de que não gosto — eu disse. *Por que eu falei isso?* Era verdade? Virei uma esquina um pouco rápido demais, e Rory agarrou a alça perto da cabeça e soltou uma risadinha curta.

— Por que se dar ao trabalho de ser ótimo em algo se isso não traz alegria? Quero dizer, eu sei que as pessoas às vezes têm que fazer trabalhos de que não gostam por necessidade, mas recreação?

— Fazia meu pai feliz. Como eu falei, ele fez muitos sacrifícios. Mas meus pais não só se esforçaram para viver a vida que vivem, como também se esforçaram muito para ter uma família. Eles tentaram por muitos, muitos anos ter filhos e já tinham quase desistido quando eu fui concebido. Na verdade, eles já haviam iniciado o processo de adoção quando minha mãe milagrosamente engravidou de mim. Os médicos tinham dito que era praticamente impossível e ainda assim... aí estava eu. Minha irmã Lexi chegou em nossa casa quando eu só tinha seis meses, por isso nossa idade é tão próxima.

O prêmio de consolação, ela chamava a si mesma, brincando. Significando que eu, claro, era o prêmio principal, aquele pelo qual eles nunca tinham esperado, mas que haviam ganhado assim mesmo. *Sua sorte inesperada. Eles teriam cancelado o cadastro na agência de adoção se tivessem pensado nisso quando a mamãe descobriu que estava grávida*, Lexi me disse uma vez. *Mas então eles receberam a ligação de que uma mãe biológica os havia escolhido, ela continuou, e não pensaram que havia uma saída, então seguiram em frente e me pegaram, mesmo que já tivessem recebido o que realmente queriam quando ganharam você.*

Sabe qual era a questão? Ela provavelmente estava certa. E eu não dizia isso porque meus pais não eram generosos, pessoas bondosas que amavam Lexi completamente. Um pouco antiquados talvez, mas meu pai queria um filho homem para seguir seus passos, um herdeiro que se preocupasse tanto quanto ele com a empresa que havia construído com tanto esforço. Ele queria dar a vida que nunca tinha dado para seus filhos, e queria ter a certeza de que todos os sacrifícios que fez foram porque ele estava deixando um legado que significasse que os Buchanan que viriam depois dele teriam a riqueza e a segurança que ele nunca tinha tido quando era criança e adolescente.

E, sinceramente? Foi uma boa coisa eu ter nascido, porque Lexi não tinha absolutamente nenhum interesse no mundo dos negócios.

Rory me observava com aquele olhar que me dizia que suas engrenagens estavam girando.

— Ah, entendi — disse ela.

Sim, ela devia entender mesmo. Eu sabia o que ela estava pensando, não apenas porque tinha dito uma versão disso antes, mas porque, se eu estivesse olhando de fora, talvez pensasse a mesma coisa: *isso é muita pressão*. E... sim, tudo bem, *era*. E estar com Rory, saindo da caixa em que eu tinha vivido a vida toda — mesmo que temporariamente —, estava me fazendo perceber o quanto. Mas eu deveria sentir pena de mim mesmo porque tinha vivido uma vida de luxo, com a garantia de que havia uma empresa multimilionária esperando para eu administrar? Quantos outros dariam um braço e uma perna para ter esse tipo de "pressão"?

— Eu sei que parece pressão — falei, expressando meu pensamento. — E é, mas, meu Deus, também é sorte. Eu nasci nesta vida de extremo privilégio em que não precisei de nada a minha vida inteira. Fui coberto de amor. — Pausei, visualizando a expressão do meu pai quando eu atendia ou superava o que eu entendia serem suas expectativas. — Orgulho misturado com uma gratidão intensa, como se eu fosse tudo que ele sempre tinha desejado e mais. — Se meu pai, que saiu do nada e subiu na vida por esforço próprio, quer um legado, por que não deveria tê-lo?

— Porque você não é um legado, é uma alma humana — disse ela suavemente.

Minhas mãos apertaram o volante. Suas palavras fizeram algo se alojar na minha garganta, algo que fiz esforço para engolir. Também me senti inexplicavelmente na defensiva.

— Não parece ser um grande sacrifício — retruquei.

— Ser perfeito?

Soltei uma risada áspera e pude ouvir que havia soado tão defensiva quanto eu me sentia.

— Ninguém nunca me pediu para ser perfeito. — Me lembrei vagamente de ter dito algo sobre não ser perfeito quando transamos, mas não conseguia recordar mais do que isso. Esperava que ela não se lembrasse das minhas palavras exatas também, porque eu não estava no controle do que dizia, Meus pensamentos foram saindo da minha boca sem inibição, pois o filtro entre meu cérebro e minha língua parecia ter se derretido pela onda de luxúria. Mas isso provavelmente tinha sido honestidade, não? Eu teria dificuldade em inventar uma mentira nesses momentos intensos. E então... ok, talvez ninguém nunca tivesse me pedido diretamente para ser perfeito, mas eu estava muito ciente de que era isso que minha família esperava que eu buscasse.

— Então você só deve tratar tudo isso com naturalidade — disse ela com um sorriso, obviamente sentindo a tensão e tentando dissipá-la.

— Você mal me conhece, Rory — respondi. O rosto dela esmoreceu um pouco e senti uma pequena pontada interna, sabendo que tinha dito isso para afastá-la porque me senti atacado por algum motivo que não conseguia identificar.

— Não, você está certo, não conheço. Desculpa se pareceu que eu estava te julgando...

— Não, me desculpa. — Balancei a cabeça. — Foi grosseiro. É só que... eu acho que sinto alguma pressão para ser o chamado filho perfeito. Mas posso lidar com isso. A pressão não *vem sempre* com o privilégio? Eu levo isso a sério. Quero ser um bom administrador de tudo o que me foi confiado. Nunca tentaria fazer o papel de pobre menino rico. Me sinto honrado em seguir os passos do meu pai. Me sinto honrado em ter a chance de continuar o legado dele.

Ela assentiu e me deu outro sorriso que jurei ter uma dose de tristeza.

— Eu entendo. E não discordo. Você é uma boa pessoa, Gage.

Algo sobre isso também me incomodou e eu não sabia o que era. Qual era a dessa garota, que me deixava tão confuso sobre coisas que eu tinha certeza ao longo da vida? Eu não gostava de nada disso e, ainda assim, parecia que não conseguia ficar longe dela.

— Fica logo ali — avisei, apontando pela janela e mudando de assunto.

Passamos pelo bosque de álamos, e o brilho do lago surgiu à vista enquanto fazíamos a curva, o cais que Travis havia reconstruído anos atrás se estendendo na água onde um barco a remo branco estava ancorado.

— É lindo aqui — elogiou ela enquanto virávamos para a estrada de cascalho que levava ao Portal da Haven – Plantas e Jardinagem. O terreno havia pertencido ao pai de Travis, Connor Hale, e Travis o dera a Haven para construir seu negócio, um negócio que estava obviamente prosperando.

O estacionamento estava quase cheio numa manhã de sábado, clientes puxando carrinhos carregados com plantas e flores para seus carros, onde poderiam descarregar no porta-malas.

O número de veículos no estacionamento não era a única razão pela qual eu sabia que a empresa de Haven era bem-sucedida. Minha própria mãe havia contratado Haven para instalar um jardim francês chamado *parterre* que, desde o almoço de primavera das senhoras, onde ela o havia exibido, se tornou a grande moda entre a alta sociedade de Calliope. Ouvi várias mulheres se queixarem à minha mãe que não tinham conseguido marcar uma data para a instalação por muitos meses.

E agora Haven estava ocupada também com o design de fontes.

Estacionei perto do fundo e Rory e eu saímos do carro, esmagando cascalho sob nossos pés. À medida que começamos a caminhar em direção ao celeiro vermelho, um casal de vira-latas surgiu correndo de dentro, e Rory parou, inclinando-se para a frente e batendo as mãos nas pernas enquanto um sorriso se espalhava pelo rosto. Observei enquanto os dois corriam alegremente em sua direção e ela se agachava, os cães colidindo com a humana em uma confusão de risadas, latidos alegres, caudas balançando e declarações de "que boa menina". Sério, era difícil dizer o que vinha de onde, pois Rory se tornara facilmente parte do pequeno grupo.

Depois de alguns minutos, ela se levantou, limpando-se, com os cães ainda choramingando alegremente e esfregando a cabeça em suas pernas. Ela olhou para mim e, de repente, percebi que estava sorrindo tanto que podia até sentir a brisa nos dentes.

— Que história é essa entre você e os cães? — perguntei enquanto ela soltava outra risada, coçando o cachorro preto e branco embaixo do queixo enquanto o outro se deitava aos seus pés como se estivesse marcando território.

Ela deu de ombros.

— Eu amo cachorros. Eu os entendo. Não sei. Sempre foi assim. Não merecemos os cães — disse ela com um sorriso. — Mas os temos mesmo assim.

Ficamos ali sorrindo um para o outro, o cachorro que ela estava acariciando esfregando a cabeça na minha perna, então olhei para baixo. Ela estava me olhando com a língua pendendo da boca, como se também estivesse sorrindo.

— Você gosta de cachorro? — Rory indagou suavemente e com um tom de dúvida, como se minha resposta pudesse causar grande tristeza a ela.

Se eu gostava de cachorro? Por algum motivo, senti que lhe devia uma resposta pensativa, nem exagerada nem superficial. Agachei-me lentamente da mesma forma que ela havia feito e olhei a cadela nos olhos, coçando-a embaixo do queixo. Ela inclinou a cabeça, me estudando como se tentasse me ler, entendendo, de alguma forma, que eu não responderia com a mesma empolgação que Rory tinha para um comportamento energético.

— Acho que sim. Nunca tive um cachorro, nem quando era criança nem agora adulto. Meu pai ama animais. Nós gerenciamos várias fundações que protegem a vida selvagem e apoiam organizações de resgate, mas meus pais viajavam muito e meu pai trabalhava até tarde, então nunca tivemos um animal de estimação na família. Não tive muita interação com eles. Eu não... *des*gosto de cachorro. — Pareciam criaturas felizes. Eu conhecia muitas pessoas boas que eram muito ligadas aos seus cães. Que me diziam que eles eram leais. Continuei coçando a vira-lata embaixo do queixo por mais alguns minutos e depois me levantei. Ambos os cães correram para dentro do celeiro vermelho.

— Gage, é você?

Virei e vi Haven caminhando em nossa direção, espiando entre uma grande planta em seus braços que parecia meio morta.

— Haven — eu disse quando ela se aproximou e colocou a planta no chão. — Justamente a pessoa que eu estava procurando. — Sorri. — Esta é Rory... Castle. Ela é... uma avaliadora de arte que trabalha para Faith Lorenz.

Deus, eu era um mentiroso horrível. Tinha que parar de hesitar antes de cada mentira.

Rory me deu uma breve inclinação da sobrancelha como quem parecia me pedir desculpas. Pareceu-me ser um reconhecimento de que eu estava oficialmente espalhando a mentira e ela autorizava. Mas eu não ia comprometer sua identidade, e ela já havia se apresentado como a nova funcionária de Faith, então eu estava meio que preso.

— Ah. — Haven sorriu e limpou a mão nos shorts jeans. — Bem-vinda à cidade.

Rory apertou a mão dela e sorriu.

— Obrigada.

— Vejo que você perdeu uma — falei, acenando para a planta a seus pés.

— Não se depender de mim — respondeu Haven, enquanto colocava as mãos na cintura. — Vou replantá-la perto da cerca ali. — Ela apontou para uma cerca branca de trilhos divididos que parecia ter sido recentemente instalada. — Acho que ela só está fazendo drama sobre a quantidade de sol que quer.

— Seu viveiro é lindo — elogiou Rory, ao olhar ao redor, do encantador celeiro vermelho ao distante pomar atrás dele, com altas macieiras se estendendo até o céu azul-claro.

— Obrigada — disse Haven, um orgulho óbvio preenchendo sua expressão enquanto ela também olhava ao redor para as pessoas que estavam examinando os vasos de flores escalonados em prateleiras na frente do celeiro. — Tem sido um trabalho de amor. — Ela olhou de volta para Rory. — Ei, vamos fazer uma fogueira de Quatro de Julho aqui se você estiver interessada. Muito simples, nada sofisticado, mas adoraríamos receber você.

— Muito obrigada, Haven. É muita gentileza a sua.

— Você também, claro, Gage — falou Haven. — Enfim, você disse que estava me procurando?

Pigarreei.

— Sim. Rory e eu estamos em uma espécie de caça ao tesouro. — Sorri para ela. — É uma longa história, mas estamos tentando encontrar algumas informações sobre uma peça de arte que aparentemente foi comprada em uma loja de antiguidades ou em um mercado de pulgas e esperamos encontrar mais peças do mesmo artista. Pensamos que você poderia nos indicar o melhor lugar para começar.

— Ah! Claro, eu posso ajudar com isso. — Ela deu uma risadinha curta. — Acho que já passei por todos os lugares na região. Que tipo de arte é? Não que eu saiba algo muito específico, mas é nova ou antiga?

— Provavelmente tem uns vinte e sete anos e foi feita por alguém daqui — explicou Rory.

— Ok, então não um verdadeiro antiquário. — Ela roeu o interior da bochecha por um segundo. — Eu começaria no Pink Elephant. A dona tem uma mistura eclética de coisas, desde móveis e pinturas antigas até peças mais artesanais. Ela tem um bom olho e pega coisas de artistas locais. Depois do Pink Elephant, tente o Ruby's Slippers. A maioria é roupa vintage, mas a dona da loja também tem pinturas nas paredes à venda que ela compra em mercados de pulgas.

— Eu sabia que você era a pessoa certa para perguntar — eu disse. — Muito obrigado, Haven.

— O prazer é meu — devolveu ela com um sorriso enquanto se abaixava e pegava a planta. — Prazer em conhecer você, Rory.

— Igualmente, Haven.

Ela se virou e se dirigiu para a cerca onde, ao que parecia, tentaria atender às necessidades de uma planta exageradamente dramática. Rory deu uma última olhada ao redor, um pequeno sorriso curvando seus lábios. Ela suspirou como se quase odiasse deixar o lugar, e então fomos em direção ao meu carro.

— Pronta para a caça ao tesouro, Bolinhos? — perguntei ao ligar a ignição.

— Nasci pronta, Ivy League — disse ela com uma risada.

CAPÍTULO DEZESSETE

RORY

O Pink Elephant ficava situado na área central, logo abaixo da rodovia que vinha de Calliope. Quando entramos na loja escura, a dona, que estava sentada em um banquinho atrás do balcão, perto do fundo, tirou os fones de ouvido e nos deu um sorriso. O suave barulho do ventilador de teto zunia acima de nós.

— Bem-vindos! Posso ajudar a encontrar algo específico, ou estão apenas conhecendo a loja?

— Oi — eu disse. — Espero que você possa nos ajudar. Estamos procurando aquarelas que provavelmente foram feitas por um artista local que estamos tentando identificar. Temos uma de uma parte do Lago Pelion que acreditamos ter sido feita há cerca de vinte e sete anos, mas pode haver algumas mais recentes. As iniciais no canto dizem *M.S.* Você tem algo assim? — De repente, desejei ter tirado uma foto da aquarela no meu celular para podermos mostrar, mas também tinha quase certeza de que reconheceríamos uma das pinturas se a víssemos.

— Um artista local? — perguntou a mulher mais velha, de cabelos grisalhos. — Humm. Se eu tiver algo que se encaixe nessa descrição, estaria nos fundos, em uma das caixas de quadros. — Ela apontou para a esquerda, onde havia uma porta que descia alguns degraus até outra sala. — Qualquer coisa que acho mais valiosa, eu penduro na parede — continuou ela enquanto olhava para cima e acenava com o braço ao redor —, mas atualmente não tenho muita coisa. Pinturas antigas, especialmente assinadas, são populares agora, e não houve muitas vendas de propriedades nos últimos meses. Acho que eu deveria estar feliz pelo fato de ninguém ter morrido recentemente, mas isso também não é ótimo para os negócios — ela disse com uma risadinha. — Enfim, fiquem à vontade.

— Obrigada.

— Obrigado — Gage e eu falamos ao mesmo tempo enquanto nos dirigíamos para a sala dos fundos. Estava mais quente ali atrás, pois não havia ventilador de teto para fazer o ar circular. E sem o benefício da porta de vidro da frente, que deixava entrar um pouco de luz, estava muito mais escuro. Cheirava a pot-pourri e eucalipto, aromas que evocavam a casa da minha avó antes de minha mãe e eu nos mudarmos e a transformarmos em nosso lar. Ouvi a porta da frente se abrir e a dona da loja cumprimentar alguns clientes, envolvendo-se em uma conversa.

Contornei a grande estante no meio da sala que continha velas e outros itens obviamente artesanais, enquanto Gage se dirigia para as três caixas de madeira no chão, cheias de obras de arte emolduradas.

Ele se inclinou e começou a examinar a primeira caixa, olhando cada pintura enquanto a apoiava contra a anterior. Eu também me inclinei e olhei por cima do ombro dele enquanto ele trabalhava. Seus movimentos diminuíram e me dei conta de como estávamos próximos, seu cheiro inconfundível, mais profundo e complexo do que no carro. Eu podia sentir sua colônia, mas também sua pele e a canela em sua respiração. Uma avalanche de visões voltou à minha mente enquanto eu o inalava, lembranças de quando experimentei pela primeira vez o cheiro de sua pele e o gosto de sua língua.

Meus mamilos endureceram e uma pequena sensação tomou conta do núcleo entre as minhas coxas, e o burburinho e as risadas das mulheres na frente da loja desapareceram enquanto o sangue zumbia nos meus ouvidos. Gage virou outra moldura e eu vi a pintura a óleo de um farol. Ele pareceu prender a respiração. *Eu deveria me afastar.* O ar parecia engrossar, e as moléculas no espaço entre nós se expandiram. Me senti zonza, mas também hiperconsciente. Deus, eu não conseguia evitar. Toda vez que esse homem se aproximava de mim, eu queria ficar nua.

Estava desesperada para sentir o deslizamento lento do seu corpo sobre o meu. *Dentro* de mim. *Eu definitivamente preciso me afastar*. Só que eu não queria. E embora parecesse perigoso, havia também segurança no fato de estarmos em um lugar público, então me endireitei, tomando o que podia. Tudo o que eu ousava.

— Rory — ele disse, e sua voz soava tão grossa quanto o que estava preso na minha própria garganta. Seu dedo se mexeu e ele virou outra moldura. Pisquei quando meu olhar pousou em uma aquarela menor de um lago, uma margem e...

— Puta que pariu — soltei, alcançando e puxando-a da pilha. Meus olhos encontraram os seus quando ele se virou. Pareciam ligeiramente vidrados, seus lábios entreabertos antes de piscar e se mover para ficar ao meu lado, para que ambos pudéssemos olhar para a arte agora familiar.

— M.S. — sussurrei. — Caramba — repeti. — Gage, encontramos uma.

— Olhe na outra caixa — ele instruiu, inclinando-se para a segunda. Hesitei apenas por um momento e depois fui para a terceira. Meus membros ainda pareciam ligeiramente trêmulos, não por encontrar uma pintura, embora meu coração agora estivesse batendo em um ritmo acelerado, mas por minha reação de estar tão perto de Gage... de ficar ali enquanto meu sangue aquecia e meu corpo amolecia em resposta ao meu desejo por ele.

No fundo da caixa havia outro original de M.S.

— Gage! — chamei, puxando a pintura para fora. Ele se virou, abandonando a caixa, cujo fundo ele acabava de alcançar.

— Duas — ele murmurou enquanto novamente vinha se posicionar ao meu lado para que pudéssemos olhar juntos para a pintura. Esta era principalmente de árvores, com um trecho de costa rochosa.

Senti vontade de comemorar e chorar ao mesmo tempo, e *ainda* estava um pouco excitada. Dei um passo para trás.

— Vamos perguntar à dona da loja sobre essas pinturas — eu disse.

Fomos em direção à parte da frente, onde os dois clientes com quem ela estava conversando agora olhavam uma prateleira perto da vitrine.

— Meu Deus do céu! — Ela levou as mãos à boca quando viu que eu estava carregando duas pinturas. — Vocês encontraram o que estavam procurando?

— Encontramos — respondi, o entusiasmo evidente na minha voz. — Estas são do mesmo artista. — Coloquei-as no balcão de mogno. — Você consegue nos dizer onde as encontrou?

Ela franziu a testa enquanto batia o dedo no queixo.

— Desculpa, mas não consigo me lembrar. A maioria dessas peças lá nos fundos eu tenho há muitos anos. Minha filha costumava me ajudar a coletar itens para minha loja antes de se casar e se mudar para New Hampshire, então há uma chance de que ela tenha pegado essas. Eu acrescento algo à coleção de vez em quando, mas raramente faço um levantamento.

Meus ombros caíram. *Droga*.

— Você consegue nos dizer qualquer coisa sobre essas pinturas? — A ironia de eu estar me passando por uma avaliadora de arte e ainda assim pedir uma opinião profissional sobre duas peças não me escapou.

— Humm — ela murmurou enquanto se inclinava para a frente e examinava as duas pinturas, movendo a cabeça enquanto olhava de uma para a outra. — Eu diria que são encantadoras, mas não têm uma técnica magistral. O artista parece ter um talento para evocar emoções.

— Sim — concordei, encantada com o fato de que minha avaliação instintiva coincidisse com a opinião mais informada dessa mulher.

Gage se aproximou de mim enquanto tirava um cartão de visitas da carteira.

— Se por acaso você se lembrar de onde conseguiu essas, ou encontrar outras semelhantes com essas iniciais, pode me ligar?

A mulher pegou o cartão e olhou para ele.

— Pode deixar, sr. Buchanan.

Me movi para pegar meu cartão de crédito na pequena carteira que eu carregava pendurada no pulso, mas a mulher me afastou com um gesto.

— Sem cobrança. Considere como minha contribuição para identificar o seu artista.

Soltei um suspiro enquanto abaixava o braço.

— É muita generosidade a sua. Mal posso acreditar — falei enquanto caminhávamos para o carro de Gage. Ele sorriu para mim.

— Nossa caça ao tesouro começou com o pé direito — disse ele. — Mas você sabe o que estou pensando, né?

Olhei por cima do ombro para ele enquanto ele abria minha porta.

— Se há outra página de diário por trás das pinturas?

— Exatamente. Entre e vamos descobrir.

Ele deu a volta no carro, entrou e começou a pegar uma das pinturas do meu colo, mas coloquei a mão na dele.

— Vamos abrir a parte de trás dessas quando voltarmos para a casa de Faith. — Vi Gage assentir na minha visão periférica enquanto eu passava a mão sobre o vidro, e meu coração deu um pulo. *Meu pai as pintou. A mão dele desenhou estas linhas.* Estiquei meus dedos, me perguntando quais partes de mim, que obviamente não tinham vindo da minha mãe, tinham vindo dele. Ou talvez da mãe dele, ou da avó antes dela. De repente, me senti parte de um todo maior, enquanto, durante toda a minha vida, eu só havia me considerado uma Casteel de Mud Gulch. Meu pai e sua família pareciam próximos de repente, mais próximos do que jamais haviam estado, e percebi que, desde que eu havia chegado à região do Lago Pelion, não sentia aquele *chamado* que havia experimentado durante toda a minha vida.

Será que eu estava tão envolvida na minha caça ao tesouro que não percebi? Ou será que tinha desaparecido porque eu havia chegado exatamente onde deveria estar?

Me senti *energizada*, não apenas porque acabara de encontrar duas obras de arte, mas porque a última página do diário que havíamos lido mencionava um dos fundadores flertar com a minha mãe, o que reforçava que eu estava no caminho certo. *Ele* era o homem importante de quem ela havia me falado. Eu estava incrivelmente feliz por ter corrido o risco e seguido o que acreditava ser um empurrãozinho da minha mãe.

Deitei a cabeça no couro macio do carro reserva de Gage, virando-a apenas o suficiente para olhá-lo sem que ele percebesse que estava sendo observado. Meus olhos percorreram seu perfil forte, demorando-se na ruga entre as sobrancelhas. No que ele estava pensando tão intensamente? Será que percebia como franzia a testa quando pensava que ninguém estava olhando? *O que te preocupa tanto, sr. Perfeito?*

Quanto mais tempo passávamos juntos, mais clara ficava a imagem de Gage Buchanan. Eu pensava no que havíamos conversado no carro antes de chegarmos ao Portal da Haven, sobre sua constante afirmação de que se sentia honrado pela pressão de continuar o legado de seu pai. Será que ele percebia como ficava tenso quando falava sobre sua sorte incrível? Seu imenso privilégio? Seu dever de fazer seus pais felizes? Não havia alegria no assunto para Gage. Será que ele percebia que falava como se fosse ensaiado, como se tivesse repetido isso na cabeça durante toda a vida? Eu achava que não. O que me fazia suspeitar de que algo nisso era menos que natural, como se ele estivesse tentando convencer a si mesmo de algo que não era verdade.

Então, o que é verdade, Gage? Quem é você sem todas as questões de ser o filho perfeito? O que faria se pudesse fazer qualquer coisa?

Eu não sou tão perfeito quanto pareço.

Refletir sobre os sacrifícios que Gage fazia por seu pai me fez pensar em Romeo. E talvez fosse por isso que a situação de Gage me incomodava tanto. Sinceramente, ouvi-lo falar sobre isso me irritava. Talvez, de alguma forma, eu levasse para o lado pessoal, porque meu tio também tinha feito um sacrifício. Romeo havia sido forçado a ceder à pressão do compromisso familiar, apesar dos seus sonhos.

Meu olhar se afastou de Gage e se fixou na paisagem que passava pelo carro. Meu coração deu um aperto incomum ao vislumbrar a costa rochosa do lago através das árvores. Algo na paisagem parecia... familiar de alguma forma. Não, essa não era a palavra certa, e eu não conseguia exatamente descobrir qual era. Talvez porque não houvesse uma palavra única. Desde a primeira vez que eu vislumbrara esse lago, sentira uma bola de emoção subir no meu peito. Sentira alegria, saudade, paz e até... uma estranha tristeza por algo que eu não conseguia nomear. Olhei para a aquarela no meu colo. Talvez fosse porque eu estava olhando para a visão real do que meu pai tinha visto com seus próprios olhos enquanto pintava. Assim como eu podia dizer que havia amor na pintura da minha mãe, podia sentir que havia amor por esse lugar. Talvez a parte dele que amava o Lago Pelion tivesse, de alguma forma, passado para mim.

— No que você está pensando aí, hein? — perguntou Gage, me tirando da reflexão.

— No meu pai. Ele amava este lugar — falei com certeza, batendo levemente no vidro da pintura.

Gage assentiu, olhando para as peças emolduradas no meu colo.

— Concordo — disse ele, obviamente entendendo que eu estava fazendo a declaração com base na emoção presente na arte.

Senti um frio na barriga ao pensar que meu pai, naquele exato momento, poderia estar a apenas alguns quilômetros de mim.

— Ali está a Ruby's Slippers. Seria bom dar uma passada enquanto estamos aqui? Talvez a gente tenha três quadros para abrir quando voltarmos para a casa da Faith.

— Claro, não custa nada. Se você estiver disposto.

Ele sorriu, e meu coração deu um salto da mesma maneira que costumava fazer em resposta ao lampejo do sorriso branco desse homem direcionado a mim.

— Eu disse que estava dentro — confirmou ele.

Entramos no estacionamento de um pequeno centro comercial, cuja extremidade tinha um supermercados. A Ruby's Slippers estava situada no meio, e Gage estacionou em um lugar perto da porta da frente.

O brechó refrigerado pelo ar-condicionado estava deliciosamente fresco quando entramos do calor do verão. O espaço era iluminado pela luz das vitrines desobstruídas ao longo da parede da frente, e os refrões de uma música dos anos 1990 sobre um verão cruel tocavam alto no sistema de som enquanto os compradores olhavam as roupas nas araras.

— Bem-vindos a Ruby's Slippers — disse uma jovem atrás de um balcão, enquanto colocava um item em uma sacola para o cliente em frente ao caixa.

Sorri para ela e olhei ao redor enquanto absorvia as várias peças de arte emolduradas penduradas em todas as paredes, exatamente como Haven havia descrito. Gage e eu começamos a caminhar ao longo da parede à nossa esquerda, ambos olhando para cima enquanto nos movíamos. Havia pinturas originais, algumas apenas decentes, outras melhores — pelo menos de acordo com meus gostos pessoais —, mas também havia reimpressões e pôsteres. Não demoramos muito para percorrer toda a loja, sem encontrar algo que nos fizesse parar.

— Fico imaginando quantas peças do meu pai estão penduradas em Pelion e Calliope, nas casas de residentes que encontraram uma delas em uma loja como esta e apenas acharam bonita — falei.

— Sim, pensei a mesma coisa. Mas sabe, o fato de pelo menos algumas das peças dele estarem em lojas de segunda mão pode ser uma pista em si.

Mordi o lábio.

— Como assim?

Ele apoiou o cotovelo no topo de uma prateleira ao seu lado e cruzou uma perna sobre a outra enquanto obviamente pensava nas implicações.

— Bem, ou ele doou suas próprias pinturas, ou a família dele doou. Em que circunstâncias, porém? É algo em que se pensar enquanto seguimos em frente.

Assenti, mastigando meu lábio outra vez enquanto olhava para longe. *Seguimos em frente*. Se houvesse uma direção para seguir. E antes de eu voltar para casa, em algumas semanas.

Um pedaço de tecido azul chamou minha atenção, e eu pisquei, movendo-me em direção a ele e puxando-o da prateleira. Inspirei fundo.

— Meu Deus do céu! — exclamei. — Minha mãe tinha um vestido quase igual a este.

Olhei para ele, dominada pela sensação de ter sido transportada para o passado. Meu olhar correu pelo tecido brilhante, o azul parecendo mudar de tonalidade conforme eu o movia para frente e para trás, captando a luz. Tinha alças finas, era franzido na cintura e apresentava uma fenda alta na coxa direita. Era simples, mas deslumbrante.

Gage se aproximou de mim e pegou o vestido das minhas mãos, segurando-o.

— O azul... — ele murmurou. — É exatamente a tonalidade dos seus olhos.

Ele olhou para o vestido, hipnotizado.

Sorri. Sim, era semelhante, embora o vestido quase não parecesse ser de uma cor única. Minha mãe mantinha o vestido que lembrava aquele no fundo do armário. Eu o havia provado algumas vezes quando brincava de me vestir com as roupas dela. Uma vez, ela me pegou e pareceu quase zangada. Prendi a respiração, confusa com a reação dela, já que ela nunca se importou que eu mexesse em suas roupas ou bijuterias antes. Mas então ela sorriu e me disse que eu estava linda e saiu apressada. Eu não sabia o que tinha acontecido com aquele vestido. Talvez ela tivesse se livrado dele, porque não estava entre suas coisas quando finalmente encontrei forças para empacotá-las para doação.

— Por favor, me deixa comprá-lo para você — ele pediu.

Soltei uma risada baixinha.

— Não tenho absolutamente nenhum lugar para usar algo assim. Nem aqui, nem em Mud Gulch.

— Ainda assim, eu insisto — falou, indo em direção ao caixa. — Nunca vi nada que combinasse mais perfeitamente com seus olhos.

Ri enquanto o seguia. Ele falava como se tivesse acabado de voltar de uma peregrinação de toda a vida para encontrar a tonalidade dos meus olhos. Ele estava sendo gentil porque eu havia mencionado minha mãe. Talvez tivesse visto a saudade no meu olhar. Eu ia deixá-lo me presentear com o vestido porque, sinceramente, parecia um pequeno pedaço da minha mãe que eu, de alguma forma, havia perdido. Além do mais, eu tinha visto a etiqueta de preço e custava apenas trinta dólares.

Gage pagou pelo vestido e então me entregou a sacola enquanto saíamos da fila.

— Obrigada. — Sorri. — E quem sabe? Talvez algum dia eu seja convidada para um baile e isso seja útil.

— Talvez você seja.

Faith estava no escritório dos fundos comendo uma salada comprada quando chegamos à galeria.

— Oi, Gage — ela cumprimentou enquanto limpava as mãos com um guardanapo e se levantava para apertar a mão dele.

— Era para eu estar irritado com você — disse ele ao apertar a mão dela. — Mas acho que agora estamos do mesmo lado.

Ela sorriu e eu coloquei as duas pinturas na mesa redonda no meio da sala, onde estava o almoço de Faith, algumas pilhas de correspondência e o que parecia ser papelada aleatória. Os olhos dela se arregalaram e ela colocou a mão no meu braço.

— Ai, meu Deus, vocês encontraram mais duas!

— Encontramos — confirmei ao virá-las.

— E agora você vai verificar se tem páginas de diário aí. Ai, meu Deus — ela repetiu. — Espere, vou pegar um estilete. — Ela deu alguns passos até sua mesa e tirou um estilete de uma gaveta, entregando-o a

Gage quando ele estendeu a mão.

Enquanto Gage começava a remover cuidadosamente a parte de trás da moldura, eu dei a Faith uma versão rápida dos eventos que tinham acontecido desde aquela manhã, incluindo a conversa com a sra. Ramsbottom e a ida às duas lojas que Haven havia recomendado.

— O que isso significa? — Faith perguntou sussurrando, como se tivesse receio de interromper a concentração de Gage por falar alto demais. — Que essas pinturas foram doadas ou vendidas?

— A gente também estava pensando nisso — respondi no mesmo tom baixo. — Acho que há inúmeras possibilidades.

Ambos nos inclinamos para a frente, e minha respiração engatou quando Gage abriu a parte de trás da primeira moldura, revelando um pedaço de papel dobrado. Ofeguei de leve e estendi a mão trêmula para pegá-lo, colocar sobre a mesa e o abrir. Nós três nos inclinamos, e lágrimas brotaram nos meus olhos quando vi a caligrafia da minha mãe.

Ontem à noite, M.S. e eu fizemos um piquenique na beira do lago e depois ficamos até metade da noite conversando sobre tudo e mais um pouco. Ele é uma pessoa interessante e conhece muito do mundo. Esteve em tantos lugares que só sonhei em conhecer. Mas ele também tem tristeza nos olhos. É muito diferente do que pensei que era quando o conheci. Muito mais profundo e gentil.

Ele ama animais. Nunca vi um homem olhar tão profundamente nos olhos de um cachorro. É como se estivesse se comunicando com eles. Isso me faz sorrir. Eles o amam também, o que minha mãe sempre disse que significa que uma pessoa tem uma alma boa.

Ele também é inteligente. Leu praticamente todos os livros já escritos, ou pelo menos parece que leu. Está sempre citando isso ou aquilo, e eu gostaria de me lembrar dessas coisas depois, porque então eu poderia escrevê-las e refletir sobre por que significam tanto para ele. Quando eu disse que ele deve ter uma memória de elefante para recordar todas aquelas palavras, ele ficou com uma expressão preocupada e disse que gostaria de não ter.

É um homem complexo, e acho que você pode dizer que sou uma garota simples. Mas posso contar um segredo? Acho que estou me apaixonando por ele. Mais e mais a cada dia.

Dei outro suspiro, levantando a cabeça para ver que Gage já estava me observando.

— M.S. — eu disse, sentindo uma espiral de alegria que me fazia querer dançar. — Então M.S. é definitivamente meu pai. — Parei um instante, respirando fundo enquanto olhava para Faith e depois de volta para Gage. — Meu amor por animais veio dele. — Era uma conexão, uma lacuna que estava sendo preenchida.

— Não estou surpresa — disse Faith. — Do jeito que você ama cachorros... *só podia* estar no sangue.

Sorri.

— Vamos, ãh, ver se há outra página no outro — falou Gage, puxando a segunda pintura e pegando a faca. Observei-o por um momento, sentindo seu desconforto. Meu coração afundou quando de repente percebi. Ele me disse que seu pai também amava animais. Será que o pai dele era um grande leitor? Claro que era. A maioria das pessoas altamente bem-sucedidas não costumava ser? E ele também tinha viajado muito: era o que Gage tinha dito.

Me concentrei nas mãos de Gage enquanto ele mexia na parte de trás da segunda moldura, tentando ao máximo esvaziar minha mente da ideia de que ainda não podíamos descartar o pai dele, apesar das iniciais não coincidirem com o nome. Engoli em seco.

A segunda moldura parecia ter alguns danos causados por umidade e, assim, a parte traseira saiu com facilidade. Gage a deslizou de lado para revelar dois pedaços de papel com a tinta borrada em ambos. Meu coração deu um salto. Separei as páginas e as coloquei sobre a mesa da mesma forma que tinha feito com as primeiras. A página à esquerda estava apenas um pouco borrada, mas a da direita estava quase completamente arruinada, exceto por um parágrafo na parte inferior. Viramos a cabeça ao mesmo tempo para ler o que estava intacto.

Hoje encontrei aquelas garotas maldosas. Você deveria tê-las visto, todas esnobes, se exibindo como se fossem donas da cidade e de todos que moram aqui. Sabe aquela sensação que tive de que algo maravilhoso ia acontecer?
Essa ideia diminuiu um pouco quando descobri o nível das víboras que moram aqui, tenho que admitir. Enfim, acho que as coisas ficaram um pouquinho mais interessantes e sempre gostei de coisas interessantes, ou pelo menos é o que minha mãe diz, o que sei que é uma maneira gentil de dizer que costumo fazer drama. Não de propósito, eu juro. Enfim, querido diário, parece que cutuquei um ninho de cobras – e acho que devo me preparar para ser picada.

— Garotas maldosas? — perguntei. — A quem será que ela estava se referindo?

Faith deu de ombros.

— Há muitas dessas em Calliope. Se bem que isso deve ser verdade em todos os lugares.

— Concordo — eu disse.

Pelo que parecia, minha mãe simplesmente tinha batido de frente com algumas garotas locais. Ophelia Casteel nunca tinha sido do tipo que deixava um comentário maldoso ou uma ofensa óbvia passar em branco, então quem sabe se tinha sido algo além disso? Puxei a página danificada e todos nós levamos um momento para ler o que restava dela.

Acordei no meio da noite e o encontrei suando e apertando a cabeça. Fiquei apavorada. Ele me disse que às vezes tem visões. Não sabe se são memórias ou alucinações. Elas também o assustam. Mas, Deus, eu o amo. Eu o amo, e não sei como trazer paz a ele.

Olhei para Gage.

— Visões? — ele perguntou. — Ele estava sofrendo de algum transtorno mental?

— Talvez. E talvez, se ela não contou a ele sobre mim, esse tenha sido o motivo. Vocês... sabem se algum desses homens enfrentou alguma questão de saúde mental em algum momento?

Mais uma vez, Gage e Faith balançaram a cabeça.

— Não — disse Faith. — Mas não é exatamente algo que a maioria das pessoas sai contando por aí. Ainda mais se têm os meios para tratar discretamente.

— Talvez ele tenha ido embora para lidar com os traumas — sugeri. — Talvez seja por isso que ela nunca tenha contado a ele sobre mim.

— Pode ser — falou Gage. — Ou talvez não fosse um transtorno mental, mas sim um episódio de ansiedade ou depressão relacionado a alguma circunstância anterior de vida.

— Seu pai passou por isso em algum momento? — Era uma pergunta pessoal, mas eu sabia que Gage responderia honestamente para me ajudar a encontrar a verdade. Ele havia me dito que estava de cabeça nessa busca, e eu sabia que ele não estaria atravessando o Maine para me ajudar a caçar quadros se não estivesse sendo sincero.

Gage suspirou.

— Meu pai passou por uma fase difícil quando meu avô morreu. Eu era muito jovem. Sei que ele teve um relacionamento complicado com o pai. Ele nunca entrou em detalhes, mas acho que houve algum tipo de abuso envolvido.

— Ah — falei, baixinho. — Sinto muito por isso. — Olhei para Faith e depois para a página do diário, sentindo meu coração pesar por um homem que eu nunca tinha conhecido, mas que obviamente havia sofrido de alguma maneira. Eu esperava que, nos anos que se seguiram, ele tivesse encontrado a paz que minha mãe não pôde lhe dar, ou não teve a chance de lhe dar.

CAPÍTULO DEZOITO

GAGE

Vi Blakely sentada sob um guarda-sol no pátio do clube e me dirigi até ela, cumprimentando algumas pessoas conhecidas enquanto passava pelas mesas de bistrô cheias de sócios aproveitando o almoço. Blakely havia pegado um espelho e um batom enquanto eu me aproximava e, quando cheguei à mesa, ela rapidamente os guardou na bolsa ao lado de sua cadeira.

Ela se levantou.

— Gage! Que bom ver você. Obrigada por vir me encontrar.

Inclinei-me, beijei sua bochecha e ambos nos sentamos.

— Desculpe ter demorado uns dias para retornar. O trabalho anda uma loucura. — Uma mentira. O trabalho estava devagar, pois meus funcionários haviam começado a transferir projetos em andamento para outros gerentes, já se preparando para minha saída do país, que seria em breve. Eu estava agradecido, pois isso me dava mais tempo para sair mais cedo e ajudar Rory.

Rory.

Eu andava tentando não pensar muito em Rory desde sábado, quando encontramos duas pinturas com páginas do diário da mãe dela no verso. A questão dos *flashbacks* me preocupava. Eu sabia que meu pai tinha problemas para dormir e carregava fardos emocionais de sua infância. Provavelmente era mais um ponto na longa lista de razões pelas quais eu era tão avesso a decepcioná-lo. Ele merecia a vida pela qual lutara tanto. Deus, essa busca com Rory era como uma montanha-russa. Um dia eu tinha esperança de que não fôssemos parentes... e no dia seguinte surgia uma pista de que poderíamos ser. A essa altura, só nos restava aguardar os resultados.

— Você está bem?

— O quê?

— Você gemeu.

— Eu gemi? Ah... — Massageei meu peito. — Um pouco de azia — expliquei com um meio-sorriso de desculpas.

— Achei que você não estivesse se sentindo bem. Não é comum você não se barbear. — Blakely olhou ao redor, chamou a atenção de um garçom e acenou para ele. — Chett, você poderia correr até a loja no saguão e pegar uma cartela de antiácido para o Gage?

— Sério, não precisa...

Blakely ignorou meus protestos.

— Obrigado, Chett.

O homem assentiu e saiu depressa.

— É para isso que eles estão aqui — disse ela. — Dê uma boa gorjeta quando ele voltar. Azia não é nada divertido.

Não, realmente não era.

Blakely sorriu e virou a cabeça enquanto outro garçom se aproximava da nossa mesa e perguntava se estávamos prontos para fazer o pedido.

— Sim, obrigada — disse Blakely, e pediu o mesmo de sempre: salada de pera com pistache, sem cebolinha.

Eu já havia decorado o cardápio a essa altura e não precisei abrir um para recitar meu pedido de sanduíche de frango.

Prometa que vai batizar um prato do menu em minha homenagem quando abrir seu restaurante um dia. Balancei a cabeça enquanto as palavras do Chef LaCourt voltavam à minha mente, seu forte sotaque parisiense ainda tão claro como se tivéssemos conversado no dia anterior.

Desde que eu o havia mencionado para Rory, ele vinha aparecendo na minha mente em momentos inesperados e eu não tinha certeza se gostava disso. Sentia falta dele... e fazia muito tempo que não pensava nisso. *O que você pensaria de quem me tornei?* Da última vez que eu o vira, eu era uma criança. Agora eu era um homem.

Suspirei, passando os dedos pela barba por fazer.

— Você gosta de mim assim? — perguntei a Blakely.

Ela me estudou brevemente, de testa franzida.

— Como assim?

Esfreguei o queixo.

— Com essa barba por fazer.

Ela continuou a me olhar por um momento, como se eu tivesse feito uma pergunta capciosa.

— Quero dizer... você é bonito de qualquer jeito, mas costuma ser mais engomadinho. Eu gosto do Gage engomadinho.

Eu gosto do Gage engomadinho.

Sim, todo mundo parecia gostar do Gage engomadinho. *Eu* sempre tinha gostado do Gage engomadinho.

Mas recentemente...

— Então, me conte o que você tem pensado — disse Blakely, depois de tomar um gole de água.

O que eu tenho pensado? Sinceramente, tenho tentado não pensar. Porque pensar parece me levar a todos os tipos de lugares desconfortáveis.

— Só... você sabe, sobre a mudança. Tenho um monte de coisas para fazer.

— Humm. Algo mais? — Blakely estendeu a mão pela mesa e a pousou sobre a minha, um dedo elegante deslizando levemente sobre os nós dos meus.

Usei a outra mão para levantar meu copo e tomar um longo gole de água para ganhar tempo. Eu sabia o que ela estava me perguntando. Eu sabia que seu toque tinha a intenção de introduzir aos poucos um conforto físico na nossa relação. E não era que eu não gostasse. Na verdade, era... agradável. Era só que eu estava tão confuso...

— Escuta, Blakely...

Ela levantou a mão da minha e acenou, interrompendo minhas palavras.

— Gage, se você não tiver certeza, não responda ainda. Você disse que teria a resposta até sua festa e que me avisaria até lá. Mas escute, eu já falei com seu pai, e ele está disposto a me contratar para cuidar de todas as redes sociais do hotel em Londres durante a construção e a inauguração. Eu me concentraria no aspecto do estilo, é claro, e daria minha opinião aos designers. Minha mãe me colocou no comando da reforma da nossa casa nos Hamptons no ano passado e foi destaque em várias revistas de estilo locais. Além da moda, eu adoraria a oportunidade de adicionar design de interiores ao meu portfólio on-line. Além disso, eu poderia trazer os olhos dos meus dois milhões de seguidores no Instagram para o The Buchanan em Londres, do início da construção até a inauguração, destacando o estilo luxuoso, mas atual, que é feito tão bem nos seus hotéis. — Seus olhos brilhavam de entusiasmo enquanto eu tentava organizar todas as palavras que ela tinha dito em algo que não parecesse um punho apertando meus pulmões.

Dois milhões de seguidores no Instagram.

Eu já falei com seu pai.

Eu conseguia enxergar Blakely agora, percorrendo o hotel em Londres, sentindo-se completamente à vontade enquanto falava sobre contagem de fios nos tecidos e papel de parede de designer, apresentando o The Buchanan a dois milhões de jovens. Se meu pai era o novo Conrad Hilton, Blakely seria sua Paris. Ela havia nascido para o papel. *Claro* que meu pai tinha embarcado nessa. Agora ele provavelmente achava nossa união mais perfeita do que nunca.

— De qualquer forma — Blakely continuou —, se sua resposta for sim — seu sorriso se alargou —, brindaremos a novos começos. Devemos isso a nós mesmos e, talvez até aos nossos pais. Sabe, realmente viver com a ideia por mais algumas semanas. Considerar com sinceridade, não acha?

Observei o sorriso bonito de Blakely e a maneira como ela mexia nas cutículas quando estava nervosa, como estava fazendo agora. Eu podia ver que a ideia não só tinha amadurecido nela desde que havíamos nos falado pela primeira vez; ela estava incrivelmente entusiasmada. Já estava inclusive imaginando sua vida — *nossa* vida — em detalhes claros.

Assim como o meu pai.

Soltei um lento suspiro, querendo que o punho interno se desfizesse. E, para falar a verdade? Ela estava certa. Eu não tinha dedicado nem mesmo um instante de consideração — sincera ou não —, mesmo tendo a intenção de fazê-lo. Por quê? Por causa de Rory e da maneira como minha mente queria constantemente viajar até ela. E então eu fechava meus pensamentos o máximo que podia. Porque pensar no meu pai passando as noites com outra mulher em piqueniques à beira do lago e engravidando-a da minha linda e sexy meia-irmã estava me enlouquecendo.

— A azia está tão ruim assim? — Blakely perguntou, indicando que eu havia feito outro som de desconforto sem perceber.

Lancei a ela mais um olhar de desculpas. Se fosse confirmado que Rory era minha parente, eu ficaria *extasiado* em ir para outro país. Iria para o mais longe possível dela e dos sentimentos de desejo que ela despertava em mim.

É só desejo que ela desperta? Não, e isso tornava o problema pior.

Meus olhos encontraram os de Blakely.

— Vou considerar seriamente — prometi.

Ela sorriu e levantou seu copo para fazer um brinde no meu, no instante em que nossa comida chegou.

Quando terminamos o almoço, acompanhei Blakely até o lado de fora do clube, onde esperamos enquanto o manobrista trazia seu carro. Quando ele encostou na calçada, Blakely passou o braço pela minha cintura, se inclinou e trouxe os lábios aos meus, lambendo meu lábio inferior antes de se afastar. Ela inclinou a cabeça e sorriu para mim com timidez.

— Espero que esteja tudo bem com isso — disse. — E espero que pense bastante sobre... nós. Podemos dominar o mundo juntos. — Ela deu uma risadinha provocante e depois limpou meus lábios com o polegar antes de ir em direção ao carro.

Observei Blakely entrar em seu conversível vermelho-cereja e partir, tentado a gritar para ela diminuir a velocidade, como um pai superprotetor.

Ou irmão mais velho.

Embora ela definitivamente não tivesse me beijado como uma irmã. Tinha sido... agradável. E só um pouco estranho. Mas não... ruim.

Só que não era Rory.

Porra.

Fiquei ali por um momento, sentindo-me perturbado e sobrecarregado por coisas fora do meu controle, antes de finalmente me virar e entrar de novo no clube para tomar a rota mais rápida até o estacionamento dos sócios, localizado nos fundos.

— Ah, oi, Gage.

Parei de súbito.

— Sra. Bellamy — eu disse, pegando a mão de Virginia Bellamy e inclinando-me para beijá-la na bochecha macia coberta de pó, sentindo seu perfume pairar sobre mim. — Que prazer ver a senhora.

— É um prazer ver você também — respondeu ela, dando uma fungada de leve, como se estivesse verificando se havia álcool no meu hálito.

Ah, sim, as fofocas estavam correndo. Provavelmente as suposições de um problema com bebida já haviam se transformado em uma internação iminente em uma clínica luxuosa de reabilitação. As conversas se espalhavam mais rápido do que a realidade — ou a falta dela, no meu caso — nas cidades ao redor do Lago Pelion.

Eu *nunca* tinha sido alvo de fofocas de nenhuma das duas cidades. Parte de mim se ressentia disso, e parte quase... apreciava a sensação de causar comentários sobre qualquer coisa que não fosse como eu supostamente era *perfeito*.

Nenhuma das acusações era precisa.

— Ouvi sobre seu acidente — disse ela. — Vejo que não houve grandes danos.

— Não, só amassou um pouco a lataria. Olhei para meu celular por um minutinho e... — Dei de ombros e ofereci meu melhor sorriso envergonhado.

— Humm. Sim, mensagens de celular e direção são uma epidemia hoje em dia. Tome mais cuidado. Seus pais ficariam arrasados se você se machucasse.

— Vou tomar. Foi um prazer ver a senhora.

Virginia Bellamy puxou meu braço quando tentei me afastar.

— Queria mencionar algo para você, Gage, pois ouvi dizer que tem sido visto na companhia daquela mulher que trabalha com Faith Lorenz.

Aquela mulher.

— O nome dela é Aurora — retruquei, sentindo um súbito impulso de proteção que, sem dúvida, me parecia diferente da preocupação com a propensão de Blakely à velocidade.

Os ombros da sra. Bellamy se retesaram como se ela tivesse percebido meu tom defensivo.

— Sim. Aurora Castle. Lembrei de algumas coisas desde que ela veio à minha casa. Ela é a cara de uma mulher que veio visitar Calliope muitos anos atrás, vinda de alguma praia e que causou todo tipo de drama no Metropolitan Club. Pelo que me lembro, ela fez com que aqueles homens nadassem nus na piscina do clube. Você consegue imaginar? — Ela fez um som de indignação na garganta.

Resisti ao impulso de fazer uma careta. *Droga*. Ela tinha se lembrado da mãe de Rory. E se ela tinha feito a conexão, outra pessoa poderia facilmente descobrir que Rory não era uma avaliadora de arte. Seu disfarce seria descoberto, e ela nunca seria bem-vinda em outra casa em Calliope.

Além disso, o que quer que a mãe de Rory tenha feito enquanto estava em Calliope, ela não fizera amigos entre as esposas dos membros fundadores do Metropolitan Club. A sra. Bellamy podia ser uma velha esnobe, mas sua opinião importava na nossa cidade se você quisesse prosperar na sociedade. Mesmo assim, não pude evitar a resposta sarcástica que saiu da minha boca.

— Ela os *forçou* a nadar nus? Como ela conseguiu isso?

— Só Deus sabe como esse tipo de mulher tece seus feitiços.

Esse tipo de mulher. Meu Deus.

— De qualquer forma — eu disse —, Aurora é de Nova York. Ela nunca esteve aqui antes. — Essa última parte, pelo menos, era verdade. — A semelhança deve ser uma coincidência.

— Não acho que seja — respondeu ela com um aceno decidido. — Aqueles olhos são inconfundíveis. Como os olhos dos Hale. Uma vez que você os vê, não há como negar para quem está olhando. — A sra. Bellamy estreitou os próprios olhos. — Ela devolveu as quatro peças que emprestei com uma boa análise. Mas não estou convencida de que não há algo suspeito acontecendo. Edna me disse que ela estudou com um certo professor Hugo Caio Pinto, mas não encontrei ninguém com esse nome em Nova York, e alguns sites bastante desagradáveis aparecem quando faço uma busca.

Soltei um pequeno som que era parte risada e parte irritação em resposta a essa intrometida pomposa antes de cobri-lo com uma tosse.

— Acho que Aurora mencionou que não estudou em Nova York. Ela se formou no exterior, mas não me lembro exatamente de onde. Suécia... França, ou talvez... Transilvânia.

A sra. Bellamy franziu a testa e moveu os olhos para o lado.

— Ah.

Dei-lhe um sorriso fraco.

— Enfim, tenho certeza de que a senhora tem questões muito mais importantes em que se concentrar, sra. Bellamy. Ouvi dizer que o torneio de golfe da Liga das Senhoras foi um grande sucesso e que a senhora está planejando outro para o outono.

Ela se empertigou só um pouquinho, como eu sabia que faria.

— Ah, foi um sucesso extraordinário. Assumi o evento da Dottie Cavendish, sabe, já que ela precisava de tempo para organizar seu — ela olhou ao redor e então baixou a voz — *divórcio*. De qualquer forma, superamos todos os anos anteriores, e não consigo imaginar que o conselho não vá me transferir o evento em caráter permanente.

— Que bom. Isso é... ótimo. Foi um prazer vê-la. — Me virei, mantendo meu braço próximo ao corpo para que ela não pudesse me alcançar de novo, e caminhei às pressas em direção à porta.

— Também foi um prazer, Gage — ela disse de longe. — Lembre-se de ter cuidado com...

— Virginia, oi! — Ouvi uma voz feminina atrás de mim e acelerei o passo em direção à porta enquanto a sra. Bellamy começava a conversar com a mulher que havia chamado seu nome.

Bem, pelo menos eu sabia que a sra. Bellamy estava desconfiada das credenciais de Rory. Se ela estava investigando a mulher que lembrava de anos atrás, então também estava investigando o passado de Rory. O que significava que precisávamos agir rápido.

Saí para a rua. Agora que eu tinha cruzado a porta da frente, teria que dar a volta completa no clube até o estacionamento nos fundos. Xinguei baixinho. Eu tinha uma reunião em dez minutos.

Quando cheguei na esquina, comecei a me virar, quando avistei uma mulher segurando um bando de cachorros, caminhando pela calçada do outro lado da rua. Parei, e um sorriso foi se formando no meu rosto. *Rory*. Ela parou também, olhando para mim com a boca ligeiramente aberta e uma expressão que eu não conseguia decifrar. Ela parecia um pouco triste, preocupada ou... eu não tinha certeza. Fui em direção à beira da calçada, levantando a mão em um aceno. Ela hesitou, mas então transferiu o punhado de coleiras para a outra mão e acenou de volta.

Enquanto fazia isso, um dos cachorros avançou de repente. Meu olhar voou para a criatura que havia chamado a atenção do cachorro. O ombro de Rory foi puxado num tranco e ela tropeçou para frente, tentando segurar as guias com ambas as mãos. Tudo aconteceu em questão de instantes. Rory foi puxada. Os três cachorros agora estavam agitados e latindo: o que estava na frente — o pequeno lunático com o suéter da Burberry — saiu perseguindo os três guaxinins que registrei como uma mãe e seus dois filhotes.

A mamãe guaxinim, aos gritos e tentando atacar, correu para a rua com os dois filhotes atrás dela. Rory mal conseguiu puxar as coleiras com força suficiente para que os cachorros parassem. De repente, um carro que se aproximava, com a música explodindo pelas janelas, virou a esquina e atropelou a mamãe guaxinim.

Os freios chiaram.

Rory gritou.

Os cachorros continuaram a latir.

E, de alguma forma, sem nem perceber que tinha me movido, eu estava do outro lado da rua, pegando as guias de Rory enquanto ela caía de joelhos ao lado da guaxinim imóvel.

— Caralho! — disse o adolescente, que havia pulado do carro, levando as mãos à cabeça enquanto olhava para a guaxinim (provavelmente) morta. — Eu nem a vi. Ela veio do nada.

Os soluços de Rory se elevaram enquanto ela colocava os dedos no pescoço da guaxinim, obviamente procurando um pulso.

— Os bebês! — ela gritou, apontando para um arbusto onde os dois pequenos animais haviam se escondido.

Ai, Jesus.

Amarrei os cachorros ainda latindo a uma árvore próxima.

— Quietos! — demandei, tentando fazer minha voz soar mais grave. Os três pararam de latir e se deitaram, ofegantes com o esforço de ter causado um grande tumulto e ter deixado dois guaxinins órfãos.

Agachei ao lado de Rory e observei a guaxinim imóvel.

— Eu realmente... ah, preciso ir trabalhar — disse o adolescente.

Eu tinha esquecido que ele estava lá.

— Pode ir — falei. — Não foi sua culpa, e não há nada a ser feito por este animal.

Os lamentos de Rory se intensificaram, e o adolescente se encolheu, recuando para seu carro, entrou e então partiu, deixando o som alto da música que ele estava tocando se desvanecer.

— Os bebês — ela gemeu, com lágrimas escorrendo pelo queixo.

Os bebês. Me aproximei do arbusto onde eles estavam se escondendo, me inclinei e os peguei com facilidade, mesmo que tentassem fugir. *Meu Deus, eram recém-nascidos.*

Rory baixou a cabeça, o peito subindo e descendo com seus soluços. Meu coração se apertou e eu senti algo parecido com pânico. *Faça alguma coisa.*

— Ela... ela... ela. — Rory soluçou aos prantos, mal conseguindo respirar.

A adrenalina invadiu meu corpo, e a necessidade de *resolver* aquilo para ela foi batendo como um tambor de desespero dentro de mim. De repente, entendi por que guerras eram declaradas e batalhas eram travadas, por que homens usavam armaduras, se equipavam com armas e navegavam para o território inimigo com uma missão singular em mente: *resolva*. Abracei os dois filhotinhos que se contorciam nos meus braços e emitiam gritos agudos.

— Fique aqui. Talvez a mãe possa ser salva.

A cabeça de Rory se levantou, e seu rosto com marcas de lágrimas registrava uma esperança evidente. Esse brilho de esperança me impulsionou através da rua e pela calçada, com os dois filhotes se contorcendo nos meus braços, continuando a chorar alto e estridente.

Entrei pela porta da frente do clube. Os sócios gritaram e pularam para o lado enquanto eu corria pelo saguão e então saía, indo em direção às quadras de tênis onde eu tinha visto Easton Torres mais cedo, o irmão de Haven. Um dos guaxinins conseguiu sair da minha mão e se agarrar ao meu ombro, vindo parar na minha cabeça.

— O que é isso...

— Meu Deus!

— Gage, você está...

— Oi, mãe! Estou bem! Está tudo bem! — falei para minha mãe, que estava boquiaberta em seus trajes brancos de jogar tênis.

Virei a esquina, quase colidindo com a sra. Bellamy, que soltou um pequeno grito ao saltar para o lado.

— Com licença — pedi. — Emergência! Licença, por favor! — Tudo o que eu conseguia ver na minha mente era o rosto devastado de Rory. *Resolva!*

— Easton! — gritei ao avistar um dos paramédicos que trabalhava no Corpo de Bombeiros de Pelion, saindo da quadra, sua cabeça inclinada enquanto usava a bainha da camisa para enxugar o suor da testa. A moça bonita de cabelos escuros ao lado dele ofegou e agarrou seu braço. — Eu preciso de você!

Easton olhou para cima, sua expressão mostrando choque e um certo horror ao me ver, com meu peito subindo e descendo com respirações ofegantes, um guaxinim deitado no meu peitoral, o outro tendo conseguido subir na minha cabeça, onde eu o mantinha firme com a outra mão.

— O que...

— Tenho uma emergência médica — contei a ele.

— Uma emergência médica?

— Sim. Houve um acidente de carro...

— Onde?

— Ali na rua.

— Me liga! — gritou a moça atrás dele enquanto Easton começava a correr em direção à porta da frente. Eu me virei para segui-lo, passando pelo bar de smoothies, contornando a piscina e atravessando o saguão.

— Me mostra onde — disse ele enquanto saíamos pela porta da frente de volta ao sol.

No meio do caos, os filhotes de guaxinins claramente se cansaram. Eles haviam parado de se mexer e arranhar, e consegui desencaixar um da minha cabeça e segurar os dois contra o meu peito enquanto voltávamos para onde Rory estava na beira da estrada.

Enquanto corríamos em direção a ela, Rory se virou, sua expressão ainda angustiada enquanto se afastava. Easton e eu fizemos uma parada abrupta. Ele olhou para o animal, claramente perplexo.

— Easton é paramédico — contei a Rory, ofegante.

— Ah, graças a Deus — disse ela com um pequeno soluço.

— É um guaxinim. — Easton piscou para mim como se eu tivesse perdido a cabeça.

— Sim. — Rory soluçou. — Você pode salvá-la?

— É um guaxinim — ele repetiu.

— Sim — confirmei —, nós sabemos que é um guaxinim. Ela foi atropelada por um carro e esses bebês precisam dela. Há algo que você possa fazer?

O olhar de Easton se movia de Rory para mim e, em seguida, para os bebês agora adormecidos nos meus braços, e de volta para Rory. Algo parecia se manifestar em sua expressão. Eu não o conhecia bem o suficiente para adivinhar o que era, mas pedia a Deus que fosse compreensão.

— Eu posso tentar — respondeu ele, gentilmente. Rory exalou, se movendo para o lado enquanto Easton se inclinava sobre o animal e começava as compressões torácicas.

Meu olhar ficou preso em Rory enquanto observávamos Easton trabalhar. Os olhos de Rory estavam arregalados de esperança, embora, a cada minuto que passava, se tornasse cada vez mais claro que a guaxinim estava perdida. Eu não podia fazer nada para trazer a criatura de volta à vida, mas eu queria. Queria mudar as leis da natureza, fazer algum tipo de acordo com as forças que regiam o universo, entregar a essa mulher aquilo que ela esperava com tanto fervor. Eu teria feito isso se pudesse. E o poder do meu desejo de fazê-la feliz, de manifestar todos os seus desejos, e a consciência de que eu poderia vender minha própria alma para trazer de volta uma guaxinim, *por ela*, me assustava. E ainda assim, estava lá, e não podia ser negado. O mundo se iluminava, depois se apagava e fazia uma estranha reviravolta que me virava de cabeça para baixo e então, tão repentinamente, me colocava de volta de pé.

— Sinto muito — anunciou Easton, de forma sombria, após mais um minuto, embora eu pudesse perceber que ele havia demorado muito mais tempo do que o necessário para saber que seus esforços eram inúteis. O animal provavelmente tinha morrido na hora. — Pelo menos tentamos.

Rory assentiu, outra lágrima escorrendo por sua bochecha.

— Sim — ela falou ao se levantar. — Obrigada. Easton, né?

— É, Easton Torres. Eu apertaria sua mão, mas... — Ele deu um pequeno encolher de ombros e olhou para o animal falecido no qual acabara de realizar um atendimento médico.

— Agradeço pelo que você fez — ela disse. — Pelo menos podemos saber que tentamos de tudo. — Ela olhou para mim, respirando fundo enquanto observava os bebês adormecidos nos meus braços. — Ah — reagiu ela, a palavra mais um suspiro do que um som, e havia tanta tristeza nela, que meu coração se apertou mais uma vez. — Agora eles não têm mais mãe. — Por um momento, parecia que ela iria desmoronar em lágrimas de novo, mas respirou fundo, seus ombros subindo e descendo enquanto controlava suas emoções.

Sem mãe. Assim como ela. Eu imaginava que essa busca pelo pai e a descoberta das antigas anotações da mãe estavam abrindo feridas emocionais. Talvez, para Rory, não fossem apenas criaturas selvagens, ou parte do mundo animal que ela amava tanto — talvez significassem uma mãe sendo separada dos filhotes que ainda precisavam dela, da mesma forma que a mãe de Rory havia sido tirada dela.

— Tenho uma ideia — falei. — Easton, você pode, ãh... — Olhei para o animal. Qual era o protocolo para animais atropelados?

— Vou ligar para as autoridades apropriadas cuidarem dela — prometeu ele.

Dela. Eu tinha ouvido muitas coisas sobre Easton Torres, histórias sussurradas que sugeriam que ele era um conquistador, mas estava aprendendo que, independentemente de os rumores sobre suas conquistas serem precisos, o que *era* verdade é que ele era gentil.

— Obrigado, Easton. Agradeço de verdade.

Ele me fez um aceno.

— Sem problema. — Olhou para Rory. — Esses cachorros são seus? — Ele apontou para trás, onde os cachorros estavam deitados sob a árvore, evidentemente desinteressados por completo de seu papel nos eventos recentes.

— Sim. Bem, quero dizer, não, mas eu estava passeando com eles. Preciso levá-los de volta para seus donos.

— Que tal eu te levar depois que... o... recolhimento ocorrer? — sugeriu Easton, olhando para a guaxinim morta. — Tenho uma caminhonete estacionada logo ali. — Ele gesticulou para mais adiante na rua.

— Tudo bem para você? — perguntei a Rory.

— Sim, eu gostaria de ficar até que alguém leve... o corpo dela. — Ela respirou novamente, de forma trêmula. — O que você vai fazer com eles?

— Eu te ligo depois que souber que deu certo — eu disse. — Confia em mim?

Seus olhos encontraram os meus, o azul tão cristalino que parecia água.

— Sim. Sim, eu confio em você.

Observei os pequenos guaxinins encaixados entre dois gatinhos muito laranjas, enquanto mamavam avidamente na gata cinzenta de três patas.

— Você me deve uma, Buchanan — Travis falou entre dentes cerrados enquanto observava os animais, com certa indignação no rosto.

Eu o encarei. Agradeci sua disposição — ainda que relutante — de fazer uma tentativa em vez de permitir que os guaxinins recém-nascidos morressem, mas como exatamente isso o estava *incomodando*? Olhei de volta para a gata que os estava amamentando.

— Eu não teria ideia de como retribuir.

— Vou pensar em algo.

— É a gata que está fazendo o trabalho — apontei.

— A *minha* gata — ele corrigiu. Então Travis fechou a cara para mim antes de se virar e marchar em direção a Haven, perto de uma das macieiras onde ela estava recolhendo frutas que caíram e colocando-as em um balde. Travis envolveu um braço ao redor dela e trouxe o outro para sua barriga levemente arredondada antes de se inclinar um pouco e lhe dizer algo. Eles riram juntos, e ela olhou ao redor como se para se certificar de que nenhum dos clientes por ali estivesse vendo. Dei um passo para trás para que ela não me visse espionando acidentalmente, e olhei de volta para os animais, revirando os olhos para a demonstração óbvia de afeto entre Travis e Haven. Eu não havia notado antes, porque ela costumava usar roupas soltas, mas era evidente que estava grávida de novo. *Meu Deus*. Qual era a idade do outro filho deles? Nove meses ou algo assim?

Como se em concordância, Garrida miou e então se inclinou e começou a lamber seus dois novos filhos adotivos. Estendi a mão e a acariciei na cabeça, sentindo um alívio preencher meus pulmões.

— Obrigado, garota — eu disse para a gata. Sem a aceitação dela, eu não teria sido capaz de cumprir minha promessa a Rory. Não deixei meus pensamentos se demorarem no porquê de aquilo parecer uma questão de vida ou morte.

CAPÍTULO DEZENOVE

RORY

O sol começava a se pôr quando saí do carro, e levei um momento para apreciar como o beijo do céu transformava a água em ouro derretido. Respirei fundo o ar com aroma de frutas e flores e fechei os olhos enquanto uma sensação de paz se apossava de mim, apesar de eu ainda carregar a tristeza do que acontecera mais cedo e uma frustração geral pelo estado da minha busca — em especial, considerando que meu tempo ali estava se esgotando.

Sem mencionar que, antes do freio estridente, da guaxinim e das compressões torácicas, eu tinha visto Gage se despedir de uma mulher na calçada em frente ao clube de tênis. A interação parecia mais do que amigável. Com um suspiro, comecei a caminhar em direção ao celeiro onde Gage havia me pedido para encontrá-lo. Da última vez que eu estivera no Portal da Haven, estava movimentado com atividade e clientes, mas agora estava claramente fechado, e o único veículo no estacionamento era o carro alugado de Gage.

— Ô de casa? — chamei ao entrar no celeiro vermelho. Havia um balcão com uma caixa registradora à esquerda, e fileiras de plantas em vasos atrás dele, que também se estendiam ao longo da parede de fundo. Luz suave entrava pelas janelas altas, lançando um brilho diáfano no espaço.

Havia árvores em vasos, bem como plantas de sombra folhosas das quais eu não sabia o nome. Fiquei ali, olhando ao redor, e assim como havia sentido o amor nas pinturas do meu pai, de alguma forma, eu sentia o amor ali também. Tudo era maravilhosamente bem-cuidado e, embora eu não soubesse nada sobre jardinagem, era muito claro que Haven Hale amava o que fazia.

Como seria ter uma vida assim? Eu nem mesmo sabia qual era minha paixão, bem, além de cachorros. Mas amar cachorros não era exatamente uma ideia de negócio lucrativo. Ou, pelo menos, eu não via a faculdade de veterinária no meu futuro próximo, não apenas porque não havia faculdade de veterinária em Mud Gulch, mas porque eu sempre tinha ido mal em matemática e ciências.

À direita havia uma porta que parecia levar a outro pequeno cômodo — talvez um escritório. Gage havia me chamado aqui, mas onde ele estava?

— Oi, Rory.

Eu me virei, levando a mão ao coração. Gage estava na porta atrás de mim, com um sorriso agraciando seus lábios. Por um momento, simplesmente fiquei lá, observando-o, sentindo-me de alguma forma desconectada do aqui e agora. Talvez fosse porque eu estava sonhando acordada um momento antes. Talvez fosse a luz, ou a maneira como ele estava sorrindo para mim, ou o jeito como meu coração acelerou quando ouvi seu nome.

— Oi. — Deixei escapar o ar e ri. — Você me deu um susto.

Ele deu alguns passos para dentro e parou, abrindo a boca como se fosse responder ao que eu tinha dito, mas então a fechou. Ele balançou a cabeça de leve e deu outro passo à frente.

— Tenho algo para te mostrar que acho que você vai gostar.

Franzi a testa, enquanto caminhava em direção a ele.

— Meus tios me alertaram sobre frases assim.

Ele riu enquanto pegava minha mão e me conduzia para fora do celeiro.

— Como era esperado deles. Só que, neste caso, creio que você não corre nenhum perigo. — Ele piscou para mim e foi como se bolhas de champanhe borbulhassem entre minhas costelas.

Abri um sorriso, apertando sua mão de volta e então praticamente correndo para acompanhar o ritmo dele enquanto me puxava.

— Espere até você ver — disse ele. — Aqui dentro.

Ele me levou para o que devia ter sido um antigo quartinho de arreios nos fundos do celeiro. Se havia uma porta que ligava diretamente ao celeiro em algum momento, agora estava coberta. Em vez de equipamentos para animais, no entanto, havia mesas de cultivo embutidas que sustentavam todo tipo de plantas, desde mudas até folhagens que se estendiam até a metade do chão. Havia sacos de terra para vasos aqui e ali, e na parede de fundo havia um... arranhador para gatos? Gage me lançou outro sorriso enquanto me conduzia até ele. Parecia feito à mão e se encaixava perfeitamente no espaço, com várias prateleiras, sendo que a primeira delas — curiosamente — estava bastante próxima do chão.

Quando ele me ligou e pediu para me encontrar aqui, pensei que tinha a ver com os guaxinins bebês porque, o que mais seria? Achei que ele tivesse encontrado um amigo com uma incubadora, que talvez soubesse que tipo de leite dar aos bebês com um conta-gotas. Eu queria saber se ele os tinha trazido ali porque os Hale tinham espaço para acomodar uma gaiola com filhotes órfãos. Mas quando Gage soltou minha mão e eu me aproximei do arranhador para gatos e fui na ponta dos pés espiar a caixa em uma das prateleiras mais altas, eu respirei chocada.

Era uma gata alimentando seus dois gatinhos laranja e também... os pequenos guaxinins.

— Ai, meu Deus. — Suspirei. A mamãe gata estava ronronando alto, claramente não perturbada por ter recém-adicionado dois jovens integrantes de uma espécie diferente à sua família. Eu fiquei ali, observando a cena, com lágrimas se formando em meus olhos. A gata havia aceitado essas pequenas criaturas porque precisavam dela, e ela era capaz de ajudar. — Como você fez isso? — perguntei a Gage, levantando a mão e passando um dedo pela cabeça da gata.

— Eu não fiz nada além de pensar — disse ele. — Era uma escolha da Garrida, e felizmente ela concordou.

— Obrigada, Garrida — sussurrei, coçando-a sob o queixo enquanto seus ronronados aumentavam de volume.

Me virei para Gage.

— Obrigada. — Eu esperava que ele visse a profundidade da minha gratidão em meus olhos. Estava de coração partido por ter me envolvido em uma situação que deixara duas criaturas inocentes sem mãe, e embora não houvesse como trazê-la de volta, Gage havia feito o melhor possível ao encontrar outra mãe para cuidar dos filhotes.

E ele tinha feito isso por mim.

De alguma forma eu sabia, no meu coração, que, embora Gage fosse gentil e atencioso, ele não teria feito todo esse esforço se eu não estivesse tão angustiada.

— De nada — disse ele. Nossos olhares se prenderam, e eu queria beijá-lo com tanta intensidade que era uma dor física. Eu o desejava, seu corpo e seu coração. Mas não podia ter nenhum dos dois e, portanto, me inclinei para frente e o abracei forte.

Ficamos ali e observamos os gatos e os guaxinins por um pouco mais de tempo, e a cena foi me trazendo tanto alegria quanto paz. Mas depois de um tempo, Garrida fechou os olhos, e nós deixamos a pequena família misturada dormir.

Quando saímos do espaço, o sol havia descido mais, e o céu agora era uma mistura de laranja-pálido e azul-crepuscular. Vaga-lumes dançavam pelo ar adocicado e, por um momento, o mundo parecia mais bonito do que nunca.

— Eu amo um bom pôr do sol — comentei. — Minha mãe estava certa sobre este lugar oferecer pores do sol lindos. Eles são gloriosos.

Olhei ao redor, observando a fileira de carrinhos estacionados que continham cestas. Os caminhos entre as árvores estavam bem desgastados e eu conseguia imaginar famílias passeando e recolhendo frutas, rindo e criando memórias familiares antes de voltar para casa e assar tortas, fazer geleia ou talvez dividir sua colheita com os vizinhos.

— Tudo bem a gente estar aqui fora do horário de funcionamento?

— Tudo — respondeu Gage. — Travis disse que podíamos ficar o tempo que quiséssemos e só pediu que eu fechasse a porta do celeiro antes de irmos embora.

Me virei e apertei os olhos para a linha alaranjada que ia desbotando no horizonte, sobre o lago.

— É tão tranquilo aqui — eu disse. — Espero encontrar esse tipo de paz algum dia.

Senti o olhar de Gage sobre mim por um momento e então ele caminhou até um banco onde havia algo gravado. Gage sentou-se e eu li a inscrição em voz alta:

— "Dedicado a Connor Hale." — Sentei-me ao lado de Gage. *Hale*. Devia ter sido o pai ou avô de Travis.

— Onde você se imagina encontrando esse tipo de paz?

— Não sei. — Considerei isso enquanto mais um pouco do sol se escondia. — Eu te contei sobre um chamado que sempre senti. — Parei por um instante. — Não sinto desde que cheguei aqui. Mas é como se... eu não me encaixasse aqui também. — Soltei um suspiro frustrado. — Não sei onde é o meu lugar.

Seus olhos percorreram meu rosto, se fixando na minha boca por um momento e depois se afastando.

— Talvez a questão não seja um lugar, mas sim... uma pessoa, ou... pessoas. As suas pessoas. — Ele estendeu a mão e pegou a minha. — Vamos descobrir quem são elas, Rory. — Ele pausou. — Não importa o que aconteça.

Não importa o que aconteça.

Eu sabia o que isso significava.

Assenti e olhei para o lado, mas o calor de sua mão me trouxe conforto e eu não quis me afastar, então não me afastei.

— Só de pensar nisso já me dá um pouco de culpa. Porque eu *tenho* as minhas pessoas. Tenho dois tios que me amam e sacrificaram tudo por mim.

Gage inclinou a cabeça, franzindo a testa.

— Você me disse que eles entraram na sua vida quando sua mãe morreu. Quantos anos eles tinham?

— Cassius tinha vinte e seis anos e já estava estabelecido na carreira. Mas Romeo tinha apenas dezoito. Ele estava prestes a deixar Mud Gulch logo antes de a minha mãe morrer, mas... bem, ele cancelou seus planos e ficou. Não só por mim, mas pelo bar que minha mãe passou a tocar depois que minha avó morreu. Tio Cassius ajudou, mas ele fica mais tempo fora do que presente. — Senti um aperto no estômago como sempre acontecia quando eu pensava nisso.

Gage ficou em silêncio por um momento enquanto eu usava a outra mão para brincar com a barra da minha camisa.

— Ele se sacrificou por você. Sem dúvida ele é um cara excepcional.

Soltei um suspiro.

— Ele é. Mas... obviamente sentiu um chamado também e nunca foi atrás. Ele se sacrificou por mim... por todos nós... quando era tão jovem. Ele ia ver o mundo. Caramba, poderia ter conquistado o mundo. — E, em vez disso, estava preso atrás de um bar em Mud Gulch, Maine. — Talvez ele ainda possa. Se...

— Se?

Ergui o olhar para encontrar o dele.

— Não é minha principal motivação, mas... se eu tiver um pai com recursos, talvez possa retribuir a Romeo. Cassius também, mas ele está feliz onde está. — Se eu acreditasse que minha mãe tinha alguma participação em me levar até ali, então ela também não gostaria que Romeo se beneficiasse, se meu pai decidisse me ajudar financeiramente a recuperar esses anos perdidos?

— Ah. Você quer mandar Romeo para a aventura pelo mundo que ele ia fazer quando, em vez disso, teve que ficar em casa e criar a sobrinha.

— Não foi justo — sussurrei.

— Para nenhum de vocês. Mas, Rory, duvido muito que ele esteja esperando ser recompensado. Não conheço seu tio, mas pela forma como você fala dele, posso dizer que é um grande cara.

— Ele é. É o melhor. Nunca reclamaria.

— Talvez seja porque ele não tem nenhuma queixa.

Suspirei.

— Ele nunca as verbalizava, mas anos atrás encontrei sua gaveta de folhetos de viagem. Itália, Suíça, Egito... todos os lugares que ele nunca teve a oportunidade de conhecer.

Gage ficou em silêncio por um momento, obviamente considerando o quadro que eu estava pintando.

— Se você encontrar seu pai e acabar podendo mandar Romeo para essas aventuras, o que você vai fazer?

— Vou voltar para Mud Gulch e administrar o bar. Está na nossa família há gerações. É um marco da cidade. De jeito nenhum eu abriria mão dele.

Gage olhou para cima, contemplando as estrelas que começavam a pontuar o céu.

— Você está dividida entre duas direções — disse.

Pensei sobre isso. Sim. Sim, era exatamente assim que eu me sentia. Me sentia leal a Mud Gulch e aos meus tios, mas também me sentia atraída por estar em outro lugar, mesmo que ainda não tivesse identificado onde era. Por tanto tempo, lá no fundo, eu sentia que estava ignorando um chamado que precisava atender. Esse sentimento havia diminuído aqui, e ainda assim eu não tinha encontrado o que estava procurando, de modo que continuava tão perdida quanto antes.

— E você? — perguntei. — Onde se imagina encontrando uma paz como esta? É um lugar ou uma... pessoa?

Ele olhou para mim e depois desviou.

— Sinceramente, eu não sei. Nunca pensei na minha vida em termos de paz. Sempre fui guiado pelas minhas ações, mais do que pelos meus sentimentos.

— Sentimentos? Você quer dizer sonhos?

Ele inclinou a cabeça, parecendo momentaneamente confuso. Então deu de ombros.

— Sim, eu acho. Sentimentos. Sonhos. Nunca usei esses termos. Tenho metas e aspirações, claro. Mas sonhos? Qual é a verdadeira diferença? Para mim, sempre foram sinônimos.

Pensei nisso por um segundo.

— Não sei. Só sei que sonhos são o que criam paz como esta. Você pode sentir, não pode? Este é o sonho realizado de Haven, e ela coloca todo o seu coração e alma nele. — Acenei com o braço ao redor. — Acho que se a gente conseguir monetizar nossos sonhos como ela obviamente faz, a gente tem muita sorte.

Ele sorriu, e foi um sorriso meio desejoso.

— Acho que você tem razão. E também acho que a maioria das pessoas não tem a sorte de poder monetizar seus sonhos.

— Provavelmente não. Coisinhas chatas como precisar comprar mantimentos e pagar o aluguel atrapalham. — Dei-lhe um pequeno sorriso e ele retribuiu. Enquanto nossos olhos se encontravam, perguntei-me se Gage Buchanan alguma vez na vida se preocupara com "coisinhas chatas". Provavelmente não. E se havia alguém que tivesse nascido com a capacidade de monetizar seus sonhos, quaisquer que fossem, era ele.

Gage Buchanan não precisava de sorte. E, no entanto, ele agia como se essa vida — essa em que você faz qualquer coisa que deseja porque *podia* — fosse uma impossibilidade. Ele se considerava privilegiado e, obviamente, de muitas maneiras, ele era. Mas se não pudesse seguir seus próprios sonhos, o que significava todo esse privilégio? Privilégios sem paixão não eram simplesmente... dever?

— Anda comigo? — ele perguntou, levantando-se e estendendo a mão. Peguei-a e ele me puxou para cima, tão rápido que encontrei seu peito com o meu, rindo, um pouco sem fôlego enquanto olhava para ele. Tão perto. Ele riu suavemente também, sorriu para mim, e nenhum de nós se moveu. Deus me ajudasse, eu não queria me mover. Eu queria me aproximar ainda mais. Eu queria beijá-lo...

Imaginei a mulher cujos lábios estiveram nos dele mais cedo. A mulher de beleza ostentatória, que tinha aparecido com o carro brilhante.

Afastei-me e virei de costas, encarando as árvores carregadas de frutas. Uma leve brisa balançou as folhas e resfriou minha pele superaquecida. Quando alcancei um pêssego, Gage se aproximou de mim. Levei-o ao nariz e inalei, soltando um suspiro.

— Deus, que cheiro delicioso.

— Já vim aqui algumas vezes pegar frutas para uma torta — ele disse.

— Você simplesmente faz uma torta de vez em quando, hein?

Ele riu.

— Você sabe que eu...

— Gosta de cozinhar. Sim. E também faz isso com maestria.

Ele fazia parecer um hobby, mas eu achava que era mais do que isso. A maneira como ele parecia... brilhar quando estava comandando uma cozinha, fosse a dele ou a do Bolos e Cerveja. Conheci cozinheiros a vida toda. Eles não faziam seu trabalho com um décimo da finesse ou do prazer óbvio que eu via em Gage. Eles não descreviam um prato como a fusão da terra e do mar.

— Depois dos seus primeiros dias com o Chef LaCourt, você fez cursos? — perguntei. Ele tinha dado a entender que aprendera com o mestre francês quando era jovem, mas obviamente havia aprimorado suas habilidades desde então. Pensei nos bolinhos de caranguejo e no prato de massa que ele tinha feito com tanta facilidade e como ambos pareciam mais uma experiência do que comida. Nunca na vida comi algo melhor do que aquelas duas refeições improvisadas.

— Não, não tenho treinamento profissional de nenhum tipo.

Inclinei a cabeça.

— Bem, nem Mozart nem Van Gogh tiveram. Algumas pessoas são simplesmente talentosas por natureza, eu suponho.

Ele pareceu considerar minha fala, uma carranca marcando suas feições bonitas como se algo na ideia o perturbasse.

— Eu sempre tive essa habilidade de... decifrar receitas e até aromas. Provo algo em um restaurante e sei quais ingredientes foram combinados para criar aquilo. Posso dizer se o prato se beneficiaria de um pouco de alecrim, ou trufas raladas... se ficaria melhor assado ou grelhado em uma tábua de cedro. E então vou para casa e recrio, e quase sempre acerto. Um talento aleatório que só significa que preciso ser diligente com o tempo na academia.

Trufas raladas. Seja lá o que fosse isso.

— Não é aleatório. Um talento que beneficia chefs e criadores de receitas — eu disse. — Algumas pessoas têm sentidos mais aguçados que outras.

Ele de repente parecia muito interessado em um galho ao lado dele, passando os dedos pelas folhas na ponta.

— Bem, eu obviamente não sou nenhum desses. Só faço isso por diversão. — Ele sorriu, fazendo o mais leve movimento dos lábios. — Meu trabalho é exigente e, nos últimos anos... sinceramente, não tenho saído muito. Tenho que comer e então... você sabe...

Eu tinha dado uma mordida no pêssego enquanto ele falava e, quando gemi com a doçura suculenta que explodiu na minha língua, seu olhar desceu para minha boca. Seus olhos se semicerraram levemente e ele trouxe o polegar para o lado dos meus lábios, capturando o sumo de pêssego que começava a escorrer em direção ao meu queixo.

Me beija.

Não! Não me beija. Deus, isso era horrível. A tensão entre nós estava densa de desejo. Minha pele estava quente e formigava da mera proximidade a ele e ainda não tínhamos recebido aqueles malditos resultados do teste. Parte de mim queria dizer, *Dane-se. Quem se importa! Já avançamos o sinal. De que forma duas vezes seria pior do que uma?*

Porque você saberia que estava fazendo isso com seu irmão.

Desviei o olhar, o que colocou as coisas em perspectiva.

— Eu vi você com aquela garota mais cedo — disparei.

Não tinha planejado mencionar a mulher deslumbrante de cabelos escuros que eu o tinha visto beijar fora do clube de tênis enquanto passeava com os cachorros. Eu me escondi parcialmente atrás de uma árvore e então o observei enquanto ele a via se afastar da calçada. Mesmo do outro lado da rua, vi a forma como sua mandíbula se apertou como se para se proteger, sua mão começando a se levantar e sua boca se abrindo parcialmente como se ele fosse chamá-la para diminuir a velocidade. Isso fez meu estômago se revirar e talvez por isso eu tivesse me distraído o suficiente para deixar os cachorros se descontrolarem. Dei outra mordida no pêssego para manter minha boca ocupada.

— Blakely — ele disse. — O nome dela é Blakely.

— Ah. — Eu engoli, o pequeno bocado de pêssego parecendo uma pedra e me fazendo imaginar se eu havia comido o caroço sem querer. Olhei para baixo para ver que não tinha. Por que um simples nome havia feito meu estômago se revirar? Eu não perguntara a Gage se ele estava namorando alguém, ou talvez várias pessoas. Tivemos um caso de uma noite, e então descobrimos que havia a possibilidade de sermos parentes. As circunstâncias significavam que nunca houvera a questão de se queríamos namorar *um ao outro*, então o que importavam os detalhes da vida pessoal dele?

Isso *ainda* era verdade. Tinha que ser verdade.

— Você está namorando com ela? — perguntei, tentando absurdamente fazer parecer que eu estava tão despreocupada quanto um dia ameno. E pensei que tinha conseguido, considerando que o ar estava completamente parado.

— Não. — Ele se deteve, e prendi a respiração momentaneamente, sentindo que o "não" era um pouco mais complicado do que essa única palavra indicaria. — Ela é a melhor amiga da minha irmã Lexi. Eu cresci com ela. — Ele pausou e joguei fora o pêssego meio comido. Os pássaros podiam ficar com o resto. Eu não conseguia engolir outra mordida, embora fosse hora do jantar e eu estivesse com um pouco de fome. — Nós brincamos sobre esse pacto, muitos anos atrás. Dissemos que...

— Deixe-me adivinhar. Vocês se casariam se ambos estivessem solteiros quando chegassem a certa idade.

— Muito clichê, hein?

Nossa, sério? O que havia de *errado* com a turma da colher de prata? Imaginei o retrato dos Bellamy, as mãos do marido pairando logo acima do ombro da esposa como se ele realmente não quisesse tocá-la. Era de propósito que eles buscavam casamentos sem brilho? Ou isso fazia parte do *legado* esperado de Gage?

— Quero dizer, acho que é difícil quando você sabe que quer um casamento e uma família como parte do seu futuro, mas se preocupa que isso não aconteça naturalmente. Imagino que... vocês dois queiram isso? Um parceiro? Filhos?

Não olhei para ele, mas pude sentir seu desconforto ao meu lado, tanto pela forma como ele pausou antes de falar, quanto por como seus movimentos na minha visão periférica se tornaram menos fluidos.

— Ambos queremos — disse ele. — Nos últimos anos, tomei a decisão consciente de namorar mulheres com esse objetivo em mente.

— Ou seja, nada temporário ou puramente físico? — Parei e me virei. Meu equilíbrio de repente parecia instável e desejei aquele banco outra vez para que pudesse me afundar nele. Eu a tinha visto inclinar-se e beijar Gage, e a visão me angustiou, mas pensei, bem, muitas mulheres em Calliope provavelmente estavam disputando a atenção de Gage Buchanan. E talvez ele estivesse até mesmo saindo com algumas delas. Mas eu não tinha pensado nem por um segundo que ele estivesse considerando *casamento*.

Ele havia quebrado uma folha e a girava nos dedos agora, olhando-a como se ela tivesse a resposta para essa pergunta.

— Eu decidi por nada temporário ou físico, sim.

— Até mim.

— Até você.

Minhas costelas pareceram se apertar e levei a mão ao lugar abaixo dos meus seios. O que ele estava dizendo sobre o que éramos — um caso de uma noite só — era algo que eu já sabia. Então, por que isso tinha me feito sentir de repente vazia por dentro?

Porque vocês são amigos agora.

Éramos, mesmo? Amigos? Não de verdade. Porque se fôssemos, não nos importaríamos se acabássemos descobrindo sermos irmãos. A energia sexual ainda pulsava entre nós. E talvez por isso eu me sentisse meio... derrotada. Porque Gage Buchanan *queria* algo sério, mas ele só nunca tinha considerado isso comigo.

O que fazia *sentido*. Vivíamos em cidades diferentes. Ele estava de mudança para Londres. E poderíamos ser parentes.

E ainda assim... *ainda* doía saber que ele poderia estar considerando se casar com essa tal Blakely. A bela mulher com o belo carro, que eu tinha observado de trás de uma árvore com três cachorros.

— Ouça, Rory, eu sei que as coisas estão meio... confusas entre nós. A verdade é que Blakely foi quem me abordou com essa ideia. — Ele soltou um suspiro, largou a folha e passou a mão pelo cabelo escuro. — Eu não tinha decidido nada. Disse a ela que pensaria a respeito. Mas... — ele soltou uma pequena risada desprovida de humor — ... ela é mais como alguém da família para mim. Não sei se posso vê-la como algo além de uma irmã. Não sei se quero. Apesar disso... também existe um nível de conforto. E nossas famílias são próximas. Estão envolvidas nas fundações de caridade que minha mãe administra. Nossos pais trabalham juntos. Havia razões que faziam sentido quando ela sugeriu isso pela primeira vez.

— E ela está disponível para ir para Londres com você.

Ele pausou, me observando.

— Sim. Ela está disponível para ir para Londres comigo.

— Entendo, Gage. — E eu entendia, mesmo que isso causasse um nó na minha garganta e me fizesse sentir decepcionada por ele. Parecia mais um arranjo de alguém que ele estava aceitando. E talvez fizesse sentido para ele, mas também fazia mais sentido para todos os outros, e Gage não parecia capaz de fazer nada que não se enquadrasse nesse padrão. Também me perguntei se havia alguma química entre eles e tive que supor que não. Porque eu sabia muito bem que Gage era um homem apaixonado quando se permitia, e se ele sentisse isso por ela, eu tinha certeza de que não estaria aqui comigo.

— Mas, Rory, quero deixar claro para você que, neste momento, nem estou saindo com ela. Nunca saí. Eu disse a ela que consideraria a oferta e então... bem, você apareceu aqui e eu...

— Descobriu que eu poderia ser sua irmã.

Ele soltou outra risada fraca, seguida de uma careta.

— Sim.

— Não precisa me explicar. Você não me deve isso. O que tivemos... bem, foi uma coisa de uma noite e podemos ser parentes. Mas além de tudo isso, minha vida está em Mud Gulch. Minhas prioridades são muito diferentes. — Me virei e comecei a andar, mesmo que de repente me sentisse um pouco sem fôlego. Gage se aproximou de mim. — Não que, sabe, você tenha perguntado sobre alguma dessas coisas.

— Não fazemos sentido juntos — ele murmurou.

— Não, nós já decidimos isso.

— Acho que preciso decidir de novo.

Lancei um olhar para ele.

— Também acho difícil de lembrar. — Ele sorriu, e foi meio triste. *Era* um pouco de partir o coração ter uma química tão intensa com alguém, *gostar* de estar perto dessa pessoa, e ainda saber que simplesmente não eram certos um para o outro por uma variedade de razões, algumas mais pesadas do que outras.

— Então… o que vem a seguir? — ele perguntou, obviamente tentando mudar de assunto. — Podemos visitar mais algumas lojas de antiguidades.

— A galeria está fechada amanhã. Faith vai me acompanhar em algumas lojas.

— Ah.

— De qualquer forma, achei que você fosse trabalhar.

Ele assentiu.

— Vou, sim. Trabalhar. Há muito a fazer antes de… Londres.

Meu estômago deu uma reviravolta. Mas ele não era o único que partiria em breve. Ele ia começar uma nova vida em outro lugar, e eu ia voltar para a minha.

— Bem, o tempo está passando. Os consertos no barco do meu tio vão ser concluídos em breve e então terei que voltar.

— Os doguinhos — ele murmurou.

— Os doguinhos. E o bar. A vida real.

— A vida real — ele murmurou. Então parou, se virando novamente para mim, e eu parei de repente. — Você me liga imediatamente se encontrar alguma coisa? — Ele deu um sorriso meio trêmulo e talvez um pouco tímido. Esse empresário confiante com o mundo a seus pés estava olhando para mim como se minha resposta pudesse ser decisiva para ele.

— Claro que sim, Gage. — Sorri. — Por enquanto, estamos juntos nessa. — *Por enquanto.*

CAPÍTULO VINTE

GAGE

Olhei pela janela do meu escritório, que dava para o distrito comercial de Calliope, observando os carros se movendo pela rua e as pessoas de terno entrando e saindo dos prédios. Eu tinha muito o que fazer e, ainda assim… estava *entediado*. Nunca havia me sentido entediado antes, ou melhor, nunca havia reconhecido meu tédio, mas era exatamente isso, não era? Aquela sensação inquieta dentro de mim era uma espécie incomum de tédio. *Aff*. Como se eu não tivesse *mais* do que o suficiente para me ocupar. Me virei, fui até minha mesa e me sentei, pegando meu celular, hesitando e então o colocando de volta na mesa.

— Droga — murmurei, balançando o joelho. Já fazia dois dias desde que eu havia falado com Rory. Ela não havia me ligado para atualizar se tinha encontrado mais alguma pintura ou não, então presumi que não tinha. Mas e se ela tivesse encontrado algo, e isso a tivesse levado a investigar outra coisa, e eu não soubesse por que não havia pegado o telefone e ligado para ela primeiro?

Meu olhar caiu na lista que minha assistente Rebecca havia colocado na minha mesa naquela manhã, referente às tarefas pessoais que eu ainda precisava cumprir para me preparar para a mudança para Londres. Havia impressões do layout do meu apartamento embaixo da lista e eu as puxei para fora. Meus olhos percorreram os cômodos unidimensionais por um momento. Tentei, mas não consegui me imaginar lá, vendo televisão na sala, ou de pé na janela, com a vista de Calliope substituída pelo horizonte de Londres, ou mesmo cozinhando, o que me fazia sentir inspirado onde quer que estivesse, até mesmo em um bar desconhecido no cais, com equipamentos tão antigos que provavelmente datavam de três gerações da família Casteel. Empurrei a pilha de papéis para o lado.

— Droga — repeti, colocando a cabeça nas mãos.

O que meus pais pensariam de Rory Casteel, cuja família possuía um bar charmoso, mas que necessitava de reparos, no cais de uma cidade chamada Mud Gulch, que provavelmente engolia a pessoa se ela não tomasse cuidado? *Desaprovariam imediatamente.* Eles não a considerariam a "mulher certa" para estar ao meu lado enquanto eu avançava para o próximo capítulo da minha carreira e da minha vida. Meu pai amava minha mãe, mas havia se casado com ela porque era uma garota da sociedade, como Blakely Wingate, que apenas o elevara na escala social. Ele tinha um passado muito mais humilde do que o vivido em Mud Gulch, Maine. Seus objetivos para mim eram que eu me embasasse no terreno que ele havia conquistado e subisse ainda mais alto.

Essa era algo da *empáfia* que eu havia mencionado a Rory na primeira noite em que nos conhecemos, a que podia ser tão cansativa. Mas eu havia abraçado essa atitude. Havia me entregado completamente e agora ela fazia parte da minha vida, gostasse eu disso ou não.

Era por isso que me sentia tão livre em Mud Gulch, em pé naquela cozinha com Rory, cozinhando e apenas sendo *eu mesmo*. Longe de toda a pressão e de todas as expectativas. Meus pais nem reconheceriam essa minha versão.

Não que pudesse haver alguma menção a Mud Gulch de qualquer forma, já que Rory havia mentido para meus pais e muitos outros sobre quem ela realmente era.

E eu também.

— Dor de cabeça? — A voz do meu pai interrompeu meus pensamentos. Ergui o olhar para vê-lo entrando na sala. — Tome um analgésico, porque não há tempo para dor de cabeça ou qualquer outra coisa que possa te distrair nem que seja por um breve momento. — Ele me deu um sorriso enquanto colocava uma pasta diante de mim e se sentava em uma das duas cadeiras em frente à mesa.

Me distrair? Tarde demais. Eu já estava irremediavelmente distraído.

— Eu sei. Estou bem. Tenho tudo sob controle.

Ele me lançou um olhar avaliador, provavelmente pensando nos rumores que certamente circulavam sobre minhas demonstrações públicas de *distração*. Mas meu pai não dava muita importância para fofocas. Ele olhava para resultados. E apesar da minha mente estar em outro lugar, meu trabalho não havia sofrido.

— Não tenho dúvidas. Você sempre tem tudo sob controle. Eu sei que as coisas têm sido intensas ultimamente. Há muito dinheiro em jogo e toda uma equipe de pessoas dependendo de você. Mas, Gage, filho, não há ninguém mais capaz de transformar este empreendimento em um sucesso do que você.

— Obrigado, pai. — Forcei um sorriso, que ele não pareceu notar que era forçado.

Ele fez um gesto em direção à pasta.

— Estes são os cronogramas dos empreiteiros para a propriedade em Londres. Guarde caso precise consultar. O cronograma está apertado. Não podemos nos dar ao luxo de deixar nada escapar. — Meu pai se inclinou para a frente. — Mas tenho boas notícias. A equipe de Londres que vai trabalhar sob a sua supervisão virá para a nossa festa de Quatro de Julho. Você terá a chance de conhecê-los em um ambiente mais relaxado. Assim, todos estarão familiarizados, e vocês poderão começar com o pé direito quando chegarem a Westminster.

Assenti e deixei meus olhos vagarem. *A festa de Quatro de Julho*. O Metropolitan Club promovia uma grande festa todo ano, com um show de fogos de artifício profissional. Eu havia pensado em convidar Rory, mas então hesitei, porque Blakely e seus pais estariam lá, como sempre. Já havia decidido que não aceitaria a proposta de Blakely. Francamente, meu coração não estava nessa proposta e eu não tinha vontade de tentar. Mas seria constrangedor mesmo assim. Nada era tão simples, e sentimentos provavelmente seriam feridos se eu não mantivesse as diferentes partes da minha vida separadas.

E, no entanto, era *eu* quem sentia como se alguém segurasse meu coração em um torno.

Meu pai começou a se levantar.

— Pai? Posso te fazer uma pergunta?

Ele se sentou de novo na cadeira.

— Claro.

Peguei uma caneta e a bati na borda da mesa.

— Houve algum momento... anos atrás, em que você e a mamãe... não estavam tão próximos?

— Não estávamos próximos?

— Sabe, que vocês talvez tenham... se distanciado.

Ele me observou por vários momentos.

— Claro, Gage. Sua mãe e eu passamos por dificuldades como a maioria dos casais. Trabalhei muito quando você e Lexi eram pequenos. — Fez uma pausa, parecendo momentaneamente perturbado. — E eu estava lidando com questões pessoais, então nem sempre estava tão presente quanto deveria. Acho que às vezes sua mãe se sentia solitária e sobrecarregada, mesmo tendo ajuda.

Você a traiu? Teve um caso com uma mulher e depois a mandou embora ao descobrir que ela estava grávida? Ou ela te deixou sem que você soubesse? Mas eu não conseguia me atrever a perguntar essas coisas ao meu pai. A pergunta parecia blasfêmia na minha língua. Ou talvez eu não estivesse preparado para ouvir a resposta, para ter que encará-lo depois de ficar sabendo de algo assim.

Ter que lidar com as camadas da minha desesperança enquanto estava diretamente na frente dele.

Afinal, os resultados dos testes agora estavam prestes a ficar prontos. Acenei com a cabeça.

— Fico feliz que tenham conseguido superar.

A testa dele se franziu.

— Há uma razão específica para você estar me perguntando isso, filho?

Dei de ombros.

— Acho que estou sentindo que há muito que nunca perguntei. — Dei-lhe um pequeno sorriso. — Vou me mudar e...

— Gage, sua mãe e eu estamos a um telefonema de distância.

— Eu sei. — Hesitei, mais perguntas fluindo para a ponta da minha língua. *Você já duvidou do seu caminho? Às vezes se sentiu como se estivesse no piloto automático, em vez de realmente aproveitar a jornada? Quando a mamãe entrou na sua vida, ela acalmou esse sentimento? Ou a presença dela em sua vida criou mais perguntas?* Antes que eu pudesse encontrar uma maneira de perguntar qualquer uma dessas coisas, no entanto, meu pai continuou.

— Falando em mudança, as coisas vão ser um turbilhão nas próximas semanas, então, enquanto eu tenho você aqui por um minuto, queria dizer uma coisa.

Balancei a cabeça em afirmativa.

— O que foi, pai?

— Só queria expressar minha gratidão e meu profundo respeito. Tudo pelo que trabalhei, desde jovem, vai se concretizar quando você cortar a fita no dia da inauguração em Londres. Meu filho, meu orgulho e alegria, estará à frente quando o negócio que construí com meu próprio sangue, suor e lágrimas se tornar um sucesso internacional. — Ele pigarreou, claramente segurando as lágrimas. — É tudo o que eu sonhei, depois de noites de fome, reveses, esforço e dificuldades. Por causa de você, meu sonho definitivo não será apenas realizado, vai durar ao longo das futuras gerações.

Sorri, sentindo um princípio de lágrimas arderem meus olhos.

— Obrigado, pai. Obrigado por confiar em mim.

— Sempre. — Ele sorriu, aparentemente afastando a emoção. — E, a propósito, espero que ainda esteja considerando seriamente levar

Blakely para Londres. Ela tem algumas ideias maravilhosas sobre como criar uma boa publicidade on-line para a inauguração do hotel. E, Gage, a única coisa que poderia tornar aquele momento de cortar a fita ainda mais doce é se meu filho estivesse ao lado da filha do meu melhor amigo. Que combinação poderosa seria essa.

— Pai, eu te disse...

— Eu sei, é só uma possibilidade. A escolha é sua. — Ele piscou. — Mas um pai pode sonhar.

Ele se levantou e olhou para o relógio.

— Temos aquela reunião do conselho em dez minutos. Pronto?

— Ah, sim. Tenho mais uma coisa para terminar e então estarei lá.

Meu pai fez um rápido aceno para mim, virou-se e saiu do meu escritório. Fiquei batendo a caneta por alguns minutos. *Meu orgulho e alegria.* Eu sentia um tique-taque interno que parecia correr contra o relógio na parede do meu escritório.

O tempo é tudo. Muito cedo, malcozido; muito tarde, duro e queimado. Você tem um dom, mas para ser um mestre, deve dominar a noção do tempo certo.

Chef LaCourt. Mais uma vez, sua voz na minha cabeça.

O problema era que eu *havia* dominado o tempo. Em todos os sentidos. Eu tinha aprendido suas lições e as aplicado a tantas coisas. Talvez até mais do que as lições que meu próprio pai havia me ensinado. E a culpa que eu sentia por isso...

Deus, de repente, eu não conseguia respirar. Levantei, fui até o bar no meu escritório, peguei uma garrafa de água na geladeira e bebi metade de uma vez. Precisava manter as palavras do meu *pai* na minha mente e, em vez disso, aquele sotaque francês suave e melodioso continuava interrompendo meus pensamentos. Eu o havia desligado por um longo tempo, mas agora estava de volta e mais alto do que nunca.

Sequei a boca com as costas da mão, voltando para a mesa, onde, de repente, percebi o celular na minha mão. Não deixei que meus pensamentos se adiantassem antes de ligar para Rory.

— Ivy League.

— Bolinhos. — Meus pulmões se expandiram com o ar.

— Como você está?

Eu podia ouvir o sorriso na voz dela e a energia preencheu meu corpo como se eu acabasse de voltar à vida depois de dias de quase-morte. Essa mulher não me acalmava exatamente — talvez o oposto —, mas, Deus, eu ansiava pela maneira como ela me fazia sentir.

— Estou bem. Sem sorte na busca do tesouro que você fez com Faith, presumo?

Ela suspirou.

— Sem sorte. Acho que esgotei todas as lojas de antiguidades e produtos vintage da região e... nada.

— Ah, mas você ainda tem dois sótãos para explorar, e o conteúdo deles pertence a homens cujas iniciais combinam com as do artista.

— Eu sei, mas eles ainda não ligaram para Faith. Ela deixou várias mensagens, mas nem teve a chance de dizer a eles por que tinha ligado.

— Ok, vamos mudar de tática. Se eles ligarem, diga a ela para não mencionar você. Tenho uma ideia melhor para entrar na casa de um deles.

Ela ficou em silêncio por um momento.

— Invasão de propriedades é ilegal, caso você não saiba.

— Não estou propondo invasão de propriedade. Maynard Siggins organiza um pequeno clube de bridge na quarta quarta-feira de cada mês. É amanhã à noite.

— Certo...

— Tenho quase certeza de que consigo arranjar um convite. Você será minha acompanhante.

— E nós vamos o quê? Entrar de fininho no sótão dele?

— Não. Eu estava brincando sobre o sótão. Não acho que verificar o conteúdo das áreas de armazenamento dele seja necessário neste momento. Se ele é o homem que pintou aquelas obras, certamente vai ter algumas penduradas pela casa. Ele é solteiro, o que significa...

— Nenhuma esposa para cuidar da decoração. — Ouvi a empolgação na voz dela.

— Exatamente. Nenhuma esposa para enterrar no sótão obras antigas de arte de que ela não gostava ou para sugerir que ele pare de desperdiçar tempo colorindo imagens de lagos, grama e afins.

Ela riu suavemente após eu repetir a descrição da sra. Ramsbottom sobre criar arte.

— Então, o que me diz? — perguntei.

— Eu nem sei jogar bridge.

— É fácil. Você vai pegar o jeito rápido.

— Acho que posso... assistir a alguns vídeos no YouTube.

— Sim, e vou repassar as regras mais uma vez durante o caminho. Te pego às oito?

Ela soltou uma risadinha fina.

— Bem... ok. Te vejo amanhã.

Tentei não pensar no jeito como meu coração se elevou com aquelas três pequenas palavras. *Te vejo amanhã.*

— Você disse que já jogou bridge antes, srta. Castle? — perguntou a sra. Delia Quartermocker, erguendo uma sobrancelha loira perfeitamente desenhada, depois que Rory foi aos trancos e barrancos por mais uma rodada do jogo. Ela tentou agir com naturalidade, mas suas bochechas coradas entregavam o fato de que seu espírito competitivo estava a todo vapor.

Pressionei os lábios para reprimir a risada que sentia vibrar no meu peito. Por que eu gostava tanto de ver Rory desorientada? Obviamente, ela percebeu que eu estava tentando não rir, porque me deu um pisão no pé debaixo da mesa.

Eu tinha dado uma rápida aula durante o trajeto, mas estava distraído e tão feliz em vê-la que as regras reais do bridge rapidamente me escaparam. Eu tinha oferecido o básico e esperado que fosse o suficiente. A última coisa que eu queria era que Rory desistisse. Eu dizia a mim mesmo que era porque a oportunidade de entrar na casa de Maynard Siggins e examinar sua arte era boa demais para ser ignorada.

— Gage me ensinou a jogar — disse ela, docemente. — Estou começando a achar que ele não é um bom professor e que deixou de fora metade das regras.

— Ah, imagino que Gage seja bom em tudo o que faz — respondeu a sra. Quartermocker, olhando para mim de forma sugestiva enquanto passava a língua pelo canto da boca.

Ai, Deus. A sra. Quartermocker era uma mulher atraente, mas tinha pelo menos o dobro da minha idade. Embora seu marido, um jovem que parecia ter uns vinte e poucos anos, claramente não se importasse com isso. Atualmente, ele estava relaxado em uma cadeira próxima, bebendo um martini, com uma boina perfeitamente assentada sobre seu cabelo desgrenhado, e parecia bastante contente com a vida.

— Ora, ora — falou Maynard Siggins, que eu realmente esperava ser o pai de Rory para que pudéssemos resolver esse mistério. — A prática leva à perfeição. Estou feliz que Gage tenha me ligado esta manhã do nada e depois mencionado que tinha aprendido a jogar bridge. Foi na hora certa, já que o nosso parceiro de sempre, Curtis Nielson, precisou trabalhar até mais tarde esta noite. Curtis trabalha para você, não é, Gage?

Sorri de forma tensa e com uma boa dose de vergonha. Eu havia feito um favor no trabalho para o sr. Siggins há cerca de um ano, e tinha ligado para ele mais cedo sob o pretexto de perguntar em que situação estava o acordo resultante. Perguntei se ele ainda mantinha a noite de bridge e disse que tinha aprendido o jogo recentemente. É claro que ele me convidou, como eu sabia que faria, e perguntei se Rory poderia vir também. Claramente, seja lá o que mais Maynard Siggins fosse, ele não era um homem capaz de detectar muitas coincidências.

— Sorte — murmurei.

— Verdade — disse Maynard. Ele olhou para nós dois por cima dos óculos de leitura. — Você disse que a srta. Castle é nova na cidade. Como vocês se conheceram?

Meu olhar voou para Rory. Não havíamos elaborado uma história de cobertura sobre como havíamos nos conhecido. Mas Rory simplesmente deu um tapinha na minha mão e disse:

— Na noite de poesia.

— Ah! — O marido muito jovem da sra. Quartermocker, cujo nome eu já havia esquecido, de repente se endireitou. — O sarau de poesia no Lighthouse Lounge?

— Esse mesmo — confirmou Rory, apoiando o queixo nas costas das mãos entrelaçadas e me observando. — O poema de Gage foi hipnotizante. Tão carregado de emoção. Eu tive que falar com ele depois. Daí em diante, foi... um turbilhão.

— Um furacão — eu corrigi.

Seus olhos dançaram.

— Categoria cinco.

— Destruição total — adicionei com a voz baixa.

— Parece violento mesmo — disse a sra. Quartermocker com um risinho antes de beber seu drinque.

— Sobre o que era? — perguntou o sr. Siggins.

Rory hesitou enquanto seus olhos deslizavam ao redor da sala.

— Pratos — respondeu ela e soltou uma risadinha pequena e musical, com o lábio inferior tremendo como se estivesse contendo algo. Me perguntei qual objeto ou título atrás de mim havia desencadeado sua resposta, mas não me virei. Em vez disso, estreitei os olhos para ela, que piscou.

— Parece um tema incomum — opinou a sra. Quartermocker.

— Muito da poesia usa sugestão e metáfora — opinou seu marido. — É por isso que é tão poderosa.

— Romântico — afirmou Maynard, na dúvida, erguendo uma sobrancelha. — Não pensei que você fosse um poeta, Gage. Deve apresentar o poema que conquistou o coração da sra. Castle.

O jovem que claramente se considerava um tipo de *beatnik* moderno levantou-se e puxou minha cadeira, me forçando a levantar e ser empurrado em direção ao piano de cauda que estava situado em um degrau mais alto. O jovem voltou para a mesa onde as cartas estavam sendo jogadas e se sentou ao lado da esposa, com quatro pares de olhos me observando com expectativa, e então outro homem mais velho entrou.

— Timothy — cumprimentou Maynard. — Fico tão feliz que tenha chegado. O teatro terminou mais cedo?

— Não, foi um tédio insuportável e eu decidi sair.

— Bem, sente-se. Estamos prestes a ouvir o poema metaforicamente carregado de Gage Buchanan sobre... pratos.

— Ah, é mesmo? Que emocionante. Eu costumava brincar de poesia quando era mais jovem. Faz tempo que não ouço um bom poema. — Timothy puxou uma cadeira e sentou-se.

Agora havia cinco pares de olhos me observando ansiosamente, um par de olhos azuis brilhantes cintilando com uma diversão mal contida.

Eu a mataria depois disso. Devagar.

Pratos... pratos. Pigarreei e minha mente disparou. Eu havia falado em centenas de reuniões de negócios completamente de improviso. Era ótimo nisso. De boa na lagoa.

Eu conseguiria fazer poesia.

Poesia era fácil.

Estendi o braço e ergui o queixo.

— Pratos colidem, pratos trepidam. Eu gosto de pratos, prrrá... prrrá. Prrrá.

Abaixei o braço e olhei para as pessoas que me observavam da mesa. A sra. Quartermocker tossiu e depois cobriu a boca, os três homens ficaram sem palavras e o rosto de Rory estava quase roxo enquanto ela claramente tentava não rir.

O marido da sra. Quartermocker parecia estar resolvendo um problema matemático complexo na cabeça.

— Bem, er, isso foi... — Maynard começou.

— Exótico — tentou o homem chamado Timothy, esticando a palavra. Eu o reconheci de alguns eventos sociais, embora não conseguisse lembrar o que ele fazia. Tudo o que eu sabia era que ele acabara de me salvar e apresentara a oportunidade perfeita. Desci da área mais alta do piso.

— Agora que há outro jogador, o que acha de deixarmos esta rodada para os profissionais e irmos tomar um drinque, Rory?

Ela levantou-se tão rapidamente que a cadeira balançou.

— É uma ideia maravilhosa. Um drinque. Sim — disse ela, ofegante.

— O bar fica logo ali do lado — informou o sr. Siggins. — Fiquem à vontade para se servir do que quiserem.

Saímos da sala e viramos a esquina para o bar, com uma bancada de mármore e prateleiras de vidro acima, repletas de todo tipo imaginável de bebidas. Rory olhou para trás e me puxou enquanto ambos apressadamente saímos daquela sala e descemos por um corredor. Rory cobriu a boca com a mão enquanto risadinhas obviamente ameaçavam escapar.

— Eu deveria te matar — sussurrei enquanto andávamos depressa.

Ela riu, e segurei sua mão enquanto virávamos para outro corredor, fora de vista de qualquer um que saísse da sala onde o jogo de bridge estava acontecendo.

— Esse foi o pior poema que eu já ouvi — falou ela, inclinando-se para a frente como se seu estômago doesse de tanto segurar a risada.

Também ri, virando-me para ela e depois voltando a pensar nas expressões dos outros presentes.

— Nunca na minha vida me senti mais ridículo.

Seu riso, quase silencioso, diminuiu, mas seus lábios ainda estavam curvados.

— Eu gosto quando você está sendo ridículo. Deveria fazer isso mais vezes.

Meu sorriso se apagou.

— Parece que você provoca isso em mim.

Meu coração acelerou e, por alguma razão, as palavras de Travis voltaram à minha mente: *Não se preocupe, Buchanan, um dia você também vai estar correndo atrás de gatos.*

É isso que estou fazendo agora? Minha própria versão de perseguir gatos? Agir de maneira maluca por causa de uma mulher, porque ela traz à tona um lado meu que nunca conheci antes? Um lado que não tenho certeza se gosto, mesmo que eu nunca tenha sorrido tanto na vida?

Quebrei o contato visual.

— Dê uma olhada nas peças de arte — eu disse, acenando com a mão para as pinturas que decoravam as paredes. — Há muitas. — Maynard Siggins era claramente um fã de arte. Eu só esperava que ele também se aventurasse na pintura e tivesse pendurado pelo menos uma de suas próprias peças.

Sua casa era ao mesmo tempo confortável e elegante. Nada engomadinha, como todas as outras dos homens que poderiam ser o pai de Rory.

Por favor, que esse homem seja o pai de Rory. Por favor, que o motivo pelo qual ele ainda está solteiro seja que o verdadeiro amor de sua vida desapareceu sem deixar rastros e ele ainda sente algo por ela. A mãe de Rory mencionou uma família que precisava dele, mas isso não necessariamente significava esposa e filhos. E se esse for o caso, não significaria que ele receberia Rory de braços abertos? Eu queria isso para ela. Ela era boa, gentil e tinha o espírito mais brilhante que já conheci. Ela merecia ser amada por tantas pessoas quanto possível. Merecia ser acolhida por ambos os lados de sua família e ter aquele sentimento de pertencimento que eu sempre tive na minha vida.

Espiamos um cômodo após o outro, subindo em silêncio uma escada nos fundos da casa e explorando o segundo andar. Havia muitas pinturas. Infelizmente, nenhuma trazia à mente as aquarelas que havíamos começado a reconhecer.

Estávamos prestes a sair do que parecia ser um quarto de hóspedes quando o clique de sapatos soou na escada de trás. Voltamos rapidamente, nos escondendo de volta no quarto, enquanto os passos se aproximavam e o som de uma mulher cantando ao longe chegava aos meus ouvidos. Uma empregada? Os olhos de Rory se arregalaram e ela apontou para o closet à sua direita. Acenei com a cabeça e nos esgueiramos até ele, empurrando a porta que já estava entreaberta e depois fechando-a com cuidado atrás de nós.

Era um closet bastante pequeno e, assim, Rory e eu ficamos pressionados um contra o outro enquanto a mulher entrava no quarto em que estávamos. Coloquei o dedo sobre os lábios e então me incline para o lado para espiar pelas fendas. A empregada, uma mulher mais velha com cabelos grisalhos e curtos, continuava a cantar enquanto arrumava a cama, esticando os lençóis e afofando os travesseiros.

Me endireitei e encontrei os olhos de Rory. Ficamos nos encarando, nossos lábios pressionados enquanto nos escondíamos no closet escuro, esperando a empregada sair. O peito dela subia e descia em sintonia com o meu enquanto seu pulso acelerava na garganta. Eu queria colocar meus lábios ali e sentir aquele bombeamento rápido de vida logo abaixo da pele dela. Minha respiração vacilava, o calor infundindo meu corpo, a cabeça girando. Eu podia sentir seu cheiro inebriante e ele me envolvia, me fazendo sentir um pouco bêbado da mesma forma que *naquela* noite. A noite em que eu havia entrado nela. A noite em que eu a havia beijado e provado. Caramba, como eu queria aquilo de novo. Meu pau inchava, pressionando a calça, enquanto eu respirava o aroma dela. De *Rory*. Da mulher que eu queria, mas não podia ter. Quase gemi em voz alta, mas reprimi o som quando a empregada se aproximou da porta e então, finalmente, reuniu suas coisas e saiu do quarto.

Esperamos, as respirações se misturando, os olhares se cruzando. A empregada tinha saído do quarto, mas parecia que estava fazendo algo no corredor. Tirando o pó, talvez... passando um espanador sobre todas aquelas pinturas na parede.

Não podíamos sair e, ainda assim... essa proximidade, essa tensão era quase insuportável.

— Pensei que você ia aprender a jogar bridge — sussurrei.

Ela soltou uma risadinha silenciosa.

— Eu pretendia assistir a alguns vídeos no YouTube, mas... — Ela mudou de posição ligeiramente, esfregando-se contra minha ereção, e eu cerrei os dentes, tentando não a alertar sobre o fato de que estava tão excitado que estava zonzo. — Meu negócio de passear com cães explodiu — disse ela. *Não diga a palavra explodiu.* — Decidi continuar com a abordagem "finja até virar verdade".

Os passos da empregada se afastavam pelo corredor.

— O que, claramente, é a abordagem dos perdedores, porque foi tudo o que eu fiz.

Mordi o lábio para não rir e ela pressionou os dela. E, Deus, apesar do fato de que poderíamos ser pegos no closet de um homem a qualquer momento... apesar do fato de que meu corpo estava em um estado de desejo doloroso e quase incontrolável... e apesar do fato de que essa missão estava basicamente sendo um fracasso, era muito bom estar com ela de novo. Os últimos dias pareceram... sem vida. Eu andava inquieto novamente, o que me fez perceber que essa sensação desaparecia quando eu estava com ela.

Nossos olhares se encontraram mais uma vez, e o meu desceu até seus lábios carnudos. Eu sabia exatamente como eles eram. Me lembrava da vertigem do prazer de quando ela havia envolvido sua língua na minha. Ela engoliu em seco, e sua respiração pareceu ficar superficial antes de ela exalar e virar a cabeça, rompendo nosso contato visual e me fazendo perceber que eu havia inclinado meu rosto em direção ao dela, atraído e incapaz de resistir à proximidade dos seus lábios.

— Eu... eu pensei sobre a pergunta que você fez — sussurrou ela, ofegante. — Aquela sobre a diferença entre metas e sonhos.

Meu olhar percorreu suas feições adoráveis, notando os dois pontos de cor nas suas bochechas.

— O quê? — murmurei, sentindo uma explosão de felicidade ao saber que ela havia pensado em mim enquanto estivemos separados, e saboreando a sensação de compartilhar segredos na escuridão.

Ela me olhou de novo.

— Acho que... os sonhos vêm de um lugar dentro da gente que não é tocado por influências externas. — Ela levantou a mão e espalhou os dedos sobre o meu coração. — Sonhos são coisas que você faria mesmo que não fosse pago para isso.

Algo se expandiu no meu peito, bem embaixo do lugar onde sua palma repousava, e fiquei muito ciente do som do meu próprio coração, batendo alto nos meus ouvidos. *Eu abriria meu próprio restaurante. Não ficaria fazendo contas ou negociando contratos. Eu criaria. Pensaria em pratos e prepararia refeições para os outros. Para encontros. Para celebrações. Para os momentos mais significativos da vida.* Eu estava sobrecarregado pela proximidade de Rory, com minhas defesas baixas, e assim a visão surgiu clara na minha mente antes mesmo que eu pudesse começar a reprimi-la. Era uma impossibilidade, é claro, mas se eu pudesse... se eu fosse alguém diferente...

Não um Buchanan.

Os olhos de Rory se arregalaram como se ela tivesse ouvido meu coração cantando seu segredo. Mas então ela virou a cabeça, movendo os olhos para o lado enquanto escutava.

— Ela está descendo a escada principal — falou.

Me senti abalado e desequilibrado ao virar o ouvido para as portas do armário e ouvir também, confirmando o que Rory tinha dito. Eu podia ouvir os suaves toques da empregada descendo as escadas na frente da casa. A visão desapareceu, e a guardei de volta no lugar reservado para sonhos impossíveis que não tinham lugar no mundo real.

Rory se afastou e eu me virei, empurrando lentamente a porta para que pudéssemos sair de fininho. Quando cheguei à porta do corredor, espiei pela moldura.

— Tudo limpo — eu disse, estendendo a mão para ela. — Sumimos há tanto tempo que eles devem achar que fomos embora. Talvez seja melhor sair discretamente.

Viramos em direção às escadas dos fundos, quando o som distinto de dois pares de passos subindo as escadas e vozes masculinas em conversa nos alcançou. *Merda!* Viramos com tudo e nos apressamos na direção oposta enquanto as vozes se tornavam mais claras, falando sobre algum personagem em uma peça. Não conseguiríamos chegar às escadas da frente sem sermos vistos. Puxei a mão de Rory e a levei para dentro de um quarto escuro à medida que os passos se aproximavam, movendo-se diretamente em nossa direção.

Não havia tempo para nos escondermos e fechar a porta — isso só alertaria quem quer que fosse sobre nossa presença.

Agarrei Rory e comecei a beijá-la. No início, ela congelou, obviamente chocada por ter meus lábios pressionados contra os seus. Mas então senti-a amolecer em meus braços e, se antes eu esperava que os homens que estavam conversando, rindo e se aproximando de nós passassem sem nos perceber, agora eu desejava isso duas vezes mais. *Vão. Continuem andando. Me deixem aqui beijando-a. Me deixem aqui fingindo que isso é uma encenação.*

— Ei! — falou um homem à nossa esquerda, obviamente tendo parado na porta quando as luzes se acenderam. Me afastei dos lábios de Rory, oferecendo ao homem chamado Timothy o que eu esperava ser um sorriso de desculpas enquanto a soltava. Ela deu um passo para trás, parecendo perder um pouco o equilíbrio antes de se recompor.

Maynard Siggins, que estava um pouco atrás do homem, soltou sua mão e se moveu ao redor dele.

— Gage? Achei que você tivesse ido embora — disse ele. — O que está fazendo no... nosso quarto?

— Desculpe — pediu Rory. — Aquele poema... me pegou. De novo.

Olhei para o sr. Siggins e depois para o outro homem.

— Acho que nos empolgamos um pouco. Espere... desculpe. O quarto *de vocês*? — Movi o dedo alternando entre os dois homens.

O sr. Siggins se endireitou, ajustando o paletó.

— Sim. Este é meu companheiro de longa data, Timothy Irwin.

Companheiro de longa data. Droga. Então Maynard Siggins provavelmente não era o pai de Rory. Toda essa espionagem e esses esconderijos em closets tinham sido em vão. Soltei um longo suspiro.

— Isso é uma pena.

O rosto do sr. Siggins corou, e ele pareceu ofendido. *Merda*. Senti meu rosto corar ao perceber como ele interpretara meu comentário. Levantei a mão.

— Isso não saiu como eu pretendia. Quero dizer, é uma pena para Rory. Não para vocês. Obviamente.

Timothy estreitou os olhos um pouco.

— Não que seja da sua conta — disse ele. — E isso é altamente impróprio, encontrar vocês aqui como...

Rory se lançou para a frente, envolvendo seus braços ao redor do sr. Siggins e então se afastando para dar um beijo no rosto do outro homem.

— O que Gage quer dizer é que isso é maravilhoso. Para vocês. Estamos felizes por vocês.

Ambos os homens pareceram completamente atônitos, mas um

sorriso começou a se formar nos lábios do sr. Siggins. Ele pigarreou e ajustou novamente o paletó.

— Bem, eu... sim. É maravilhoso. Obrigado, srta. Castle.

— Sim — concordei. — É ótimo.

Era *bom* que esse homem não pudesse ser o pai de Rory. Não precisávamos de obras de arte escondidas para provar isso. A menos que...

— Quando você diz parceiro de longa data...

— Quantos anos, para ser exato? — completou Rory, inclinando-se, obviamente tendo a mesma dúvida que eu.

— Hum, Timothy? Quantos anos já?

Timothy revirou os olhos.

— Você tem sorte de eu te amar, seu velho rabugento, mesmo quando você esquece nosso aniversário. São trinta e três anos.

Eles se olharam com amor.

Rory suspirou, levantando os ombros e depois abaixando-os enquanto exalava.

— Maravilhoso — falou ela mais uma vez. — Bem, deveríamos ir. Obrigada pela ótima noite.

Começamos a nos dirigir para fora às pressas, quando Rory parou de repente, ofegando com surpresa.

— Ai, meu Deus — disse ela, voltando-se para o closet na parede oposta.

— O que foi, srta. Castle? — perguntou Maynard.

— Aquela pintura — indicou ela enquanto eu me aproximava para ver o que ela havia avistado. — É sua?

Eu vi o que ela estava olhando e soltei um suspiro de surpresa. Era uma das pinturas dele. Virei-me para ver Maynard e Timothy se olhando com confusão.

— Bem, é nossa — respondeu Maynard Siggins.

— Eu a comprei — esclareceu Timothy.

— Onde? — perguntou Rory, o espanto claro em sua voz enquanto estendia a mão para tocar a aquarela emoldurada pendurada acima da cômoda embutida na parede nos fundos do closet.

— Na Silver Horse Antiques. Qual é a questão, srta. Castle?

— Há quanto tempo? — ela indagou. — Desculpe. Eu só... foi meu pai que pintou isso e estou tentando descobrir quem ele era.

A fala pareceu surpreender ambos os homens. Timothy se aproximou, olhando para a pintura.

— Eu a comprei há alguns meses, na verdade. Fizemos uma reforma no nosso closet e pareceu perfeita. Fiquei tocado pela profundidade da emoção em uma paisagem. A combinação de cores e o uso de linhas duras e suaves transmitem tanto, não acha?

Rory assentiu, seu olhar ainda fixo na pintura por vários momentos antes de se voltar para Timothy.

— Podemos olhar atrás dela?

— Atrás dela?

— Sim. Encontramos outras pinturas com páginas de diário que são muito importantes para mim. — Ela colocou a mão no braço dele. — Eu seria imensamente grata.

Ele hesitou apenas brevemente antes de avançar, remover a pintura da parede e a colocar em cima da cômoda e a virar.

— Maynard, me passe algo afiado, por favor. Acredito que há um abridor de cartas na escrivaninha.

Maynard saiu rapidamente do pequeno ambiente e voltou em um instante, entregando a Timothy uma pequena lâmina prateada. Ele usou-a da mesma forma que eu tinha usado para retirar a parte traseira, puxando-a para revelar um pedaço de papel dobrado. Rory soltou um pequeno som de felicidade com lágrimas nos olhos.

— De quem são as páginas do diário, querida? — perguntou Timothy.

— Elas pertenciam à minha mãe.

Timothy pegou a página e entregou-a a Rory.

— Então isso é seu. Leve também a pintura.

— Oh, eu não poderia levar a pintura. Você a comprou.

Mas Timothy sorriu.

— É destino. Imagino que era isso que você estava procurando ao se esgueirar pela nossa casa.

Rory olhou para baixo, mas assentiu.

— Achei que você pudesse ser meu pai — revelou ela para Maynard Siggins. — Sinto muito por termos sido desonestos. Isso foi culpa minha, não de Gage.

Maynard me lançou um olhar, mas sorriu gentilmente quando voltou a olhar para Rory.

— Ter filhos não estava nos planos para mim. Para nós. Mas você parece adorável. Não tenho dúvidas de que seu pai a receberá de braços abertos.

Quinze minutos depois, com nossas cabeças inclinadas perto uma da outra, a página do diário iluminada pela luz interna do meu carro, começamos a ler.

Lys tem um segredo que não quer contar. Vejo que a está consumindo por dentro. Quando estamos juntas, seus olhos vagam e consigo perceber que o que ela está pensando a deixa ao mesmo tempo feliz e triste. Me lembra a maneira como ela agia antes de fugir daquele lar horrível para meninas. Assustada e nervosa, mas animada também, com um olhar de esperança mal contida em seus olhos. Eu estava junto quando ela escolheu Pelion olhando em um mapa do Maine. Ela me disse que é o nome de uma montanha na mitologia grega e sempre amou essas histórias de deuses e mortais. Lys sempre leu demais, se você quer minha opinião. Então foi assim que ela acabou na pequena cidade à beira do lago do outro lado de Calliope. E não me atrevi nem a visitar até que o pai dela morreu, que descanse no inferno. Me pergunto se é verdade que todos nós somos atraídos pelo que é familiar, porque aquele marido dela tem a mesma expressão cruel nos olhos que seu pai sempre teve, em especial quando começava a beber. Parte meu coração saber que ela fugiu de um demônio apenas para acabar com outro.

Mas... seu marido lhe deu aquele menino e, Deus, como ela o ama. Ela o olha como se ele tivesse pendurado a lua e todas as estrelas no céu. Mas eu queria entender, porque é da mesma forma que ela olha para o irmão do marido. Que confusão. Uma confusão horrível.

CAPÍTULO VINTE E UM

RORY

Gage estacionou do outro lado da rua de um edifício de pedra branca com duas enormes colunas na frente, um cartaz com um aviso de "Vende-se" na janela. Saí do carro, esticando o pescoço para olhar para o que parecia ser um antigo banco, enquanto ele se juntava a mim e atravessávamos a rua.

Já fazia quase uma semana desde que eu tinha visto Gage após termos sido pegos bisbilhotando no closet de Maynard e Timothy e encontrado outra peça das obras de arte do meu pai, que infelizmente falava de alguém que eu não conhecia. Passei o tempo desde então terminando as últimas avaliações falsas para poder devolver as obras de arte às famílias que as haviam emprestado e passeando com meus cães temporários à beira do lago. Eu tinha me sentado em uma rocha na beira do lago no dia anterior, deixando os cães descansarem ao meu lado, e fui tomada por uma sensação de puro contentamento. Fechei os olhos e absorvi a sensação desconhecida de profunda calma não relacionada às minhas circunstâncias atuais. Ainda não tinha encontrado meu pai. Só havia conseguido riscar uma possibilidade da lista e o tempo estava se esgotando; logo eu teria que partir. Mas, por um momento, nada disso parecia importar enquanto eu olhava para aquela água tranquila, emoldurada por árvores, colinas e margens frescas e sombreadas. Me senti ancorada de uma maneira que nunca tinha sentido antes. Senti... uma conexão que não conseguia explicar.

Também liguei para meus tios para perguntar sobre a mulher chamada Lys que minha mãe mencionava em seus diários, mas eles não se lembravam de ter ouvido esse nome. Quem era ela? E por que havia desaparecido completamente da vida da minha mãe depois que ela havia retornado para Mud Gulch?

— Esta é a propriedade da sua empresa? — perguntei. Gage tinha me ligado do nada, perguntando se eu queria ver o pôr do sol do telhado de uma propriedade que sua empresa havia comprado recentemente. Pareceu um convite meio estranho, mas, para ser honesta, e para minha própria grande decepção, eu estava ansiosa para vê-lo, assim como quando ele havia me ligado para falar da noite de bridge, e então aceitei de imediato.

— Sim. Era o antigo Calliope Savings and Loan. Fechou há muitos anos e outra empresa comprou, mas o que quer que eles pretendiam nunca se concretizou. E nós a adquirimos deles. — Ele sorriu um pouco tenso. — É uma localização fantástica. Meu pai planeja demolir o edifício e construir. Nossa outra localização de hotel em Calliope fica a vários quilômetros daqui, então isso faz sentido. — Ele colocou uma chave na fechadura da enorme porta de madeira e a empurrou. — De qualquer forma, está em péssimo estado. Mas pensei que, como você é uma amante do pôr do sol, poderíamos aproveitar a vista enquanto você ainda está aqui. — Ele olhou para mim. — Enquanto *nós* ainda estamos aqui.

Ambos entramos. Gage empurrou a porta, que rangeu, e depois se fechou com um baque sólido que ecoou no espaço quase vazio. Ele sorriu, e embora estivesse escuro onde estávamos, juro que vi algo que parecia apreensão em seu olhar. *Por que este velho prédio deixa você nervoso, Gage?*

Dei um passo adiante, inclinando a cabeça para trás para olhar para o teto entalhado e os adornos elaborados. O balcão de mármore se estendia por todo o lado direito do espaço, com janelas de ferro forjado com números no topo separando os espaços onde os funcionários do banco tinham trabalhado.

— É incrível — murmurei. — Imagina só o que alguém poderia fazer com um espaço como este. Seu pai está mesmo planejando demoli-lo?

Gage assentiu uma única vez enquanto massageava um ponto no peito, como se tivesse forçado um músculo ali.

— Bem, o terreno é mais valioso do que a construção. De qualquer forma, a vista... é por aqui. — Ele apontou para uma escada em espiral instável que levava ao segundo andar, e quando o segui até lá, vi de relance o cofre maciço logo na esquina.

Prendi a respiração e segui naquela direção.

— Uau — falei ao entrar. Mas então olhei para a porta escancarada, certificando-me de que não iria se fechar a qualquer momento e nos trancar lá dentro. A porta tinha cerca de um metro de espessura e era feita de aço. Se ficássemos presos ali, ninguém jamais ouviria nossos gritos. Caminhei até o fundo, onde havia uma parede de caixas-fortes e passei a mão pelos números. Ali era onde a elite original de Calliope guardava seus tesouros, fossem quais fossem. — O que há de tão fascinante em prédios antigos? — perguntei, virando-me para Gage. — Mesmo quando estão praticamente vazios?

— As histórias — disse ele como se já tivesse considerado minha pergunta e chegado à sua própria conclusão. — Há histórias aqui que nunca saberemos. — Ele caminhou até mim. — Mas talvez parte delas viva como sussurros nas paredes, que você pode sentir mais do que ouvir.

Inclinei a cabeça.

— Ora, Gage Buchanan, quem é o romântico agora?

Ele riu e se afastou da parede.

— Sou cheio de surpresas, Bolinhos.

Sorri. Não discordava, embora tivesse a sensação de que ele era mais cheio de segredos do que de surpresas, e talvez alguns que ele até escondesse de si mesmo. *O que é essa intensidade irradiando de você agora, Gage?*

— É melhor subirmos se quisermos pegar o pôr do sol.

Gage e eu subimos a escada em espiral com um som metálico e chegamos ao segundo piso. O que quer que tivesse estado lá em cima havia sido demolido, deixando apenas um espaço aberto, reduzido aos seus pilares.

— Cuidado — alertou Gage ao passar por cima de uma tábua descartada e começar a subir uma segunda escada situada perto do fundo. Eu o segui e saímos pela porta no topo, caminhando para fora na brisa suave de verão. Pisquei ao olhar ao redor.

Era lindo.

Faith tinha uma área externa charmosa montada atrás da galeria. Era bonita e acolhedora, e ela me contou que muitas vezes organizava coquetéis privados lá. Mas aquele espaço não era nada comparado a esse.

Ah, as possibilidades.

E ainda assim o pai de Gage não conseguia enxergar? Que pena demolir algo com tanto potencial.

Um corrimão de pedra cercava toda a área, com ladrilhos pretos e brancos dispostos em um padrão de losango sob nossos pés. O espaço estava praticamente vazio agora, mas bonito e cheio de potencial, embora não fosse para isso que eu estava olhando. Era a *vista*. O prédio que um dia havia servido como um grande banco tinha apenas três pisos, mas devido ao pé-direito alto dentro, era mais alto do que os prédios ao redor e estava situado em uma rua no centro da cidade, bem de frente para o lago. Quando olhei para fora, podia enxergar todo o Lago Pelion até a cidade propriamente dita, onde chalés pitorescos pontilhavam a água. O lago brilhava na luminescência do pôr do sol cor de tangerina, e o contorno das árvores e das colinas incrementava a perfeição da paisagem, parecendo uma pintura.

— Meu Deus, é deslumbrante — murmurei. — Este lugar... mágico.

— Lindo, não é? — E eu juro que a voz dele tremia levemente com... algo.

Me virei, considerando-o, e então olhei ao redor.

— O pôr do sol... era isso que você queria me mostrar?

Ele evitou meu olhar, seus olhos fixos naquele céu deslumbrante.

— Claro. O que mais?

Ele estava mentindo. Era do lugar que ele gostava. *O que você está imaginando? O que imagina que este velho prédio pode se tornar? Que histórias sussurradas você ouve? Que sonho está tentando conter?*

Ele olhou para mim, e a mesma intensidade que eu tinha visto no térreo era clara em seu olhar e irradiava ao redor dele. Minha respiração parou. Era lindo, honestamente. Visceral e poderoso. Fazia-o parecer vibrante e vivo de uma maneira que eu não sabia explicar.

Seu olhar percorreu meu rosto, a paixão ainda presente, mas também misturada com uma medida de vulnerabilidade tão rara nas feições de Gage Buchanan.

— O jeito como seus olhos ficam nesta luz — murmurou. — São deslumbrantes. Você é deslumbrante.

Um suspiro escapou dos meus pulmões, meu coração batendo tão rápido que levei a mão até ele, como se pudesse desacelerá-lo com a pressão da palma.

— Minha mãe me disse que alguém uma vez descreveu os olhos dela como azul-canário — falei, as palavras saindo ofegantes enquanto eu olhava de volta para o horizonte. — Ela não disse quem era, mas sempre acreditei que fosse meu pai. E agora, tenho ainda mais certeza. É o jeito que um artista descreveria algo, não é?

— Azul-canário — repetiu ele, uma nota de admiração em sua voz e algo que quase soava como alívio. — Sim. É perfeito. Seus olhos, eles são azul-canário, especialmente nesta luz.

Olhei de volta para ele, então. Não consegui evitar. Nossos olhares se encontraram e tudo sobre Gage Buchanan naquele momento — o calor que irradiava dele, o jeito como ele me olhava — me fez querer correr para os seus braços e trazer minha boca à sua. Beber da intensidade que ele estava tentando tanto conter, mas, em sua maior parte, não conseguindo...

Seu celular tocou, o que me tirou do transe.

Ele fez um pequeno movimento de surpresa também e então puxou o celular do bolso e deu uma olhada. Seus olhos dispararam para mim.

— É o laboratório.

Dei um pequeno passo para trás. O sangue nas minhas veias esfriou alguns graus, pelo menos, e a neblina mental foi se dissipando. *O hospital. Meu Deus. O resultado dos nossos testes*. Engoli em seco.

— Você vai atender? — Minha voz parecia trêmula e soava estranha, como se eu tivesse dito a palavra debaixo d'água. *Ai, Deus. Aqui está. Prepare-se para a bomba.*

Gage soltou um suspiro e atendeu.

— Alô? — Sua voz soava seca, como se ele tivesse acabado de caminhar dez quilômetros sob um sol desértico. Ele ouviu por um minuto, cerrando os olhos. Eu não conseguia respirar. — 99,9% de certeza? — perguntou com a mesma voz desidratada. — Isso é muito definitivo.

Levei a mão à barriga, me perguntando como meu estômago tinha conseguido se enroscar em nós nos últimos trinta segundos.

Gage voltou a ouvir, imóvel como uma estátua.

— Obrigado. Agradeço. Certo, sim. Para você também. — Ele desligou o telefone e encontrou meus olhos. — Rory Casteel — sussurrou. — Você... não é minha irmã. — Então, um som que era parte gemido e parte suspiro explodiu de sua boca. Ambos nos movemos tão rápido que não registrei o que estava acontecendo até meu rosto estar entre suas palmas e sua boca na minha. *Ah, obrigada, obrigada, obrigada.*

— Você teve que fazer suspense, né? Só para me torturar? — perguntei entre beijos.

Deus, ele tinha um gosto tão bom... e quando foi que ele tinha me levantado e eu o tinha envolvido com minhas pernas? Eu havia subido nele em questão de três batimentos cardíacos e agora estávamos nos devorando, gemendo e nos esfregando, praticamente caindo enquanto ele andava comigo, provavelmente a caminho de algum lugar que oferecesse uma superfície macia para aterrissarmos no caso muito provável de cairmos.

Caramba, eu não precisava de um lugar macio para aterrissar. Só precisava de uma superfície sólida, de preferência uma que não tivesse pregos salientes. Bem, eu poderia lidar com pregos. Eu só precisava de Gage nu.

— Rory, porra, merda — ele gemeu quando colidimos com a porta que levava para as escadas. Por sorte, ela não tinha se aberto facilmente e nos mandado para o chão.

— Tem... algum lugar onde podemos...

— Meter — ele gemeu quando me esfreguei contra o volume duro que preenchia sua calça social.

— Sim, isso.

Ele soltou um som que era parte riso e parte gemido torturado.

— Não aqui. Me recuso a te levar a qualquer lugar que não seja uma cama.

— Não preciso de uma cama. Lembra da mesa de sinuca? Conseguimos sexo fantástico em uma mesa de sinuca. Podemos conseguir de novo no chão de um cofre de banco.

Ele recuou ligeiramente para encontrar meus olhos.

— Não, Rory. Você merece uma cama. E vou te levar para a minha. Não quero uma trepada rápida no chão. Quero acesso ao seu corpo por muitas, muitas horas seguidas.

Também gemi, e arrepios foram percorrendo meus membros. Eu estava à beira do orgasmo só de me esfregar nele. Mas... muitas, muitas horas? Em uma cama? Isso parecia celestial. Escorreguei pelo seu corpo.

— Ok. Me leve para sua casa, meu não-irmão.

Ele riu e então abriu a porta atrás de si. Descemos as escadas, rindo e ligeiramente sem fôlego. Mal me lembro da viagem até o seu prédio, exceto que, em cada semáforo, ele se inclinava e me beijava até eu me contorcer.

Ele estacionou quase na diagonal em uma vaga no prédio e então puxou meu braço enquanto corríamos para seu apartamento, tropeçando para dentro, bocas grudadas.

— Cama, me leve para sua cama — eu disse quando consegui respirar.

— Não sei se consigo chegar lá. Eu te quero demais — ele gemeu. Senti-o estender a mão para alcançar seu zíper enquanto cambaleávamos, e então suguei sua língua, minhas mãos passando pelo seu cabelo.

— Eu também quero você. Muito. Eu te quero dentro, em cima, embaixo de mim. Não tem um lugar no meu corpo que eu não queira sentir você. — Eu estava formigando por toda parte, meu sangue correndo nas veias, e um pulsar de desejo entre as minhas pernas me fazia sentir dolorida e desesperada para ser preenchida.

— Meu Deus, linda, você vai me fazer explodir na parede do meu hall.

Ele conseguiu abrir o zíper e então fui eu que levei a mão entre nós para alcançar seu membro pesado pela abertura da calça, acariciando-o enquanto ele cambaleava para trás, batendo contra a parede e então inclinando a cabeça para me beijar mais fundo. Ele grunhiu como um animal enquanto bombeava na minha mão.

— Preciso... você... — disse ele, e as duas palavras desconexas fizeram meu corpo inteiro arder de calor, porque o Gage Buchanan eloquente mal conseguia formar as sílabas, e era eu que tinha feito isso com ele.

— Se você me levar até a sua cama, eu te coloco na boca — falei.

Ele praticamente saltou da parede, soltando-me temporariamente, e escorreguei pelo seu corpo, mas então ele me pegou e me levantou enquanto eu ria e voltava a conectar nossos lábios.

Ele desviou e se esquivou e, momentos depois, soltei um grito que se transformou em outra risada quando caímos para trás e eu aterrissava sobre ele na sua cama baixa. Escorreguei pelo seu corpo, tirando a camisa e o sutiã antes de me ajoelhar no chão. Ele começou a se levantar, mas quando peguei sua ereção com a mão, ele caiu de novo, gemendo e segurando meu cabelo.

Usei um momento para estudá-lo, movendo meu polegar sobre a gota de pré-gozo na ponta do seu pau.

— Meu Deus, Rory. Me matando — ele gemeu.

— Shh. — Da última vez que estivemos juntos, não tive uma boa visão dele e não ia desperdiçar a oportunidade, mesmo estando desesperada também. — Você é perfeito — elogiei, antes de me inclinar e colocá-lo na boca, girando a língua em sua fenda salgada. E essa perfeição, ele não precisava se esforçar para alcançar.

Ele simplesmente era assim.

Só ele.

Ele xingou de novo, e o som abafado de necessidade fez meus mamilos endurecerem, ansiosos pelo toque dele. Suguei-o para dentro da boca, segurando os músculos duros de suas pernas. Tão forte, e ainda assim suas coxas tremiam sob minhas palmas. Como isso era sexy. Me inclinei mais, controlando-o com a boca enquanto pressionava com as mãos.

— Chega — ele rosnou, usando a mão para se afastar dos meus lábios com um som molhado antes de se sentar e me virar de costas na cama. Minha risada foi abafada por sua boca enquanto ele usava a língua para mergulhar e provocar. Envolvi as pernas ao redor de seus quadris, e nossos núcleos se encontraram enquanto ambos soltávamos sons de frustração.

Gage se ergueu, se despindo em um piscar de olhos e então puxando meu short e calcinha.

— Desta vez vai ter que ser rápido — disse ele. — Vamos devagar na próxima.

— Camisinha — falei, feliz por ainda ter pelo menos algumas células cerebrais funcionando. Ele pareceu momentaneamente confuso, depois ligeiramente em pânico, antes de sair correndo do quarto e retornar segundos depois, segurando uma camisinha. Soltei um suspiro de alívio enquanto ele a esticava sobre sua impressionante ereção.

Eu o observei se aproximar de mim, seu corpo tão incrivelmente atraente que eu mal podia acreditar que isso era real.

— Graças a Deus você não é meu irmão.

Ele riu.

— Nem mesmo um parente distante.

— Isso também é bom.

— Sim — ele concordou. — Isso é muito bom. Sabe o que mais é bom?

— O quê?

— Isso. — Ele se inclinou para a frente, pegando o membro inchado em sua mão e circulando-o no meu clitóris.

— Ahhh — suspirei, arrepios apertando meu ventre. — Por favor, Gage.

— Shh — ele disse, me provocando do jeito que eu tinha provocado antes. Sorri, mas meu sorriso se transformou em um soluço de prazer quando sua boca se fechou sobre meu mamilo e ele sugou longamente no mesmo momento em que mergulhou no meu corpo.

Por um momento sem fôlego, ele ficou completamente imóvel, nossos corações trovejando juntos. Então ele ergueu a cabeça e olhou nos meus olhos, os dele enevoados de desejo antes de começar a se mover.

— Azul-canário — murmurou. Meus olhos se fecharam enquanto eu apertava o edredom sob minhas palmas, movendo meus quadris para que ele pudesse mergulhar o mais fundo possível.

— Não acho que poderia ter vivido sem experimentar você de novo — falou enquanto mergulhava e então saía de novo.

— Você poderia ter que passar por isso. Se as coisas fossem diferentes. Mas não são. — *Não são.*

— Você me faz querer quebrar todas as regras, Rory. — Ele acelerou o ritmo, o suor brilhando em sua pele, suas costas ficando escorregadias enquanto eu passava as unhas, me deliciando com a sensação de seus músculos lisos trabalhando sob a carne.

— Não existem regras. Somos livres — respondi, e o prazer foi espiralando, os pensamentos foram ficando nublados. *Noventa e nove vírgula nove nove nove por cento. Que número lindo.*

— Existem. Existem regras sobre regras. Camadas de regras. — A última palavra saiu como um sopro e se transformou em um gemido enquanto seus movimentos se tornavam bruscos e deselegantes. Sua boca voltou para a minha e nos beijamos por várias estocadas antes de eu ser lançada à estratosfera, afastando-me de sua boca e pressionando a cabeça no travesseiro ao ser invadida pelo êxtase em ondas, e meus músculos se contraíram repetidamente.

— Ah, Rory, cacete — ele gemeu enquanto se pressionava em mim, circulando os quadris e arfando no meu pescoço.

Respiramos juntos enquanto as estrelas que tinham brilhado ao meu redor e através de mim desapareciam, deixando uma profunda satisfação que me fazia sentir de alguma forma pesada e mais leve que o ar. Suspirei, e Gage virou a cabeça, roçando o nariz no meu pescoço.

— Você tem cheiro de céu — disse ele. E escorregou para fora de mim e se virou, me levando junto para que ficássemos de frente um para o outro, nossos rostos a meros centímetros de distância. Ele me beijou de leve. — Você tem gosto de céu. — Ele sorriu nos meus lábios. — E seu toque é o céu.

Sorri, me sentindo feliz, sonolenta e aquecida enquanto seus lábios deslizavam pelo meu maxilar.

— Pratos colidem, pratos trepam... trepidam... — ele murmurou. Eu ri, e o senti sorrir contra a base do meu pescoço. — Agora você entende a metáfora, não é?

Soltei outra risada.

— Entendo. Agora entendo. É brilhante.

Gage sorriu novamente e então se virou, alcançando o edredom que tinha acabado no chão e o trouxe para cima de nós, formando um casulo de duas pessoas. Nos aninhamos por alguns minutos, mãos se movendo levemente sobre a pele, traçando, descobrindo pequenos cantos e recantos, alguns que faziam o outro rir, e alguns que provocavam um suspiro.

— Quais são as camadas de regras? — sussurrei, minha mente revivendo cada momento desde que tínhamos colidido naquele telhado com vista para o pôr do sol.

— Humm?

— Você disse que há camadas sobre camadas de regras. Quais são elas?

Ele pareceu ligeiramente confuso antes de soltar um longo suspiro.

— Eu disse isso, não foi? — Ele fez uma pausa, parecendo um pouco perturbado, embora seus olhos estivessem suaves. — Parece que você encontra uma maneira de remover todas as minhas barreiras.

O que isso significava? Que ele dizia coisas durante o sexo que não pretendia necessariamente dizer?

— O sexo tem o poder de fazer isso com as pessoas — eu disse, com um leve sorriso.

Ele soltou uma risada curta.

— Não o sexo. *Você*. — Ele se inclinou e beijou uma pálpebra e depois a outra. — Azul-canário — murmurou outra vez. Ele me puxou mais perto para que minha orelha ficasse encostada em seu peito. Ouvi o tamborilar de seu coração por alguns minutos, embalada pelo ritmo constante, e aquela sonolência foi tomando conta, meus olhos foram se fechando. Eu podia sentir a leve brisa de sua respiração e a maneira como seus músculos relaxavam enquanto ele adormecia.

Será que ele percebia que se segurava com garras e dentes, mesmo quando provavelmente se descreveria como relaxado? *Você me faz querer quebrar as regras.*

Que regras?

Aquelas que ele havia imposto a si mesmo, ou as impostas por outros? Ou uma combinação de ambas? Quais regras específicas ele tinha tanto medo de quebrar? Ele sabia? Havia se permitido dar nome às especificidades? Eu tinha a sensação de que era, pelo menos, uma pequena parte de alguma categoria que ele havia listado como proibida.

Mas não porque fôssemos potencialmente parentes.

Escuta... Rory. Não tem motivo pra gente não continuar se vendo.

Às escondidas? Devo usar um disfarce?

A conversa com Thaddeus passava pela minha memória, e eu me lembrava de como havia me sentido tão inferior ao saber que ele não me considerava boa o suficiente para ele. Gage não era como Thaddeus. Gage era gentil e atencioso. Gage resgatava filhotes de animais pelo bem deles, mas também pelo meu. Só que... ele tinha nascido em uma vida na qual as expectativas eram altas, e o status significava tudo. E eu muito bem poderia ser o produto de um caso ilícito que minha mãe tinha tido com o marido de uma das mulheres da elite de Calliope.

Ninguém ficaria feliz quando eu solucionasse o mistério da minha linhagem. Ninguém — muito menos os pais de Gage — ficaria radiante em me ver com ele em qualquer contexto.

Ele tinha que saber disso.

Se eu me sentira leve de satisfação quinze minutos antes, agora sentia o peso de nosso fim inevitável me pressionando para baixo. Ele nunca tinha me dado qualquer indicação de que havia a possibilidade de algo a longo prazo, mas de repente percebi, em algum lugar no fundo da minha mente, que eu havia permitido que essa esperança surgisse, e então mantive o fogo aceso.

Pequeno, na maior parte não reconhecido, mas presente.

Ah, Rory. Você realmente fez isso. Você se apaixonou por Gage Buchanan.

Suspirei, e como se em resposta, Gage apertou os braços ao meu redor.

— Fique — disse, como se tivesse sentido meu desespero. — Passe a noite.

A noite. Eu ficaria. Aproveitaria as últimas horas que restavam em seus braços. Ainda não suportava deixar sua cama, mesmo que em breve fosse inevitável sair da sua vida. Meu coração se contraiu com a felicidade e a dor do que eu sabia ser inevitável: nossa separação.

O sol dormia, e nós também dormimos, acordando na profundidade da noite e nos virando um para o outro. Fizemos amor, lenta e tranquilamente, como se tivéssemos todo o tempo do mundo, como se o tempo pudesse parar só para nós. Apreciamos cada respiração entrecortada e cada suspiro suave de prazer. Pensei na última vez que tínhamos passado a noite juntos, nas horas roubadas, sabendo então o que ainda sei agora — que ele e eu sempre acabaríamos quando o sol nascesse.

CAPÍTULO VINTE E DOIS

GAGE

Acordei e ela já não estava lá. Como eu tinha reuniões cedo e estava com pressa para sair, provavelmente era melhor dessa forma. Mas, ainda assim, não acordar com ela nos meus braços foi uma decepção.

As coisas estavam saindo do controle. Eu sabia disso, mas não conseguia parar de desejá-la. Minha cabeça girava constantemente e a única pessoa que eu queria era ela. E, no entanto, ela tanto acalmava meu turbilhão interior quanto me deixava zonzo de um jeito completamente diferente. Não era típico de mim. Eu estava de cabeça para baixo e nada mais fazia sentido.

Eu tanto temia a ideia de embarcar em um avião para Londres quanto queria — precisava — da proteção de um vasto oceano entre nós.

Proteção, Buchanan? Proteção de quê? O que ela desperta em você que está tentando tão arduamente ignorar? Eu sabia, não sabia? Ela trazia à tona coisas em mim que eu suprimia há muito tempo. Sonhos que eu queria explorar, mas não podia. *Doía* porque o tempo em que a minha vida poderia ser algo diferente do que era já tinha passado. A mera aceitação disso já me fazia sentir enjoado de culpa. Qual era a porra do sentido?

Você disse que há camadas sobre camadas de regras, ela mencionara na noite anterior, depois que, mais uma vez, a paixão havia demolido minhas defesas bem construídas. *Quais são elas?* Eu não tinha tido presença de espírito para responder à sua pergunta naquele momento, mas sabia a resposta. Havia regras sobre usar as roupas *certas* e ter os amigos *certos,* fazer networking com as pessoas *certas* e ter o círculo social *certo* e os parceiros de negócios *certos.*

E, quando chegasse o momento, a esposa *certa*.

Rory não preencheria nenhum desses requisitos.

E ela era sinônimo de liberdade e sonhos que eram apenas meus, caminhos que eu ansiava percorrer, mas nunca poderia. E ela parecia me *enxergar* de uma forma que nenhuma mulher jamais havia enxergado. O que me assustava mais do que tudo.

Então, sim, talvez eu precisasse de proteção contra ela. E definitivamente precisava colocar minha cabeça de volta no lugar. *Foco no prêmio. Garra. Foco. Vitória.*

Quantas vezes meu pai tinha repetido essas palavras para mim exatamente nessa ordem?

Mas então outra voz falou mais alto, abafando a do meu pai.

Meça com o coração. Aprenda as regras, depois as quebre de um jeito que só você pode.

Apertei a cabeça. Aquele maldito francês. Me assombrando.

Resisti a ligar para Rory até as cinco da tarde, quando os primeiros funcionários começaram a sair do prédio. Quando ela não atendeu, esperei até chegar em casa para ligar de novo. Já passava das nove e meia, onde ela estava? Fui até a janela, olhando para a luz minguante. O sol agora era uma mera faixa acima da água. Lembrei de como ela tinha ficado à luz do pôr do sol na noite anterior, de pé no telhado do antigo Savings and Loan. Só a lembrança já fez meu estômago apertar enquanto um profundo anseio subia à minha garganta e dificultava a respiração. Afastei esses sentimentos, esvaziando minha mente, olhando mais uma vez pela janela, observando a água engolir o sol.

Peguei o celular outra vez e liguei para seu número, percebendo que estava rapidamente entrando no território do desespero. Ela continuou não atendendo.

Talvez o celular dela esteja sem bateria. Talvez esteja carregando.

Peguei minhas chaves e fui em direção à porta porque não conseguia me controlar. Quem se importava? Eu tinha pouco tempo antes de não ter escolha a não ser deixá-la em paz. Restavam apenas semanas antes de eu estar em outro continente e ela estar de volta em casa, atendendo mesas no bar da família. Uma imagem surgiu na minha mente, seu rosto quando eu passava os dedos pela parte interna do seu braço. *Êxtase. Contentamento. Rendição.* Apertei o volante, soltando um suspiro frustrado.

Talvez eu pudesse vê-la quando voltasse para fazer visitas, sempre que essas visitas ocorressem. Estacionei em frente à casa de Faith, mas as luzes estavam apagadas e não havia nenhum carro na entrada. O desespero desceu sobre mim, tanto pelo fato de que obviamente elas estavam fora, quanto pelas minhas reflexões sobre ver Aurora aqui e ali em breves incursões nas casas. Eu queria mais do que isso. Não apenas dela, mas da vida. Já tinha decidido que queria me estabelecer, criar uma família. E não apenas isso, eu não sugeriria ofertas tão insignificantes. Ela merecia muito mais do que um homem qualquer que aparecesse de vez em quando para transar sobre a mesa de bilhar. O simples pensamento — e mesmo que eu me colocasse no papel de "um homem qualquer" — me fazia querer brigar com alguém. Provavelmente comigo mesmo.

Comecei a afastar o carro do meio-fio quando tive um pensamento. Freei e peguei o celular. Tinha quase certeza de que Faith usava seu número de celular como contato de negócios. Abri o site da galeria dela e então disquei o número listado lá. Ela atendeu no segundo toque.

— Oi, Faith, é o Gage. — O barulho de música country ao fundo me fez elevar a voz para garantir que ela me ouvisse.

— Gage! Oi. Está procurando a Rory?

— Estou, eu liguei para ela e fiquei meio preocupado porque ela não retornou a ligação.

Faith soltou algo que parecia uma risada inebriada.

— Ela esqueceu o telefone em casa. Rory, é o Gage.

— Em casa? Onde vocês estão?

— Ivy League! — Ouvi-a gritar ao fundo. Um sorriso surgiu nos meus lábios, minha respiração ficando mais leve ao ouvir o som distante da voz dela.

— Estamos no The Broken Spoke, ao lado de...

— Eu sei onde fica. Chego aí em vinte minutos.

— Traga suas botas de caubói!

Eu não tinha botas de caubói, e não teria gastado nem um minuto para encontrar um lugar para comprar, mesmo se as lojas estivessem abertas.

— Te vejo já — disse e então desliguei a ligação.

O The Broken Spoke estava localizado em uma área mais eclética da cidade, perto do lago, que contava com vários outros bares e restaurantes, boutiques de roupas descoladas e cafeterias caras. Era uma área muito frequentada por turistas e oferecia vários tipos de entretenimento noturno.

Mostrei minha identidade ao segurança e empurrei as portas de estilo saloon. Fui envolvido pelos refrões altos de alguma balada country no salão lotado. Apesar do barulho do cara cantando em um sotaque sulista sobre um impasse — o que parecia uma música de entrada apropriada —, gritos e aplausos ainda podiam ser ouvidos do outro lado do espaço, onde eu sabia que havia um touro mecânico.

Fui avançando através da multidão, meu pescoço esticado, olhos à procura de uma cabeça escura de cabelo brilhante. Onde ela estava?

Abri caminho entre um grupo de pessoas que obstruíam minha visão do touro mecânico, parando de repente quando vi quem estava montada nele. Rory. Braço erguido, cabeça jogada para trás, coluna curvada, bunda empinada, rindo tanto que estava prestes a cair da sela, independentemente do touro que balançava. Ai, Jesus. Fiquei ali, à medida que um sorriso surgia nos meus lábios, observando-a jogar toda a cautela pelos ares, como ela costumava fazer. Tão cheia de espírito e vida. Disposta a elaborar um plano ridículo para encontrar seu pai porque teve uma oportunidade e não ia deixá-la escapar. Eu não sabia como era viver perpetuamente com esse tipo de paixão.

Eu não fazia ideia.

Mas ela, sim. Éramos diferentes, tínhamos que ser. Mas o mero fato de testemunhar isso já me tirava o fôlego. De novo e de novo. O tempo desacelerou, a multidão desapareceu, o barulho se tornou um zumbido no fundo da minha mente. Era apenas ela. E, Deus, ela era a mulher mais absurdamente linda que eu já tinha conhecido na vida.

Ela me avistou, e a alegria de olhos arregalados que inundou seu rosto foi outro golpe rápido em algum órgão vital ou outro, talvez em cada um deles, enquanto o impacto percorria meu corpo em uma série de golpes. Ela soltou o braço, erguendo ambos para acenar para mim, inclinando-se para frente e depois deslizando para o lado. Eu nem me lembrava de ter me movido, mas de repente estava além do muro de pessoas que me separava da plataforma do touro e estava ao lado dele quando Rory foi lançada. Eu a segurei, e ela soltou um som que era parte riso e parte "uff" ao se agarrar a mim e deslizar pelo meu corpo. Ela inclinou a cabeça para trás, o sorriso vibrante, os olhos azul-canário dançando com humor. Seu olhar percorreu meu rosto por alguns momentos, o sorriso foi desaparecendo, e então ela disse:

— Estou aqui com você.

Estou aqui com você.

— Essa fala é minha — murmurei.

Ela passou o polegar pela maçã do meu rosto.

— Acho que não, Ivy League. — Ela suspirou enquanto deslizava mais para baixo e apoiava os pés no chão. Percebi que a pessoa que estava prestes a montar o touro tentava passar por nós e peguei a mão de Rory, levando-a até a beirada da plataforma. Ela quase tropeçou, rindo enquanto eu a estabilizava.

— Você não deveria montar bêbada — eu disse com um sorriso em sua direção.

— Não estou bêbada. Só um pouco alegre. E eu estava mandando bem até você aparecer.

Sim, eu também, Bolinhos. Eu também. Só que, sério, isso era verdade? De repente, eu não sabia mais. Aquela sensação de girar voltou, e meu cérebro pareceu torcer para um lado e depois para o outro.

— Onde está Faith? — perguntei.

— Ela está no bar com o namorado, Jarrett. Venha conhecê-lo.

Ela puxou minha mão e eu me movi com ela através da multidão até o bar, onde Faith e seu namorado haviam conseguido alguns bancos. Cumprimentei o cara chamado Jarrett, um artista que Faith conheceu quando ele apresentou seu trabalho na galeria dela. Pedi uma rodada de bebidas e nós conversamos por um tempo antes de Faith pegar sua bolsa e se levantar.

— Tenho uma exposição amanhã, então não posso ficar muito de ressaca — disse ela, rindo.

— Prazer em te conhecer, cara — Jarrett falou enquanto também se levantava e eles pegavam suas coisas. — Espero te ver de novo. — Apenas acenei com a cabeça, embora eu duvidasse de que fosse ver o cara novamente, já que estaria em outro país em breve e, se voltasse à cidade, não teria motivo para sair com Faith. Se eu estivesse bêbado, esses pensamentos teriam servido para eu ficar sóbrio, mas como eu tinha tomado apenas uma dose, apenas me deixaram meio vazio.

Faith se inclinou e sussurrou algo para Rory, que acenou com a cabeça. Presumi que Faith tinha perguntado se estava tudo bem eu a levar para casa.

Nos despedimos e então Rory me pegou pela mão.

— Vamos, Ivy League. Eu amo essa música. — Eu não a conhecia, mas não me importava. Estava ansioso para tê-la em meus braços de qualquer forma que pudesse.

Segui-a até a pista de dança parcialmente lotada, puxando-a para mim enquanto ela envolvia os braços ao redor do meu pescoço. Rocei o lugar ao lado de sua orelha, absorvendo seu perfume, muito mais inebriante do que o Bourbon que eu acabara de beber.

Ela suspirou.

— Caramba, como eu quero você. Por que eu te quero tanto? — ela perguntou.

Meu pau endureceu só com a mera sugestão de sexo com ela.

— Eu também quero você, Bolinhos. Você é como um vício.

— Você sabe o que dizem sobre vícios.

— Não tente enfrentá-los sozinho?

Ela riu.

— O único jeito é cortar de vez.

— Hum — murmurei. Ela devia estar certa. E, francamente, essa era nossa única opção. Eu tinha a sensação de que não seria apenas cortar de vez, seria cortar de vez sem dó nem piedade. Cortar de um jeito que o desejo ia me rasgar com crueldade. Mas por agora... por agora, ela estava nos meus braços e eu ia aproveitar sua companhia. Eu ia empurrar todas aquelas outras coisas para o lado e simplesmente não pensar nelas.

Dancei com ela, esvaziando a mente, estreitando meu mundo para a sensação da suavidade dela pressionada contra mim e a letra da música que ela adorava. *Estou entre a cruz e a espada...*

Ela se inclinou ligeiramente para trás e começou a me observar de novo daquela maneira que me fazia sentir tanto calor quanto um leve terror. Ela ficou na ponta dos pés e me beijou, seus lábios passando suavemente pelos meus antes de recuar.

— O que está tentando silenciar quando olha para o nada assim? Contra o que você está lutando, Gage Buchanan? — ela sussurrou.

Você me faz querer viver uma vida diferente. O pensamento causou um alarme, e aquele momento no closet de Maynard Siggins voltou à minha mente, mas empurrei tanto o alarme quanto a memória para longe.

— Meu desejo de fazer coisas incrivelmente indecentes com você, apesar de estarmos em público.

Ela riu baixinho, mas pareceu desconfiada.

— Acho que não. — Estreitou os olhos. — Mas aceito essa resposta também. — Ela se afastou, puxou minha mão e eu a segui.

Rory me levou para fora do bar e então riu mais uma vez enquanto começava a correr. O barulho do bar diminuiu enquanto eu a perseguia, pegando-a facilmente pela cintura e girando-a. Sorri, sentindo-me jovem, livre e apenas um pouco ridículo. Vivendo aquela vida que eu queria viver, mas só em pequenas doses e apenas enquanto ainda pudesse.

— Por que eu amo tanto te perseguir? — perguntei enquanto ela inclinava a cabeça para trás e sorria para a lua.

— Porque eu te recompenso quando você me pega — ela disse, me puxando novamente e me levando para um espaço escuro entre os prédios. Ela apoiou as costas contra a parede de um dos edifícios, segurou meu rosto e me beijou. O calor correu pelos meus membros, me deixando instantaneamente duro de novo. Pressionei meu corpo contra o dela, gemendo em sua boca.

Nos beijamos profundamente, e a tensão entre nós foi crescendo e se expandindo, me deixando quase fora de mim. Eu queria comer Rory ali mesmo, encostada naquela parede, em um lugar quase público, onde qualquer um poderia passar e nos ver. Não era do meu feitio. Nunca na minha vida eu tinha feito algo assim. Até festejava de maneira responsável, nunca tomando mais de duas bebidas em público, nunca... nunca... nunca. Tantos nunca. Aqueles níveis de regras que eu mencionara para Rory. E essa mulher parecia todas as possibilidades que eu poderia ter desejado, mas negava a mim mesmo por causa de como os outros esperavam que eu me comportasse. Mas eu não queria pensar em nada disso. Eu apenas queria. Soltei um suspiro forte, apoiando a mão contra a parede atrás dela enquanto tentava recuperar o fôlego.

A mão de Rory foi para o botão da minha calça, abrindo-o e puxando o zíper para baixo.

— Você está bêbada — sussurrei, e soltei um gemido quando ela pegou meu pau duro e o acariciou uma, duas vezes.

— Não estou bêbada, só estou meio embriagada — ela disse, me acariciando novamente. — E sempre fico meio embriagada com você, mesmo se não tiver bebido álcool.

Deus, eu também ficava. Eu também ficava. Inclinei-me novamente e a beijei, puxando sua saia para cima com ambas as mãos. Parecia que algum interruptor estava sendo acionado dentro de mim enquanto esse desejo se transformava em necessidade, uma necessidade tão poderosa que estremeci.

Consegui pegar um preservativo da minha carteira e colocá-lo antes de mergulhar dentro dela. Ela gritou, e eu gemi do prazer mútuo.

— Caralho — soltei antes de começar a me mover, bombeando nela e fazendo suas costas baterem contra a parede. Coloquei a mão atrás dela para amortecer o impacto, mas não diminuí meus movimentos. Rory me agarrou, ofegante, ao levantar a perna e envolver minha cintura com ela. — Você vai me fazer gozar, Bolinhos, bem aqui em um beco, no meio da rua. Meu Deus do céu, as coisas que você faz comigo.

— Sim. Ah, Gage. Bem aí. Por favor.

Seus pequenos gemidos e súplicas me levaram ao limite e eu tirei a mão de trás dela para colocá-la entre nós e brincar com seu clitóris. Ela agarrou meus ombros e inclinou a cabeça para trás, cavalgando minha mão e, momentos depois, senti-a se apertar ao meu redor e eu me soltei também, voando para as estrelas que piscavam no alto, e fui arremessado entre elas como uma bola de pinball.

Voltei a mim lentamente e parecia que eu tinha apanhado, como uma bola de pinball, mas também sido transformado de uma maneira vital que eu nem conseguia começar a entender com meu cérebro embriagado de felicidade. Rory abaixou a perna e eu saí de dentro dela. Ambos nos recompomos o melhor que podíamos. Rory riu e eu olhei para ela à luz fraca do beco enquanto ela tapava a boca com a mão.

— O que foi? — perguntei.

— Não sei. Eu só... nossa.

Concordei. Ri, envolvendo meu braço ao redor do pescoço dela e a puxando para mim. Saímos para a rua e começamos a caminhar para o estacionamento no centro, onde ficava a maioria dos bares e restaurantes, e ela levantou a mão e entrelaçou-a com a minha na frente do ombro.

— Tenho que dizer, Ivy League. Você não parece do tipo que transaria em um beco. Mas olha só: aqui estamos nós.

Ri e depois me inclinei para beijá-la enquanto caminhávamos.

— Você revela profundidades ocultas que eu nunca soube que existiam.

— Gage?

Parei, e Rory tropeçou quando ambos paramos de repente. Olhei por cima do ombro, e meu estômago se revirou quando vi quem era. Meus pais. Meu braço caiu e Rory se afastou.

— Mãe. Pai. — Havia um casal atrás deles e eles se aproximaram também. — Oi, Shawn. Sarah. Oi. — Shawn era o homem que estava assumindo minha posição na empresa.

Shawn e Sarah me cumprimentaram rapidamente.

— Desculpa, mas a gente está de saída — disse Shawn —, o nosso carro chegou. — Ele apontou para a rua, onde o manobrista acabara de entregar o veículo e estava esperando com a porta aberta.

— Boa noite para vocês — cumprimentei.

— Boa noite, sr. e sra. Buchanan. Muito obrigado mais uma vez. Foi um jantar maravilhoso.

Meus pais se despediram e então todos ficamos ali um pouco constrangidos por um momento antes de minha mãe estender a mão para Rory.

— Srta. Castle, que bom ver você.

Srta. Castle. Droga.

E onde estava minha educação? Eu a tinha deixado parada ali sem qualquer tipo de apresentação. Ainda estava parcialmente tonto depois do sexo incrível e de, de repente, me deparar com as últimas pessoas que eu esperava — ou queria — ver.

— Oi, sra. Buchanan — respondeu Rory, desconfortável, mudando de um pé para o outro.

— Hum, desculpe, ah, pai, esta é... Aurora Castle, a nova avaliadora de arte na cidade.

Rory, cujas bochechas estavam ruborizadas de evidente constrangimento, cumprimentou meu pai com pouco mais do que um murmúrio.

Os lábios do meu pai fizeram aquele pequeno movimento que eu sabia que significava que ele estava descontente. Meu estômago se revirou ainda mais, e minha pele começou a formigar.

Minha mãe olhou de um para o outro.

— Eu não sabia que vocês dois estavam... se vendo.

— Não estamos — falou Rory, seus olhos prendendo-se aos meus brevemente ao ruborizar. Jesus. Isso era constrangedor. Será que ser vista comigo, de alguma forma, estava estragando seu disfarce? Eu não conseguia nem pensar direito. Tínhamos mentido tanto que agora eu não conseguia discernir a verdade. E ainda assim, ouvi-la negar que éramos algo um para o outro parecia uma pontada afiada por baixo da minha pele, mesmo em meio à clara desaprovação do meu pai. — Nós só... nos encontramos por acaso e... — Ela olhou para a fileira de lojas atrás dela. — No... na pedicure.

— Ah — disse minha mãe, franzindo a testa. — Eu...

— Desde quando você faz pedicure, Gage? — meu pai perguntou, semicerrando os olhos em direção ao salão. — Eles estão abertos?

— Agora não — eu me apressei a dizer. — Mas estavam. Até alguns minutos atrás. Não é o seu carro vindo ali?

— Sim, é.

— Foi bom encontrá-los. Vejo você no trabalho amanhã — falei para o meu pai.

— Certo — respondeu ele, franzindo a testa. Eu sabia o que ele devia estar pensando. Que eu estava "aproveitando a vida" antes da grande mudança. E ele desaprovava porque esperava que eu tivesse algo sério em mente: para ser mais exato, com Blakely. Eu odiava que ele pensasse isso sobre Rory, mas a verdade era que eu *tinha* algo sério em mente. Então, o que eu estava fazendo? — Srta. Castle, prazer em conhecê-la.

— Igualmente, senhor. Sra. Buchanan.

Minha mãe deu a Rory um pequeno sorriso confuso, lançando-me um olhar preocupado antes de ambos caminharem em direção ao carro. Ela olhou para trás uma vez antes de entrar no lado do passageiro.

Soltei um longo suspiro.

— Quais eram as chances disso, cacete?

— Parece que encontramos uma maneira de desafiar as probabilidades sempre — respondeu ela, mas o franzido em sua testa me dava a entender que não estava dizendo aquilo no sentido positivo. — É melhor eu ir para casa. Foi uma noite longa e os cachorros estão me esperando amanhã cedo.

Virei-me para ela.

— Me desculpa por isso. Foi constrangedor…

— Somos constrangedores desde o início, Ivy League. Como poderíamos ser de outra forma?

Dei um pequeno sorriso para ele e começamos a caminhar, o humor repentinamente sombrio, quando apenas alguns minutos antes estava repleto de diversão e provocações. Antes que a vida real aparecesse bem no nosso caminho. E que merda, isso continuava acontecendo. Lembranças das limitações de *nós* dois continuavam se afirmando a cada passo.

Essas regras outra vez. As que tinham sido não tão sutilmente listadas para mim desde o nascimento.

Pelos meus pais. Pela sociedade.

Peguei a mão dela e dei um balanço, olhando para ela. Ela virou a cabeça e olhou de volta para mim, dando-me um pequeno sorriso doce.

— Obrigada por uma noite divertida, Ivy League.

— Não, eu que agradeço, Bolinhos.

CAPÍTULO VINTE E TRÊS

RORY

— Rory! Estou muito feliz por você ter vindo — disse Haven.

— Obrigada por me convidar. — Ajustei a bolsa no ombro e entreguei a ela a bandeja de cupcakes decorados em vermelho, branco e azul que eu tinha comprado na confeitaria no caminho.

Ela pegou os cupcakes.

— Ahh, obrigada! — Ela se inclinou e me deu um abraço, pegando-me de surpresa por um momento, mas de uma maneira boa que acalmou meu nervosismo, e então deu um passo para trás novamente. — Vem comigo, vou te apresentar para todo mundo e pegar uma bebida pra você. Mas não nessa ordem. — Ela riu. — Você vai querer uma bebida antes de conhecer esse grupo.

Sorri, soltando um suspiro de alívio e respirando com mais facilidade ao ser recebida de forma tão calorosa. Eu havia hesitado bastante antes de vir para essa reunião, mesmo que Haven tivesse me convidado. Estava preocupada que ela tivesse me convidado só por educação e que eu fosse me sentir deslocada. Mas Faith havia saído da cidade com o namorado, e Gage não tinha me convidado para passar o feriado com ele — na verdade, eu não tinha notícia dele desde a noite anterior, desde o bar country, a transa incrível no beco e a falsa pedicure. E de encontrar os pais dele. Uma lista de acontecimentos que produzira uma vasta miríade de emoções, várias das quais me faziam querer colocar um travesseiro na cara e gritar.

Eu tentava me convencer de que não importava que Gage não tivesse me chamado para fazer nada esta noite; afinal, ele não devia ter tempo para festas, considerando que ia se mudar de continente dali a uma semana e meia. *Ou* ele estava passando a noite com seus pais.

Seus pais. Ai... A lembrança de como ele praticamente havia estremecido sob a desaprovação óbvia do pai na noite anterior continuava pulsando na minha mente e não conseguia parar de lembrar como eu havia me sentido inferior enquanto estava ali como um segredinho sujo. O que, para ser justa, era parcialmente culpa minha, por ter mentido sobre minha verdadeira identidade. Ambos ficamos quietos enquanto Gage me levava para casa, perdidos em nossos próprios pensamentos. Ele me deu um beijo suave e pareceu querer entrar. Mas eu estava exausta do rodeio e da bebida e, mais uma vez, da transa incrível no beco. E também estava preocupada com o encontro com os pais dele, então eu tinha dito boa noite e saído do carro antes que pudesse mudar de ideia.

Mas hoje, mais cedo, eu tinha me pegado sentada e amuada no quarto de hóspedes de Faith e decidi que ia fazer bem para minha saúde mental sair e me distrair.

Haven me conduziu ao redor do celeiro, onde luzes piscavam por toda parte, e uma fogueira dançava alegremente na borda do pomar, cadeiras dobráveis dispostas ao redor, várias das quais ocupadas.

— Este é o nosso grupo — ela anunciou, colocando os cupcakes em uma mesa que continha lanches e bebidas e acenando com o braço em direção às duas mulheres e ao homem que conversavam ao redor da fogueira. — Betty, Burt e Cricket.

Caminhamos juntas até eles.

— Oi. Prazer em conhecê-los. Ah, por favor, não se levantem — pedi, quando o homem que claramente era deficiente visual pegou uma bengala branca e começou a se levantar. Em vez disso, dei alguns passos até ele e apertei sua mão, e depois apertei a mão da mulher ao lado dele.

— Oi, querida — disse a mulher com um tufo de cachos loiros. — É um prazer conhecer você. Meu Deus, seus olhos são... — Ela franziu a testa e começou a piscar depressa, e eu recuei a cabeça, alarmada e preocupada que ela estivesse engasgada ou precisasse de médico por algum motivo.

Mas os outros três, em vez de acudi-la, se inclinaram na minha direção e espiaram meu rosto.

— Lindos — falou Haven.

— Deslumbrantes! — exclamou a mulher chamada Cricket, com um sorriso largo, nariz sardento e vestida com um macacão.

— Sublimes — opinou o homem chamado Burt, com convicção, focado em algum lugar além do meu ombro.

— Sim, sublimes. Ah, seus olhos são sublimes — concordou Betty, juntando as mãos e soltando um suspiro de alívio.

— Ah, obrigada, Betty — respondi. — E... a todos. — *Bem, isso foi estranho.*

— É um prazer conhecê-la — cumprimentou Cricket, apertando minha mão com entusiasmo. — Tem bastante birita se você quiser.

Birita?

— Ah, ãh, obrigada. Desde que vocês tenham o suficiente.

Haven soltou uma risadinha.

— Sempre temos bastante birita caseira. — Ela se inclinou de forma conspiratória enquanto me conduzia para longe. — Mas cuidado, porque ela sobe. E estou falando sério. Se beber demais, vai se sentir como se tivesse lutado algumas rodadas com um campeão do UFC. Pode me perguntar como eu sei disso.

— Vou pegar leve na birita. Entendido.

— Trav — ela chamou, e um homem alto e bonito segurando um bebê, flanqueado por dois garotos que carregavam braçadas cheias de fogos de artifício, disse algo para as crianças, que obviamente eram gêmeos idênticos, e então caminhou até nós. — Esta é Rory Castle — disse Haven. — Resgatadora de filhotes de guaxinim. Rory, este é meu marido, Travis Hale.

— Ah — ele falou, entregando o bebê a Haven e apertando minha mão. Ele estreitou um pouco os olhos, e vi curiosidade em seu olhar castanho-dourado enquanto me avaliava. — A mulher que inspirou Gage Buchanan a correr pelo clube de tênis com dois bichos na cabeça. — Ele sorriu. — A cidade inteira está falando sobre isso. É um grande prazer conhecer você.

Soltei uma risada ofegante que se transformou em um gemido. Deus, eu nem tinha considerado o que Gage estava fazendo, além de chamar ajuda, enquanto eu soluçava na beira da rua por causa da mamãe guaxinim. Eu não tinha percebido que ele estava se tornando um espetáculo na frente de todos. Por mim.

— Travis. É muito bom conhecer você. Obrigada do fundo do meu coração, aos dois, pelo que fizeram com a gata... e os... guaxinins... Foi muito gentil.

Haven colocou o bebê no quadril, entrelaçou o braço no do marido e olhou para ele com algo próximo à adoração enquanto dava um aceno de cabeça.

— Sim — respondeu ele. — Ficamos felizes em ajudar.

— Como eles estão? — perguntei, olhando para o celeiro.

— Estão ótimos — garantiu Haven. — Estão temporariamente dormindo pesado na nossa casa. Nós os levamos para lá para que não ficassem assustados com o barulho aqui em Calliope.

Haven desentrelaçou o braço do marido.

— Trav, você pode trazer o canguru?

— Claro. — Travis beijou a esposa rapidamente e me deu outro sorriso antes de ir.

Haven virou-se para mim.

— Agora sobre aquela birita...

Passei a hora seguinte saboreando a surpreendentemente deliciosa aguardente caseira em um copo descartável enquanto conversava com Betty, Burt e Cricket, que eram uma verdadeira diversão. Percebi que Betty tinha sofrido uma lesão ou talvez uma doença que a fazia esquecer as palavras. Que encantador que todos ao seu redor corressem para ajudá-la a encontrar a palavra certa quando ela emperrava. E ainda mais encantador que geralmente fosse Burt quem sugerisse o termo que ela obviamente estava procurando. Eu teria sentido um quentinho no peito e uma ternura pela maneira como eles se olhavam, mesmo sem a aguardente.

O sol se pôs, as estrelas cintilaram no céu e o fogo crepitava à nossa frente. Travis e os dois meninos, que descobri serem seus sobrinhos, estavam ocupados montando um show de fogos de artifício perto da margem do lago à nossa direita, e Haven — com o bebê agora preso ao peito — se alternava entre nós, eles e os outros funcionários e amigos íntimos que tinham aparecido para festejar.

Depois, outro casal chegou com uma garotinha em idade pré-escolar, e Haven os trouxe até mim, apresentando seu cunhado, Archer, a concunhada, Bree, e a filha deles, Averie. Bree me cumprimentou calorosamente e Archer sorriu, estendendo a mão para apertar a minha e depois levantando as mãos e usando língua de sinais para Betty, Burt e Cricket, que responderam também com gestos.

Mesmo sem a apresentação, eu saberia que Archer e Travis eram irmãos. Não eram apenas excepcionalmente bonitos, mas seus olhos âmbar eram hipnotizantes. Notei a cicatriz na garganta de Archer e percebi que ele não falava, embora pudesse obviamente ouvir, já que se virou quando os dois meninos que estavam montando os fogos de artifício na praia começaram a gritar:

— Mamãe, papai! Venham ver o que a gente comprou com o tio Trav!

Archer levantou a mão e acenou para eles, então se virou e sinalizou algo rapidamente para a esposa, que respondeu em voz alta, com os braços cheios com a garotinha que havia levantado as mãos em um pedido para ser carregada.

— Eu vou ficar aqui com Averie e guardar um lugar para você.

Ele sorriu de volta, tão ternamente que fui tentada a suspirar de tanta doçura. E embora essas pessoas fossem todas calorosas e acolhedoras, elas também despertavam em mim um desejo pelo que obviamente tinham — um amor que era coisa de contos de fadas.

E o que eu tinha? Um amor não correspondido. Um homem que estava do outro lado da cidade agora, provavelmente com sua família e possivelmente com a mulher com quem ele poderia ou não se casar e levar para Londres.

— Averie, querida, você quer um suco? — perguntou Bree, tirando-me dos meus pensamentos de autocompaixão.

— Não, obrigada — respondeu a garotinha da manta em um pedaço de grama onde agora brincava com uma fileira de figuras de princesas que havia tirado de uma mochila cor-de-rosa.

Bree sorriu para a filha.

— Amei o nome dela — eu disse.

— Ah, obrigada. — Bree se recostou e tomou um gole do copo descartável que Haven havia lhe entregado quando chegou. — Engraçado, nós mudamos o nome dela umas cinco vezes na primeira semana de vida. — Ela se virou para mim. — Não havia uma Hale do sexo feminino desde 1912 e eu estava absolutamente convencida de que teríamos outro menino. Nem falamos sobre nomes de menina. — Ela deu de ombros. — Então, quando ela nasceu, escolhemos um e usamos por um tempo, mas nenhum parecia certo até nos decidirmos por Averie Alyssa. Ela foi batizada em homenagem a uma das minhas melhores amigas e à mãe de Archer, Alyssa.

Eu estava observando Averie tirar cuidadosamente mais brinquedos de sua mochila e organizá-los na manta, mas ao ouvir o nome, eu me virei para Bree.

— Alyssa?

Ela assentiu enquanto engolia outro gole de aguardente.

— Sim. Esse foi o outro motivo pelo qual escolhemos Averie. Combinava bem com Alyssa, porque os outros nomes que tínhamos escolhido provisoriamente não ficavam bons. Era importante para Archer usar o nome da mãe dele. — Ela sorriu de leve. — Ele a perdeu quando era jovem.

Alyssa.

Lys.

Lys teve uma vida difícil aqui.

A mãe de Archer Hale.

Seria possível? Certamente não. Alyssa era um nome comum. Deviam existir centenas delas em Pelion e Calliope. *Se* a Lys que minha mãe mencionara há mais de duas décadas ainda morasse aqui. Nenhuma Lys nunca enviou nem mesmo um cartão de condolências. Então, eu sempre achei que a Lys de quem minha mãe falava tinha se mudado havia muito tempo.

— Sinto muito — murmurei em resposta ao comentário de Bree de que Archer havia perdido a mãe jovem.

— Já faz muito tempo. Mas... a gente nunca supera a perda da mãe. — Algo mudou em sua expressão... uma espécie de tristeza distante que me fez pensar que ela também devia ter perdido a mãe e entendia a dor.

De repente, senti uma espécie de irmandade com ela, como sempre acontecia quando encontrava uma pessoa que também tinha vivido parte de sua infância sem o alento de uma mãe. Uma onda de calor me invadiu. Eu era próxima das outras mulheres que trabalhavam no bar, embora fossem mais velhas e, claro, eu tinha meus tios, que eram basicamente meus melhores amigos. Mas não mantive contato próximo com as garotas que estudaram comigo, então tinha poucos amigos da minha idade. Talvez nem tivesse percebido o quanto sentia falta da sensação de amizade e conversa com outras mulheres com quem me sentia instantaneamente confortável, como Faith, e agora, Bree e Haven.

Haven se aproximou, com um sorriso ao se sentar na cadeira do meu outro lado, de modo que agora eu estava entre ela e Bree.

— Lembrete sobre a aguardente — disse Haven a Bree. Ela se

inclinou e afastou o cabelo do bebê da testa, sentindo seu cheiro.

Bree tirou o copo da boca e olhou para dentro dele, franzindo a testa como se estivesse perplexa sobre como ele tinha ficado tão vazio de repente. Ela o colocou no chão ao seu lado e olhou para Cricket, que estava no meio de uma história, e a pequena multidão ao seu redor praticamente se dobrou de tanto rir.

— Essa coisa é letal — respondeu ela.

Eu ri.

— Já me disseram isso.

— Você é esperta por nem relar a mão nisso — disse Bree a Haven, que segurava uma garrafa de água.

— Na verdade… — falou Haven.

Bree prendeu a respiração, cobrindo a boca com a mão por vários segundos antes de soltá-la.

— Você está? Ai, meu Deus. — Ela se levantou e se inclinou sobre a cadeira de Haven, abraçando-a e ao bebê, soltando um suave grito de alegria. Haven riu e a mandou fazer silêncio enquanto Bree se afastava.

Bree pressionou os lábios e voltou para sua cadeira.

— De quantos meses? — ela sussurrou.

— Três, mais ou menos.

— Travis deve estar nas nuvens.

Haven sorriu, e era tão cheio de alegria evidente que fez meu coração se alegrar por ela, mesmo que tivéssemos nos conhecido há pouco tempo.

— Sim. Estamos muito felizes. Ryder e este bebê vão ter uma idade próxima, mas é exatamente o que a gente quer. Uma família grande. — Ela pousou a mão na barriga que agora eu via estar ligeiramente arredondada logo abaixo da alça do canguru de bebê. — Então, lá vamos nós.

— Parabéns — eu disse. — Você tem uma família muito linda. E este centro de jardinagem é maravilhoso. E cheio de paz e… — Respirei fundo, sentindo-me subitamente sobrecarregada com... algo que eu não sabia como definir, nem mesmo para mim mesma.

Eu teria chamado de inveja, mas isso não parecia bem certo porque eu estava *feliz* por essas pessoas, que eram genuinamente amáveis. Eu adorava estar perto delas e já sabia, de todo o coração, que elas apreciavam o que tinham.

— Obrigada, Rory — falou Haven, estendendo a mão e apertando de leve a minha, que estava na borda da cadeira. — Conta pra gente sobre sua vida em Nova York. Você é de lá, não é? Ouvi alguém na cidade mencionar isso.

Suspirei, brincando com a bainha do meu short jeans por um momento. De repente, eu estava exausta de mentir. E não queria contar histórias para essas mulheres, que haviam sido tão acolhedoras e me incluído em um segredo que até agora só a família conhecia.

E, de repente, mentir não parecia mais importante. Meu plano estava falhando. Não só o que eu havia tentado para descobrir quem era meu pai, mas também o plano de não me apaixonar pelo homem que só havia sido uma ficada de uma noite.

Fracasso. Fracasso. Fracasso.

Soltei um longo suspiro.

— Eu tenho uma confissão.

Haven e Bree se inclinaram mais para perto.

— Pode falar — disse Haven.

Bree simplesmente pegou meu copo de aguardente caseira e o ofereceu a mim.

Eu ri e então tomei um pequeno gole.

— Na verdade, não sou de Nova York. Não sou uma avaliadora de arte. E... o meu sobrenome não é realmente Castle.

Bree piscou, e os olhos de Haven se arregalaram.

Terminei o último gole de aguardente sentindo o líquido aquecer minha pele à medida que percorria minhas veias e então coloquei-o de volta na mesa. Eu realmente apreciava a coragem líquida naquele momento, mas sabia que tinha alcançado meu limite com a bebida. Levei cerca de quinze minutos para contar tudo a elas, desde aquele maldito bilhete, até o diário da minha mãe, o desenho e a descoberta de outras pinturas na loja de antiguidades.

— Por isso você me pediu recomendações sobre onde ir — concluiu Haven.

Assenti.

— Meu Deus, isso é um mistério da vida real — disse Bree.

— Espere, como Gage Buchanan se encaixa nisso? — perguntou Haven.

Voltei a mexer na bainha do meu short.

Elas se inclinaram um pouco mais enquanto eu contava sobre a aparição de Gage em Mud Gulch, o que agora parecia ter acontecido uma centena de anos atrás. Não pude evitar o sorriso ao me lembrar dele e de seus amigos na porta, molhados e sujos... e depois ele limpando um fragmento de bolinho de caranguejo da minha boca... e aquela mesa de bilhar...

Contei a versão muito resumida de tudo e, quando terminei, Haven se recostou na cadeira, batendo nas costas do bebê quando ele começou a se agitar e se contorcer.

— Caramba. Não é à toa que ele anda estranho ultimamente. — Seus olhos brilharam, cintilando à luz do fogo. — Finalmente alguém que conseguiu bagunçar as pernas perfeitas de Gage Buchanan.

As palavras de Gage voltaram para mim, flutuando pela minha mente — *Não sou tão perfeito quanto pareço.*

— Ele realmente passa essa impressão, né?

— A perfeição dele é quase suspeita — disse Haven, ainda dando tapinhas no bebê, que havia voltado a dormir. — Você é boa para ele —

afirmou ela, ao pegar minha mão e levantá-la brevemente como se para comemorar vitória.

Meu coração deu um pequeno salto estranho.

— Não. Nosso lance é apenas... temporário. E, de qualquer forma, ele vai se mudar para Londres para internacionalizar a empresa do pai dele. E talvez leve uma mulher... ele fez um pacto para se casar se estivessem solteiros em um determinado momento. Esse momento é agora, pelo visto.

Bree balançou a cabeça um pouco.

— Espera, o quê? Ele concordou com isso? Um casamento de... conveniência?

— Ainda não, mas... por que não deveria? Seria tão perfeito quanto ele. O pai dele ia adorar. O que é a principal prioridade de Gage. — Levei os dedos aos lábios enquanto me encolhia. — Espere, isso não foi legal. Eu não deveria dizer isso.

— Mas é verdade, não é? — Haven piscou como se tivesse tido uma epifania. — Ah — disse ela. — Ele não é perfeito de jeito nenhum, não é? Ele finge e nem mesmo sabe disso. Tudo está muito mais claro agora. — Ela se virou para mim. — Mas você o tirou daquela matrix. Ele está dando *tilt* por sua causa.

Eu ri.

— Dando *tilt*?

Bree assentiu.

— Totalmente fora do ar. Os guaxinins. O hidrante. Aparentemente, ele foi ouvido por mais de uma pessoa murmurando sobre purê de maçã.

— Purê de maçã? — perguntei.

— Ninguém tem ideia do que isso significa. Ah, e também tem a *barba* — continuou Bree.

— Ambas as cidades estão em polvorosa com a barba — concordou Haven.

Ri de novo. Nossa, eu gostava dessas mulheres. E adorava a barba. Infelizmente, fora do ar ou não, não havia futuro entre mim e Gage Buchanan.

Averie havia guardado sua pequena mochila enquanto ríamos e conversávamos e agora tinha vindo sentar no colo da mãe, com o polegar na boca enquanto Bree a abraçava e alisava seu cabelo sedoso.

— Ouça — disse ela para mim. — Se você quiser saber todos os detalhes, o boato é que Gage está bebendo um pouco demais ou você lançou algum tipo de feitiço maligno sobre ele.

Senti um impulso de ofensa. *Feitiço maligno?*

— Que besteira — falou Haven com uma revirada de olhos exagerada. — Mau comportamento ou... comportamento incomum nunca são culpa do homem? Nunca é escolha dele? É o álcool ou os artifícios de uma mulher que o tornam imprevisível? Conta outra.

— Não é? — Bree perguntou. — A propósito, por que você não foi com ele na grande festa no Metropolitan Club?

— O Metropolitan Club? — perguntei, sentindo algo afundar no meu estômago.

Bree olhou para mim.

— Droga. Sinto muito. Achei que você havia decidido não ir.

Gage tinha ido a uma grande festa no Metropolitan Club, de onde havia uma possibilidade do meu pai ainda ser membro. A dor fez minha pele formigar de repente. Mas, claro, ele não havia me convidado. Como eu já tinha imaginado, Blakely provavelmente estaria lá, assim como seus pais. Espionar era uma coisa, mas eventos públicos? Não era uma boa ideia.

— Como eu disse, somos apenas... temporários. Sério, não tem problema. Gage tem a vida dele.

Por um minuto, senti os olhares delas na minha pele aquecida, mas não disseram nada. Na beira do lago, parecia que os rapazes estavam dando os retoques finais em sua elaborada montagem. Um momento bem oportuno, porque o sol havia se apagado quase completamente no céu.

— Você não tem aquele desenho no guardanapo, tem? — perguntou Haven depois de um minuto. — Talvez eu possa reconhecer de algum lugar.

— Ah, claro. — Alcancei minha bolsa, feliz por desviar o assunto de Gage. — Está aqui comigo. — Eu gostaria de ter pensado nisso.

Tirei o diário e removi o guardanapo, entregando-o primeiro a Haven, que o estudou por um momento, com a testa franzida. Ela mordeu o lábio e então o entregou a Bree.

— Não tenho certeza... — disse ela, hesitante. — Bree, o que você acha?

Bree ajustou Averie em seu colo, agora de olhos fechados, e pegou o guardanapo de Haven, segurando-o para que a luz do fogo o iluminasse. Ela o segurou por vários momentos enquanto o observava, e eu percebi sua imobilidade. Ela o entregou de volta, e eu achei que havia algo assemelhado a preocupação em seu rosto, mas ela balançou a cabeça.

— Também não tenho certeza — respondeu ela. — Mas, hum, posso tirar uma foto rápida? Se eu vir algo semelhante, vou ter no meu celular para comparar.

— Boa ideia — falou Haven. Segurei o guardanapo enquanto Bree pegava o telefone e tirava uma foto rápida com uma das mãos. — Eu te aviso.

— Obrigada. De verdade. Quanto mais pessoas com os olhos bem abertos, mais provável que achemos algo. — E se meu tempo não acabar.

— Cinco minutos para os fogos de artifício! — avisou um dos gêmeos Hale, que havia estado com Travis mais cedo. Ele e seu irmão praticamente corriam em círculos, tamanha a empolgação.

Haven levantou-se.

— Vou perguntar ao Travis onde ele colocou os protetores de ouvido para o bebê. Bree, você precisa de um par para Averie?

Bree assentiu.

— Por favor — disse ela suavemente. — E enquanto você estiver lá embaixo, e antes que eles comecem, certifique-se de que Travis verificou todos os explosivos e que nenhum está faltando.

Os olhos de Haven se arregalaram antes de ela virar a cabeça rapidamente para os meninos gêmeos.

— Eles não sumiriam.

Então ambas disseram juntas:

— Sim, eles sumiriam.

Haven virou-se dando risada e seguiu em direção aos homens na beira do lago.

Eu observei Travis e Haven conversarem por um minuto e depois ele se inclinar para a frente e a beijar, e então gritou por cima do ombro dela:

— Ei, Burt, venha aqui e nos ajude a acender isso.

— Estou indo! — gritou o homem de volta.

Vi Burt ir tateando com a bengala até a beira do lago, oscilando um pouco, provavelmente tanto pelo terreno irregular quanto pela enorme quantidade de birita caseira que eu o tinha visto, de soslaio, bebendo.

— O que eu acendo primeiro? — ele perguntou em tom alto e alegre.

Alarmada, olhei para Bree, e ela apenas balançou a cabeça antes de nós duas começarmos a rir. Momentos depois, meu telefone vibrou no bolso com uma mensagem. Eu o peguei e li a mensagem do meu tio, deixando as palavras assentarem, sentindo a mais estranha mistura de felicidade e tristeza. O barco do meu tio estava consertado. Era hora de ir para casa.

CAPÍTULO VINTE E QUATRO

GAGE

Deus, eu estava girando cada vez mais rápido. E não por causa das explosões ensurdecedoras que haviam marcado esse dia, culminando em explosões de cores cintilantes no céu acima do Metropolitan Club. Virei em uma esquina e parei em um semáforo, olhando para o meu celular no console central e, em seguida, apertando o volante enquanto soltava um suspiro contido.

A festa tinha um bar completo, uma banda ao vivo e um show de fogos de artifício profissional. A área da piscina estava decorada com arcos de flores vermelhas, brancas e azuis, e uma enorme bandeira cascateando na varanda no primeiro andar. A equipe de Londres que meu pai havia trazido era um grupo simpático com um bom senso de humor. A música estava boa. A comida estava ótima. A bebida — embora eu não tivesse bebido muito — era abundante.

E eu havia me sentido profundamente infeliz o tempo todo.

Deus, ela me deixou zonzo desde o começo.

Desde que eu a deixara na casa de Faith na noite anterior, havia pegado o telefone uma dúzia de vezes para ligar para Rory e convidá-la para a festa de Quatro de Julho do clube, onde nossa família celebrava todo ano, mas algo ficava me impedindo. Parte disso era que Blakely estaria lá. Eu havia prometido dar um tempo até minha festa de despedida para tomar uma decisão sobre "nós", e ainda assim, como eu poderia focar em Blakely quando toda a minha atenção já estava voltada para outra mulher? Mesmo que não houvesse futuro com ela? Como eu poderia dar uma chance justa a Blakely agora quando a sensação da pele de outra mulher ainda me distraía? Mesmo assim, seria estranhamente constrangedor levar uma acompanhante para uma festa onde eu sabia que Blakely estaria com seus pais. *Que zona eu havia feito*?

No entanto, Rory também não havia entrado em contato comigo. Talvez também estivesse tendo dúvidas semelhantes sobre passarmos mais tempo juntos. Talvez tivesse percebido que, agora que havíamos nos entregado ao tesão que não passava, deveríamos começar a nos afastar.

Era o melhor para todos.

Parei novamente e esfreguei as têmporas enquanto esperava o sinal abrir. Nesse meio-tempo em que tínhamos ficado separados, as horas haviam escorrido devagar como melaço e em um estado de anseio. Jesus, eu havia pressionado o travesseiro onde Rory havia dormido no meu nariz tantas vezes que os resquícios do seu cheiro haviam desaparecido. Não era só uma questão de tesão. A quem eu estava enganando? Eu a desejava *ardentemente*. E minhas emoções estavam descontroladas. Em um minuto, parecia inofensivo apenas ligar e verificar; no seguinte, parecia uma ideia terrível deixar isso chegar mais longe do que já havia chegado.

O que estava acontecendo comigo? Eu nunca havia me sentido tão dividido antes. O que eu sentia por Rory era aterrorizante, de verdade, e a parte de mim que estava preocupada com a autopreservação dizia que seria melhor para todos se eu desse um fim a isso agora. E ainda assim, toda vez que eu tentava me manter afastado, acabava cedendo.

Parte de mim desejava que o teste tivesse confirmado que ela era minha irmã.

Por outro lado, eu tinha a sensação horrível de que isso não teria mudado nada, mesmo que realmente não quisesse investigar esse pensamento com mais detalhes.

O lampejo da minha juventude, eu me escondendo no corredor que levava à cozinha e observando por um espelho na parede o chef LaCourt cantar, misturar, jogar e bater, brilhava intensamente na minha cabeça.

A forma como eu saía na ponta dos pés quando ouvia meu pai chegando em casa.

Você já deixou para trás coisas que amava, e deixará novamente.

Porque, de verdade, não há outra escolha.

Eu disse a Blakely que gostava de ser um herói. E era verdade. Eu sentia satisfação em fazer os outros felizes e orgulhosos. Mas como eu poderia ser o herói de todos quando todos queriam algo diferente de mim?

Parei o carro, mas não desliguei o motor, enquanto olhava para a casa a que havia chegado.

A casa de Faith.

Mal me lembrava de tomar a decisão consciente de ir para lá. E ainda assim, ali estava eu; então, alguma parte da minha mente com certeza havia direcionado meu carro para aquele lugar. Para Rory.

Saí do carro e caminhei devagar pela calçada. Talvez eu nem mesmo batesse à porta. Era uma má ideia. Ela provavelmente estava dormindo, de qualquer forma. Eu havia dirigido até ali, mas não significava que precisava levar aquilo adiante.

— Você tem sorte de eu não estar armada.

Me virei depressa para ver Rory atrás de mim, usando short jeans e uma blusa vermelha cintilante. Minha boca ficou seca. *Ah*. Ela havia saído. Suas pernas eram longas e brilhantes, e eu me lembrava da sensação delas envolvidas nos meus quadris. Seu cabelo estava caindo sobre os ombros e eu sabia exatamente que perfume tinha, mesmo que agora ela estivesse longe demais para eu captar o aroma. Ela *estava* armada. *Ela* era o estilhaço cravado em minha pele. Era tão linda que doía em mim.

Rory inclinou a cabeça, me observando com aqueles olhos azul-canário que eu temia que fossem me assombrar pelo resto da minha vida. Eles me seguiriam ao trabalho, ao sono, a qualquer pedra sob a qual eu tentasse me esconder. Aos confins da Terra. A Júpiter. Londres com certeza não era segura — nenhum lugar seria.

— Você está... bem? Parece doente. O que está fazendo aqui?

Coloquei as mãos no bolso da calça.

— Eu só... ãh, vim te desejar um feliz Dia da Independência e, ãh, você sabe, dizer... Viva a liberdade.

Ela hesitou, parecendo confusa, cautelosa e também, de alguma forma, ligeiramente divertida.

— Você poderia ter me mandado isso por mensagem. Tem até um recurso legal que produz fogos de artifício quando a gente abre a mensagem. Eu teria gostado. Teria sido bom ter notícias suas.

— Sim, eu deveria. Ter mandado mensagem para você. Desculpa. O trabalho estava... — Olhei para o céu como se estivesse procurando mais daqueles fogos de artifício que haviam iluminado o escuro pouco tempo antes. Talvez formassem as palavras que eu parecia não conseguir encontrar. Não tive sorte. O céu permanecia escuro; o único movimento era o lento piscar de uma estrela. Aguardei por um momento, na esperança de que fosse código Morse celestial, mas então lembrei que eu não sabia lê-lo. Voltei meu olhar para ela e acenei para sua blusa brilhante. — Você, ãh, saiu pra comemorar?

Ela passou por mim, pegando uma chave ao caminhar. Me virei enquanto ela a colocava na fechadura, meu coração batendo forte no peito.

— Fui ao Portal da Haven.

Haven.

— Ah, isso é ótimo. Isso é bom. Fico feliz. — Ela empurrou a porta para abrir, e uma espécie de pânico se formou no meu estômago, e eu respirei fundo, chutando o beiral que contornava a calçada de Faith.

Rory se virou, parada na porta. A luz do alpendre iluminava e fazia luz e sombra dançarem sobre seu rosto e seu corpo. Ela cruzou os braços sob os seios.

— O que foi, Gage?

Soltei um longo suspiro, e aquele giro recomeçou. Eu tinha uma necessidade desesperada de me agarrar a algo, mas não sabia a quê.

Eu te amo. E isso não importa.

Ai, Deus, não. Não. Isso era verdade? Não podia ser. Eu precisava ir. Eu precisava resolver isso. Havia uma solução. Uma cura. Alguém devia ter uma cura.

— Não há nada de errado. Eu só... eu queria te ver.

— Bem, aqui estou eu.

Soltei uma risada ofegante que terminou em um suspiro.

— Sim. Aqui está você. — *Você é mais do que esperei e nada do que eu esperava. E está me virando do avesso e tornando tudo muito mais difícil quando minha vida sempre foi fácil.*

Ou talvez não tenha sido. Talvez eu estivesse fingindo. Passando pelos movimentos.

Existindo.

Vivendo o sonho de outra pessoa.

Ela me observou novamente por alguns momentos.

— Você quer entrar...

— Sim. — Eu me movi em sua direção e ela abriu a porta um pouco mais para que pudéssemos entrar. Eu a segui pela casa de Faith. — Faith não está?

— Não. Ela foi para Kennebunkport com Jarrett para passar o feriado. Eles voltam amanhã.

— Ah. Entendi.

Eu a segui por um corredor até uma porta fechada no final. Rory virou-se de repente, me pegando de surpresa, e me fez dar um passo para trás.

— Você pode ficar aí por um minuto?

— Hum, claro.

Ela deu um aceno, abriu a porta e se espremeu por uma fresta, e então a fechou logo. Ouvi-a se movendo apressada, provavelmente pegando roupas e arrumando um pouco as coisas. Quando abriu a porta alguns minutos depois, eu sorri.

— Rory, eu não ligo se o seu quarto está uma bagunça.

Ela deu uma risadinha ao se afastar para que eu pudesse entrar.

— Não estava esperando visitas. Não quero que você pense que sou bagunceira.

Olhei ao redor. Ela claramente havia se esforçado para arrumar o quarto, mas a cama ainda estava meio feita, e eu podia ver roupas saindo de debaixo da porta do armário onde ela claramente as havia enfiado de qualquer jeito. As mesas de cabeceira estavam cheias de garrafas de água e bijuterias, um pouco de maquiagem e um monte de outros itens. Mas ela havia colocado as pinturas do pai em cima da cômoda bem em frente à cama, o diário da mãe e o desenho em guardanapo estavam organizados embaixo, ao lado da bolsa, como se ela os tivesse removido agora e colocado de volta em seu lugar de honra. Algo sobre toda a cena fez com que um sentimento de ternura surgisse dentro de mim. Era só *ela*. Desorganizada, sentimental, aérea e... apaixonada.

— Não acho que você seja bagunceira — eu disse, o que era muito inadequado, mas era o melhor que eu podia fazer no momento.

Me aproximei de onde ela estava, chegando bem perto e inalando seu aroma. Seu cheiro me acalmava e fazia a confusão diminuir para um fervor mais brando. Ela olhou para mim, parecendo um pouco apreensiva. Eu não queria que ela parecesse assim, não quando estava comigo.

— Senti sua falta — admiti.

O olhar dela passou pelo meu rosto e vi as perguntas em seus olhos, a confusão e, por fim, alguma forma de resignação. Com quaisquer pensamentos e dúvidas que tivessem passado por sua cabeça e cruzado sua mente, ela finalmente se decidiu por:

— Eu também senti sua falta. — Soou como uma concessão e um alívio.

Tantas barreiras entre nós. Eu a queria, e isso não era justo. Ela me fazia girar, e me proporcionava calma. Estendi a mão, deslizei a alça da blusa sobre seu ombro e então beijei o pequeno ponto que ela cobria.

— Eu consigo respirar quando estou com você. — Suspirei. Mesmo para meus ouvidos, a afirmação soava triste. Suponho que era porque eu estaria sem ela em breve e parte de mim entendia que eu nunca mais conseguiria respirar de verdade.

Passei os lábios sobre sua clavícula e depois me inclinei. Ela segurou meu rosto com as mãos, esfregando os polegares sobre as maçãs do meu rosto por um momento enquanto olhava nos meus olhos.

— Eu poderia engarrafar um pouco de ar da Rory e enviar pra você em Londres.

Sorri, mas isso também parecia triste.

— Eu aceito.

Ela encostou a testa na minha e, por um momento, simplesmente respiramos juntos, compartilhando aquele ar que, de alguma forma, parecia vital para mim, mas eu teria que conseguir viver sem. Rory levou os lábios ao canto da minha boca, beijando-me de leve, e depois movendo-se para minhas pálpebras e meu nariz e, então, de volta à minha boca.

Nós nos despimos lentamente, e minha temperatura sanguínea foi subindo à medida que cada centímetro do seu corpo nu era revelado para mim.

— Você é uma deusa — eu disse. Ela era. Uma obra de arte. Desde os dedos delicados dos pés até aqueles impressionantes olhos azul-canário. Deixei-me levar sobre como eu havia me perguntado por que algumas obras de arte afetavam uma pessoa de uma maneira particular e não outra. *Um toque de preferência e um traço de magia.* Talvez a atração também fosse assim. Essa mulher, essa bela criação, atingia meu coração quando eu olhava para ela.

Ela me levou até a cama e ali nos deitamos, explorando um ao outro sob o suave brilho do abajur. E nosso amor parecia tanto belo quanto esmagador de uma maneira que eu não conseguia definir, e talvez não quisesse definir enquanto ela ainda estivesse em meus braços. Talvez estivéssemos fadados desde o início, mas isso não significava que eu não ia absorver cada momento de felicidade com ela enquanto eu ainda pudesse.

Eu havia contemplado fogos de artifício mais cedo naquela noite, mas agora fogos ainda mais brilhantes estouravam e crepitavam. Faíscas cintilavam à medida que nossa respiração se encurtava, mãos segurando os lençóis enquanto corríamos em direção àquele crescendo vertiginoso, onde estrelas explodiam, brilhavam, estalavam e choviam felicidade através de nossos nervos e diretamente até nossos dedos dos pés. A luz eclipsava a escuridão interior, mas apenas por alguns momentos fugazes antes de as cores cintilantes desaparecerem lentamente até não restar nada.

— Prrrá... prrrá. Prrrá — sussurrou Rory, sua voz ofegante.

Consegui dar uma risada silenciosa enquanto lutava para recuperar o fôlego, meus braços e pernas pesados e saturados de prazer.

— Prrrá... prrrá. Prrrá, isso mesmo — concordei, saindo de dentro dela e rolando para o lado. Passei os braços ao seu redor e ela deitou a cabeça no meu peito enquanto ambos recuperávamos o fôlego, nossos corações desacelerando e o suor secando em nossa pele.

Meu olhar recaiu sobre as pinturas do pai dela em cima da cômoda à nossa frente.

— Você quer repassar o que temos até agora? — perguntei, acenando para as imagens e o diário.

Ela balançou a cabeça.

— Parece um beco sem saída. — Ela se sentou, virando-se para o outro lado, com as pernas dobradas para fora da cama. Levantou-se e observei o traseiro deslumbrante, o cabelo preto sedoso caindo sobre os ombros enquanto ela caminhava para pegar uma camiseta jogada sobre uma cadeira. — Além disso...

— Além do quê? — Sentei-me também, de repente em alerta.

Rory vestiu a camiseta e se virou para mim.

— O barco do meu tio foi consertado. Eu vou embora na segunda-feira.

Meu cérebro zumbiu e foi como água gelada preenchendo minhas veias, onde os brilhos de luz haviam recentemente cintilado.

— Segunda-feira? Mas... por que você não me disse?

— Fiquei sabendo agora à noite. Logo antes de sair da casa da Haven, na verdade. Você tem sua festa no sábado à noite e depois vai embora na semana seguinte, de qualquer maneira, Gage. A gente também não tem muito tempo juntos. E é melhor... — Ela respirou fundo. — É melhor que eu vá embora, volte para a minha vida e deixe você seguir com a sua.

Soltei um suspiro, passando a mão pelo cabelo. Isso parecia muito errado. E, ainda assim... não havia nada a fazer. Planos haviam sido feitos, promessas... compromissos. Vesti a cueca enquanto ela colocava um short. Como eu poderia ter acabado de estar dentro do corpo dela e de repente me sentir tão separado? Tão... distante. Devia haver uma solução para isso.

— Rory, você poderia...

— O quê? — ela perguntou. Abri a boca para dar uma resposta, mas nada saiu. Havia um bloqueio a cada esquina. Suspirando, encontrei seus olhos e sabia que ela via a desesperança que eu sentia. — Não tem resposta, Gage. Foi divertido. A gente passou o tempo, como dizem.

Passou o tempo? Então por que ela parecia tão infeliz? E por que essa descrição me incomodava tanto?

— Fomos mais do que um passatempo — eu disse, com a mandíbula tensa. — O que quer que aconteça nas nossas vidas daqui para a frente, eu nunca vou te considerar apenas um passatempo.

— Onde você passou o Quatro de julho? — ela perguntou de repente.

Fiquei parado, envolvido pela culpa.

— O Metropolitan Club fez uma festa — murmurei.

Ela assentiu, e percebi que ela não estava surpresa. Ela sabia onde eu estava. E sabia que eu não a havia convidado. E ainda assim, ela havia feito amor comigo. E essa consciência me cutucava o coração. Ela sabia — acreditava — que era só isso que éramos. E aceitava. Minhas ações contradiziam qualquer afirmação sobre sermos mais do que um passatempo.

Ela começou a prender o cabelo em um coque.

— Blakely estava lá?

Meu coração afundou ainda mais.

— Os pais dela são sócios. — Soltei um suspiro enquanto ela tentava parecer indiferente, mas não conseguia. — Não fique assim, Rory. Jesus, eu te disse, toda essa história com a Blakely... Eu já decidi não levar adiante.

Ela olhou para cima.

— Você falou isso pra ela hoje?

Fechei os olhos brevemente.

— Não. Não era o momento. Meu pai trouxe a equipe de Londres e...

— Seu pai deve estar eufórico. Todos os sonhos dele ao alcance das mãos.

Parei.

— Está. Claro que está. Ele trabalhou muito para isso. — Eu sabia o que ela estava sugerindo. Que os sonhos do meu pai eram o meu motor. E, ok, isso provavelmente era verdade. Definitivamente verdade. Mas eu também havia trabalhado muito para estar onde estava. Não é como se meu pai simplesmente me colocasse nesse papel e eu tivesse caído de paraquedas. Não, eu tinha trabalhado muito e me destacado. — Meu pai... ele espera muito de mim. Ele tem todo o direito.

— Você sempre repete isso. — Ela prendeu o cabelo e deixou os braços caírem. — E quanto aos seus sonhos, Gage? Você já lutou por algo que quis? Sequer já definiu o que isso poderia ser? Ou deixa seus sonhos de lado para ser o bom moço? O tranquilo? O sr. Perfeito. Nunca sendo a causa de nem sequer uma mínima sugestão de problema? Deus te livre de desapontar alguém que realmente importa.

O ressentimento borbulhava dentro de mim, e eu não tinha ideia de como havíamos chegado a esse ponto tão depressa depois de estarmos nos braços um do outro. Tinha a sensação de que ela estava dizendo isso porque se importava comigo, mas, mesmo assim, isso não servia para nada. Só me fazia girar mais rápido.

— Meu Deus — eu disse, virando-me. — Você sabe em quantas direções estão me rasgando?

— Talvez você deva ser honesto consigo mesmo sobre o que quer — ela respondeu suavemente. — Você também merece ser feliz.

Mas eu não podia fazer isso. Não podia. Porque significaria desapontar a todos que me amavam. Significaria parar planos já em andamento. Significaria arruinar vidas. Ela não entendia isso?

Ela suspirou.

— O dever chama.

— E você? — questionei. — E sua missão de cumprir seu dever com Romeo? O dever que impôs a si mesma? Devo te dizer para deixar isso de lado? Que isso não deveria importar? Ou Romeo faria o quê? Ele deveria ter ido atrás dos sonhos dele e deixado você se virar sozinha aos onze anos? O dever é importante, Rory. É necessário.

Ela estremeceu e se sentou na cadeira.

— Desculpe. Estou sendo injusta. — Ela soltou um suspiro e minha exasperação diminuiu e morreu. De verdade, eu queria cair de joelhos diante dela e implorar para que me acalmasse novamente, me ajudasse a respirar, parasse o giro incessante. — Enfim, como eu disse, meu tempo aqui acabou.

— Mas ainda tem mais um homem — eu disse. — Mais um homem que poderia ser seu pai.

— Não importa. Não era para ser.

Meu coração doía. Estar com ela, abraçá-la e ser abraçado havia diminuído o tormento interno por um tempo, mas talvez apenas prolongasse a dor inevitável de me separar. Vesti minhas roupas.

— Você virá para minha festa de despedida? — perguntei, franzindo o rosto após as palavras terem escapado dos meus lábios. O convite parecia ridículo e desesperado. A última coisa que eu queria agora era uma festa, e vê-la lá só aumentaria a angústia.

Ela balançou a cabeça, sua expressão triste como se estivesse pensando as mesmas coisas que eu.

— Não. Não acho que seja uma boa ideia.

Nós nos encaramos, e a consciência de que isso era um adeus pairava entre nós. Soltei um suspiro, desviando o olhar. Rory se levantou e veio rapidamente na minha direção. Envolvemos os braços um ao redor do outro e, por vários momentos, simplesmente ficamos assim, segurando firme.

— Eu não vim esta noite para me despedir — falei.

Quando ela deu um passo para trás, havia lágrimas em seus olhos.

— Eu sei. Mas... é o melhor. Nós sabemos disso. Obrigado por tudo, Ivy League.

Não, não, não. Mas o que eu tinha para oferecer a ela? "Encontros" por vídeo conforme minha agenda e a diferença de horário permitissem? Um fim de semana aqui e ali? Um feriado? Isso não era justo para nenhum de nós.

Segurei seu belo rosto entre minhas mãos. Meu olhar percorreu suas feições, memorizando os detalhes dela, tanto esperando que eles desaparecessem quanto desesperadamente precisando que permanecessem frescos na memória.

— Se você precisar de algo... alguma poesia de última hora ou...

Ela soltou uma risada chorosa.

— E se você precisar de algo... aulas de dardo ou...

Meu coração e meu estômago se contraíram. E prolongar por mais um minuto ia me matar. Afastei as mãos do rosto dela.

— Adeus — eu disse, virando-me e saindo do quarto dela. Ouvi-a repetir a palavra em um sussurro enquanto eu seguia pelo corredor da casa de Faith e, por fim, pela porta da frente, sua voz falhada ecoando em minha mente.

CAPÍTULO VINTE E CINCO

RORY

O sol brilhava, mas eu ainda me sentia como se estivesse caminhando através de uma névoa. A única coisa que me mantinha ancorada eram os três cachorros que passeavam alegremente à minha frente, me puxando adiante. Apesar da dor que emanava sob a minha pele ao olhar para os lugares de onde eu tinha memórias tão recentes com Gage, não pude deixar de pensar em como eu amava essa cidade, especificamente ali, perto do parque e do lago. Algo nesse lugar tinha começado a parecer um lar nas últimas semanas. O chamado que eu sentira a vida inteira tinha sido respondido... ali. Mas eu não sabia se era por causa do lugar ou da pessoa por quem eu ridiculamente me apaixonei. Deus, como doía. Já sentia a falta dele tanto que estava honestamente considerando ligar e implorar para que passasse as últimas horas ali comigo.

Embora eu soubesse que isso apenas acabaria causando ainda mais dor se eu fizesse.

Havia um restaurante com um pátio fofo à frente chamado The Strand e ali eu procurei Faith, que me pedira para almoçar com ela. Avistei-a perto do pequeno portão de ferro forjado, acenando para mim.

— Oi — eu disse, prendendo os cachorros ao portão e me sentando ao lado deles.

— Oi, amiga. Como você está?

— Ah — suspirei —, mais ou menos. — Já havia contado a Faith sobre como Gage e eu tínhamos nos despedido e o quanto isso havia doído.

Ela estendeu a mão e deu um tapinha na minha.

— Vai passar.

A dálmata da empregada da sra. Bellamy, Marta, colocou a cabeça no meu colo e me olhou com olhos empáticos.

— Eu sei — disse a Faith enquanto acariciava a cabeça de Roxy, extraindo tanto conforto das palavras da minha amiga quanto do apoio silencioso dessa doce cachorrinha. Os outros dois, Bartholomew e Elwood, o cocker spaniel da sra. Ramsbottom, deitaram aos meus pés como se sentissem que eu também precisava da proximidade.

— Ele nem sequer sugeriu que você fosse junto para Londres? — Faith perguntou, cautelosamente.

Balancei a cabeça.

— Ele sabe que não posso fazer isso. Além do mais, sinceramente? Não quero ir pra tão longe de Mud Gulch. Já sinto falta dos meus tios e estou a apenas três horas de distância. Quero dizer, você consegue imaginar? Eu vagando por Londres enquanto Gage trabalha horas intermináveis, ficando cada vez mais solitária e ele começando a me odiar por reclamar que nunca passa tempo suficiente comigo?

Mas a verdade? Se ele tivesse pedido, eu teria considerado. Eu o amava. Queria estar com ele. Mas, enquanto falava sobre o cenário em potencial, percebi como a ideia seria terrível. Eu ficaria com saudade de casa. Ele estaria ocupado. Não apenas por um mês ou dois, mas por anos a fio. E me mataria vê-lo trabalhar sem parar para agradar os outros, suprimindo a faísca de emoção que ele permitira deixar transparecer comigo porque claramente a havia rotulado como *temporária*.

Não, ele não ia me pedir para ir junto para Londres. Mas, apesar do que ele tinha dito, parecia indeciso em relação a Blakely e à aprovação que a união deles obteria. E, na verdade, talvez fosse uma boa ideia que Blakely o acompanhasse. Ela tinha sido amiga dele a vida inteira. Provavelmente ficaria feliz o suficiente com as poucas horas que ele teria para lhe dar. Além disso, eu a havia procurado no Instagram em um momento de fraqueza e visto que ela era uma estilista com dois milhões de seguidores. *Dois milhões!* Eu tinha trinta e sete, e um deles era meu tio, Romeo. Blakely

Wingate prosperaria em Londres.

Meus ombros caíram à medida que a depressão descia sobre eles.

— O que quer que tivemos juntos nunca incluiu Londres ou um futuro. O que tivemos foi temporário. E agora acabou.

— As coisas mudam — ela murmurou.

Pisquei quando, atrás dela, três mulheres familiares se aproximaram. *Ah, não.*

A sra. Bellamy, a sra. Ramsbottom e a sra. Buchanan.

Meu coração deu um salto e, instintivamente, me inclinei em direção aos cães, protegendo-os. Mas isso era bobo. Elas eram as donas. Não pertenciam a mim.

Nada aqui pertencia a mim.

A expressão de Faith se transformou em confusão com o que devia ser minha súbita expressão de pânico, e ela se virou enquanto as três mulheres mais velhas vinham ficar ao lado da nossa mesa.

— Aurora Casteel — disse a sra. Bellamy, suas narinas se dilatando enquanto ela olhava para mim com um desprezo contido. Quase gemi. Ai, Deus. *Ela descobriu meu nome verdadeiro.* Ao lado dela, as outras duas mulheres me olhavam. A expressão da sra. Ramsbottom era cheia de mais desprezo do que a da sra. Bellamy, enquanto a mãe de Gage parecia vagamente envergonhada.

Provavelmente por minha causa.

— Descobrimos quem você é — anunciou a sra. Ramsbottom.

— Senhoras, este realmente é o lugar? — Faith indagou, olhando ao redor do pátio lotado.

O queixo da sra. Bellamy se ergueu.

— Calliope deve saber que há uma farsante e uma mentirosa em meio a eles, tentando enganá-los para tirar deles obras de arte valiosas. Realmente, Faith, você deveria se envergonhar. Você deveria saber.

— Pare, por favor — pedi, levantando-me. — Faith não teve nada a ver com isso. Eu... eu menti para ela também.

Roxy gemeu, um som lamentoso que fez meu coração apertar. Abaixei e coloquei a mão em sua cabeça para acalmá-la.

— Rory...

— Faith — eu disse, minha voz trêmula. — Sinto muito por ter te enganado. Eu não sou realmente uma avaliadora — afirmei, porque não podia me salvar, mas podia tentar salvar a minha amiga.

— Sim, estou ciente — respondeu Faith, a raiva brilhando em seus olhos enquanto ela lançava um olhar fulminante para as mulheres. — Rory tem um bom motivo...

— Sua mãe era Ophelia Casteel. Me lembrei do nome. Uma encrenqueira como você. Fez a todos nós de tolos. Você é uma vergonha.

Lágrimas encheram meus olhos. Eu podia suportar muita coisa, e talvez merecesse essa bronca depois de mentir para essas mulheres e abusar de sua confiança. Mas a menção do nome da minha mãe trouxe um anseio dentro de mim que não consegui suprimir, não naquele momento em que queria desesperadamente seus braços ao meu redor, me consolando, fazendo tudo ficar bem.

— Digam o que quiserem sobre mim — falei, enxugando a lágrima que escorreu pela minha bochecha. — Mas não falem sobre a minha mãe.

— Não temos mais nada a dizer sobre nenhuma de vocês — declarou a sra. Ramsbottom.

— Acho que já chega — disse a sra. Buchanan suavemente. — Vamos embora.

A sra. Ramsbottom soltou um gritinho e todos olhamos para baixo ao ver Bartholomew com a pata levantada urinando no pé dela. Ela puxou a perna e a sacudiu violentamente, soltando uma série de palavrões que eu nunca teria imaginado que ela conhecesse.

— Puxa vida — reagiu a sra. Bellamy. — Cachorro malvado. — Ela se inclinou e pegou Bartholomew do chão, segurando-o debaixo do braço. Estendi a mão para ele, preocupada que fosse punido por seu ato de rebeldia, mas deixei o braço cair quando ela se virou. Bartholomew podia ser um monstrinho, mas tinha sido ela quem o ensinara a ser assim. E, no fundo, ele era um amorzinho travesso e protetor, que ficava um pouco selvagem sob uma pequena dose de liberdade, e eu o amava de todo o coração. Contive um soluço enquanto me aproximava e desatava as coleiras do portão, e a sra. Ramsbottom e a sra. Bellamy arrancaram as coleiras das minhas mãos antes que eu pudesse entregá-las, fazendo-me engasgar enquanto outra lágrima escorria pela minha bochecha. Eu me sentia como Cinderela sendo rasgada pelas suas meias-irmãs, só que, em vez do meu vestido, elas estavam arrancando de mim os cachorros que eu havia aprendido a amar.

— Vou devolver a Roxy — disse a sra. Bellamy, puxando a coleira dela como se estivesse recuperando bens roubados de mim.

E eu supunha que merecia a suspeita. Elas deviam estar pensando que eu era uma ladra e também uma possível sequestradora de cães. A sra. Buchanan olhou para trás uma vez enquanto elas se afastavam em direção ao baixo portão que separava o pátio da rua. Uma jovem que estava sentada na frente se levantou e se juntou à sra. Buchanan, entrelaçando o braço com o dela. Ela não se parecia com Gage, mas eu lembrava que ele havia me dito que sua irmã era adotada. Seria ela? Estava na cidade para a festa de despedida dele? Como eu era idiota. Eu acabara de falar sobre a possibilidade de ir com ele para Londres quando, na verdade, eu nem tinha conhecido direito sua família e agora sabia que todos me odiavam.

Eu era uma piada.

Virei rapidamente. *Ai, Deus.* Coloquei as mãos trêmulas sobre meu rosto quente, sentindo os olhares da clientela ali para almoçar naquele local popular em Calliope. Faith se levantou e, pelo canto do olho, pensei tê-la visto deixar algum dinheiro na mesa, mesmo que não tivéssemos comido. Ela me conduziu para fora de lá, virando na direção oposta daquela por onde as mulheres haviam ido. Atrás de mim, ouvi o burburinho das conversas aumentar, os fofoqueiros rapidamente entrando em ação.

Levantei a mala enquanto Faith me acompanhava até a porta.

— Rory, por favor, fique mais um dia. Não quero que você dirija assim!

Coloquei a mala no chão.

— Estou bem. Juro. Só quero ir pra casa.

Faith acenou com a cabeça, sua expressão cheia de simpatia.

— Se Malcolm Sherrybrook ligar...

— Faith, acabou. Malcolm Sherrybrook era minha última esperança, e ele provavelmente já sabe o que o resto de Calliope sabe agora: que sou uma fraude. — Não encontrei meu pai e agora também sou uma pária. Ah, e ainda tem meu coração partido. Meu plano realmente deu errado. Então, talvez encontrar meu pai sempre tenha sido um esforço inútil. — Não quero que eles te punam pelo que fiz. Sinto muito. Sua galeria...

— Minha galeria está bem. Como eu te disse, a única razão pela qual sequer me deixam entrar nas casas deles é porque socializo com eles regularmente em eventos de caridade e não é provável que me barrem nesses eventos. A maioria nunca gastou um centavo na minha galeria e estou indo muito bem assim. Mais do que bem, muito obrigada.

Talvez ela estivesse exagerando um pouco sobre a falta de preocupação, mas eu realmente esperava que não, porque isso significaria que eu tinha arruinado não só minha vida, mas a dela também. E hora ou outra eu ia me recuperar. Se o negócio dela fosse afetado, eu nunca me perdoaria. Abri um sorriso triste.

— Ei, fizemos isso juntas. Eu estava totalmente envolvida, lembra?

— Lembro. — Soltei um suspiro. — Você é uma boa amiga, Faith. De verdade.

— Ah, vem cá. — Ela me abraçou justo quando meu telefone

começou a tocar. Me afastei e peguei o celular, franzindo a testa ao ver um número local desconhecido.

— Alô? — disse, colocando no viva-voz para que Faith pudesse ouvir.

— Oi, Rory? É Bree Hale.

Pisquei. Bree, Haven e eu tínhamos trocado números antes de eu deixar a festa do Quatro de Julho, mas eu ainda não havia salvado o nome dela.

— Oi, Bree. Como você está?

— Eu estou... bem. Hum, você está disponível para vir aqui?

Encontrei o olhar curioso de Faith e lhe dei um pequeno encolher de ombros.

— Alguma coisa errada?

— Não, não. Eu só, bem, tenho algumas informações sobre aquele desenho que você me mostrou, mas gostaria de te contar pessoalmente, se estiver tudo bem. Haven também está aqui.

Meu estômago foi parar na garganta. Estava tentada a dizer para ela esquecer, que eu não estava interessada em levar isso adiante, mas a curiosidade falou mais alto.

— Eu... sim, claro. Posso estar aí em meia hora. Onde você mora?

Depois de anotar o endereço de Bree do outro lado do lago, em Pelion, e me despedir, olhei para Faith.

— Você quer vir comigo?

— Com certeza. Vamos.

O portão de madeira estava aberto quando chegamos ao endereço que o GPS havia nos levado, ao longo de uma estrada sinuosa e pitoresca ladeada por pinheiros que mostravam vislumbres do lago cintilante mais além.

Inclinei-me para dentro, com Faith logo atrás de mim, e respirei fundo antes de abrir o portão um pouco mais.

— Ah, uau — eu disse, meu nervosismo se acalmando ao observar a propriedade linda e tranquila. A luz suave filtrava-se pelos galhos esvoaçantes, e o brilho azul da água mudava entre as lacunas do verde. Eu podia ouvir as ondas suaves do lago encontrando a costa e sentir o aroma penetrante das árvores. Um gramado esmeralda se estendia à nossa frente, com um caminho de paralelepípedos ao lado que levava a uma pequena casa com uma ampla varanda frontal ladeada por vasos de flores vermelhas brilhantes.

Um refúgio.

E havia algo nele que parecia familiar de uma forma abstrata e nebulosa — não como se eu já tivesse estado lá antes, mas como se eu tivesse sonhado com isso há muito tempo e esquecido a maior parte dos detalhes, mesmo que a sensação permanecesse.

A porta da frente se abriu e Bree saiu, levantando a mão e fazendo um aceno para avançarmos.

— Desculpe — pediu ela enquanto nos aproximávamos. — Não ouvi o carro, ou teria ido encontrar vocês no portão.

— Ah, não tem problema. Sua propriedade é linda — eu disse. — Parece muito tranquilo aqui. Quase como um mundo diferente.

Ela sorriu.

— Obrigada. Foi o que pensei também na primeira vez que passei por aquele portão. Oi, Faith. Por favor, entrem.

Entramos na casa e notei uma lareira de pedra ladeada por estantes de livros do chão ao teto na minha visão periférica, mas meu olhar se fixou em Archer e Travis, que estavam de pé de forma desconfortável perto de uma abertura arqueada que eu podia ver que levava à cozinha.

Todos nos cumprimentamos, de maneira bastante rígida. Meu coração acelerou. Eu não entendia o que estava acontecendo, mas era claramente sério para eles.

— Por favor, venham comigo — disse Bree.

— Isso está me deixando nervosa — falei para ela.

— Por favor, não fique nervosa. Eu gostaria de acreditar que o que estou prestes a mostrar serão, bem, boas notícias, mas... — Ela mordeu o lábio por um momento. — Só, por favor, venham comigo.

Ela estendeu a mão e pegou a minha, e o toque dela, a solidez de seu aperto, trouxe uma medida de calma de que eu precisava desesperadamente.

Segui-a por um corredor curto que tinha um banheiro de um lado e um quarto do outro, e então viramos para outro corredor curto que parecia ter sido acrescentado. Haven e Faith seguiram atrás de nós, mantendo distância. Para onde Bree estava me levando? Parei, absorvendo o choque. Havia pinturas misturadas com fotografias de família penduradas nas paredes. Pinturas do lago, do céu e das árvores. Aproximei-me, com o coração batendo forte nos ouvidos. Cada uma delas tinha as iniciais M.S. no canto. Levei a mão à boca e me virei para Bree, que me observava atentamente.

— Como? — perguntei. — Quem?

— Vamos sentar na sala de estar e eu explico.

Caminhei com as pernas bambas, seguindo-a pela curta distância até a sala de estar que eu havia apenas vislumbrado. Sentei-me no sofá e, a partir daquela perspectiva, pude ver outra grande pintura na parede ao lado da porta da frente, obviamente feita pelo mesmo artista, embora aquela não parecesse ter nenhuma inicial.

As mulheres se sentaram: Faith ao meu lado e Bree e Haven em duas cadeiras de frente para nós. Travis e Archer se aproximaram, mas continuaram em pé.

— O tio de Archer e Travis, Nathan Hale, pintou todas essas — revelou ela, acenando para a pintura maior e depois para o corredor atrás de mim.

Olhei para cada pessoa, meu olhar movendo-se de um rosto preocupado para outro.

— Nathan Hale? — sussurrei. — Eu... mas não, ele não era um... um membro fundador do Metropolitan Club.

— Ele não era — disse Bree. — Mas trabalhou como lavador de pratos lá na mesma época da sua mãe. Passei a manhã confirmando isso, mas depois que você me mostrou o guardanapo com o esboço, eu... estava quase certa de que era trabalho do Nathan.

Levei a mão à base da garganta. Senti meu coração bater acelerado no peito enquanto tentava entender o que estavam me dizendo. Eu havia deduzido incorretamente — quando ela falava sobre seu trabalho antigo naquele clube sofisticado — que meu pai era um dos membros fundadores e um dos homens que ela havia atendido? Ela tinha dito que sua família era importante na cidade e sua expressão sempre se tornava levemente sonhadora e levemente dolorosa quando falava sobre isso... quando falava sobre *eles*. E então encontrei o guardanapo do Metropolitan Club com o esboço do outro lado, e ambas as suposições foram confirmadas de uma vez. Ele era um artista, não um dos cinco homens sobre quem ela havia me contado.

Archer deu um passo à frente e levantou as mãos, e quando ele começou a se comunicar com a língua de sinais, Bree interpretou para ele.

— Depois que meu tio saiu do exército, fez todo tipo de trabalho diferente na cidade. Algo aconteceu no exterior de que ele nunca falava, mas ele voltou para casa mudado. Tinha sido um treinador de cães e, pelo pouco que sei, o que aconteceu também matou seu cachorro, Duke. Ele dizia o nome do cachorro durante o sono às vezes e acordava chorando.

Ai, Deus. Archer deu alguns passos mais perto da pintura e inclinou a cabeça para olhar para ela por um momento antes de encontrar meus olhos novamente.

— Eu era jovem, então só me lembro de alguns dos trabalhos que ele fez quando voltou para Pelion. Ele trabalhou em um posto de gasolina por um tempo e depois fez trabalho de paisagismo. Ele devia estar bem naquela primavera se o contrataram no Metropolitan Club.

O exército — algo aconteceu com ele no exterior. Ele devia estar bem.

— Ele sofria de transtorno de estresse pós-traumático — adivinhei.

Archer assentiu, e Bree continuou a atuar como sua voz, à medida que as mãos elegantes se moviam com fluidez pelo ar.

— Nathan apareceu quando eu era um menino pequeno. Ele tinha flashbacks e era paranoico. Às vezes piorava, mas sempre foi gentil, sempre bondoso. Ele saía por horas, ou em alguns casos, dias, e eu sabia que estava tentando lidar com seus demônios, mas ele sempre voltava. Sempre. E eu sabia que, às vezes, teria sido mais fácil para ele se não voltasse.

Archer explicou o que aconteceu com ele quando tinha sete anos, e os papéis que seu pai e seu tio desempenharam. Enquanto ele falava, Travis se aproximou e descansou a mão no ombro do irmão por um instante, oferecendo força. Até mesmo relatar a história era claramente difícil para ele, a contar por sua mandíbula tensa e seus olhos cheios de tristeza. Ouvi a emoção na voz de Bree enquanto ela contava a história que ele estava relatando, a que ela claramente já conhecia, mas que ainda a afetava.

E eu entendia o porquê. Um nó se formou na minha garganta enquanto ele explicava o horror que experimentou quando era pequeno, a terrível confusão e o trauma resultante. E ainda assim, seu tio — meu *pai*? — estava lá, cuidando dele da melhor forma possível, mesmo que isso significasse que ambos estavam isolados.

Era tudo demais para mim. Demais para absorver de uma vez. E eu estava de alguma forma envolvida em tudo isso. Faith estendeu a mão e pegou a minha, dando-me um aperto, oferecendo seu apoio silencioso.

— Eu sei que é muito — falou Haven, também percebendo claramente que eu estava atordoada. Mas respirei fundo e soltei o ar pouco a pouco. Sim, era muito. Mas Archer havia lidado com muito mais do que eu jamais lidaria. Eu não ia desmoronar na frente de um homem que havia carregado o tipo de fardo que ele carregava, em especial depois de ele ter convocado a força e a generosidade para me contar sua história, porque isso poderia ter relevância para a minha.

— É, sim. Obrigada — eu disse a Archer, que assentiu e me deu um sorriso.

— Você sabe como as outras pinturas foram parar em lojas de segunda mão? — perguntou Faith.

Archer levantou as mãos e, desta vez, Travis falou por ele.

— Eu limpei o sótão quando construí a ampliação. Havia caixas que presumi estarem cheias só de roupas antigas de Nathan e nada mais. Eu havia colocado as caixas lá depois que ele morreu. Não revisei o conteúdo delas antes de doá-las. Devia haver pinturas embaixo das roupas.

Faith acenou com a cabeça e olhou para mim.

— Poderia haver mais do que as três pequenas?

— Talvez uma a mais, mas duvido. As caixas eram leves, por isso pensei que só havia roupas, e eram apenas três caixas. — O que significava que todas estavam contabilizadas. A coleção completa.

— Mas isso me leva a uma coisa a mais — continuou Bree, alcançando a gaveta de uma mesa ao lado da cadeira em que estava sentada.

Ofeguei ao ver o que ela estava segurando. Um monte de páginas do tamanho de um diário.

— Ai, meu Deus — murmurou Faith. — Havia páginas no verso das pinturas que vocês têm também.

Bree me entregou as páginas e eu as peguei com mãos trêmulas.

— Retiramos todas as pinturas assinadas e encontramos essas escondidas atrás, assim como você descreveu que fez com as três que localizou. — Ela olhou para Travis e Archer. — Achamos que Nathan as escondeu por algum motivo relacionado à sua paranoia. Talvez, para a mente dele, ele estivesse protegendo sua mãe de alguma forma ou preservando-a da maneira como podia. Obviamente, nunca poderemos saber com certeza, mas essa é nossa melhor suposição.

Meu Deus. Minha visão ficou turva, e minhas mãos tremiam enquanto eu olhava para baixo, lendo a página de cima, minha respiração se tornando curta e meus olhos percorrendo a escrita trêmula da minha mãe, borrões embaçando a tinta onde suas lágrimas deviam ter caído.

Ai, Deus; ai, Deus; ai, Deus. Lys se foi. Connor e Marcus se foram. Ah, é muito horrível para descrever. Não consigo parar de chorar. Nate vai para o hospital ver seu sobrinho que está sozinho agora e precisa de alguém. Nate está em um terreno muito instável. Como ele lidará sendo o único responsável por um garoto de sete anos em meio a tanto luto? Ai, Deus, como ele vai suportar quando seu apoio já é tão frágil? E como vou poder acrescentar mais isso, sem lhe dar o espaço de que ele precisa? Eu o amo profundamente e amá-lo significa dar uma chance de curar e ser a fonte de cura para aquele garotinho que precisa dele desesperadamente. Eu tenho Mud Gulch. Tenho minha família e meus amigos. Archer só tem a ele.

Ofeguei, trazendo as páginas para o meu peito.

— Eu li algumas delas — disse Bree. — Espero que não tenha sido uma invasão, mas eu... *nós* queríamos entender o que aconteceu, para que quando contássemos sobre Nathan, pudéssemos oferecer qualquer informação adicional que estivesse ao nosso alcance.

— Não, não é uma invasão. Eu agradeço. — Eu queria saber o que aconteceu, mas não conseguia focar nas palavras escritas. Não conseguia ouvir a história na voz da minha mãe sem perder totalmente o controle.

Bree acenou com compreensão nos olhos.

— Há páginas faltando, mas acreditamos que a essência disso era que Nathan havia começado a regredir e ter episódios. Ele foi para o hospital por um curto período e, por causa disso, ela deve ter hesitado em lhe contar sobre a gravidez e então... — Ela suspirou pesado. — Tudo aquilo aconteceu com Archer, sua mãe e os irmãos de Nathan. Ele foi jogado na posição de cuidar de Archer, e sua mãe saiu da cidade sem nunca ter lhe contado que estava esperando um filho dele, ou é possível que ela ainda não soubesse e decidiu mais tarde não o contatar. — Ela acenou para a pequena pilha de páginas do período de dois meses e meio, nove meses antes de eu vir ao mundo. — Há tragédia ali, Rory, mas também há amor. Ele havia servido como "mestre sargento" no exército e é assim que ela o chamava. Mesmo nós nunca soubemos por que Nathan assinava algumas de suas pinturas dessa forma. Ele frequentemente fazia coisas que eram inexplicáveis. Só que, desta vez, não era inexplicável de forma alguma. As assinadas como M.S. são do período em que ele estava com sua mãe.

— Mestre sargento — sussurrei. — M.S. A assinatura era baseada no apelido dela para ele.

Bree assentiu, seu olhar se movendo para o papel que eu estava segurando.

— Acredito que isso o fez se sentir amado. Fez com que ele se sentisse importante e ajudou-o a lembrar de quem era... antes. Essas páginas são a história de amor dos seus pais. Só queria que tivesse tido um final mais feliz.

Olhei para baixo, passando os dedos pela escrita da minha mãe. Não era de se admirar que ela sempre parecesse tão triste quando eu perguntava sobre meu pai. Não era de se admirar que ela nunca tivesse conseguido falar sobre ele.

— Eu só... desejo que ela tivesse sentido que poderia contar a ele sobre mim e ao menos me levar para visitá-lo.

— Talvez ela acreditasse que ele estava muito abalado — sugeriu Haven. — Ou que saber sobre você o despedaçaria. Isso o teria feito escolher entre dever e amor.

Archer e Travis acenaram com a cabeça em concordância com a avaliação de Haven, enquanto o rosto angustiado de Gage piscava na minha mente. *Dever e amor. Como era familiar.* Mesmo que eu não estivesse nem um pouco certa de que Gage me amasse como eu o amava. Empurrei a imagem de Gage para o lado — eu não podia pensar nele agora.

— Uma última coisa — disse Bree, me entregando o que vi ser uma fotografia. — Isso estava com uma das páginas.

Eu a peguei e pisquei para baixo na foto da minha bela mãe sorridente, usando aquele vestido azul de tempos atrás, e ao lado do homem que era claramente Nathan Hale em seu uniforme militar.

— Isso foi do baile de primavera no Metropolitan Club — contou Bree, baixinho.

Uma lágrima escorreu pela minha bochecha e, por um momento, simplesmente não consegui falar. Não só havia descoberto a verdade sobre meu pai, eu tinha uma foto dele com a minha mãe. E pela forma como estavam posicionados, a forma como ele estava olhando para ela quando a câmera clicou, eu podia ver que estavam apaixonados. Coloquei a foto entre as páginas do diário, uma pilha das coisas mais preciosas que eu possuía.

— Obrigada. — Olhei para cada um deles. — Obrigada a todos vocês, por estarem aqui.

Me levantei, trêmula, e Faith levantou-se comigo.

— Espero que me perdoem se eu não ficar. Tudo isso tem sido... muito avassalador.

Bree e Haven também ficaram de pé, com expressões preocupadas.

— Vou ligar para saber como você está mais tarde — prometeu Bree. — Depois que você processar tudo. — Ela lançou um olhar para Archer, que lhe deu um pequeno aceno.

Eles nos acompanharam até a porta e saímos para o alpendre. Ao descer para o caminho de pedras, alguns cães saíram correndo das árvores. Meu coração deu um salto e eu me virei, movendo-me em direção a eles e me abaixando para cumprimentar a cadela branca que corria na minha direção.

— Oi, garota. Ah, oi — eu disse, encontrando consolo instantâneo na presença dos cachorros. — Que menina bonita você é.

O outro cão choramingou e dançou ao redor, e passei vários minutos coçando a cabeça e depois esfregando a barriga dos dois enquanto eles se deitavam na grama e sorriam de felicidade. Minha confusão diminuiu e meu coração se aliviou ao encontrar aquela antiga e familiar certeza que eu sentia ao interagir com cães. A cadela branca levantou-se e esfregou a cabeça na minha mão novamente, e eu coloquei as mãos na sua cabeça e a olhei nos olhos antes de tocar seu nariz com o meu e sussurrar:

— Obrigada.

Levantei e me virei para o grupo, que me observava com sorrisos. Mas era Archer quem estava me observando com algo parecido com admiração. Meu sorriso se desfez e inclinei a cabeça enquanto ele erguia as mãos. Bree estava logo atrás dele e, desta vez, Travis traduziu para ele:

— Ele fazia isso também — sinalizou Archer. — Ele se abaixava até o nível de um cachorro e olhava nos olhos dele, assim como você fez.

— Seu pai não era de Calliope. Ele era de Pelion. Ele comprou a propriedade onde você está agora porque isso lhe trazia paz. A família dele é dona da cidade. — Ele olhou para a esposa. — Achávamos que nossa filha era a primeira garota em gerações. Mas estávamos errados. — Ele balançou a cabeça. — *Você* era. Se eu tinha alguma dúvida antes, não tenho mais. Rory, você é uma Hale.

CAPÍTULO VINTE E SEIS

RORY

Eu não conseguia recuperar o fôlego. Fazia um dia e meio que eu tinha descoberto quem era meu pai, e ainda não conseguia forçar uma inspiração completa pelo meu corpo. Em um minuto eu estava exultante e no outro estava profundamente angustiada. Tinha resolvido o mistério! Eu sabia da história da minha origem. Mas era uma história cheia de sofrimento e mais segredos do que jamais imaginei. Eu mal tinha começado a tentar analisar tudo. Esperava que Archer, Travis, Bree e Haven ajudassem a preencher algumas lacunas, se pudessem, via mensagem de texto conforme as perguntas surgissem. Eu tinha um bom pressentimento de que eles ajudariam. Já os considerava amigos — especialmente as mulheres —, mesmo que eu ainda estivesse tendo problemas para vê-los como família.

Eu queria que isso mudasse, mas seria difícil quando nossas vidas estavam em dois lugares diferentes. Mesmo que estivéssemos a apenas algumas horas de distância. A vida era corrida, e todos tinham filhos pequenos, cônjuges e carreiras prósperas que naturalmente tomavam a maior parte do tempo deles.

Suspirei quando uma batida soou à porta do quarto de hóspedes da casa de Faith. Eu me senti confiante de dirigir para casa no dia anterior, apesar do meu constrangimento por ter sido envergonhada publicamente e da dor de saber que nunca mais veria Gage. Mas somando a isso todas as conclusões tiradas a partir de tudo o que Archer e Bree haviam compartilhado, só fui capaz de desabar no sofá de Faith e deixá-la cuidar de mim como se eu estivesse doente.

— Entre.

Faith espiou pela porta.

— Como você está?

— Melhor — eu disse. A realidade estava se estabelecendo e o choque começou a diminuir. Mesmo que eu não tivesse a imagem completa de tudo o que havia acontecido naquela primavera antes de eu nascer, pelo menos tinha as peças mais importantes.

— Você vai ficar mais alguns dias? — ela perguntou.

Dei a ela o único sorriso que consegui.

— Não posso. Você tem sido uma ótima amiga para mim, Faith, e sou mais grata do que consigo expressar. Mas está na hora de eu ir para casa. — Fiz uma pausa, olhando para o armário. — Mas estava pensando em uma coisa, e talvez eu precise da sua ajuda para me arrumar.

Faith sentou-se na cama e pegou minha mão.

— O que você precisar, estou dentro.

A residência dos Buchanan estava iluminada como um parque de diversões. Lanternas cintilavam ao longo dos caminhos e entre as árvores. O brilho luminoso se derramava das janelas e varandas da propriedade palaciana e os faróis dançavam à medida que os carros paravam na frente, e manobristas uniformizados corriam para abrir as portas.

Meu Deus, minha cabeça girava ao pensar em tudo o que havia acontecido desde a primeira vez que eu havia pisado naquela propriedade. Imaginei Gage entrando na sala vestido apenas com uma toalha enrolada nos quadris, sua expressão de choque e excitação mal disfarçada. *Ah, Ivy League, já vivemos tantas aventuras juntos, não é mesmo?* Gage me ajudara na busca para descobrir quem eu realmente era, e eu não podia ir embora sem contar para ele o fim da história.

Peguei meu vestido, levantando a bainha ao subir os degraus até a porta da frente, onde um mordomo me recebeu com uma reverência de cabeça. Fiquei quase surpresa que eles não estivessem verificando convidados. Aparentemente, qualquer velho idiota poderia entrar se soubesse o endereço. Não que houvesse muitos idiotas em Calliope Hills.

Bem, exceto eu.

No entanto, eu não planejava ficar muito tempo. Percebi que era *persona non grata* entre a elite de Calliope e não queria colocar Gage em uma situação embaraçosa. Se eu avistasse qualquer uma das três mulheres que tinham me confrontado no dia anterior, iria embora na outra direção. Só queria contar a Gage pessoalmente que havia encontrado meu pai. Eu tinha que avisá-lo antes de ir para casa e antes que ele partisse para Londres. Ele tinha sido fundamental para me ajudar. Nossa missão havia sido bem-sucedida, afinal, mesmo que Archer e Bree tivessem sido os responsáveis por resolver o caso.

E mesmo que tivesse custado caro para todos os envolvidos.

Estava lotado o suficiente para que eu pudesse usar grupos de convidados como escudos enquanto me movia de sala em sala, procurando um único homem.

Quando senti uma mão no meu braço, meu coração saltou e respirei fundo. *Gage*.

Mas quando me virei em direção à pessoa que havia me parado, me vi encarando o homem que conhecera na frente do restaurante alguns dias antes. *O pai de Gage*.

— Sr. Buchanan, olá.

— Srta. Casteel.

Meus ombros caíram. Então ele sabia meu nome verdadeiro. Claro que sabia. Sua esposa devia ter contado a ele depois que me confrontou. Meu pescoço ficou quente e de repente começou a coçar.

Ele olhou ao redor, um movimento sutil.

— Posso falar com você? — ele perguntou.

Olhei ao redor também, esperando ver Gage, esperando ser resgatada. A última coisa que eu realmente queria era falar com o pai de Gage sem a presença dele.

Mas o que eu poderia fazer? Eu o segui por uma curta distância até uma sala no saguão que acabou por ser um escritório. Era uma sala elegante com uma escrivaninha fina de inspiração francesa e papel de parede floral, provavelmente o escritório da sra. Buchanan.

O pai de Gage fechou a porta, e o barulho da festa de repente foi abafado. Ele se virou para mim. Quando fui apresentada pela primeira vez, fiquei impressionada com as diferenças entre ele e o filho. Ele era um homem bonito, e eu via traços de Gage em suas feições. Mas ele era bem baixo, magro e fisicamente mediano. E tinha um filho que era um deus grego. Certamente esse homem pensava nele dessa forma. Ele havia criado o filho dos sonhos perfeito para garantir que tudo pelo que ele havia trabalhado não morresse. Gage não era apenas tudo o que seu pai era — inteligente, motivado, bem-sucedido —, ele era ainda *mais*. Que presente incrível eles deviam considerá-lo. E ele era. Ele era. Mas também era dono de si.

E talvez eu estivesse sendo injusta. Talvez eu tivesse julgado completamente mal, mas tive a sensação de que esse homem não reconhecia isso.

— Você mentiu para as pessoas naquela sala — ele disse.

A vergonha tomou conta de mim e senti o calor subindo pelo meu pescoço. Eu não queria nada além do respeito desse homem e havia destruído toda possibilidade disso. Ele sentia apenas desprezo por mim, assim como sua esposa e pelo menos algumas das pessoas naquela sala. E o resto deles sentiria em pouco tempo, assim que se espalhasse a notícia de que a nova "avaliadora de arte" era uma impostora.

— Eu tinha um motivo, sr. Buchanan — foi tudo o que pude oferecer, e até eu sabia que era lamentavelmente inadequado. *Egoísta*. Eu havia machucado as pessoas. Mas havia machucado a mim mesma acima de tudo.

— Imagino que sim. Mas algumas coisas não podem ser consertadas.

Assenti. Uma massa de emoção foi enchendo meu peito, e a esperança que eu tinha agarrado quando entrei naquela casa se dissipou como fumaça.

— Gage está bastante apaixonado por você, ao que parece.

Pigarreei e juntei as mãos na minha frente para que ele não pudesse ver que eu estava tremendo. *Bastante apaixonado por você.* O que isso significava?

— Eu também gosto dele, sr. Buchanan. — *Eu o amo, na verdade.*

— Se isso for verdade, srta. Casteel, a senhorita deveria deixar esta festa e retornar para casa, onde é o seu lugar. — *Onde é o seu lugar.* Não aqui. Não com o filho dele.

Endireitei meus ombros para trás.

— Vou voltar para casa. Eu só queria ver Gage uma última vez. Tenho algo para dizer a ele.

— Tenho certeza de que tudo o que você tem a dizer a ele pode ser enviado por e-mail ou mensagem de texto. Dê a ele esta festa, este encerramento com a família, os amigos e os parceiros de negócios antes que ele parta para seu novo empreendimento em Londres. Ele trabalhou por muitos anos para a vida que estava diante dele. Primeiro Londres, então possivelmente Paris, Madri. O céu é o limite para o meu filho. Se você está aqui para frustrar isso tudo, ou segurá-lo de alguma forma, então não é verdade que gosta dele.

Um suspiro saiu da minha boca, e meu coração apertou dolorosamente.

— Ele não vai ter essas oportunidades de volta, Aurora. Muitas pessoas estão dependendo dele. Ele anda... extremamente agitado... Não parece ele mesmo desde que conheceu você, e eu não posso ter uma distração momentânea destruindo todo o futuro dele. Você não é a mulher certa para ele.

Dei um aceno lento com a cabeça. De certa forma, eu queria não gostar desse homem, mas de certa forma ele estava certo. Ele contava com Gage para aumentar seu império. Mas, além disso, uma empresa inteira de funcionários dependia dele, não apenas ali em Calliope, mas na Europa também. Seu cargo atual já havia sido preenchido, e não havia como ele não ir para Londres.

Eu havia mentido para mim mesma. Tinha colocado aquele vestido, um presente de Gage, e vindo aqui não apenas para lhe dizer que eu sabia quem era meu pai, mas com a pequena esperança secreta de que houvesse uma chance para nós. Que ele tivesse uma solução. Ou que talvez me pedisse para ficar. Que idiota eu tinha sido. Não só isso, eu havia sido injusta. O sr. Buchanan estava certo. Eu só estava tornando tudo mais difícil.

Eu não fazia parte daquela comunidade — nunca tinha feito. Sempre acreditei que fazia parte de dois mundos, mas isso nunca tinha sido verdade. Fiquei feliz por não fazer parte desse grupo porque a maioria dessas pessoas, pelo menos, era horrível e egocêntrica.

Mas essas pessoas eram importantes para Gage, pessoal e profissionalmente. E, se ficasse, eu só o machucaria. Levantei o queixo. Minha única escolha agora era ir embora com minha dignidade pelo menos semi-intacta. Eu iria embora e eles o perdoariam, acreditando que eu era apenas uma mulher aleatória que tinha lançado algum feitiço sobre ele pelo qual ele não era responsável.

— Agradeço por me esclarecer, sr. Buchanan. Vou embora agora.

Ele pareceu quase surpreso, mas se afastou enquanto eu me movia para a porta.

— Srta. Casteel.

Parei, pousando a mão na maçaneta, mas não me virei para ele.

— Tenho certeza de que você é uma boa moça se meu filho se interessou por você. Espero que perceba que às vezes as coisas simplesmente não são para ser.

Um lugar-comum. O que ele queria dizer era que às vezes não

importava o que as pessoas queriam. Havia muitas barreiras, muitos erros... muitas águas passadas. Hesitei, mas então simplesmente acenei antes de abrir a porta e sair. O que importava o que eu dissesse? O sr. Buchanan pensava em mim não como um indivíduo, mas como a garota que havia atrapalhado o futuro do filho e o tinha feito agir como uma pessoa diferente do homem tranquilo e agradável que ele tinha sido durante toda a vida. Mas mais do que isso, não era o sr. Buchanan que ia para Londres. Era Gage. Independentemente das circunstâncias, da pressão ou de qualquer outra coisa, *Gage* decidira assumir as rédeas da empresa do pai e começar uma nova vida no exterior. E Gage era um homem adulto. O que quer que ele sentisse lá no fundo, quer admitisse para si mesmo ou não, era Gage que tinha que viver a vida da maneira que ele achava melhor.

E o sr. Buchanan estava certo, se eu realmente gostasse dele, e eu gostava, *eu gostava*, não tornaria isso mais difícil.

— Muito obrigada a todos por estarem aqui. — Olhei para cima, em direção à voz que vinha do microfone enquanto a multidão ia silenciando e se virando para o lado oposto da sala grande e aberta, de onde haviam retirado os móveis para dar lugar a uma pista de dança e uma banda. A sra. Buchanan estava de pé na plataforma, segurando um microfone, linda em um vestido rosa-claro brilhante. Parei atrás de um homem mais velho em um terno cinza, pois seria fácil me identificar como a única a caminho da porta em um mar de convidados parados. — Esta festa é feliz e triste ao mesmo tempo — disse a sra. Buchanan. — Afinal, estamos nos despedindo do nosso Gage, e sei que todos sentiremos muita falta dele, mas também é uma celebração do imenso sucesso que meu filho alcançou e do orgulho que sentimos dele.

Outra mulher na casa dos cinquenta usando um vestido azul-prateado subiu no palco e a sra. Buchanan olhou para ela.

— Pessoal, vocês conhecem Cheryl Wingate. Quer dizer algumas palavras?

Cheryl Wingate pegou o microfone da sra. Buchanan e sorriu

amplamente para o público e então Blakely Wingate se aproximou dela, deslumbrante em um vestido amarelo sem alças que se agarrava às suas curvas. Ela era ainda mais bonita pessoalmente do que em seu perfil do Instagram.

— Como Lana disse — a sra. Wingate começou —, este é um momento feliz e triste. Mas espero aumentar a parte boa sendo a primeira a parabenizar minha filha Blakely e Gage pelo noivado! Eles vão viajar para Londres e planejar o casamento no exterior!

Ao lado de sua mãe, Blakely sorriu e a multidão ofegou e então começou a bater palmas. Meu coração foi ao chão. Ela tinha conseguido convencê-lo, apesar de ele ter me dito que tomara a decisão de não alimentar a ideia?

Você falou isso pra ela hoje?

Não. Não era o momento.

Acho que não fiquei surpresa.

Foi quando o vi, de pé na escadaria, observando Blakely e a sra. Wingate no palco. Um pequeno suspiro saiu da minha garganta, e a visão dele sozinho fez meu coração doer tão intensamente que pensei que sairia do peito. Ai, meu Deus, o erro de vir até ali estava ficando cada vez pior.

— Com licença, desculpe — eu disse enquanto me movia entre os convidados, quase batendo de lado em uma mulher que segurava uma bandeja de champanhe. — Ah, eu sou tão...

— Rory? — Meu nome foi chamado da escada, através da multidão. Eu me virei para ver Gage, descendo apressado e vindo na minha direção. — Rory! — ele chamou mais uma vez.

Ai, Deus, ai, não. *Por que eu vim aqui? Por quê?*

Continuei andando, indo em direção à porta. Eu precisava ir embora. Não havia mais nada ali para mim além de dor.

CAPÍTULO VINTE E SETE

GAGE

Eu a vi do outro lado da sala, e meu coração deu um salto enquanto eu piscava, pensando que a tinha invocado pelo simples fato de que não conseguia parar de pensar nela. Sofrer por ela.

E ela estava fugindo de mim *outra vez*, mesmo tendo aparecido aqui. Ela tinha vindo. E estava usando o vestido azul que tínhamos comprado juntos. E ambas as coisas tinham que significar alguma coisa. A esperança brilhou dentro de mim quando agarrei seu braço, girando-a em minha direção.

— Rory. Meu Deus, você está aqui.

Ela respirou fundo, sua expressão cheia de choque e mágoa. Fechei os olhos com força. O anúncio. Ela tinha ouvido.

— Eu não tive parte naquele anúncio — eu disse. Blakely e a sra. Wingate tinham assumido a responsabilidade de tentar me forçar a aceitar. Era manipulador e simplesmente errado, e eu trocaria algumas palavras severas com elas assim que fosse possível. — Rory, eu não estou noivo.

A respiração escapou de sua boca quando ela deu um passo para trás.

— Está tudo bem, Gage. Não é da minha conta se você está noivo ou não. O que tivemos foi só uma aventura.

A mágoa me atingiu.

— Uma aventura. Não foi uma aventura. Rory, não...

— Para mim foi só uma aventura. Divertida, mas... foi só isso. Não sou a pessoa certa pra você, e você não é a pessoa certa pra mim.

Balancei a cabeça em confusão.

— Você está mentindo. Se foi só uma aventura, por que você está aqui? Por que veio? — *Usando esse vestido? Tão linda que eu quero cair de joelhos diante de você?*

Ela olhou para perto de nós, onde Archer e Bree Hale estavam parados a alguns metros de distância, nos observando com expressões preocupadas e surpresas, com os olhos arregalados.

Rory endireitou os ombros como um pugilista faria ao esperar um golpe. Outros estavam se aglomerando agora, obviamente ouvindo a nossa conversa. Rory olhou ao redor também, mas então voltou a se concentrar em mim.

— Eu só vim para dizer que nossa missão foi bem-sucedida.

Nossa missão. Eu pisquei.

— O quê? Você encontrou seu pai?

— Encontrei — disse ela, olhando ao redor mais uma vez, seus olhos pairando momentaneamente em Travis e Haven Hale, que tinham vindo para ficar ao lado de Archer e Bree. *O que estava acontecendo?* — Mas não sou filha de um dos fundadores do Metropolitan Club. Meu pai era um lavador de pratos lá. — Ela olhou novamente para os Hale. — Minha mãe o conheceu e se apaixonou por ele naquela primavera.

Me senti desorientado, como se tivesse acabado de acordar, quando não me lembrava de ter adormecido. *Um lavador de pratos. No Metropolitan Club. Não era nenhum dos cinco homens que ela pensava que era.*

— Isso é maravilhoso. Você sabe quem é. Você o encontrou. Sabe o nome dele?

Ela olhou para os Hale mais uma vez e eu vi Archer Hale dar um pequeno aceno.

— Sei. Meu pai era Nathan Hale.

Meu olhar se voltou para os Hale. Não era de se admirar que eles tivessem se aproximado. Como tudo isso tinha acontecido?

— Isso é... — Eu não conseguia me lembrar de muita coisa sobre Nathan Hale além do que tinha ouvido pela cidade. Ele era meio maluco. Quando as pessoas falavam sobre a geração mais velha dos irmãos Hale, ele era frequentemente chamado de "o louco". — Rory, isso é ótimo.

Ela estava me observando atentamente, e tive a impressão de que tinha visto algo no meu rosto que transmitia o que eu estava pensando. Mas a verdade era que tudo o que eu sabia sobre Nathan Hale eram rumores sussurrados. Quando seus olhos se moveram para a direita, segui seu olhar até encontrar Blakely se aproximando de mim. Ela agarrou meu braço e deu a Rory um olhar hostil seguido por um sorriso falso.

— Gage, podemos conversar?

— Agora não, Blakely...

— Bolinhos! — meu amigo Trent disse, aparecendo de repente do nada, chegando sempre na hora certa. Ele colocou o braço em volta de Rory. — Eu não esperava ver você aqui! — Ele olhou em volta para as pessoas que obviamente se aproximaram para ouvir o que estava acontecendo. — Nós conhecemos essa garota em um bar nas docas! Ela nos enganou e nos roubou muito dinheiro! — ele contou a todos. Rory fechou os olhos por um segundo e Trent piscou enquanto eu cerrava meu maxilar com tanta força que mordi a língua. — O quê? Eu não deveria dizer isso? Foi a primeira vez que ouvimos Gage falar que uma mulher era dele. Foi só... uma história engraçada daquela noite em que a conhecemos. Né? Ela é seu *purê de maçã*. Quer dizer, não importa agora que vocês estão noivos, mas...

Bree e Haven deram um passo à frente ao mesmo tempo, como se estivessem vindo ao resgate de Rory.

— Gage — Blakely falou outra vez, puxando meu braço como se fosse minha dona. — A gente deveria... — Eu a sacudi e dei um passo em direção a Rory.

Rory encarou além de mim, e seu rosto empalideceu. Quando virei para onde ela estava olhando, percebi que meu pai tinha vindo para ver o que estava acontecendo. Olhei de novo para ela.

— Vamos lá fora. Quero ouvir mais. Quero ouvir como...

— Blakely claramente precisa falar com você — ela disse com um sorriso que eu percebia ser forçado. — E há muitas pessoas aqui que vieram comemorar com você. É sua noite, Gage. Sinto muito por ter estragado tudo.

— Você não estragou nada. Estou feliz que esteja aqui.

Meu pai veio para ficar ao nosso lado e os Hale se aproximaram também. Olhei para todos, cheio de confusão. O que era esse estranho impasse que estava acontecendo? Me senti quente e frio, e o medo foi descendo onde, minutos antes, só havia alegria em ver Rory aqui e a esperança talvez irracional de que poderíamos *dar um jeito*.

— Tivemos uma boa... experiência — falou Rory, sua voz entrecortada e embargada. — Eu costumava pensar... bem. Experiências podem ser boas. Espero que se lembre de mim como uma boa experiência. E... Londres terá sorte de ter você — ela concluiu, hesitante, como se estivesse procurando as palavras.

Os murmúrios da multidão diminuíram quando começamos a falar, mas agora voltaram a ficar mais altos. A notícia que obviamente estava se espalhando pela sala era de que Nathan Hale tinha tido uma filha secreta, ou pelo menos, foi o que entendi dos poucos murmúrios altos que chegaram até onde estávamos.

Mesmo acima do burburinho crescente, uma série de suspiros pôde ser ouvida enquanto a multidão se separava atrás de Rory e todas as pessoas nas proximidades se viraram para ver quem havia entrado.

Era o pirata.

E ao lado dele estava... Rory o descreveu bem porque eu soube imediatamente quem era o homem que parecia um cruzamento entre Elvis e o Príncipe Encantado — Romeo Casteel. Em carne e osso. Tão alto quanto o pirata, mas nem de longe tão corpulento.

— Rory — chamou o pirata, plantando os pés bem abertos. *Cassius. O nome dele é Cassius.*

— Cassius. Romeo — disse Rory, e o alívio absoluto e profundo em sua voz quase me matou. Ela parecia *salva*, como se fôssemos todos hienas chegando para matar e ela fosse um cervo. Seus tios apareceram para resgatá-la da horda de predadores.

Por vários momentos suspensos, ficamos um de frente para o outro, os Casteel e os Hale contra... o resto de nós.

Rory se afastou de mim e eu a alcancei, meus dedos agarrando apenas o ar enquanto ela praticamente se atirava em seus tios.

— Você parecia horrível no telefone, querida. — Ouvi Cassius dizer a ela.

— Nós ficamos muito preocupados — completou Romeo. Ela respondeu com um aceno de cabeça enquanto pegava as mãos deles nas suas.

Meu coração batia forte, meus dedos se curvaram. *Rejeitado. Excluído.*

E a pior parte era que eu sabia que ela sentia o mesmo.

Cassius olhou ao redor, soltando um rosnado baixo que fez o círculo vazio ao redor dos três Casteel se alargar. Ele lançou seu olhar severo na minha direção.

— Nós vamos nos despedir agora — declarou ele.

Blakely me puxou novamente, meu pai se aproximou à minha esquerda, e minha mãe e Lexi apareceram à minha direita. Rory encontrou meus olhos por apenas um momento antes de virar a cabeça e se inclinar atrás de Cassius.

Para mim foi só uma aventura. Divertida, mas... foi só isso. Não sou a pessoa certa pra você, e você não é a pessoa certa pra mim.

Ela estava mentindo? Talvez. Estava minando o que tínhamos. Mas o fato era que ela estava indo para casa. Ela parecia precisar disso. Meu olhar encontrou o de um dos meus colegas de trabalho, me observando confuso. Eu ia para Londres, afinal.

Cassius colocou seu braço firme em volta de Rory e, embora cada célula do meu corpo a chamasse, ela estava sendo protegida e estava se afastando de mim por escolha própria.

Ela havia tomado uma decisão. Me olhou nos olhos e pediu que eu aceitasse.

Ela havia resolvido o mistério de quem era seu pai. E agora estava indo embora. Esse sempre tinha sido o plano.

CAPÍTULO VINTE E OITO

RORY

Limpei a mesa apaticamente enquanto os acordes de uma velha música de Patsy Cline tocavam na jukebox, o que, para ser perfeitamente honesta, não estava fazendo nada para melhorar meu humor. Quem havia escolhido essa música, afinal? Provavelmente alguém que tinha feito carreira em fossa.

Peguei a bandeja com garrafas vazias, jogando o pano no ombro enquanto me virava com um suspiro.

— Você parece a garota-propaganda dessa música — observou Romeo enquanto colocava na prateleira atrás do bar os copos limpos que havia tirado da máquina de lavar louça.

Consegui revirar os olhos, sem achar graça, enquanto Patsy chorava por estar caindo aos pedaços.

— Pare de se lamentar e puxe uma cadeira — Romeo ordenou e, embora não houvesse realmente uma cadeira para puxar, mas sim bancos de bar presos ao chão, sentei-me em um. — Você está com uma cara péssima, sabia?

— Nossa, obrigada. Já me sinto melhor. — Coloquei os cotovelos no balcão do bar e levantei o queixo. — Lembra quando você me disse para parar de procurar minha felicidade em Claremont Landing? Gostaria de ter estendido esse conselho para qualquer lugar além dos limites da cidade.

— Não acho que esse tenha sido seu erro.

— Então o que foi, sabichão?

Romeo se inclinou para a frente, olhando-me nos olhos.

— Parece que você não fez a escolha errada em termos de locais, você fez a escolha errada ao voltar.

Resmunguei.

— Eu tive que voltar. Minha vida é aqui em Mud Gulch. E... a vida de Gage é em Londres.

— Você poderia ter pedido para ele ficar.

Me recostei e balancei a cabeça.

— Não. Não, eu não poderia fazer isso. Muitos planos já tinham sido feitos. Muitas pessoas dependem dele. Eu não poderia empurrá-lo para outra direção. Não poderia adicionar outra camada de pressão, Romeo. E se eu pedisse, e por algum milagre ele *ficasse*, eu não poderia viver me perguntando de quem tinha sido realmente a escolha. Gage é naturalmente inclinado a querer agradar as pessoas de quem gosta. E eu amo... eu... respeito isso nele. Mas ele já fez o suficiente. Me recuso a ser mais uma pessoa fazendo exigências a ele. Deus, olha o que fiz com você. Olha o que aconteceu com os seus sonhos por minha causa. Mesmo que a situação seja diferente, não posso atrapalhar a vida de outra pessoa.

Ele me encarou por um momento, e a compreensão foi surgindo em seus olhos.

— Ah. Entendo. — Ele se virou e colocou outro copo na prateleira. — É isso que você pensa? Que todos são forçados por sua causa a desistir da vida que foram destinados a ter? Que você é uma matadora de sonhos?

Matadora de sonhos. Não pude deixar de me encolher. Ele acertou em cheio.

Eu não queria que Gage desistisse de seus sonhos. Na verdade, esperava que ele se esforçasse pelos seus em vez de tentar constantemente realizar os desejos dos outros. Mas estar comigo significaria sacrificar o respeito de sua família e de sua comunidade também. Eu não podia pedir isso a ninguém, não quando tinha outra opção. Eu já tinha feito isso uma vez.

Romeo apoiou as mãos no balcão.

— É isso, não é? Amar você sempre envolve algum sacrifício. Perder alguma coisa.

— Foi assim para você — sussurrei, a terrível verdade saindo dos meus lábios como vapor venenoso.

— Hum — ele cantarolou, dando-me um aceno de concessão que fez meu estômago apertar de tristeza. — Eu poderia ser tantas coisas além de um... — ele fez uma cara de desgosto — ... barman.

Balancei a cabeça em concordância.

— Você poderia ser muito mais. — Meus ombros caíram sob o peso do sacrifício que ele tinha feito por mim. Mas foi bom termos conversado sobre isso, não foi? Mesmo que eu não tivesse voltado exatamente uma herdeira capaz de mandá-lo naquela tão esperada viagem ao redor do mundo. — Olhe para você, Romeo. Poderia ser qualquer um em qualquer lugar. Inúmeras portas se abririam para você se saísse de Mud Gulch.

— Que portas? Fama? Fortuna?

Dei de ombros.

— Para começar. — E talvez ele ainda pudesse. Talvez eu ainda pudesse encontrar um jeito. Um Plano B. Uma rota alternativa para ele sair daqui. Eu só tinha que deixar essa tristeza de lado, e assim eu poderia *pensar*.

— Jesus, você está determinada. — Romeo riu, me surpreendendo quando meu olhar voou para o dele. — Rory, olhe para algumas das pessoas que já têm tudo isso. Você teve uma visão próxima e pessoal recentemente da alegria que a riqueza e a influência trazem. Essas pessoas parecem mais felizes para você? Elas parecem mais alegres? Ou até satisfeitas?

— Eu... o quê? Quero dizer, algumas de...

— De qualquer forma, eu nunca quis nada disso.

Eu o encarei, confusa. Como ele poderia não querer? Era o plano dele. O sonho dele.

— Mas você estava indo embora — eu o lembrei. — Você tinha um pé fora da porta. — *Antes de mim.* Antes de eu fazê-lo cancelar todos os seus planos.

— Sim, e eu provavelmente teria voltado em uma semana. Teria sentido falta deste lugar e dessas pessoas porque é meu lar e amo isso aqui.

— Você está mentindo para me fazer sentir melhor. E agradeço a gentileza, mas, Romeo, você e eu sabemos muito bem que seu rosto poderia ter sido seu ingresso para qualquer lugar.

Ele se inclinou para a frente, me dando uma visão de perto daquele rosto lindo e lendário que uma vez tinha feito uma turista sair do cais e cair na água.

— Eu não quero ser amado pelo meu rosto, Rory. Eu quero ser amado pelo meu coração e pela minha ética de trabalho. Eu quero ser amado por mim, assim como você e todos os outros nesta vasta terra verde. E um dia encontrarei essa mulher, quer ela já esteja aqui, ou se ela estiver passando pela cidade e a lama puxar os pés dela e pedir para ela ficar. — Seus lábios se curvaram. — Eu a encontrarei, me casarei com ela e terei alguns filhos que serão levados a ficar ou a ir embora. — Ele se inclinou para a frente. — E um dia, esta minha cara vai virar pó no chão, mas o amor que compartilhei nunca vai morrer porque o amor é mais do que pele e ossos.

Balancei a cabeça, tentando reajustar minha visão de mundo depois que Romeo tinha acabado de dar uma boa sacudida.

— Você pensou que pessoas que têm a opinião do seu ex-namorado esnobe Thaddeus sobre este lugar contavam mais. Você aceitou a opinião dele sobre Mud Gulch em vez da minha. Nem todo mundo tem que aspirar a uma vida considerada chique, Rory. Eu gosto daqui. Não quero uma vida *no* mar, mas amo estar perto da água. Eu amo acordar com o som das ondas batendo nas pedras. Amo o jeito como o farol corta a névoa e direciona aqueles que amamos de volta para a costa. Eu amo o ar salgado e as mulheres safadinhas. — Ele sorriu. — Amo as manhãs de neblina. Eu amo o jeito como a lama puxa meus pés quando saio em uma manhã chuvosa. Me reivindicando. Me ancorando à terra e às gerações que viveram aqui antes de mim. No meu coração e alma, eu pertenço a este lugar, Rory. Este lugar me traz paz. Eu amo este bar e as pessoas nele. Talvez não seja grandioso para você, mas nunca pedi por isso. E então você não pode me dizer que só me contentei com a vida que estou vivendo quando nunca me senti assim, nem um único dia.

Romeo estendeu a mão para trás e colocou outro copo na prateleira enquanto eu soltava um suspiro audível. Meu Deus. Eu tinha colocado a opinião de Thaddeus sobre Mud Gulch e sobre mim acima das pessoas que viviam nesta cidade portuária e a amavam. Eu era a verdadeira esnobe que chamava todos os outros disso. *Eu.*

— Deus, sou realmente um fracasso — eu disse.

— Não, você não é um fracasso. Só fez algumas suposições ruins baseadas em querer o melhor para as pessoas que ama. Mas as pessoas decidem por si mesmas o que é melhor para elas. E eu sinto muito, mas você pensa muito de mim se acredita que qualquer coisa, até mesmo uma órfã de onze anos, me manteria aqui se eu quisesse ir embora.

— Mentiroso — murmurei.

— Talvez. — Ele sorriu. — Mas talvez não.

— Então se você não quer deixar Mud Gulch, o que vai fazer? Cuidar deste bar pelo resto da sua vida? — Durante toda a minha vida, mantive na minha mente essa visão de Romeo, acenando para nós enquanto embarcava em um avião. Esse tinha sido meu objetivo. Minha expiação, verdade seja dita. E o tempo todo, nem tinha sido necessário. Ninguém havia colocado culpa nos meus ombros, falsa ou não, exceto eu mesma.

— Claro que sim. E vou me divertir muito fazendo isso.

Comecei a sorrir, mas então me lembrei de por que eu poderia provar que o que ele estava dizendo era mentira, quer ele estivesse dizendo com aparente franqueza ou não.

— Mas espera. E todos aqueles folhetos de viagem na gaveta da escrivaninha, para lugares distantes...

— Todos aqueles folhetos eram pra você, garota. Você sempre pareceu tão inquieta, buscando algo que não estava aqui. Eu queria te ajudar a encontrar o que Mud Gulch nunca poderia fornecer. Estava economizando para deixar você escolher por onde começar.

Gemi. *Ai, Deus*. Eu estava realmente errando todas ultimamente. Foi por *isso* que ele adiou o telhado e todos os outros reparos que poderiam beneficiar este lugar. Por mim. Só que, desta vez, seu sacrifício tinha sido desnecessário. Ele observou enquanto eu tentava constantemente descobrir onde era o meu lugar, quando, o tempo todo, eu pertencia ao povo de Mud Gulch, e se isso não tivesse sido o suficiente, era apenas por causa da minha visão falha. Romeo estava errado em uma coisa — eu não tinha tomado a decisão errada ao voltar.

Olhei pela janela, envergonhada pelo fato de não ter escondido minha insatisfação quando eles haviam trabalhado de forma tão abnegada para me dar uma vida boa aqui em Mud Gulch.

E ainda assim... mesmo agora, quando meu olhar atingia o mar, eu sentia aquele chamado. Ele estava de volta, mesmo que eu tivesse descoberto quem era meu pai. Nathan Hale. Ele havia morrido sem saber quem eu era ou que eu existia. Eu não tinha mais razão para procurar respostas ou pertencimento. Era esse o meu lugar, bem onde eu tinha começado.

Olhei de volta para o meu tio, agarrando sua mão e apertando-a. Eu tinha julgado mal muitas coisas. Mas o fato era que meu lugar era aqui. Meu povo estava em Mud Gulch.

— Chame alguém para consertar o telhado — decidi. — Traga alguém aqui de manhã.

— Rory, tem algumas pessoas aqui pra te ver.

Olhei para Romeo de onde eu estava sentada à mesa do escritório.

— Algumas? — Franzi a testa. — Quem é?

— Acho que você deveria vir ver por si mesma.

A cadeira raspou no chão enquanto eu me levantava, seguindo Romeo do escritório para o salão quase vazio do bar. Eram quatro e meia, então apenas alguns clientes regulares ocupavam seus lugares de sempre. O lugar estaria movimentado às cinco e meia ou seis quando o *happy hour* começasse. Parei de repente quando virei a esquina e vi Archer e Bree parados perto do bar ao lado de Cassius.

Archer e Bree me deram sorrisos hesitantes quando me aproximei.

— Archer. Bree. Oi. Isso é uma surpresa. — Olhei para Cassius. — E você chegou em casa cedo.

— Sim — respondeu Cassius, sem desperdiçar palavras extras como de costume. Por um momento, olhei entre todos eles em confusão.

— Desculpe — pedi, balançando a cabeça levemente. — Onde está minha educação? Archer e Bree Hale, esses são meus tios, Cassius e Romeo Casteel.

— Todos nós já nos conhecemos — revelou Romeo. — O que é bom, já que agora somos uma família. — Ele passou o braço por cima do ombro de Archer, que lançou-lhe um olhar um tanto cauteloso.

— Sim, somos — Bree concordou, olhando para mim com um sorriso que parecia meio nervoso.

Todos nós já nos conhecemos. Por que pareceu que ele não estava querendo dizer alguns minutos antes, quando eles entraram pela porta? Por que já pareciam familiarizados? Entrei em alerta repentino. Romeo sentou-se em um banco de bar, sua expressão me dizendo que ele estava se divertindo.

Bree respirou fundo e soltou o ar.

— Primeiro de tudo — ela disse, pegando uma bolsa de lona a seus pés e me entregando. — As pinturas do seu pai estão aí. Ele as pintou enquanto se apaixonava pela sua mãe, e acho que gostaria que você ficasse com elas.

— Ah — reagi, pegando a bolsa dela. — Mas... eu não podia tirar isso de você, Archer. Você era próximo do seu tio...

Archer levantou as mãos e Bree interpretou.

— Eu era. Porque cresci com ele. Tenho anos de memórias. — Ele acenou para a bolsa cheia de pinturas. — Fique com elas. Queria que fossem mais.

Me senti estranhamente engasgada enquanto assentia, aceitando a única coisa tangível — além daquela fotografia desbotada — do meu pai que eu já tinha tido na vida.

— Obrigada — eu disse.

Eu tinha viajado para Calliope em busca do meu pai, e embora não o tivesse encontrado no sentido que eu esperava, sua arte era uma parte dele, era a expressão de seu coração e, para mim, essas obras eram um tesouro.

— Vou guardá-las com carinho.

Bree olhou para Archer e vi o pequeno lampejo de compreensão passar entre eles, bem ali, como se não precisassem de mais do que um momento para ler um ao outro.

— Nós também estamos na cidade porque, graças às páginas do diário da sua mãe, soubemos mais sobre a mãe de Archer, Alyssa. Ela cresceu em um lar para meninas aqui em Mud Gulch.

Archer ergueu as mãos e Bree falou:

— Eu nunca soube nada sobre o passado da minha mãe, Rory. A

minha vida inteira. Eu não tinha ideia do lugar de onde ela tinha vindo, ou como foi sua infância, e agora tenho um lugar para começar por sua causa. Agora posso começar a construir o passado da minha mãe para que a família dela tenha uma visão completa de quem ela era. Nós vamos nos encontrar com uma mulher que trabalhou naquele lar para meninas depois que sairmos daqui.

— Ah. — Eu respirei, e uma queimação começou a subir sob o meu esterno. — Isso é... isso é maravilhoso. Eu sei melhor do que ninguém como é ter pedaços faltando do nosso passado. Então, se eu puder ajudar você a descobrir alguns desses pedaços, eu não poderia estar mais feliz.

— Quero fazer o mesmo por você — Archer sinalizou, olhando para sua esposa, que traduzia. — O que nos leva ao motivo final de estarmos aqui.

Bree tirou um pedaço de papel dobrado da bolsa e colocou na mesa à minha frente. Eu o abri e encontrei um documento.

— Um terreno foi colocado à venda — ela contou. — Fica na mesma estrada do Portal da Haven. No Lago Pelion, mas bem na divisa de Calliope.

— O quê? Não entendo — eu disse. Meu cérebro começou a zumbir e, de repente, eu estava com dificuldade para pensar direito.

— Se Nathan soubesse de você — Bree traduziu o que Archer sinalizava —, teria cuidado de você também, de qualquer maneira que pudesse. Foi o que ele fez. Ele se apresentou quando ninguém mais o fez. Ele se prontificou apesar de todos os motivos que tinha para enterrar a cabeça na areia e ficar escondido. Ele havia sofrido, Rory, mas ele me amava, e honestamente, sem esse amor, eu não estaria onde estou hoje. Então, com isso em mente, comprei essa terra e estou dando ela a você, junto com a soma de todos os pagamentos do exército feitos a Nathan, com juros, é claro. — Ele olhou de volta para os meus tios, que estavam fingindo não nos observar do bar. — A única ressalva é que use para abrir um negócio focado em cães. Um parque para cães, uma escola de treinamento, o que você achar que pareça certo. E se puder, por favor, dê o nome do seu pai, porque ele também falava a língua dos cães e passou isso para você e... — suas mãos vacilaram, e Bree respirou fundo enquanto Archer parecia se recompor rapidamente antes de terminar — ... ele ficaria incrivelmente feliz se soubesse disso.

Minha boca se abriu enquanto as mãos de Archer voavam pelo ar e Bree expressava seus pensamentos. Olhei por cima do ombro de Archer para ver Romeo no bar, limpando um copo, um pequeno sorriso no rosto, e Cash "lendo" o cardápio do bar que ele certamente sabia de cor.

Meu olhar voltou-se para Archer.

— Um negócio para eu trabalhar com cães o dia todo?

Ele assentiu.

— Ouvimos dizer que pode ser algo em que estaria interessada — disse Bree, os cantos dos lábios tremendo levemente.

Mais uma vez, olhei para os meus tios e vi que Cash estava lutando contra um sorriso. Cruzei o olhar com Romeo e ele piscou. *Ah.*

— O Legado de Nathan — sussurrei, batizando a empresa com a qual eu ainda não tinha concordado enquanto encontrava os olhos castanho-dourados de Archer.

Ele sorriu e gesticulou para Bree traduzir:

— Eu gosto. Ele também gostaria.

— Por favor, aceite — pediu Bree, estendendo a mão e pegando a minha e apertando. Levantei a outra mão para segurar a dela por um momento antes de soltar.

— Eu... mas... — Quase contive uma careta. — Eu não posso me mudar para Calliope, ou mesmo para Pelion. Não sou bem-vinda em nenhuma dessas cidades. — As histórias sobre minhas façanhas desonestas provavelmente estavam crescendo e se espalhando enquanto falávamos. Até onde eu sabia, Blakely poderia ter me detonado para seu público de dois milhões de pessoas no Instagram. Até meus trinta e sete seguidores provavelmente tinham me abandonado. Bem, exceto um, mas ele era da família. — Sou uma pária social. — *E eu mesma causei isso.*

— Você não é nada disso — falou Bree e sorriu para o marido. — Além disso, não temos medo de uma fofoquinha. Ignoraremos as pessoas com quem não nos importamos e colocaremos as outras na linha. Por favor, não deixe que essa seja a razão para você recusar, Rory. Eu juro, há pessoas boas e sinceras em Pelion e Calliope que estão ansiosas para dar uma segunda chance. Sei que Travis não está aqui agora, mas da próxima vez que você o vir, tenho certeza de que ele vai ficar feliz em acrescentar alguma experiência pessoal sobre o assunto.

Soltei um suspiro, e a esperança foi crescendo dentro de mim como a maré após uma tempestade, ainda mais forte pelo que tinha vindo antes.

— Espere — eu disse. Me levantei, caminhando a curta distância até o bar. — Vocês fizeram isso — falei para Romeo e Cassius.

— Não — respondeu Romeo. — Foram eles. Eles queriam dar a você o legado que você merece. Eu só ofereci a ideia sobre os cães.

— Mas... eu não posso. O bar...

— Rory, vá em busca desse seu chamado — instigou Cassius, sua voz rouca. — A família Hale, metade da sua linhagem, vive naquela cidade desde que ela surgiu. Seu pai está chamando você.

Seu pai está chamando você. Eu havia pensado a mesma coisa, não havia? E ainda assim, as palavras poéticas, vindas da boca do meu tio rude, me surpreenderam.

— Você realmente acredita nisso?

— O cara jura que viu uma sereia uma vez — Romeo mencionou.

Cassius lançou-lhe um olhar, mas depois deu de ombros.

— Viemos de um lugar com lama mágica. Por que não? De qualquer forma, não é sobre o que eu acredito, querida. É sobre o que você acredita.

O que eu acredito. Olhei de volta para Archer e Bree. Se eu acreditava que pertencia a Pelion, a terra em que os pais do meu pai viveram? Pensei na paz que havia sentido lá. Pensei no homem por quem havia me apaixonado lá. Mas respirei fundo e deixei os pensamentos sobre Gage Buchanan de lado por enquanto. Essa escolha não seria motivada por ele. Essa escolha tinha que ser motivada pelo meu próprio coração, independentemente de qualquer outra coisa. Fechei os olhos, imaginei aquele lago brilhante e jurei que podia sentir a brisa suave na minha pele e ouvir o suave farfalhar dos pinheiros balançando. Abri os olhos, e as lágrimas dificultaram a visão. Sim, eu me senti chamada para lá, para Pelion, para aquela pacífica cidade à beira do lago que meu pai havia amado com todo o seu coração e alma. O lugar que lhe dera a força necessária para cuidar de um garotinho que não tinha mais ninguém além dele. Ainda assim, eu amava as pessoas daqui. Como eu iria embora?

— O bar… — resmunguei, tentando um argumento final.

Romeo sorriu gentilmente, mas havia um brilho em seus olhos.

— Rory, eu sei que você está vulnerável agora, e não quero piorar as coisas, mas sugiro que aceite, porque você é meio que uma garçonete de merda e suas habilidades culinárias são um crime contra a humanidade.

Eu ri, um som encharcado, cheio de lágrimas e alegria. Olhei de volta para Archer e Bree, que se levantaram e se aproximaram quando Romeo saiu de detrás do bar e Cassius se levantou. Então abracei a todos, rindo e chorando, encontrando os olhos de Bree e concordando em aceitar a oferta deles porque, no momento, as palavras me faltavam.

CAPÍTULO VINTE E NOVE

GAGE

— Levanta daí. — Ouvi um grito sobre o latejar da minha cabeça. Gemi, levando o travesseiro ao meu rosto para abafar o som áspero de quem estava falando, um diálogo contínuo sobre como meu apartamento estava nojento.

— Eu disse, levanta daí!

Dei um grito, pulando da cama enquanto água gelada atingia a pele nua do meu peito.

— Que merda é essa? — gritei quando Lexi entrou em foco, segurando um balde de gelo agora vazio, cujo conteúdo havia derretido e agora estava encharcando meu sofá. — Você realmente acabou de jogar água gelada em mim?

— Sim, joguei. Você precisa sair dessa. — Ela começou a apertar botões na minha máquina de café espresso embutida. — Como essa coisa funciona? — ela murmurou.

Revirei os olhos, o que, graças às duas garrafas de vinho que eu tinha bebido na noite anterior, doeu pra caramba.

— Eu preciso sair dessa o quê? — questionei.

— Muitas coisas, na verdade, mas vamos começar com o fato de que... — ela se inclinou para mim e fungou — ... você obviamente não toma banho há... muito tempo. Aha! — ela disse enquanto o café começava a pingar da máquina e deslizou uma caneca por baixo do gotejamento.

— Esses são os primeiros dias consecutivos que tenho folga em anos. Não posso aproveitá-los?

— Se isso... — ela balançou o braço na minha direção — ... é sua ideia de diversão, então não. — Ela colocou as mãos nos quadris e olhou ao redor do apartamento. — Para alguém que vai embora daqui a alguns dias, não parece que você fez muito progresso em encaixotar as coisas.

Esfreguei a mão no rosto.

— Tudo o que preciso fazer é juntar algumas malas — respondi. — Vou manter este lugar para quando eu voltar para casa nas férias.

— Ah.

Olhei para ela, sentindo que havia mais por trás daquele monossílabo.

— Ah, o quê?

— Um plano de contingência meio formado — ela disse. Antes que eu pudesse responder, ela se virou e começou a me empurrar. — É um começo. Vá em frente. Tome um banho enquanto preparo o café da manhã para você e depois vamos conversar.

— Você não cozinha — eu a lembrei, mas concordei quanto ao banho e comecei a ir para o banheiro. Fazia alguns dias desde o desastre conhecido como Festa de Bon Voyage de Gage Buchanan, e eu não era esperado no escritório, pois deveria estar preparando meu apartamento para minha partida. Em vez disso, eu estava bebendo moderadamente e chafurdando bastante. Talvez um banho quente ajudasse a dissipar um pouco da névoa da minha cabeça. Comecei a andar mais devagar. Eu não queria dissipar a névoa da minha cabeça. Debaixo da névoa estava... ela.

— Vai! — Lexi repreendeu, obviamente tendo ouvido meus pés começarem a se arrastar. Suspirei e continuei, mas parei de novo quando ela falou de longe: — Você cozinha ovos com ou sem casca? Brincadeira!

Fechei a porta do banheiro e me lavei no piloto automático. Mas, quando saí, olhei para mim mesmo tristemente no espelho enquanto passava a mão na nuca.

A tristeza profunda que eu estava tentando ao máximo manter sob controle veio me sacudindo como um tsunami e coloquei as palmas no balcão para me preparar enquanto ela fazia o pior, batendo e encharcando.

Eu nunca tinha sofrido. Não assim.

Eu nunca sofri, desejei e senti uma necessidade desesperada por algo que não poderia ter. E não sabia o que fazer com isso.

Eu tinha feito tudo "certo" e ainda assim tudo estava errado.

Tudo.

Minha cabeça caiu para a frente e simplesmente me permiti sentir. No momento, era tudo o que eu podia fazer.

Uma batida forte à porta do banheiro me tirou do estupor de dor e levantei a cabeça.

— O quê?

— Só para ter certeza de que você não se afogou aí.

Eu *estava* me afogando. Emocionalmente, pelo menos.

— Saio em um minuto.

Abri o armário de remédios e tirei minha lâmina de barbear, mas então voltei a ficar ali olhando no espelho. A barba por fazer parecia ser tudo o que eu tinha dela, então guardei a lâmina de volta, não querendo deixar esse pedacinho dela ir embora nas horas que se esgotavam antes que minhas responsabilidades não pudessem mais ser ignoradas.

Vesti a roupa depressa e voltei para a cozinha, onde Lexi estava, naquele momento, deslizando um prato de bacon e ovos para o balcão. Sentei e estudei a comida com cautela. Parecia comestível e eu não conseguia me lembrar da última vez que tinha comido, então com um garfo peguei o primeiro bocado, mastigando por um momento antes de admitir:

— Isso está até decente.

— Bem, obrigada — disse ela. — Vou considerar isso um grande elogio seu, sr. Amante da Comida. Sou mais capaz do que você imagina.

— Eu nunca disse que você não era capaz. — Peguei o café que ela colocou ao lado do prato e tomei um gole.

— Não, mas você acha. Eu sei. Tudo bem. Não tenho nada a provar para ninguém, diferente de você.

Olhei para ela por cima da borda da caneca.

— O que isso quer dizer?

— Escuta, não vou ficar cheia de dedos com você, Gage. Passei os últimos dois dias investigando exatamente o que aconteceu desde a última vez que estive aqui. Conversei com a mamãe, com Blakely e com Faith Lorenz também, além de dirigir até Pelion e visitar os Hale, porque eu queria saber tudo de todos os envolvidos. O único lugar a que não fui foi Mud Gulch, porque, embora eu obviamente não me importe em exagerar, pensei que seria ir longe demais. — Ela levantou a mão quando abri a boca para interromper e exigir que ela não dificultasse mais as coisas para Rory. — Só que não acho, de qualquer maneira, que isso seja necessário, porque descobri a essência com base... — ela acenou com a mão no ar — ... no clube, nas criaturas, na barba por fazer e no hidrante no parque. — Ela exalou, respirou fundo e continuou: — É óbvio que você se meteu em uma grande confusão que você mesmo criou, meu irmão. Não estou surpresa e, na verdade, não estou desapontada, porque acho que pode ser exatamente do que você precisa.

Sobre o que minha irmã estava falando?

— Lexi, seja lá o que você estiver tentando dizer, só desembucha.

Ela ergueu as mãos e então as abaixou.

— Um noivado com a Blakely, Gage? Sério? Uma mulher que você nunca tratou como nada além de uma irmã porque é óbvio que essa é a única maneira de vê-la? Em um esforço para superar uma desilusão, ela inventou isso? E então te empurrou para isso porque conhece seus pontos fracos. Sem mencionar aquela atitude baixa na sua festa. — Ela colocou as mãos nos quadris. — Poderia ter funcionado em circunstâncias diferentes — murmurou. — Jesus, estou irritada com vocês dois.

— Deixei claro que nunca concordei com um noivado. — Eu tinha falado com Blakely e sua mãe, que tinham se desculpado por tentar forçar a questão com aquele anúncio falso. — Mas, no início, ela não me forçou a pensar sobre isso... e não foi a pior ideia... — murmurei, porque minha irmã estava olhando para mim como se eu fosse algo que ela tivesse encontrado na sola do sapato dela e eu senti a necessidade de me defender. — Casamentos já foram construídos com menos.

Ela bateu a mão no balcão, me assustando e derramando café nos meus ovos meio consumidos.

— É isso que você acha que merece, seu imbecil? Um casamento de conveniência que nunca vai ser nada mais que isso? Não acredito que você tenha considerado a proposta por um minuto sequer. *Claro* que você viria a ter afeto pela Blakely: você já tem. Mas estava disposto a aceitar uma vida sem paixão? — Ela balançou a cabeça, olhando para o céu. — Deus, por que estou perguntando? Você já aceitou. — Ela fez uma pausa, me observando por um momento. — Quem é *você*, Gage? O que incendeia sua alma? Eu realmente gostaria de saber. E sinto muito que o papai nunca tenha feito essa pergunta, nunca tenha encorajado você a se encontrar. Ele tentou criar um clone de si mesmo, e conseguiu, não porque ele é uma pessoa má, mas porque lutou com unhas e dentes por tudo o que conquistou durante toda a sua vida, e ele direcionou essa ambição para você também. E você, tão ansioso para agradar, tão gentil, generoso e bom em tudo que faz, concordou por amor e por dever. Mas, Gage... o mundo precisa de *você*. As pessoas que amam você querem *você*, quer elas saibam disso ou não. Lute por si mesmo primeiro, e depois lute pela vida que quer. Lute pelas pessoas que quer nela. Tenho certeza de que existe uma em particular.

Soltei um suspiro alto, dominado pela bola de emoção que subiu pela minha garganta com as palavras dela. Deus, Rory tinha dito algo parecido para mim, mas ela disse isso com compreensão, porque também se sentia obrigada.

Lexi estava certa. Talvez eu não tivesse lutado pelas coisas que queria porque ainda era capaz de ter uma pequena parte delas. Eu tinha me virado com restos, dando a maior parte de mim para os outros e suprimindo meus desejos mais fortes. Mas eu não podia fazer isso com Rory. Eu queria *tudo* dela, cada pedaço imperfeito. Mas eu sabia que devia a ela: eu deveria dar tudo de mim também. E se fosse fazer isso, significava reconhecer meus sonhos e tentar o meu melhor para vivê-los.

— Se eu fizer isso, vou matar o papai — eu disse em uma expiração, as palavras fluindo umas por cima das outras.

Lexi me observou por um segundo e vi a empatia em seus olhos.

— Você o subestima. Papai saiu da miséria com nada mais do que um cartão de biblioteca e a coragem de mil homens. Ele abriu seu próprio caminho e pode lidar com você escolhendo o seu próprio caminho também. Ele pode ajustar suas velas. Se tiver tempo, eu sei que ele pode. E mesmo que não possa, você pode ser mais do que o legado do papai, Gage. Sua felicidade também importa.

Me recostei no assento e juntei as mãos atrás do pescoço enquanto considerava minha irmã. Talvez eu tivesse subestimado meu pai, mas definitivamente eu havia subestimado minha irmã. Eu a considerava volúvel, alguém a ser descartada porque estava fazendo algo que eu considerava caprichoso e desnecessário. Mas quem era eu para dizer quem tinha um sonho irrelevante? Ela estava vivendo sua vida do jeito que queria, enquanto eu aceitava uma existência na qual, na maioria das vezes, me sentia enclausurado em um molde em forma de Gage da construção de outras pessoas. Eu não me encaixava nele, e não queria. Não mais.

— A maior parte da minha vida, fiz coisas para outras pessoas — eu disse, as palavras ásperas, raspando minha garganta porque mesmo agora, eu tinha medo de dizê-las. — Nunca tive medo de perder porque não estava apegado ao resultado: não era meu. Mas agora... — soltei outro suspiro reprimido — ... eu a quero para mim. Estou dentro. Cada pedaço do meu coração e alma, e não sei como perder porque nunca experimentei isso antes. Estou morrendo de medo — admiti para minha irmã.

Ela estendeu a mão e agarrou a minha com as duas suas, segurando firme.

— Ótimo. Já era hora, caramba.

Meu pai se levantou quando entrei na sala, e seu sorriso sumiu quando viu minha expressão.

— Oi, pai — cumprimentei, com a voz falhando um pouco. Jesus, meu coração batia tão forte no peito que eu estava sem fôlego.

— Gage? Você está bem? — Ele olhou para o relógio. — Pensei que você já estaria a caminho do aeroporto. Seu voo sai em algumas horas.

Sentei na cadeira em frente à sua mesa e ele se abaixou de volta na dele. Sua expressão ia ficando mais preocupada.

Respirei fundo e soltei o ar lentamente, passando as palmas das mãos sobre as coxas.

— Pai, essa é a coisa mais difícil que já fiz. E espero por Deus que você entenda, porque a última coisa que eu queria fazer era te decepcionar.

Meu pai se recostou lentamente, e seu olhar aflito fixou-se no meu rosto.

— O que foi, filho? Me diga o que está acontecendo.

CAPÍTULO TRINTA

RORY

Peguei uma maçã da cesta que Haven havia trazido no dia anterior, jogando-a no ar antes de dar uma grande mordida na fruta crocante e doce. A porta do trailer rangeu quando a abri, e eu me detive quando vi o Rolls Royce parando na parte limpa do terreno que logo seria um estacionamento.

Desci na grama irregular, usando as costas da mão para limpar o sumo de maçã do meu lábio enquanto terminava de mastigar, e esperei a pessoa sair do carro de luxo reluzente.

Meu cachorro Waffle trotou das árvores, vindo em minha direção, enquanto a porta do carro se abria e... o pai de Gage saiu.

— Ah, não. — Suspirei quando a porta do passageiro e a porta traseira se abriram, e a mãe de Gage e a mulher que eu tinha visto no restaurante naquele dia, e depois novamente na festa dele, que pensei ser a irmã de Gage, saíram também.

Waffle bateu na minha perna, latindo quando os três Buchanan começaram a andar na minha direção. A irmã de Gage colocou um par de óculos de sol enquanto o resto dos doguinhos apareciam de diferentes partes da propriedade onde estavam explorando, brincando ou dormindo, mas geralmente amando a vida no terreno maior.

Jinx e Keanu começaram a latir também, mas eu os silenciei com um aceno de mão quando eles vieram ficar de sentinela ao meu lado, seus sorrisos largos e caudas abanando desmentindo a impressão de qualquer perigo real.

A sra. Buchanan sorriu quando eles se aproximaram.

— Aurora — ela disse. — É bom ver você.

— Sra. Buchanan — respondi cautelosamente, meio que me preparando para ser acossada de alguma forma outra vez.

— Por favor, me chame de Lana. — Ela olhou para o sr. Buchanan, que tinha se aproximado. — E você conheceu meu marido, Jonathan, que acredito que lhe deve um pedido de desculpas, assim como eu.

Parei, meu olhar se movendo entre os dois Buchanan mais velhos. Soltei um suspiro quando a irmã de Gage deu um passo à frente, estendendo a mão.

— Eu sou Lexi — ela falou com um sorriso. — A única Buchanan que não lhe deve um pedido de desculpas. — Apertei sua mão e soltei uma pequena risada ofegante, surpresa com essa visita inesperada, que me jogou em um turbilhão emocional. Eles mal tinham dito alguma coisa e, no entanto, eu já não tinha ideia de como responder.

— Oi, Lexi. É um prazer conhecer você. — Os cães choramingaram, balançando o bumbum enquanto resistiam a cumprimentar essas pessoas na nossa frente.

— Quem são esses cachorrinhos fofos? — Lexi perguntou, colocando as mãos nos joelhos e se curvando para a frente. Com sua postura obviamente acolhedora, acenei para Lexi e disse baixinho:

— Vá em frente. — Assim, mostrei para os cães que eles estavam livres para dizer oi. Eles correram para ela, balançando o rabo, lambendo e batendo nas mãos dela com os focinhos, e Lexi riu e permitiu que eles a amassem um tanto freneticamente por um minuto antes de se endireitar. Quando ela encontrou meus olhos, percebi que estava sorrindo enquanto observava a interação, o que me informou que ela, sem dúvida, era uma boa pessoa de quem eu já gostava.

— Podemos nos sentar? — pediu a sra. Buchanan, gesticulando com uma das mãos em direção à mesa de piquenique que eu havia colocado sob um enorme e elegante salgueiro na semana anterior e coçando Jinx debaixo do queixo.

— Hum, claro — eu disse, estalando os dedos para os cães e apontando de volta para o trailer. — Vão deitar. — Todos se viraram e foram deitar na sombra enquanto nós quatro caminhávamos para a área de alimentação ao ar livre, onde eu estava aproveitando minhas refeições na semana anterior.

Joguei a maçã nas árvores para os pássaros; meu estômago estava embrulhado demais para comer.

— Este é um belo pedaço de terra — elogiou o sr. Buchanan, olhando ao redor, seu olhar se movendo do salgueiro sob o qual estávamos sentados para o telhado do celeiro vermelho do Portal da Haven, que mal podia ser visto além do bosque de árvores, para o lago cintilante e, finalmente, pousando no trailer temporário em que eu estava morando.

— Obrigada. Estou... hum, no momento, cotando propostas de construção. — Pigarreei. — Então, no próximo verão, se tudo correr conforme o planejado, este lugar vai se tornar um parque para cães e um hotelzinho... e, hum, vou oferecer serviços de caminhada e talvez instalações para tosa. Mais pra frente. Se eu construir. Vou precisar de licenças e alguns funcionários e, bem, vai dar muito trabalho, mas estou animada. Então...

Deus, meu coração estava batendo tão rápido que temi que explodisse do meu peito. A sra. Buchanan mencionou um pedido de desculpas, mas eu também devia um a eles. E não queria necessariamente fazê-lo, mas me importava profundamente com o que essas pessoas pensavam. Não queria considerar isso de forma alguma, porque acreditava que me odiavam e que eu teria que provar meu valor a eles — à cidade em geral —, mas agora eles estavam aqui, e a esperança estava crescendo, mas eu tinha medo disso também. Medo de me sentir arrasada quando eles me rejeitassem novamente, mesmo que como um membro da comunidade.

Mas os três estavam me observando com pequenos sorrisos e então soltei um longo suspiro e tentei o meu melhor para relaxar os ombros.

— Parece que você tem um plano de negócios sólido — disse o sr. Buchanan. — E fez muita coisa em apenas algumas semanas. — Ele olhou para a esposa, que lhe deu um aceno quase imperceptível. — Como minha esposa mencionou, eu lhe devo um pedido de desculpas, srta. Casteel.

— Aurora, ou Rory. Por favor — consegui falar. — E eu devo um pedido de desculpas ao senhor também. Eu menti...

— Rory. Nós conversamos com nosso filho, que nos explicou tudo. — Seu sorriso se alargou enquanto o calor infundia meu rosto. — Foi inteligente, de verdade, e admiro a inteligência. Um dia vou te contar histórias sobre as maneiras pelas quais coloquei o pé em algumas portas fechadas.

— Ah — ofeguei. *Nós conversamos com nosso filho.* Gage... Gage. À menção dele, meu coração se apertou, e foi como pássaros voando entre minhas costelas. Eu o imaginei parado na janela de um escritório, olhando para Londres, e senti tanta falta dele que tive vontade de chorar. Meu coração doía com a visão que florescia na minha mente o tempo todo, mas desde que me mudei para Calliope, e mesmo que tenha sido por tão pouco tempo, essa dor se misturou com a paz profunda que senti ao conhecer a família do meu pai e começar a aprender minha história... e caminhar pela mesma margem do lago que ele amou tão profundamente. — Eu agradeço por isso — prossegui. Me senti a um suspiro de distância das lágrimas. — Por seu perdão. Mais do que você imagina. E adoraria ouvir essas histórias algum dia. Sei que a cidade me odeia agora, mas espero ganhar de volta a...

— A cidade não odeia você — disse o sr. Buchanan. — Rory, estávamos preocupados com nosso filho e só queríamos o melhor para ele. Nossas intenções eram boas, mas nossas ações foram equivocadas. A maneira como falamos com você e os julgamentos que fizemos sem saber totalmente a verdade foram errados. Conversamos com nossos amigos, e eles entendem que a maneira como tratarão você será a maneira como nos tratam.

Lágrimas então fizeram meus olhos arderem.

— Obrigada — agradeci, com a voz embargada. — Gage tem sorte de ter vocês. — Eu estava sendo sincera, embora parte de mim desmoronasse por dentro porque eu entendia por que Gage amava tanto essas pessoas e por que ele não queria nada mais do que agradá-las e deixá-las orgulhosas.

Por que ele estava tão disposto a deixar os próprios sonhos de lado para tornar os deles realidade. Mesmo que esse conhecimento esmagasse meu coração por todas as coisas que ele tinha a oferecer que nunca seriam experimentadas por ele ou outros.

— Acho que você atualmente conhece nosso filho melhor do que nós, embora estejamos ansiosos para conhecê-la melhor. — Ele pegou a mão da esposa na mesa e deu a ela um sorriso, que ela retribuiu. — Há muita coisa... que nunca perguntamos. Tanta coisa que reconhecemos, mas não encorajamos.

Olhei para a frente e para trás entre eles.

— Ah... bem, isso é maravilhoso — eu disse.

Os pais de Gage tinham todo o dinheiro do mundo para fazer viagens frequentes a Londres e conhecer as partes de Gage que ele havia retido ao longo dos anos. O sonho dele... a alegria que cozinhar lhe trazia... seu senso de humor e habilidade de se divertir e ser bobo só porque podia. Ele tinha se mudado e estava começando uma nova vida em um país diferente, mas eu esperava que, se ele levasse algo consigo do nosso tempo juntos, pudesse servir como uma experiência que daria base para outras.

— Ok — Lexi falou enquanto se levantava. — Boa conversa. Mas eu tenho um avião para pegar hoje à noite e então temos que ir andando.

Ela olhou para mim.

— Rory, os cachorros ficam bem aqui enquanto te levamos para um lugar?

— Ãh... quero dizer, sim, eles ficam bem por algumas horas, mas...

— Ótimo. — Ela estendeu a mão e pegou a minha, e fiquei de pé, uma miríade de emoções lutando dentro de mim. Alegria. Confusão.

Tristeza. Saudade. Paz.

— Para onde estamos indo? — perguntei enquanto começava a andar em direção ao carro com os três Buchanan.

Lexi entrelaçou o braço com o meu.

— Você vai ter que confiar na gente. Sei que ainda não ganhamos sua confiança, mas espero que consiga encontrar forças para dar um pouco dela mesmo assim.

— Bem, eu também não sou muito confiável no momento — eu disse, rindo. — Então talvez todos nós possamos dar um passo de olhos fechados.

Lexi riu enquanto os pais de Gage sorriam para nós.

— Eu esperava que você dissesse isso.

O Rolls Royce parou na frente do antigo Calliope Savings and Loan, aquele lugar para onde Gage tinha me levado no que parecia ter sido há uma vida, o lugar onde tínhamos descoberto que não precisávamos mais tentar ignorar a química escaldante que havia entre nós. Olhei para lá, e as memórias foram se misturando com a minha confusão.

— Por que estamos aqui? — perguntei, e até eu podia ouvir o tremor de esperança na minha voz, as ideias que estavam se formando e que eu tinha muito medo de reconhecer, caso estivesse completamente errada.

— Você está por conta própria daqui pra frente — Lexi anunciou, dando um tapinha no meu joelho. — Vá em frente. — Ela inclinou a cabeça em direção ao prédio, com um pequeno sorriso enigmático. — Tem alguém esperando por você. — Olhei para o sr. e a sra. Buchanan no banco da frente, ambos com sorrisos semelhantes.

Respirei fundo e tomei coragem, então abri a porta do carro e saí. Só olhei para trás uma vez quando cheguei à porta da frente do antigo banco e vi o carro preto se afastando. Quem quer que estivesse esperando lá dentro, eu tinha sido deixada sob sua responsabilidade. A porta estava destrancada e soltou o mesmo longo guinchado da primeira vez que eu tinha entrado no prédio. Meu coração batia forte no peito, a esperança saltando nas minhas veias e fazendo meu sangue correr mais rápido. Eu me sentia zonza e tão assustada que mal senti minhas pernas enquanto elas, de alguma forma, me carregavam para o espaço escuro, onde tesouros e histórias tinham sido guardados. E agora mais uma estava se desenrolando também — a minha. E, Deus, eu esperava contra todas as esperanças que tivesse um final feliz.

Os passos soaram primeiro, e levei as mãos à boca, contendo os soluços que ameaçavam explodir. Eu conhecia aqueles passos. Sabia como o corpo se movia para criar exatamente aquela cadência de som. E ele estava vindo na minha direção.

Ele dobrou a esquina e, por um momento, nós simplesmente ficamos ali, olhando um para o outro.

— Eu não fui — ele disse depois de um momento.

Abaixei as mãos, mas envolvi os braços em volta de mim para tentar acalmar o tremor.

— Estou vendo — respondi, sem fôlego.

Ele assentiu, seus lábios se inclinando levemente enquanto ele se aproximava.

— Rory...

— E todos os planos? Londres...

— Londres está indo bem. Há pessoas muito capazes que vão garantir que o projeto em Londres ocorra sem problemas, incluindo Blakely, que está lá fazendo... alguma coisa com as redes sociais do meu pai.

— Ah — suspirei. — Ok. Mas... por que você não foi?

— Porque não quero uma vida sem você, Rory. Não quero existir sem a paixão que você traz a cada momento de cada dia. Não quero mais viver sem paixão. — Ele fez uma pausa, um franzido maculando seu rosto. — Eu só sei duas coisas neste momento. Uma é que quero transformar isso em um restaurante.

Assenti, soltando uma risada lacrimosa, uma lágrima escorrendo e descendo pela minha bochecha.

— Eu sei — eu disse. — Eu sei que você sabe. Soube disso na primeira vez que você me trouxe aqui.

Seu sorriso era suave.

— Você sabia, não é? Você sabia tanto sobre mim, desde o começo, coisas que guardei trancadas por tanto tempo, sonhos que tive medo de reconhecer porque não havia como eles se tornarem realidade. Você me abalou. Me expôs aos meus próprios sonhos. Você fez a pergunta que eu realmente precisava responder, a que eu estava tentando silenciar quando olhava para o nada. Tenho pensado sobre isso nas últimas semanas. Era uma voz, Rory. A minha. E ficar distraído me ajudou a ignorá-la. — Ele olhou ao redor, esticando o pescoço enquanto olhava para o teto abobadado. — Tenho o menu inteiro na cabeça. Tenho há anos.

— Ah, Gage — suspirei. Como deve ter sido difícil carregar seu sonho como um segredo. Um que ele nutriu e fez crescer mesmo assim, apesar da crença de que nunca veria a luz do sol.

— Comprei este prédio do meu pai — ele continuou. — Ele se ofereceu para ser investidor, mas recusei e fiz um empréstimo. Eu queria que esse empreendimento fosse meu e somente meu. — Ele tirou uma mecha de cabelo da minha bochecha. Meu Deus. Nós dois estávamos ocupados dando os primeiros passos para realizar nossos sonhos. Eu mal conseguia acreditar que isso estava acontecendo. — Então, deixei meu cargo na empresa do meu pai e não vou assumir quando ele se aposentar. Decidi seguir um caminho diferente, um que provavelmente não vai me tornar um magnata, mas que estou tão ansioso para começar que mal consigo ficar parado.

Soltei uma risada fungada. Eu podia ver isso. Ele estava radiante de felicidade e expectativa. Era um recomeço, principalmente do zero. E entendi a coragem que isso exigiu.

— Então, essa é uma — ele disse. — E a única outra coisa que sei com certeza é que te amo muito. Quero viver aventuras com você, grandes e pequenas, pelo resto da minha vida. Quero torcer pelo seu negócio porque estou muito orgulhoso de você e mal posso esperar para vê-la viver seu sonho também. Quero continuar a viver nesta cidade linda que amo de todo o coração. Quero aprender a viver com toda a emoção que você vive. Quero rir e quero ser ridículo às vezes também.

Ele soltou uma risadinha e eu também, embora fosse mais um soluço do que qualquer coisa. Não consegui mais me conter e me lancei em seus braços, chorando, rindo e agarrando-o com força.

— Eu também te amo — eu disse, tão tomada pela alegria que precisei que ele me segurasse. — Todas aquelas coisas que eu disse na sua festa...

— Rory, eu sei. Ouvi sobre como você foi confrontada. Sinto muito por isso. E também, você é péssima mentindo. Quando me permiti dar um passo para trás, percebi que tudo o que você disse foi por autopreservação. Eu entendo. De verdade. Mas, por favor, diga de novo mesmo assim.

Eu sabia a parte que ele queria que eu repetisse.

— Eu te amo. Eu te amo muito, Gage Buchanan.

— Ninguém, nem uma única pessoa, vai desrespeitar você nesta cidade, Rory. Nunca.

Assenti. Eu acreditei nele. Ele tinha enviado sua família inteira para me tranquilizar sobre isso primeiro e depois me entregar a ele porque sabia o quanto a família significava para mim. Foi a razão pela qual eu tinha chegado aqui, em primeiro lugar. Para completar a minha família.

Ele soltou um suspiro e fechou os olhos, unindo sua testa na minha. Simplesmente existimos por alguns momentos cheios de alegria, e o maior obstáculo de todos havia sido superado. Todo o resto se encaixaria. Seu corpo era tão quente; seus braços, tão sólidos. Meu batimento cardíaco desacelerou e a respiração foi ficando mais fácil.

— Essas duas coisas que você sabe com certeza — eu disse a ele — são o suficiente. Por enquanto, são tudo o que precisamos. — *Sonhos e amor.*

Ele se inclinou para trás e usou os polegares para enxugar as lágrimas que escorriam pelo meu rosto e inclinou o queixo um pouquinho.

— É um pouco confuso e muito arriscado. Não é nada perfeito.

— Muito menos do que isso — concordei com um sorriso, levando os lábios aos dele e o beijando antes de me afastar e olhá-lo nos olhos. — E eu não faria de outra forma.

EPÍLOGO

GAGE

Um ano depois

Era sábado à noite e a casa estava lotada. Assim como todos os sábados nos últimos três meses desde que o Azul-Canário tinha aberto as portas... e sextas e domingos, e até mesmo a maioria das noites da semana. As reservas eram feitas com meses de antecedência. Vários críticos gastronômicos nacionais já tinham visitado e, depois, feito avaliações brilhantes que agora eu deixava orgulhosamente penduradas na parede.

Embora eu tivesse preparado o menu e criado todas as receitas enquanto a reforma do antigo prédio estava sendo feita, contratei uma equipe completa e eu agora fazia apenas quatro turnos de chef por semana, sendo este um deles. O resto do meu tempo era gasto criando receitas especiais, refinando o menu e comprando produtos de fornecedores locais.

Despejei um pouco de Bourbon na frigideira e observei o fogo saltar e a bebida chiar enquanto eu construía a sobremesa favorita de Rory — pudim de pão com calda de caramelo e Bourbon.

Rory. O calor que infundiu meu peito não tinha nada a ver com o fato de eu estar em frente a um fogão industrial.

Ela sempre vinha para a sobremesa e para me fazer companhia enquanto eu fechava meu turno no final da semana, mas essa noite ela também estava no restaurante comemorando o aniversário de Bree com o resto dos Hale. Fiquei impressionado ao pensar em quanta coisa havia mudado desde a noite do ano anterior, quando eu havia encontrado a família deles comemorando a mesma ocasião.

Eu havia aberto o Azul-Canário e também ajudado Romeo Casteel a criar um novo menu para o Bolos e Cerveja, com algumas daquelas receitas de bolinho de caranguejo que Rory e eu tínhamos feito juntos na noite em que nos conhecemos. A noite em que comecei a me apaixonar perdidamente por ela, mesmo que eu não tivesse percebido na época. Eu sabia o que o country club em Claremont Landing servia e também sabia que agora o menu do Bolos e Cerveja superava em muito o deles. O negócio da família Casteel já havia começado a se expandir, e Rory e eu viajávamos para lá com frequência para visitar e ajudar a ajustar suas operações de cozinha.

Mas eu também estive ao lado de Rory enquanto ela construía e abria seu próprio negócio, o Legado de Nathan. Ela transformou a terra que a família Hale lhe dera em um retiro para cães. Havia um lindo parque, sombreado e cercado, onde os cães brincavam e se divertiam, e os amantes de cães se encontravam e se uniam. Ela construiu uma creche canina e também oferecia serviços de treinamento e passeios. Já estava com a agenda lotada e, embora tivesse contratado cinco funcionários inicialmente, estava procurando contratar mais dois.

Com certeza estávamos ocupados. Só que... nem nos sentíamos tão atarefados assim, porque tudo isso trazia alegria, propósito e uma satisfação que eu nunca soube que existia. E Rory, ela trouxe mais paixão e amor para a minha vida do que eu jamais havia sonhado. Eu acordava todas as manhãs me perguntando como tinha conseguido começar a viver uma vida que preenchia tão completa e perfeitamente meu coração, mente e alma.

E eu sabia que era tudo por causa dela.

Samantha, uma das garçonetes, entrou pela porta assim que coloquei a sobremesa final para a mesa doze no balcão e comecei a arrumá-las em sua bandeja.

— Pronto? — ela perguntou ao colocar uma vela na fatia de

cheesecake de framboesa.

Soltei um suspiro, passando as mãos pelos quadris enquanto saía do balcão.

— Sim, estou pronto.

Ela piscou enquanto pegava a bandeja.

— Respire fundo. Você consegue.

Dei um sorriso quando ela se virou e pegou a bandeja. Sabe qual era o problema? Eu não estava nervoso. Estava animado e meu coração batia com a expectativa de expor meu coração em um salão cheio de pessoas. Mas a certeza que senti por dentro acalmou meus nervos e me impulsionou para a frente para atravessar as portas de vai e vem e adentrar o salão de jantar principal.

— Gage — a sra. Ramsbottom cumprimentou quando passei pela mesa deles. — O jantar foi absolutamente esplêndido. Não provo um *coq au vin tão incrível desde que jantamos no sul da França. O seu pode ser ainda melhor, verdade seja dita. Tudo estava perfeito.*

Apertei a mão dela.

— Obrigado, sra. Ramsbottom. — Cumprimentei o sr. Ramsbottom e então fui para outra mesa, parando em uma após a outra, e meu olhar vagou brevemente em direção a Rory, que estava sentada me observando com um pequeno sorriso nos lábios, seus olhos cheios de orgulho.

Eu me movi entre as mesas, sobre os ladrilhos pretos e brancos, e passei por um pilar de mármore, de onde pude ver os lustres e arandelas de cristal refletindo luz ao redor do salão e destacando a moldura que havia sido revitalizada. Era importante para mim que preservássemos o máximo possível do edifício original, desde o salão de jantar principal formal até os assentos mais casuais no terraço dos fundos. Haven havia me ajudado a plantar uma horta lá, onde eu pegava todas as ervas e vários outros itens.

A conversa que Rory e eu tivemos sobre histórias sussurrou de volta para mim e meu coração se encheu do jeito que sempre enchia ao saber que mais histórias estavam sendo contadas naquele espaço... celebrações que marcavam as ocasiões mais doces da vida...

Por fim, fui em direção à mesa perto do cofre onde os Hale estavam reunidos, incluindo o irmão de Haven, Easton. Rory riu de algo que Haven disse, e Bree se juntou a eles. *Aquelas três*. Elas sempre estavam com as cabeças juntas, em meio a risadas, tão próximas quanto irmãs que se conheciam a vida inteira, compartilhando segredos, dando conselhos e passando bebês de um lado para o outro. E um dia em breve — muito em breve, eu esperava — o nosso seria um deles.

Samantha colocou a última sobremesa na mesa delas e então acendeu a vela no bolo de Bree. Rory se levantou e entrelaçou os dedos com os meus enquanto me dava um beijo rápido na bochecha, o toque suave dos lábios dela, até mesmo naquele pequeno pedaço de pele, causando uma onda de calor na minha barriga. Travis Hale começou a gesticular *Feliz Aniversário*, e o resto da família se juntou. Archer sorria para a esposa, que se virou para ele, a mão correndo sobre sua bochecha enquanto ela o beijava e sussurrava algo em seus lábios que só ele podia ouvir, antes de se virar e apagar a vela. Aplausos irromperam, não apenas da mesa deles, mas também nas dos outros clientes. Cruzei o olhar com Bree, e ela me deu uma piscadela quando Rory se virou para ver seus tios entrando pela porta, seguidos por meus pais. Ela soltou um pequeno som de surpresa e todos eles pararam, obviamente mal contendo os sorrisos ao voltarem os olhos para mim.

E então eu me ajoelhei.

Um suspiro coletivo foi ouvido e depois vários suspiros quando coloquei a mão no bolso do meu dólmã de chef e removi o anel.

Rory seguiu seus olhares, levando as mãos à boca, também soltando um grito abafado que eu podia ouvir ser principalmente de alegria. Meu coração desacelerou, e meus olhos encontraram os dela. Tudo e todos desapareceram para que fôssemos apenas nós.

— Pensei muito sobre como fazer isso e finalmente decidi que este era o lugar perfeito. — Abri um leve sorriso. — Você sabia, naquele primeiro dia em que eu te trouxe aqui, que eu estava abrindo meu coração e mostrando meu sonho secreto. Acho que nem me permiti reconhecê-lo totalmente na época. Mas você reconheceu desde o início. Você me viu, expôs as partes de mim que eu nem sabia que existiam, e me trouxe mais alegria e realização do que eu sabia que a vida poderia oferecer. — Olhei ao redor para as pessoas, e o mundo se expandiu, tantas expressões de amor puro irradiando para nós. — E eu queria que nossas famílias e a comunidade estivessem aqui porque pretendo passar o resto dos meus dias falando sobre o quanto estimo você. É bom eles se acostumarem com isso agora, porque vai ser excessivo.

Um pequeno murmúrio de risadas foi ouvido, e Rory soltou uma risada chorosa.

Removi o anel da caixa e peguei sua mão; então, deslizei em seu dedo o diamante que Haven e Bree me ajudaram a escolher.

— Aurora Casteel, eu te amo de todo o meu coração. Quero viver o resto da minha vida com você. Quero criar uma família com você. Quero atravessar um mar de cães para chegar até você do outro lado da nossa cama. — Ela soltou outra risada chorosa. — Quero viver aventuras com você. Quero quebrar regras e criar novas. Quero encontrar a perfeição em lugares inesperados, e quero abraçar a bagunça e o risco às vezes também. Quero te amar todos os dias da minha vida. Você me dará a grande honra de se tornar minha esposa?

Ela se ajoelhou também, pegando meu rosto em suas mãos e trazendo o seu rosto manchado de lágrimas para o meu.

— Sim — ela sussurrou nos meus lábios. — Sim, sim, sim.

O salão explodiu em aplausos novamente e nós dois ficamos de pé, continuando a nos beijar e sorrir contra os lábios um do outro.

— Eu não quero um noivado longo — ela disse. — Espero que você sinta o mesmo. Um mês... talvez dois.

Eu ri.

— O que você quiser, Bolinhos. Qualquer coisa.

Ela sorriu.

— Eu te amo, Ivy League.

A enxurrada de amor não pôde mais ser contida e nossas famílias vieram, nos envolvendo com alegria desenfreada, todos falando uns por cima dos outros, nos abraçando e, como sempre, abrindo espaço para mais. Mud Gulch se misturou com Pelion, Calliope e a cidade natal de Bree, Cincinnati, e também a Califórnia, de onde Haven e Easton haviam chegado para criar essa bela fusão de clãs.

Sim, havia histórias aqui. E nosso momento afundaria nos ossos daquele edifício, para sussurrar através do tempo. Eu tinha a sensação de que Ophelia Casteel e Nathan Hale estavam assistindo a essa celebração e eu fiz a eles uma promessa secreta de sempre cuidar de sua filha, com mente, corpo e alma.

E prometi a mim mesmo que me esforçaria para criar um equilíbrio saudável entre agradar outras pessoas e viver com toda a intensidade que eu tinha a oferecer ao mundo. Rory me ensinou que parte do meu legado era viver minha vida ao máximo. Enfrentá-la de peito aberto e então abrir meus braços e cair, sabendo — confiando — que ela sempre estaria lá para me pegar.

AGRADECIMENTOS

Agradecimentos infinitos à minha equipe de edição na Bloom Books que investiu tanto tempo, esforço e sabedoria para me ajudar a tornar esta história melhor. Obrigada por pedir mais de mim e me ensinar tanto. Tenho sorte de trabalhar com vocês.

Obrigada à minha agente, Kimberly Brower, minha supermulher pessoal.

Aos meus amados leitores (alguns dos quais estão comigo desde que criei o mundo ao redor do Lago Pelion), as palavras não podem expressar o quanto sou grata por cada um de vocês. Obrigada pelo seu amor, sua gentileza e por sempre virem me ver.

A todos os blogueiros e influenciadores de livros: nós, autores, devemos a vocês um mundo inteiro de gratidão. Obrigada por nos ajudar a divulgar nossos livros ao criar lindos posts, fotos e vídeos. Muitas vezes fico impressionada com seus corações criativos e seu entusiasmo pelas histórias que os emocionam.

Ao meu marido, meu parceiro em todas as coisas — obrigada por sempre me impulsionar mais alto e sempre me segurar quando eu caio.

Mia Sheridan